EL CHICO QUE NUNCA LLAMÓ

EL CHICO QUE NUNCA LLAMÓ

Rosie Walsh

Traducción de
Carlos Abreu Fetter

PLAZA JANÉS

Papel certificado por el Forest Stewardship Council®

MIXTO
Papel procedente de
fuentes responsables
FSC® C117695

Penguin
Random House
Grupo Editorial

*Este libro está dedicado a todas las personas
que se han quedado pasmadas por
una llamada telefónica que nunca llegó.
En especial a quienes creían que les daría igual*

Tal vez solo nos es posible enamorarnos cuando no sabemos muy bien de quién nos hemos enamorado.

Alain de Botton,
El placer del amor

PRIMERA PARTE

1

Cariño mío:

Hoy se cumplen diecinueve años de esa luminosa mañana en que nos sonreímos y nos dijimos adiós. En ningún momento dudamos que volveríamos a vernos, ¿verdad? La pregunta no era si eso ocurriría, sino cuándo. De hecho, ni siquiera era una pregunta. Tal vez el futuro nos parecía tan insustancial como el borde ondulado de un sueño, pero nos incluía incuestionablemente a ti y a mí. Inseparables.

Sin embargo, no era así. Incluso después de tantos años, es algo que aún me asombra.

Han pasado ya diecinueve años. ¡Diecinueve años, ni más ni menos! Y sigo buscándote. Nunca dejaré de buscarte.

A menudo te apareces cuando menos me lo espero. Hoy mismo, hace un rato, estaba absorta en algún pensamiento sombrío y sin sentido, con el cuerpo tenso como un puño de metal. De pronto estabas allí: una hoja clara de otoño dando vueltas por encima de la hierba plateada. Me enderecé y aspiré el olor de la vida, sentí el rocío en los pies, contemplé los tonos de verde. Intenté atraparte, esa hoja brillante que retozaba, contoneándose entre risitas. Traté de tomarte de la mano, de mirarte a los ojos, pero como una mancha flotante te deslizabas silenciosamente hacia los lados, hasta quedar justo fuera de mi alcance.

Nunca dejaré de buscarte.

2

Día siete: cuando los dos lo supimos

La hierba estaba húmeda. Mojada, oscura, laboriosa. Se extendía hasta la ennegrecida loma del bosque, temblando al paso de batallones de hormigas, caracoles torpes y arañas diminutas que tejían sus sutiles redes. Bajo nuestros pies, la tierra absorbía el último residuo de calor, guardándolo para sí.

Eddie, tumbado junto a mí, tarareaba el tema de *Star Wars*. Me acariciaba el pulgar con el suyo. Poco a poco, con suavidad, como las nubes que se deslizaban sobre la fina rodaja de luna en lo alto.

—Intentemos avistar alienígenas —había propuesto él antes, mientras el color violáceo del cielo cobraba intensidad hasta volverse morado. Allí seguíamos.

Oí el suspiro lejano del último tren que se internaba en el túnel, arriba en la ladera, y sonreí al recordar cuando Hannah y yo acampábamos de niñas, en un prado pequeño de ese pequeño valle, ocultas a los ojos de lo que aún nos parecía un mundo pequeño.

Al primer indicio de la llegada del verano, Hannah suplicaba a nuestros padres que montaran la tienda de campaña.

—Claro —respondían ellos—. Siempre y cuando acampéis en el jardín.

El jardín era llano. Se encontraba frente a nuestra casa, y se dominaba desde casi todas las ventanas. Pero Hannah no se conformaba con eso, pues su espíritu aventurero —aunque era cinco años menor que yo— siempre había superado al mío. Ella quería acampar en el prado. Este ascendía por la empinada pendiente de la colina situada detrás de casa, hasta finalizar en una meseta justo lo bastante grande para alojar una tienda de campaña. Nada la dominaba salvo el cielo. Estaba salpicada de boñigas en forma de discos voladores y se hallaba a tal altura que desde allí casi alcanzábamos a ver el fondo de nuestra chimenea.

A nuestros padres no les entusiasmaba la idea de que acampáramos en el prado.

—Pero si no me pasará nada —insistía Hannah con su voz de marimandona (cuánto echaba de menos esa voz)—. Estaré con Alex. —Se refería a su mejor amiga, que se pasaba casi todo el día en nuestra casa—. Y con Sarah. Ella nos protegerá si aparece algún asesino —añadió, como si yo fuera un hombretón fornido con un gancho de derecha demoledor—. Además, si vamos de acampada no tendrás que prepararnos la cena. Ni el desayuno…

Hannah era como un buldócer en miniatura —nunca se quedaba sin contraargumentos—, así que nuestros padres acababan por ceder. Al principio acampaban en el prado con nosotras, pero con el tiempo, mientras me abría paso por la enmarañada jungla de la adolescencia, dejaron que Hannah y Alex durmieran allí arriba solas, siempre y cuando yo les hiciera de guardaespaldas.

Nos tumbábamos en la vieja tienda que papá se llevaba a los festivales —un pesado armatoste de lona naranja del tamaño de un bungalow pequeño— a escuchar la sinfonía de sonidos procedentes de la hierba de fuera. A menudo me quedaba despierta mucho rato después de que mi hermana pequeña y su amiga sucumbieran al sueño, preguntándome qué clase de protección podría ofrecerles en realidad si alguien irrumpiera de pronto. La necesidad de proteger a Hannah —no solo mientras dormía en aquella tienda, sino siempre— me ardía como lava fundida en el estómago, como un volcán que en cualquier momento podía entrar en erupción. Pero ¿qué les haría a unos malhechores de verdad? ¿Arrearles un golpe de kárate con mi muñeca de adolescente? ¿Apuñalarlos con un palo para asar nubes de azúcar?

«Se muestra indecisa con frecuencia, poco segura de sí misma», había escrito mi tutora en mi boletín de notas.

—Qué información tan jodidamente útil —había espetado mamá en el tono que solía reservar para echar bronca a nuestro padre—. Tú ni caso, Sarah. ¡Sé tan insegura como te dé la gana! ¡Para eso está la adolescencia!

Al final, agotada por la lucha interior entre el instinto protector y la sensación de impotencia, me quedaba dormida y me levantaba temprano para reunir la repugnante combinación de ingredientes que Hannah y Alex hubieran metido en sus mochilas para preparar su «sándwich mañanero».

Me posé la mano en el pecho; atenué la fuerza de los recuerdos. No era una noche para estar triste; era una noche para vivir el presente. Para disfrutar de la compañía de Eddie y de aquello tan intenso que había entre nosotros y cuya intensidad seguía aumentando.

Me concentré en los sonidos nocturnos de un claro en medio del bosque. Los chirridos de los invertebrados, el correteo de los mamíferos. El verde susurro de las hojas, el plácido sube y baja de la respiración de Eddie. Escuchaba los latidos de su corazón a través de su jersey y me maravillaba su regularidad. «Ya irá mostrando su forma de ser —decía mi padre sobre las personas—. Tendrás que observar y esperar, Sarah.» Pero llevaba una semana observando a ese hombre y no había percibido el menor signo de intranquilidad. Me recordaba en muchos aspectos a la persona que yo había aprendido a ser en el trabajo:

responsable, racional, impasible ante los avatares del sector no lucrativo. Sin embargo, yo me había pasado años entrenándome, mientras que Eddie parecía ser así por naturaleza.

Me pregunté si él era capaz de oír la emoción que me bullía en el pecho. Hacía solo unos días yo estaba separada, a punto de divorciarme y de cumplir los cuarenta. Y entonces, había sucedido. Había aparecido él.

—¡Oh! ¡Un tejón! —exclamé cuando una figura pequeña atravesó el oscuro borde de mi campo de visión—. Me pregunto si será Cedric.

—¿Cedric?

—Sí. Aunque supongo que no será él. ¿Cuánto tiempo viven los tejones?

—Creo que alrededor de diez años. —Eddie estaba sonriendo; se lo notaba en la voz.

—Entonces seguro que no es Cedric. Aunque podría ser su hijo. O a lo mejor su nieto. —Después de unos instantes añadí—: Queríamos a Cedric.

La vibración de una carcajada le recorrió el cuerpo hasta transmitirse al mío.

—¿Tú y quién más?

—Mi hermana pequeña. Acampábamos muy cerca de aquí.

Se tendió de costado, acercando su rostro al mío, y entonces lo vi en sus ojos.

—Cedric el tejón. Tú... yo —dijo en voz baja. Me deslizó un dedo por el nacimiento del pelo—. Me gustas. Me gusta el concepto de tú y yo. De hecho, me gusta mucho.

Sonreí sin dejar de mirar aquellos ojos afables y sinceros. Aquellas líneas de expresión, el ángulo pronunciado de su barbilla. Lo tomé de la mano y le besé las yemas de los dedos, ásperas y con marcas de astillas tras dos décadas dedicadas a la ebanistería. Ya tenía la sensación de que lo conocía desde hacía años. De toda la vida. Era como si alguien nos hubiera emparejado, tal vez al nacer, y después hubiera estado empujando, encauzando, planeando y maquinando hasta que, por fin, hace seis días, nos conocimos.

—Acabo de tener unos pensamientos de lo más cursis —comenté después de una larga pausa.

—Y yo. —Suspiró—. Siento como si toda esta semana nos hubiera acompañado una música romántica de violines.

Me reí y me dio un beso en la nariz. Me maravillaba que, después de pasarme semanas, meses, incluso años, tirando adelante, sin que nada cambiara en realidad, el guion de mi vida había quedado reescrito de arriba abajo en cuestión de horas. Si ese día hubiera salido más tarde habría tomado directamente el autobús, por lo que no me habría topado con él, y esa nueva certeza que me llenaba no habría sido más que un susurro mudo de oportunidades perdidas y mala sincronización.

—Cuéntame más cosas de ti —me pidió—. Aún no sé lo suficiente. Quiero saberlo todo. La historia de la vida de Sarah Evelyn Mackey en versión íntegra, partes malas incluidas.

Contuve la respiración.

No era que no supiera que aquel momento llegaría tarde o temprano, sino que todavía no había decidido cómo reaccionar cuando llegara. «La historia de la vida de Sarah Evelyn Mackey en versión íntegra, partes malas incluidas.» Él sería capaz de soportarlo, seguramente. Ese hombre poseía una coraza, una fuerza interior serena que me hacía pensar en un viejo rompeolas, tal vez en un roble.

Estaba acariciándome la curva entre la cadera y la caja torácica.

—Me encanta esa curva —dijo.

A un hombre que se sentía tan a gusto en su pellejo sin duda podía endilgársele cualquier secreto, cualquier revelación, sin que sufriera daños estructurales.

Claro que podía decírselo.

—Tengo una idea —salté—. Acampemos aquí esta noche.

Como si fuéramos unos críos. Podemos encender una hoguera, asar salchichas, contarnos historias. Siempre y cuando tengas una tienda, claro. Eres un hombre con pinta de tener una tienda.

—Soy un hombre que tiene una tienda —confirmó.

—¡Genial! Pues entonces hagámoslo, y te lo contaré todo. Yo… —Me di la vuelta y miré alrededor, escrutando la noche. Los velones aromáticos que aún no se habían apagado brillaban con luz tenue sobre el castaño de Indias que crecía a la orilla del bosque. Un botón de oro se mecía en la oscuridad, cerca de nuestros rostros. Por motivos que nunca se dignó compartir, Hannah siempre había detestado los botones de oro.

Sentí que algo se me removía en el pecho.

—Es fabuloso estar aquí fuera. Me trae tantos recuerdos…

—De acuerdo —accedió Eddie—. Acampemos. Pero antes ven aquí un momento, por favor. —Me besó en la boca y por un instante el resto del mundo quedó en silencio, como si alguien hubiera pulsado un botón o bajado el volumen—. No quiero que mañana sea nuestro último día —dijo cuando el beso terminó. Me estrechó con más fuerza entre sus brazos y noté la animada calidez de su pecho y su abdomen, el suave cosquilleo de su pelo muy corto bajo mis manos.

Esa clase de intimidad se había convertido en un recuerdo lejano para mí, pensé mientras aspiraba la fragancia limpia de su piel ligeramente tostada. Cuando Reuben y yo decidimos dejarlo, dormíamos como sujetalibros en extremos opuestos de la cama, y la porción intacta de las sábanas que se extendía entre nosotros constituía un homenaje a nuestro fracaso.

«Hasta que el colchón nos separe», había bromeado yo una noche, pero Reuben no se había reído.

Eddie se apartó para que pudiera verle la cara.

—Yo… Oye, de verdad que me planteé si debíamos anular nuestros respectivos planes. Mis vacaciones y tu viaje a Londres. Para que pudiéramos retozar en los prados durante una semana más.

Me apoyé en un codo. «Lo deseo más de lo que puedes llegar a imaginarte —pensé—. Estuve casada diecisiete años, y durante todo ese tiempo no hubo un solo momento en que me sintiera como ahora, cuando estoy contigo.»

—Otra semana como esta sería ideal —le dije—. Pero no canceles tus vacaciones. Yo seguiré aquí cuando regreses.

—Pero no estarás aquí, sino en Londres.

—¿Estás haciéndome pucheritos?

—Sí. —Me dio un beso en el hueco de la clavícula.

—Pues no sigas. Volveré aquí, a Gloucestershire, poco después de que regreses.

Eso no pareció aplacarlo.

—Si dejas de hacerme pucheritos, a lo mejor incluso voy a recibirte al aeropuerto —añadí—. Sería una de esas personas con un nombre en un cartelito y un coche en el aparcamiento de corta estancia.

Reflexionó un momento al respecto.

—Eso estaría bien —comentó—. Muy, muy bien.

—Pues dalo por hecho.

—Y... —Se quedó callado por unos instantes, como si de pronto lo hubiera asaltado una duda—. Sé que tal vez sea un poco pronto, pero después de que me hayas contado la historia de tu vida y de que yo ase unas salchichas que tal vez queden comestibles y tal vez no, quiero mantener una conversación seria sobre el hecho de que tú vivas en California y yo en Inglaterra. Esta visita tuya ha sido muy corta.

—Lo sé.

Tiró con suavidad de las briznas de hierba oscura.

—Cuando vuelva de mis vacaciones, ¿podemos pasar... no sé, una semana juntos antes de que tengas que regresar a Estados Unidos?

Asentí. Ese había sido el único nubarrón que se había cernido sobre nosotros durante toda la semana: la inevitabilidad de la separación.

—Vale, entonces creo que deberíamos… No sé. Hacer algo. Tomar una decisión. No puedo renunciar a esto sin más. No puedo vivir sabiendo que estás en algún lugar del mundo y que yo no estoy contigo. Creo que deberíamos intentar hacer que esto funcione.

—Sí —murmuré—. Sí, yo también lo creo. —Deslicé una mano en el interior de su manga—. He estado pensando lo mismo, pero cada vez que intentaba tocar el tema me acobardaba.

—¿En serio? —La voz se le tiñó de risa y alivio, y comprendí que había tenido que echarle algo de valor para entablar esa conversación—. Sarah, eres una de las mujeres más seguras de sí mismas que he conocido.

—Mmm.

—De verdad. Es una de las cosas que me gustan de ti. Una de las muchas cosas que me gustan mucho de ti.

Hacía un montón de años que yo había tenido que empezar a cubrirme con una vistosa fachada de seguridad en mí misma. Sin embargo, aunque ya era algo que me salía de manera natural —daba conferencias en congresos médicos de todo el mundo, concedía entrevistas a programas informativos, dirigía un equipo—, me sentía incómoda cuando alguien hacía algún comentario al respecto. Incómoda o tal vez expuesta, como una persona en lo alto de una colina durante una tormenta eléctrica.

Entonces Eddie me besó de nuevo y noté que todo se disipaba. La tristeza por el pasado, la incertidumbre respecto al futuro. Eso era lo que estaba escrito que ocurriera a continuación. Justo eso.

3

Quince días después

Le ha pasado alguna desgracia.

—¿Como qué?

—Como la muerte. O tal vez la muerte no. Aunque ¿por qué no? Mi abuela se murió de repente con cuarenta y cuatro años.

Jo se volvió hacia mí en el asiento del pasajero.

—Sarah.

Le rehuí la mirada.

En vez de ello, posó la vista en Tommy, que iba al volante, conduciendo por la M4 en dirección oeste.

—¿Has oído eso? —preguntó ella.

Él no respondió. Tenía la mandíbula apretada, y la pálida piel de la sien le palpitaba como si hubiera alguien dentro, luchando por salir.

«Jo y yo no deberíamos haber venido», pensé una vez más. Estábamos convencidas de que Tommy querría el apoyo de sus dos amigas de toda la vida —al fin y al cabo, no todos los días tenía que posar para las cámaras de la prensa al lado del abusón que lo había atormentado en el colegio—, pero con cada kilómetro lluvioso y gris que recorríamos resultaba más evidente que no hacíamos más que contribuir a su ansiedad.

Lo que Tommy necesitaba ese día era la libertad para rezumar una seguridad sintética sin tener delante a quienes mejor lo conocíamos. Fingir que todo era agua pasada. «¡Miradme: me he convertido en un asesor deportivo de éxito y voy a impartir un curso en mi antiguo colegio! ¡Fijaos en lo ilusionado que estoy por trabajar junto al jefe del departamento de Educación Física…, el mismo tipo que me dio un puñetazo en el estómago y se rio cuando hundí la cara en el césped llorando!

Para colmo, Rudi, el hijo de siete años de Jo, iba a mi lado en el asiento trasero. Su padre tenía una entrevista de trabajo y a Jo no le había dado tiempo de conseguir una canguro. Había estado escuchando con atención nuestra discusión sobre la desaparición de Eddie.

—Así que Sarah cree que su novio se ha muerto y mamá se mosquea —aventuró Rudi. Estaba atravesando una fase en la que sintetizaba conversaciones adultas en una frase, y se le daba muy bien.

—No es su novio —replicó Jo—. Estuvieron juntos siete días.

Volvió a hacerse el silencio en el coche.

—Sarah pensar que su novio de siete días muerto —dijo Rudi imitando el acento ruso. Tenía un nuevo amigo en el colegio, Aleksandr, que había llegado hacía poco a Londres de algún lugar cercano a la frontera de Ucrania—. Asesinado por servicio secreto. Mamá no estar de acuerdo. Mamá se mosquea con Sarah.

—No me mosqueo —repuso Jo, mosqueada—. Solo me preocupo.

Rudi meditó sobre eso durante unos instantes.

—Yo creer tú mentir.

Como Jo no podía negarlo, optó por quedarse callada. Y, como yo no quería irritarla aún más, me quedé callada también. Tommy, que no había dicho una palabra desde hacía dos horas, siguió sin hablar. Rudi perdió el interés en nosotros y se puso a jugar de nuevo con el iPad. Los adultos siempre estaban agobiados con problemas desconcertantes y absurdos.

Observé a Rudi mientras desintegraba algo que parecía una col, y de repente me invadió una profunda añoranza por aquella inocencia, por aquella visión del mundo de un niño de siete años. Me imaginé Rudilandia, un mundo en el que los teléfonos móviles eran consolas de juegos en vez de instrumentos de tortura psicológica, y la fe en el amor de su madre era tan firme como los latidos del corazón.

Si convertirse en adulto tenía algún sentido, ese día se me escapaba por completo. ¿Quién no habría preferido estar matando coles y hablando con acento ruso? ¿Quién no habría preferido que le prepararan el desayuno y le escogieran la ropa, cuando la alternativa era la desesperación brutal por un hombre que lo parecía todo y que de algún modo había acabado reducido a nada? Y no se trataba del hombre con quien había estado casada durante diecisiete años, sino de un hombre con el que solo había estado siete días. No era de extrañar que en ese coche todos me tomaran por loca.

—Mirad, ya sé que suena como una novela rosa para adolescentes —dije al fin—. Y me imagino que estáis cabreados conmigo. Pero algo le ha pasado, estoy segura.

Jo abrió la guantera de Tommy para sacar una tableta de chocolate que partió con cierto esfuerzo.

—Mamá —dijo Rudi—, ¿qué es eso?

Él sabía muy bien qué era. Jo entregó a su hijo un cuadradito sin decir una palabra. Rudi le dedicó su sonrisa más ancha y dentuda y —a pesar de la impaciencia creciente— Jo le sonrió a su vez.

—No me pidas más —le advirtió— o te sentará mal.

Rudi guardó silencio, convencido de que ella acabaría por ceder.

Jo se volvió de nuevo hacia mí.

—Oye, Sarah. No quiero ser cruel, pero creo que tienes que

asumir que Eddie no está muerto. Tampoco está herido, ni se le ha roto el teléfono ni lucha por su vida contra una enfermedad.

—¿De verdad? ¿Has llamado a los hospitales para confirmarlo? ¿Has hablado con el forense local?

—Madre mía —exclamó sin apartar los ojos de mí—. ¡Dime que no has hecho ninguna de esas cosas, Sarah! ¡Hostia santa!

—Hostia santa —susurró Rudi.

—Esa boca —lo reprendió Jo.

—Has empezado tú.

Jo le dio más chocolate a Rudi, que volvió a concentrarse en su iPad. Era el regalo que yo le había traído de Estados Unidos, y un día él me había asegurado que le gustaba más que nada en el mundo. Me había reído y luego, para su desconcierto, había llorado un poco, porque sabía que había aprendido esa frase de Jo. Había resultado ser una madre extraordinaria, Joanna Monk, a pesar de la educación que había recibido.

—¿Y bien?

—Claro que no me ha dado por llamar a los hospitales. —Suspiré—. Vamos, Jo. —Contemplé una hilera de cuervos que echaban a volar en distintas direcciones desde un cable de teléfono.

—¿Estás segura?

—Claro que lo estoy. Lo que quería decir es que sabes tan poco como yo sobre lo que le haya podido pasar a Eddie.

—¡Pero así es como se comportan los hombres! —estalló—. ¡Ya lo sabes!

—No sé nada sobre ligues. Acabo de salir de un matrimonio de diecisiete años.

—Pues hazme caso: nada ha cambiado —aseveró Jo con amargura—. Siguen sin llamar.

Miró a Tommy, pero este no reaccionó. Los restos de la seguridad que había fingido respecto al gran acto del día se habían evaporado como la bruma matinal, y apenas había abierto la boca desde que habíamos iniciado el viaje. Había tenido un breve arranque de fanfarronería en la estación de servicio, cuando había recibido el mensaje de que tres periódicos locales habían confirmado su presencia, pero unos minutos más tarde me había llamado «Sarah» en la cola de la tienda de conveniencia, y Tommy solo me llamaba por mi nombre cuando estaba hecho un manojo de nervios (yo era «Harrington» para él desde que habíamos cumplido trece años y él había empezado a hacer flexiones y a ponerse loción para después del afeitado).

El silencio se hizo más denso, y perdí la batalla que había estado librando desde que habíamos salido de Londres.

Voy de regreso hacia Gloucestershire —escribí a Eddie en un abrir y cerrar de ojos—. **A apoyar a mi amigo Tommy; va a presentar un importante proyecto deportivo en nuestro antiguo cole. Si te apetece quedar, puedo alojarme en casa de mis padres. Me haría ilusión charlar un rato. Sarah x**

Ni orgullo ni vergüenza. Estaba por encima de eso. Le daba un toque a la pantalla del móvil cada pocos segundos para comprobar el estado del mensaje.

Recibido, rezaba con desparpajo.

Me quedé mirando la pantalla, esperando que apareciera una burbuja de texto. Eso indicaría que él estaba escribiendo una respuesta.

La burbuja de texto no aparecía.

Eché otro vistazo. No había burbuja de texto.

Miré una vez más. La burbuja de texto seguía sin aparecer. Me guardé el móvil en el bolso para no tenerlo más a la vista. Es lo que hacían las chicas que todavía sufrían los tiernos tormentos de la adolescencia, pensé. Chicas que aún no habían aprendido del todo a quererse a sí mismas y que, presas de una ligera histeria, aguardaban noticias del chico con el que se habían besado en un tórrido rincón el viernes anterior. No era una actitud propia de una mujer de treinta y siete años. Una mujer que había corrido mundo, sobrevivido a la tragedia, dirigido una organización benéfica.

Empezaba a escampar. A través de la pequeña rendija de la ventanilla me llegaba el olor a asfalto mojado y a tierra ahumada y húmeda. «Estoy sufriendo de verdad.» Contemplé con expresión ausente un campo repleto de balas de heno embutidas en un plástico negro reluciente, como piernas rechonchas en unas medias. Estaba a punto de desmoronarme. Me vendría abajo y entraría en caída libre si no averiguaba pronto qué había sucedido.

Consulté mi teléfono. Habían transcurrido veinticuatro horas desde que había sacado la tarjeta SIM y lo había reiniciado. Había llegado el momento de probarlo de nuevo.

Media hora después seguíamos en la autovía de dos carriles, a la altura de Cirencester, y Rudi preguntaba a su madre por qué todas las nubes se movían en direcciones distintas.

Nos encontrábamos a solo unos kilómetros de donde yo lo había conocido. Cerré los ojos para intentar recordar el paseo que había salido a dar esa calurosa mañana. Esas horas en que mi vida era mucho más sencilla, antes de que Eddie existiera. El aroma dulzón a leche agria de la flor de saúco. Sí, y la hierba chamuscada. El vuelo sin rumbo de las mariposas atontadas por el calor. Había pasado junto a un campo de cebada, un tapiz liviano color verde vaina que jadeaba y se abombaba a causa del aire caliente. El correteo ocasional de un conejo asustado. Y la extraña sensación de expectación que flotaba sobre el pueblo ese día, la quietud efervescente, los secretos desperdigados.

Mi memoria saltó unos minutos hacia delante hasta el momento en que me topé con Eddie —un hombre llano y simpático de mirada afectuosa y rostro franco, que recibía en audiencia a una oveja descarriada—, y la angustia y el desconcierto se enmarañaron como hierbajos sobre todo lo demás.

—Diréis que he entrado en estado de negación —comenté rompiendo el silencio del coche—, pero no fue un rollo pasajero. Fue... Lo fue todo. Los dos lo sabíamos. Por eso estoy segura de que le ha pasado algo.

Solo de pensarlo, el aliento se me quedó atascado en la garganta.

—Di algo —pidió Jo a Tommy—. Dile algo, por favor.

—Soy asesor deportivo —murmuró él. Se le ruborizó el cuello—. Trabajo con los cuerpos, no con las cabezas.

—¿Quién trabaja con cabezas? —preguntó Rudi, que seguía prestando oído a nuestra conversación.

—Los psiquiatras trabajan con cabezas —respondió Jo en tono cansino—. Los psiquiatras y yo.

«Sequiatras.» Lo pronunció como «sequiatras». Jo, nacida y criada en Bow, era una chica sencilla y digna de clase obrera del este de Londres. Y yo la adoraba: adoraba su forma de hablar sin tapujos y su carácter voluble, adoraba su audacia (o su imprudencia) y, sobre todo, adoraba el amor salvaje que profesaba a su hijo. Aunque lo adoraba todo de Jo, ese día habría preferido no estar con ella en un coche.

Rudi me preguntó si faltaba mucho para llegar. Le contesté que no.

—¿Ese es vuestro cole? —inquirió señalando un polígono industrial.

—No, aunque guarda con él cierto parecido arquitectónico.

—¿Y eso de allí es vuestro cole?

—No, eso es un hipermercado.

—¿Cuánto falta?

—No mucho.

—¿Cuántos minutos?

—¿Unos veinte?

Rudi se desplomó en el asiento, poniendo de manifiesto su desesperación.

—Eso es una eternidad —masculló—. Mamá, necesito juegos nuevos. ¿Puedo comprar juegos nuevos?

Jo le dijo que no, y Rudi procedió a comprarlos de todos

modos. Observé atónita como el crío introducía con toda naturalidad el nombre de usuario de Apple y la contraseña de Jo.

—Oye…, disculpa —susurré. Alzó la vista hacia mí, con el peinado estilo afro rubio brillando como una aureola y revolviendo con picardía los ojos almendrados. Hizo el gesto de cerrarse la boca con una cremallera y me apuntó con un dedo amenazador. Como amaba a ese niño mucho más de lo que habría querido, obedecí.

Su madre dirigió su atención a la otra criatura que viajaba en el asiento de atrás.

—Vamos a ver —dijo posándome una mano regordeta en la pierna. Ese día se había pintado las uñas de un color llamado Escombros—. Creo que tienes que afrontar los hechos. Conociste a un tío, pasaste una semana con él, y luego se fue de vacaciones y no volvió a llamarte.

Los hechos me resultaban demasiado dolorosos por el momento; prefería las conjeturas.

—Ha tenido quince días para ponerse en contacto, Sarah. Has estado enviándole mensajes, llamándolo y haciendo toda clase de cosas que, para serte sincera, nunca habría esperado de ti, y aun así… no has recibido respuesta. Yo también he pasado por eso, cielo, y sé que duele. Pero no dejará de dolerte hasta que asumas la verdad y sigas adelante con tu vida.

—Lo haría si tuviera la certeza de que simplemente ha pasado de mí. Pero no la tengo.

—Tommy… —Jo suspiró—. Por favor, échame un cable.

Se produjo un silencio prolongado. Me pregunté si existía alguna humillación peor que aquella. ¿De verdad estaba manteniendo una conversación como esa, con casi cuarenta años? Tres semanas atrás yo era una adulta funcional. Había presidido una reunión del consejo ejecutivo. Había escrito un informe sobre un hospital pediátrico con el que mi organización planeaba colaborar. Ese día me había arreglado y alimentado yo sola, había bromeado, atendido llamadas, respondido a correos electrónicos. Y ahora ahí estaba, con menos control sobre mis emociones que el mocoso de siete años que iba sentado a mi lado.

Eché una ojeada a las cejas de Tommy por el retrovisor para ver si tenía alguna intención de meter baza. Cuando a los veintitantos había perdido el pelo, sus cejas habían cobrado vida propia, y últimamente se habían convertido en barómetros más fiables de lo que pensaba que su boca.

En aquel momento estaban casi juntas, con solo una arruga en medio.

—Lo cierto... —dijo. Hizo otra pausa, y percibí el esfuerzo que estaba costándole abstraerse de sus preocupaciones—. Lo cierto, Jo, es que das por sentado que comparto tu opinión respecto a Sarah. Pero no estoy seguro de que la comparta. —Hablaba con voz suave y medida, como un gato bordeando el peligro.

—¿Perdona?

—Aquí va a haber jaleo —susurró Rudi.

Las cejas de Tommy hilvanaron su siguiente frase.

—Estoy seguro de que la razón por la que la mayoría de los hombres no llama es la falta de interés, pero me da la impresión de que en este caso hay algo más. A ver, acabaron pasando una semana juntos. Es mucho tiempo, ¿no crees? Si el único objetivo de Eddie hubiera sido lo que tú ya sabes, habría desaparecido después de la primera noche.

Jo soltó un resoplido.

—¿Por qué iba a marcharse después de la primera noche si podía pasarse siete días dale que te pego con lo que tú ya sabes?

—¡Anda ya, Jo! ¡Eso es cosa de chicos de veinte años, no de hombres casi cuarentones!

—¿Estáis hablando de sexo? —preguntó Rudi.

—Eh... No —titubeó Jo perpleja—. ¡Qué sabrás tú del sexo!

Rudi, aterrorizado, reanudó sus actividades con el iPad.

Jo lo observó durante un rato, pero él permanecía diligentemente inclinado sobre la pantalla, farfullando con acento ruso.

Respiré hondo.

—Lo que no consigo sacarme de la cabeza es que se ofreció a cancelar sus vacaciones. ¿Por qué habría de...?

—Tengo pipí —anunció Rudi de pronto—. Creo que me queda menos de un minuto —añadió antes de que Jo tuviera la oportunidad de preguntárselo.

Nos detuvimos delante de la facultad de Agronomía, situada enfrente del colegio público donde Eddie había estudiado. Una bruma grisácea de tristeza me envolvió mientras me quedaba mirando el rótulo, intentando imaginar a un Eddie de doce años atravesando las puertas a brincos con su carita redonda y esa sonrisa que al cabo de los años acabaría por marcarle líneas de expresión en la piel.

Estamos pasando por delante de tu cole —le escribí sin darme tiempo a contenerme—. **Ojalá supiera qué ha sido de ti.**

Jo estaba sospechosamente animada cuando Rudi y ella subieron de nuevo al coche. Comentó que el día estaba poniéndose espléndido y que se alegraba mucho de visitar la campiña con nosotros.

—Le he dicho que estaba pasándose contigo —me susurró Rudi—. ¿Te apetece un poco de queso? —Dio unas palmaditas a un táper con las rebanadas de queso que le había quitado a los sándwiches que Jo le había dado antes.

Le alboroté el pelo.

—No —musité—. Pero te quiero. Gracias.

Jo fingió no haber oído el diálogo.

—Decías que Eddie se ofreció a cancelar sus vacaciones —comentó en tono jovial.

Noté que las grietas en mi corazón se ensanchaban, pues, naturalmente, sabía por qué a Jo le costaba tanto tenerme paciencia. Sabía que, de los numerosos hombres a los que había entregado el alma y el corazón (y a menudo el cuerpo) durante los años anteriores al nacimiento de Rudi, casi ninguno la había llamado. Y los que llamaban siempre resultaban tener una colección de amantes. Y siempre se dejaba embaucar, porque no era capaz de renunciar a la esperanza de ser querida. Un día Shawn O'Keefe había entrado en escena, la había dejado embarazada y se había mudado a su casa, pues sabía que Jo le proporcionaría comida y techo. Desde entonces Shawn no había tenido un solo empleo. Desaparecía durante noches enteras sin decirle adónde iba. Su «entrevista de trabajo» de aquel día era un puro invento.

Pero Jo llevaba siete años aguantando esa situación, porque de alguna manera se había autoconvencido de que el amor surgiría si Shawn y ella se esforzaban un poquito más, si ella esperaba un poquito más a que él madurara. Se había autoconvencido de que podrían formar la familia que ella nunca había tenido.

Sí, Jo lo sabía todo acerca de la negación.

Sin embargo, mi situación debía de haberla sobrepasado. Había intentado seguirme la corriente desde que Eddie se había esfumado de la faz de la tierra, se había obligado a escuchar mis conjeturas, me había dicho que a lo mejor él llamaría al día siguiente. Pero no se había creído una sola palabra, y ahora se había desmoronado. «No dejes que te utilicen como me han utilizado a mí —estaba diciendo en el fondo—. Aléjate, Sarah, huye mientras puedas.»

El problema era que no podía.

Había rumiado la posibilidad de que Eddie simplemente no estuviera interesado en mí. Durante todos y cada uno de los quince días que mi teléfono había permanecido en silencio. Había repasado en mi mente cada uno de los luminosos momentos que había compartido con él intentando detectar alguna fisura, algún pequeño signo de advertencia de que tal vez él no estaba tan convencido como yo, pero no había encontrado nada.

Aunque apenas entraba en Facebook por aquella época, de repente me pasaba el día allí metida, escudriñando su perfil en busca de señales de vida. O, peor aún, de otra persona.

Nada.

Lo telefoneaba y le mandaba mensajes; incluso le escribí un patético y exiguo tuit. Me descargué el Facebook Messenger y el WhatsApp, y los consultaba a lo largo del día para comprobar si él había reaparecido. Pero me daban invariablemente la misma información: Eddie David se había conectado por última vez hacía poco más de dos semanas, el día que me había marchado de su casa a fin de que él pudiera hacer las maletas para su viaje a España.

Embargada tanto por la desesperación como por la vergüenza, incluso me había bajado unas cuantas aplicaciones de citas para averiguar si él estaba registrado.

No lo estaba.

Ansiaba controlar aquella situación incontrolable. No podía dormir; solo de pensar en comer se me revolvían las tripas. No conseguía concentrarme en nada, y cada vez que sonaba mi teléfono me abalanzaba sobre él como un animal hambriento. El cansancio me agobiaba durante toda la jornada —como un fardo pesado y fibroso, a veces sofocante—, y aun así me pasaba casi toda la noche en vela, contemplando la densa oscuridad en la habitación de invitados de Tommy, en el oeste de Londres.

Curiosamente, yo sabía que esa no era yo. Sabía que aquel no era un comportamiento saludable y que, lejos de mejorar, iba a peor, pero me faltaban la fuerza de voluntad y la energía para someterme a mí misma a una intervención psicológica.

«¿Por qué no me ha llamado?», había introducido un día en el cuadro de búsqueda de Google. La respuesta me había golpeado como un huracán virtual. En aras de la cordura que me quedara, había cerrado la página.

En vez de ello, había tecleado el nombre de Eddie otra vez,

y había explorado su web de carpintería, en busca de… Llegada a ese punto, ni siquiera sabía qué estaba buscando. Y, por supuesto, no había encontrado nada de nada.

—¿Crees que te lo contó todo sobre sí mismo? —preguntó Tommy—. ¿Estás segura de que no está con otra mujer, por ejemplo?

La carretera descendía hacia una pequeña hondonada de terreno forestal, donde unos robles majestuosos se apiñaban como caballeros en un salón para fumadores.

—No está con otra mujer —aseveré.

—¿Cómo lo sabes?

—Lo sé porque… lo sé. Estaba soltero, sin compromiso. No solo en sentido literal, sino también emocional.

Capté la imagen fugaz de un ciervo que se internaba en un bosque de hayas.

—Vale. Pero ¿qué hay de los demás signos de advertencia? —insistió Tommy—. ¿Detectaste alguna contradicción? ¿Te dio la impresión de que te ocultaba algo?

—No. —Hice una pausa—. Aunque supongo que…

Jo se dio la vuelta.

—¿Qué?

Exhalé un suspiro.

—El día que nos conocimos rechazó varias llamadas entrantes. Pero solo ocurrió en esa ocasión —me apresuré a añadir—. Después respondía cada vez que el móvil le sonaba. Además, no recibía llamadas sospechosas; solo de amigos, de su madre, de gente relacionada con su trabajo… —«Y de Derek», pensé de pronto. No había conseguido averiguar del todo quién era Derek.

Las cejas de Tommy estaban inmersas en alguna complicada triangulación.

—¿Qué pasa? —le pregunté—. ¿Qué estás pensando? Fue solo el primer día, Tommy. Después de eso habló con todos los que lo llamaron.

—Te creo. Lo que ocurre es que… —Su voz se apagó.

Jo guardaba un silencio estridente, pero opté por ignorarla.

—Lo que ocurre es que eso de las webs de contactos siempre me ha parecido arriesgado —dijo Tommy al fin—. Sé que no lo conociste en internet, pero es una situación parecida… No tenéis amigos en común ni una historia compartida. El hombre podía estar haciéndose pasar por alguien que no era.

Fruncí el ceño.

—Pero me añadió como amiga en Facebook. ¿Por qué iba a hacer eso si tenía algo que ocultar? Está en Twitter y en Instagram por trabajo, y tiene una web comercial. En la que aparece una foto suya. Y me quedé una semana en su casa, ¿recuerdas? La correspondencia que recibía tenía a Eddie David como destinatario. Si no fuera Eddie David, ebanista, yo lo habría descubierto.

Nos encontrábamos en lo más profundo del viejo bosque que se extendía por Cirencester Park. Círculos de luz se deslizaban por los muslos desnudos de Jo, que miraba por la ventana, aparentemente sin saber qué decir. No tardaríamos mucho en emerger de la espesura, y poco después llegaríamos a la curva de la carretera donde se había producido el accidente.

Al pensar en ello noté que se me alteraba la respiración, como si se hubiera reducido el oxígeno en el interior del coche.

Unos minutos más tarde salimos a la claridad que inundaba los campos después de la lluvia. Cerré los ojos, aún incapaz, después de tantos años, de mirar la hierba del arcén donde me dijeron que el equipo de la ambulancia la había tumbado para intentar evitar lo inevitable.

La mano de Jo se acercó hasta posarse en mi rodilla.

—¿Por qué haces eso? —Rudi tenía la antena puesta—. ¿Eh, mamá? ¿Por qué le has puesto la mano en la pierna a Sarah? ¿Por qué hay flores atadas a ese árbol? ¿Por qué estáis todos tan…?

—Rudi —dijo Jo—. Rudi, ¿qué tal si jugamos al veo, veo? Veo, veo una cosita que empieza por la letra T.

Se hizo un silencio.

—Ya soy mayor para eso —protestó Rudi, enfurruñado. No le gustaba que lo excluyéramos de la conversación.

Yo seguía con los párpados apretados, aunque sabía que ya habíamos dejado atrás el lugar.

—Un tiburón —comenzó Rudi de mala gana—. Un tiesto. Un teléfono móvil.

—¿Todo bien, Harrington? —preguntó Tommy tras una pausa respetuosa.

—Sí. —Abrí los ojos. Trigales, tapias de piedra seca medio derruidas, senderos que zigzagueaban como relámpagos entre la hierba de los prados donde pacían los caballos—. Todo bien.

El dolor no había remitido. Diecinueve años habían lijado los bordes, desbastado los peores nudos, pero seguía estando allí.

—¿Qué tal si charlamos un poco más sobre Eddie? —propuso Jo. Traté de responderle que sí, pero me falló la voz—. Cuando te venga bien —agregó dándome unas palmaditas en la pierna.

—Bueno, no dejo de preguntarme si habrá sufrido un accidente —dije cuando recuperé el habla—. Se fue al sur de España a practicar windsurf.

Las cejas de Tommy meditaron sobre eso.

—Supongo que es una hipótesis razonable.

Jo señaló que Eddie y yo éramos amigos en Facebook.

—Si se hubiera hecho daño, ella habría visto algo en su muro.

—Por otro lado, no podemos descartar que se haya quedado sin batería en el móvil —dije. La voz se me entrecortaba cada vez que se cerraba una vía de esperanza—. Era un desastre, él...

—Cielo —me interrumpió Jo con delicadeza—. Cielo, no se ha quedado sin batería. Su teléfono da tono cuando lo llamas.

Asentí, hundida en la miseria.

Rudi, que estaba comiendo patatas de bolsa, dio una patada al respaldo del asiento de Jo.

—Me aburrooo.

—Para ya —le dijo ella—. Y recuerda que habíamos quedado en no hablar con la boca llena.

Sin que su madre lo viera, Rudi se volvió hacia mí y abrió la boca desmesuradamente para mostrarme sus patatas a medio masticar. Por desgracia, y por motivos que se me escapaban, había decidido que esa era una broma privada entre nosotros.

Introduje la mano en el bolsillo lateral de mi bolso y cerré los dedos sobre el último atisbo de esperanza que me quedaba.

—Pero Ratoncita… —murmuré en tono lastimero. Notaba las lágrimas cálidas a punto de derramarse—. Me dio a Ratoncita.

La sostuve en la palma ahuecada; lisa, gastada, más pequeña que una nuez. Eddie la había tallado en un trozo de madera cuando tenía solo nueve años. «Ella y yo las hemos pasado de todos los colores juntos —me dijo—. Es mi talismana.»

Me recordaba el pingüino de latón que mi padre me había regalado para que me hiciera compañía mientras preparaba los exámenes para el Certificado General de Educación Secundaria. Era un bicho de aspecto severo que me fulminaba con la mirada cada vez que abría un examen de prueba. Después de todos esos años seguía adorando a ese pingüino. Por nada del mundo se lo habría confiado a otra persona.

Ratoncita significaba lo mismo para Eddie; yo lo sabía… y, aun así, me la había dejado. «Cuídala bien hasta que regrese —me había encargado—. Significa mucho para mí.»

Jo miró hacia atrás y suspiró. Yo ya le había hablado de Ratoncita.

—La gente cambia de opinión —dijo en voz baja—. Tal vez simplemente le resultaba más fácil quedarse sin el llavero que ponerse en contacto contigo.

—No es solo un llavero. Es… —Me di por vencida.

—Oye, Sarah —prosiguió Jo en un tono más conciliador—. Si tan segura estás de que le ha pasado algo malo, ¿por qué no te olvidas de todas esas comunicaciones privadas y escribes algo en su muro de Facebook, donde todo el mundo pueda verlo? Dile que estás preocupada. Pregunta a sus contactos si tienen noticias de él.

Tragué en seco.

—¿Qué estás sugiriéndome?

—Exactamente lo que he dicho. Que pidas información a sus amistades. ¿Qué te lo impide?

Dirigí la vista hacia la ventanilla, incapaz de responder.

Jo continuó presionando.

—Creo que lo único que puede impedírtelo es la vergüenza. Y si creyeras de verdad, sinceramente, en el fondo de tu corazón, que le ha sucedido algo terrible, la vergüenza te importaría un pito.

Estábamos pasando frente al antiguo aeródromo del ejército. Una manga de viento de color naranja ondeaba sobre la pista de aterrizaje desierta, y de pronto me vinieron a la memoria las sonoras carcajadas que papá había arrancado a Hannah al comentar que era como una minga grande y anaranjada. «¡Minga de viento!», había exclamado ella, y mamá se había debatido entre reñirla o morirse de risa.

Rudi abrió la biblioteca de música de Jo en el iPad y seleccionó una lista de reproducción titulada «Rap de la costa Este».

Si estaba tan preocupada como afirmaba, ¿por qué no había escrito nada en el muro de Eddie? ¿Y si Jo tenía razón?

Las casitas de piedra de Chalford, en los montes Cotswold, aparecieron a lo lejos, aferrándose a la ladera como esperando a que las rescataran. Después de Chalford llegó Brimscombe, que a su vez cedió el paso a Thrupp, y este a Stroud. Y allí un nutrido comité formado por profesores, alumnos y periodistas aguardaba a Tommy en nuestro antiguo colegio. Tuve que recobrar la compostura.

—Un momento —dijo Tommy de pronto. Bajó el volumen del rap de Rudi y me miró por el retrovisor—. Harrington, ¿comentaste a Eddie que estabas casada?

—No.

Las cejas le iban como locas.

—Pero ¿no decías que se lo habías contado todo?

—¡Y es verdad! Simplemente no repasamos nuestras listas respectivas de exparejas. Eso habría sido…, bueno, de mal gusto. Es decir, los dos tenemos casi cuarenta años… —Dejé el resto de la frase en el aire. ¿Deberíamos haberlo hecho?—. Se suponía que debíamos contarnos nuestra vida, pero no se presentó la ocasión. Por otro lado, sí dejamos claro que ambos estábamos solteros.

Tommy me observaba por el espejo.

—Pero ¿habéis actualizado Reuben y tú vuestra página web?

Arrugué el entrecejo, preguntándome adónde quería llegar. De repente:

—Oh, no —susurré. Unos dedos helados me rozaron el abdomen.

—¿Qué pasa? —gritó Rudi—. ¿De qué habláis?

—De la web de la ONG de Sarah —explicó Jo—. Hay una página entera sobre cómo Sarah y Reuben fundaron la organización Clowndoctors en los noventa, después de casarse, y cómo siguen encargándose de ella en la actualidad.

—¡Ah! —dijo Rudi. Dejó el iPad a un lado, encantado de haber resuelto al fin el misterio—. ¡El novio de Sarah lo leyó y se le rompió el corazón! Por eso está muerto, porque no puedes vivir si no te funciona el corazón.

Pero:

—Lo siento…, no me convence —dijo Jo por lo bajo—. Si se pasó una semana contigo, Sarah, si iba tan en serio como tú con la relación, eso no debería haber bastado para desanimarlo. Te habría pedido explicaciones, en vez de escabullirse como un gato moribundo.

Pero yo ya estaba concentrada en esa maldita aplicación de Messenger, escribiéndole un mensaje.

4

Primer día: el día que nos conocimos

Hacía un calor infernal el día que conocí a Eddie David. La campiña había empezado a fundirse y a formar un charco sobre sí misma; los pájaros se refugiaban en los huecos de los árboles totalmente inmóviles, y las abejas iban como borrachas por exceso de grados Celsius. No parecía una tarde ideal para enamorarse de un perfecto desconocido. Parecía un 2 de junio idéntico a todos los demás en que había recorrido aquel camino. Tranquilo, triste, con una fuerte carga emocional. Familiar.

Oí a Eddie antes de verlo. Yo estaba de pie en la parada de autobús, intentando recordar qué día de la semana era. Martes, decidí, lo que significaba que aún me quedaba una hora de espera. Allí, en pleno bochorno del día, para subir a un autobús en el que seguramente me asaría. Eché a andar despacio por el camino en dirección al pueblo, buscando algo de sombra. Una ráfaga ardiente llevó hasta mis oídos el bullicio de unos niños de la escuela primaria.

Los interrumpió el atronador balido de una oveja que estaba en algún lugar por delante de mí. «BEEE —gritaba—. ¡BEEE!»

Le respondió el estallido de una risa masculina, que atravesó el calor comprimido como un chorro de aire fresco. Empecé a sonreír, incluso antes de ver al hombre. Su carcajada resumía todo lo que yo opinaba sobre las ovejas, con sus caras ridículas y sus ojos bobalicones situados a los lados de la cabeza.

Se encontraban a cierta distancia, en el prado comunal del pueblo. El hombre, sentado de espaldas a mí, y la oveja, unos metros más lejos, contemplando al hombre con sus ojos situados a los lados de la cabeza. Intentó balar de nuevo, y el hombre dijo algo que no alcancé a oír.

Cuando llegué al prado estaban enfrascados en una conversación.

Me quedé parada a la orilla del césped agostado, mirándolos, y experimenté una especie de *déjà-vu*. Aunque no conocía al hombre, era una réplica encantadora de muchos de los compañeros de clase que había tenido: grandullón, agradable a la vista, con el cabello muy corto y la tez de color bizcocho; lucía el uniforme oficial del West Country, consistente en un pantalón corto de estilo cargo y una camiseta. Tenía toda la pinta de saber instalar estanterías y hacer surf, y seguramente conducía un Golf destartalado cedido por su simpática pero chiflada madre.

Era el tipo de chico con el que algún día me casaría, según había consignado en mi diario de adolescente (el «algún día» hacía referencia a un momento indeterminado del futuro en el que, cual mariposa salida de una achaparrada crisálida, renunciaría a mi condición de compinche resultona y socialmente torpe de Mandy y Claire, y me transformaría en una mujer hermosa y audaz con el poder de atraer a cualquier hombre en el que se fijara). El marido sería de ese lugar —Sapperton o algún otro pueblo de las inmediaciones—, y sin lugar a dudas conduciría un Golf. (Por algún motivo, el Golf era lo más para mí. En mi fantasía, íbamos en él a Cornualles de viaje de novios, y yo lo dejaba boquiabierto al adentrarme temerariamente en el mar con la tabla de surf bajo el brazo.)

En vez de eso, me había casado con un payaso estadounidense decadente. Un payaso de verdad, con cajas repletas de narices rojas, ukeleles y sombreros ridículos. Faltaba un par de horas para que se despertara mientras el intenso sol de California empezaba a blanquear las paredes de nuestro piso. Tal vez bostezaría, se daría la vuelta y se acurrucaría un momento contra su nueva novia antes de alejarse arrastrando los pies para ir a subir el aire acondicionado y prepararle algún repugnante zumo verde.

—Hola —saludé.

—Ah, hola —dijo el hombre volviéndose hacia atrás. «Ah, hola.» Como si fuéramos viejos amigos—. He conocido a una oveja. —El animal emitió otro de aquellos balidos que sonaban más bien como la sirena de un barco, sin apartar en ningún momento la vista del rostro del hombre—. Solo han pasado unos minutos —añadió él—, pero los dos vamos muy en serio.

—Ya veo. —Sonreí—. ¿Eso es legal?

—No puede legislarse sobre el amor —repuso con aire jovial.

Un pensamiento inesperado cruzó mi mente: «Echo de menos Inglaterra».

—¿Cómo os conocisteis? —pregunté mientras avanzaba por el prado.

El hombre sonrió a la oveja.

—Pues estaba aquí sentado, compadeciéndome un poco de mí mismo, cuando esta jovencita apareció como de la nada. Nos pusimos a charlar y, cuando me di cuenta, estábamos discutiendo la posibilidad de irnos a vivir juntos.

—Querrás decir «este jovencito» —señalé—. No sé mucho de ovejas, pero te aseguro que esta no es hembra.

Al cabo de unos instantes el hombre se inclinó hacia atrás y echó un vistazo a los bajos del animal.

—Ah.

El borrego alzó los ojos hacia él.

—¿O sea, que no te llamas Lucy? —preguntó él. El carnero guardó silencio—. Me ha dicho que se llamaba Lucy.

—No se llama Lucy —confirmé.

La oveja baló de nuevo y el hombre soltó una risotada. Una grajilla enloquecida remontó el vuelo aleteando desde un árbol que crecía junto al sendero, detrás de nosotros.

De algún modo, yo había acabado allí, de pie junto a ellos. El hombre, la oveja y yo, juntos en el prado descolorido del pueblo. El hombre me miraba desde el suelo. Me pareció que tenía los ojos del color de océanos lejanos, rebosantes de calidez y buenas intenciones.

Era bastante adorable.

«Asume que tardarás muchos meses en poder concebir sentimientos auténticos hacia otro hombre», me habían asegurado esa mañana. El consejo me lo había brindado una aplicación absurda llamada Guía Para Rupturas, que Jenni Carmichael, mi mejor amiga en Los Ángeles, había instalado (sin mi permiso) en mi móvil el día después de que Reuben y yo anunciáramos nuestra separación. Cada mañana me enviaba de forma automática notificaciones funestas sobre el estado de trauma emocional en que me encontraba en ese momento, junto con la afirmación de que era algo completamente normal.

Sin embargo, yo no había sufrido ningún tipo de trauma emocional. Incluso cuando Reuben me dijo que lo sentía pero que creía que debíamos divorciarnos, yo había tenido que obligarme a llorar para no herir sus sentimientos. Cuando la app me hablaba de mi corazón destrozado y mi espíritu quebrantado, me sentía como si me hubiera llegado por error el correo de otra persona.

Pero como Jenni se ponía contenta cuando me veía leyendo los mensajes, conservé la aplicación. El bienestar emocional de Jenni —cada vez más delicado conforme se acercaba a la cuarentena y sus esperanzas de reproducirse se desvanecían— dependía en gran medida de su capacidad para ayudar a los necesitados.

El hombre se dirigió de nuevo al carnero.

—Pues qué lástima. Yo creía que Lucy y yo teníamos futuro. —Empezó a sonarle el móvil.

—¿Crees que lo superarás?

Se sacó una punta del teléfono del bolsillo y rechazó la llamada.

—Oh, supongo que sí. Al menos, eso espero.

Paseé la vista alrededor en busca de otras ovejas, un granjero, un perro pastor diligente.

—Me parece que deberíamos hacer algo por él, ¿no?

—Seguramente. —El hombre se puso de pie ayudándose con los brazos—. Llamaré a Frank. Es el dueño de casi todas las ovejas de por aquí. —Marcó un número en su móvil y yo tragué saliva, de pronto presa de la inseguridad. En cuanto nos hubiéramos encargado del borrego, tendríamos que dejar de bromear y entablar una conversación de verdad.

Esperé, parada en medio del prado. El carnero mordisqueaba con poco entusiasmo los ásperos hierbajos que lo rodeaban, sin dejar de vigilarnos. Aunque lo habían esquilado hacía poco tiempo, hasta su corto pelaje parecía sofocante en ese calor.

Me pregunté qué hacía yo allí. Me pregunté por qué el hombre había estado compadeciéndose de sí mismo. Me pregunté por qué estaba pasándome los dedos por el cabello. Él estaba hablando con Frank por teléfono, riendo con despreocupación.

—Vale, tío. Haré lo que pueda. Ya —dijo mirándome. Era innegable que tenía unos ojos muy bonitos.

(¡Basta ya!)

—Frankie tardará en llegar. Dice que Lucy se ha escapado de un prado que está al lado del pub. —Se volvió hacia el carnero—. Has venido de muy lejos. Me tienes impresionado.

Como la oveja siguió comiendo, él me miró a mí.

—Voy a intentar conducirla de vuelta por el sendero. ¿Te apetece echarme una mano?

—Claro. De todos modos, me dirigía hacia allí para almorzar.

En realidad, no me dirigía hacia allí para almorzar. Había estado esperando el cincuenta y cuatro para ir a Cirencester, porque mis conocidos estaban allí y no había nadie en casa de mis padres. La noche anterior una enfermera de Urgencias del hospital Leicester Royal había llamado para comunicarnos que habían ingresado a mi abuelo con una fractura de cadera. Tenía noventa y tres años. También era un faltón de cuidado, pero no tenía a nadie aparte de mi madre y su hermana, Lesley, que en ese momento estaba en las Maldivas con su tercer marido.

—Marchaos —alenté a mamá cuando noté que vacilaba. No le gustaba defraudarme. Cada mes de junio montaba un tinglado por todo lo alto de cara a mi visita: una logística impecable, la casa llena de flores, comida exquisita. Cualquier cosa para convencerme de que la vida en Inglaterra era mucho mejor que todo lo que California pudiera ofrecerme.

—Pero... —se desinfló ante mis ojos—, pero te quedarás sola.

—Estaré bien —le aseguré—. Además, echarán al abuelo del hospital si no estás allí para disculparte en su nombre.

La última vez que el abuelo había estado ingresado, había tenido un desafortunado roce con un especialista a quien no dejaba de referirse como un «estúpido estudiante de medicina».

Se produjo un silencio mientras mamá se debatía entre sus responsabilidades filiales y maternales.

—¿Qué os parece si os dejo tranquilos un par de días y luego subo a Leicester? —les propuse.

Mis padres se miraron, ambos sin saber qué hacer. «¿Desde cuándo sois tan indecisos?», pensé. Parecían haber envejecido y encogido desde la última vez que los había visto. Sobre todo ella. Como si su cuerpo ya no fuera de su talla. (¿Era culpa mía? ¿Había empequeñecido de alguna manera porque yo me empeñaba en vivir en el extranjero?)

—Pero no te gusta estar en nuestra casa —dijo papá al no

encontrar una forma mejor de expresarlo. Y, por una vez, su incapacidad de pensar un comentario gracioso hizo que el nudo en mi garganta se hinchara casi hasta obstruírmela por completo.

—¡Claro que me gusta! Pero ¡qué tontería!

—Y no podemos dejarte el coche. ¿Cómo vas a moverte?

—Está el autobús.

—La parada está en el quinto pino.

—Me gusta caminar. De verdad, idos. Me lo tomaré con calma, como me aconsejáis siempre. Leeré un poco. Me abriré paso a bocados a través de esa montaña de comida que habéis traído.

Así pues, esa mañana había salido al camino a despedirlos y de pronto me había quedado sola en una casa en la que —en efecto— no me gustaba estar. Y menos aún sin compañía.

Lo que significaba que no me dirigía hacia el pub Daneway para tomar un almuerzo solitario. Lo cierto era que estaba intentando coaccionar a ese perfecto desconocido para que tomara una copa conmigo, a pesar de que la aplicación me había notificado esa mañana que los coqueteos con otros hombres solo acabarían en un baño de lágrimas. «Procura no olvidar que ahora mismo estás en una posición estratosféricamente vulnerable», decía mostrándome la foto con enfoque difuminado de una chica que lloraba sobre un montón de almohadas mullidas.

El móvil del hombre empezó a sonar de nuevo. Esa vez dejó que sonara hasta que la otra persona se cansó.

—Bien, vamos allá —dijo. Se acercó a Lucy, que le lanzó una mirada hostil antes de dar media vuelta y echar a correr—. ¡Tú ve por allí! —me gritó el hombre—. Entonces podemos ir encaminándolo por el sendero. ¡Ay! ¡Joder! —Dio unos saltos sobre la hierba con torpeza y regresó a toda prisa a por sus chanclas.

Giré hacia la izquierda lo más rápido que pude en aquel calor pegajoso. Lucy hizo un quiebro a la derecha, donde lo esperaba el hombre, risueño. Consciente de que estaba acorralado, Lucy se dirigió a regañadientes hacia el angosto sendero que descendía hasta el pub, no sin soltar un balido de protesta.

«Gracias, Dios, o el universo o el destino —pensé— por este carnero, este hombre, este seto inglés.»

Qué alivio charlar con alguien que no sabía nada de la tristeza que se suponía que me embargaba. Que no ladeaba la cabeza en un gesto compasivo al hablar conmigo. Que simplemente me hacía reír.

Lucy realizó varios intentos de fuga a lo largo del trayecto hacia el pub, pero con un cohesionado trabajo en equipo conseguimos conducirlo de vuelta a su prado. El hombre arrancó una rama de un árbol y, tras asegurarla de través en el hueco de la valla por la que la oveja se había escapado, se volvió hacia mí con una sonrisa.

—Ya está.

—Así es —asentí. Nos encontrábamos justo al lado del pub—. Me debes una pinta.

Con una carcajada dijo que le parecía razonable.

Y así fue como empezó todo.

5

Siete días después Eddie y yo nos habíamos dicho adiós. Pero había sido un adiós a la francesa, un *au revoir*. Un «¡hasta la próxima!». No era una despedida. No se aproximaba a una despedida ni por asomo. ¿Desde cuándo las despedidas incluían las palabras «creo que me he enamorado de ti»?

Había seguido el curso del río Frome hasta regresar a casa de mis padres, tarareando alegremente. Ese día el agua estaba cristalina, salpicada de almohadillas de musgo y limpios bancos de guijarros, custodiados por matojos de espadañas puntiagudas. Pasé por donde Hannah se había caído al río un día al intentar coger unas flores de ranúnculo y se me escapó una risotada que me sorprendió. El corazón me brincaba en el pecho, animado por los recuerdos de la semana: conversaciones hasta las tantas de la noche, sándwiches de queso, estallidos de risa, toallas de baño tendidas en una barandilla. La ancha mole del cuerpo de Eddie, el viento que soplaba con suavidad entre los árboles que crecían junto a su establo en rachas sutiles como regueros de harina y, una y otra vez, las palabras que él había pronunciado antes de que me marchara.

Yo había llegado a Leicester al atardecer. Mientras iba en el taxi al hospital se había desatado una tormenta; la ciudad se había sumido en la oscuridad, y las luces rojas del letrero de URGENCIAS se habían escurrido por el parabrisas como sopa.

Había encontrado al abuelo en una sala calurosa, malhumorado pero asustado, y a mis padres agotados.

Eddie no me había llamado esa noche. Tampoco me había enviado un mensaje con los detalles de su vuelo de regreso. Brevemente, mientras me ponía el pijama, me pregunté por qué. «Debía de tener prisa —me dije—. Estaba con su amigo. —Y, por último—: Me quiere.» ¡Seguro que llamaría!

Pero Eddie no había llamado. Y no había llamado, y había seguido sin llamar.

Durante un par de días me había convencido a mí misma de que no pasaba nada. Dudar de lo que había sucedido entre nosotros habría sido absurdo…, demencial, incluso. Sin embargo, conforme la dolorosa sangría de días se acercaba a una semana, me resultaba más difícil mantener a raya la creciente oleada de pánico.

—Lo está pasando de miedo en España —mentí cuando llegué a Londres para quedarme con Tommy, tal como había planeado.

Unos días antes, mientras almorzaba con Jo, me había venido abajo.

—No me ha llamado —admití. Lágrimas de miedo y humillación se me acumularon en los ojos—. Tiene que haberle pasado algo. No fue solamente un rollo, Jo; me cambió la vida.

Tommy y Jo fueron amables conmigo; me escucharon y me aseguraron que «lo llevaba muy bien», pero percibí su estupefacción ante el desmoronamiento de la Sarah que conocían. ¿Acaso ya no era aquella mujer que había rehecho su vida después de huir a Los Ángeles envuelta en un aura de tragedia, la mujer que había fundado una estupenda organización de ayuda a la infancia y se había casado con un estadounidense de pura cepa; la mujer que en la actualidad viajaba por todo el mundo para pronunciar discursos inaugurales?

Esa misma mujer había caído tan bajo que se había pasado

dos semanas enclaustrada en el piso de Tommy, acosando a un hombre con quien había estado siete días.

En ese entonces Reino Unido estaba a punto de estallar en la olla a presión del referéndum sobre la permanencia en la Unión Europea, mi abuelo había pasado dos veces por quirófano y mis padres se habían convertido prácticamente en prisioneros en su casa. Mi organización había obtenido una sustanciosa subvención y Jenni estaba realizando el último ciclo de fecundación in vitro que su aseguradora iba a pagarle. Aunque me encontraba en medio de un panorama de altibajos humanos muy reales, me costaba prestarles atención.

Había visto a algunas amigas comportarse así. Me había quedado atónita cuando aseguraban que él tenía el teléfono estropeado; que se había roto una pierna; que yacía en una cuneta recóndita, maltrecho y desvalido. Insistían en que habían hecho algún comentario desafortunado que «lo había espantado», y de ahí la necesidad de «aclarar los malentendidos». Había sido testigo de que acababan con el orgullo destrozado, el corazón roto, el juicio trastornado, y todo por un hombre que nunca las llamaría. Peor aún: por un hombre al que apenas conocían.

Y allí estaba yo. Sentada en el coche de Tommy, con el orgullo destrozado, el corazón roto y el juicio trastornado. Componiendo en mi mente un mensaje desesperado para explicar que en realidad ya no estaba casada. Que había sido «una ruptura de lo más amistosa».

Tommy detuvo el coche cerca de la verja de nuestro antiguo colegio justo cuando la lluvia empezaba a dibujar formas sutiles en el parabrisas. Aparcó con una torpeza rara en él, subiendo un neumático en el bordillo, pero no hizo el menor esfuerzo por remediarlo, lo que resultaba aún más raro. Al fijarme en el grueso seto de hayas, las líneas quebradas amarillas en la calzada y el letrero colgado junto a las puertas, noté que la inquietud me vibraba en la pelvis como unas notas de bajo. Ya le enviaría el mensaje a Eddie más tarde.

—¡Bueno, aquí estamos! —El peso del falso entusiasmo combó la voz de Tommy como una cuerda de tender la ropa demasiado cargada—. Deberíamos ir tirando. ¡Tengo que hablar dentro de cinco minutos!

Como no hacía ademán de moverse, los demás también permanecíamos inmóviles. Rudi se nos quedó mirando.

—¿Por qué no bajáis del coche? —inquirió con incredulidad.

Nadie respondió. Al cabo de unos segundos salió como un cohete del asiento trasero y corrió a toda velocidad hacia las puertas del colegio. Lo observamos en silencio mientras reducía la marcha hasta avanzar a paso tranquilo, con las manos en los bolsillos, antes de detenerse como quien no quiere la cosa frente a la entrada para evaluar las posibilidades de divertirse en el campo de deportes del colegio. Tras echar un vistazo con los ojos entornados regresó al coche. No parecía muy contento.

Pobre Rudi. Yo no sabía cómo Jo le había vendido el viaje, pero dudaba que le hubiera contado toda la verdad. La inauguración de un programa deportivo en un centro de enseñanza secundaria quizá habría tenido cierto interés para él si le hubiera brindado la oportunidad de probarse una de las pulseras de actividad o camisetas con pulsómetro integrado, o si al menos hubiera habido otros niños de su edad con quienes jugar. Pero quienes iban a exhibir los juguetes tecnológicos que constituían el eje del programa de Tommy eran un grupo de «promesas del deporte» seleccionadas por el jefe del departamento de Educación Física, y el miembro más joven contaba catorce años.

Rudi se quedó cerca del coche con aspecto enfurruñado. Jo bajó para hablar con él, y Tommy, que de pronto había enmudecido, se inclinó para mirarse en el retrovisor. «Está aterrado», pensé con una punzada de compasión. Los chicos de nuestro instituto mixto no habían sido muy amables con Thomas Stenham. Uno de ellos, Matthew Martyn, lo había acusado de ser gay cuando, con motivo de su duodécimo cumpleaños, la hortera de su madre le había perpetrado un peinado muy fashion. Tommy había llorado así que, por supuesto, se le había quedado el estigma. A partir de entonces, Matthew y sus secuaces rociaban a diario el asiento de Tommy con una fórmula «deshomosexualizante»; pegaban fotos de hombres desnudos por la parte de abajo de la tapa de su pupitre. Cuando, a los catorce años, había empezado a salir con Carla Franklin, ellos aseguraban que solo era una tapadera. Tommy se había habituado a pasarse horas en el gimnasio casero de su madre, pero su nueva musculatura no había hecho más que empeorar las cosas: les dio por pegarle puñetazos en el campo de deportes del colegio, como de pasada. Para cuando su familia emigró a Estados Unidos en 1995, él padecía vigorexia, tartamudeaba ligeramente y no tenía un solo amigo varón.

Años más tarde —mucho después de su regreso a Inglaterra—, Zoe Markham, una próspera abogada especializada en tecnología lo había contratado como entrenador personal. Había contado entre sus clientes con numerosas mujeres londinenses de éxito, muchas de las cuales flirteaban descaradamente con él. «Me parece que es una especie de fantasía —me dijo una vez. No estaba muy seguro de si sentirse halagado o repelido—. Para ellas soy como un manitas atractivo con un cinturón portaherramientas. Un musculitos de clase trabajadora.»

Al parecer, Zoe Markham no lo veía así. Se llevaban «de fábula», tenían «un vínculo auténtico», y ella lo valoraba «como persona» y no solo como un empleado capaz de proporcionarle una figura esbelta y hermosa (ya la tenía, de hecho).

Después de unos meses de coqueteo superficial, ella lo había ayudado a conseguir un puesto de asesor deportivo a través de un viejo amigo. Tommy la había invitado a cenar como agradecimiento. Ella lo había invitado a su casa y se había quitado la ropa. «Ya va siendo hora de un *tête-à-tête*, ¿no crees?», le había dicho.

Zoe había sido su primera novia de verdad, o por lo menos la primera que él creía que estaba muy por encima de su nivel. La consideraba una diosa, un portento, un bálsamo para todas y cada una de sus viejas heridas.

—Ojalá pudiera decírselo a esos hijos de puta del instituto —me había comentado el día que ella le había propuesto que se mudase a su piso de Holland Park—. Ojalá pudiera demostrarles que soy capaz de atraer a una chica como Zoe.

—Sí, sería genial, ¿no? —había respondido yo, porque nunca había imaginado que sería posible. Ese tipo de cosas nunca ocurría en la vida real.

Sin embargo, en el caso de Tommy ocurrió.

Cerca de un año antes había enviado un folleto de su programa de deportes a todos los directores de centros de enseñanza secundaria de Reino Unido. El programa incluía donaciones de equipamiento electrónico adaptado al cuerpo —camisetas con pulsómetro, pulseras de actividad y otros artilugios por el estilo— por parte de uno de los principales clientes de Zoe, una multinacional tecnológica, y era el mayor motivo de orgullo de Tommy. Cuando recibió una llamada de la directora de nuestro instituto reaccionó con una alegría enternecedora. «¡Quiere que vaya a conocer al jefe de su departamento de Educación Física! —me dijo durante una de nuestras charlas por Skype—. ¿No es estupendo?» La situación le pareció considerablemente menos estupenda cuando descubrió que el jefe del departamento de Educación Física era el abusón que se metía con él durante su adolescencia, Matthew Martyn.

No obstante, había mantenido una conversación agradable con él, me aseguró Tommy. Un poco tensa al principio, pero Matthew había hecho algún comentario respecto a lo gilipollas que eran todos a esa edad, y le había propinado un puñetazo en el hombro y lo había llamado «colega». Más tarde, como dos viejos amigos, habían sacado pecho: Matthew mostró a Tommy una foto de su familia, y Tommy —que aún no se creía su suerte— le enseñó una de su preciosa, elegantemente ataviada y bien tonificada novia en su magnífica cocina de Londres.

Cuando, a principios de junio, llegué al piso londinense de Tommy y Zoe, consternada ya por el silencio de Eddie, él ya había entregado el proyecto del programa. Me contó que había hecho las paces con sus viejos fantasmas; que había «superado» sus malas experiencias en el instituto; que incluso estaba deseando volver a ver a Matthew Martyn en la inauguración del programa. «Zoe me acompañará —había añadido, como si acabara de acordarse—. Será estupendo presentársela a Matt.»

Me habían entrado ganas de abrazarlo, de decirle que era genial tal como era, que no necesitaba ir del bracete de Zoe para impresionar a los demás. Pero le seguí el juego, claro está, porque era lo que él necesitaba.

Zoe se había echado para atrás cuatro días antes de la inauguración.

—Tengo que ir a Hong Kong a ver a un cliente —había alegado—. Es muy importante. Lo siento, Tommy.

«Y más que deberías sentirlo», pensé. Ella sabía lo que implicaba su ausencia. Tommy se puso del color del papel reciclado.

—Pero... ¡en el colegio cuentan con que irás!

Zoe frunció el ceño.

—Seguro que sobrevivirán. Quieren lucirse frente a la prensa de provincias, no frente a mí.

—¿No podrías coger un avión al día siguiente? —imploró Tommy. Resultaba doloroso presenciar aquella escena.

—No —respondió ella, impasible—. No puedo. Pero me darás las gracias por realizar ese viaje. Asistirá una delegación del Departamento ministerial de Cultura, Medios de Comunicación y Deportes. Creo que aún hay posibilidades de enchufarte en una de sus comisiones asesoras.

Tommy había sacudido la cabeza.

—Ya te he dicho que eso no me interesa.

—Y yo ya te he dicho que sí que te interesa, Tommy.

Jo y yo nos habíamos ofrecido a ir en lugar de Zoe.

¿Me apetecía regresar a mi viejo colegio? Desde luego que no. Había abrigado la esperanza de no volver a ver ese condenado lugar. Pero me parecía que Tommy me necesitaba, y ayudar a una persona necesitada era la única distracción decente que se me ocurría. Además, ¿qué tenía que temer? Mandy y Claire habían dejado ese instituto en los noventa. Ni ellas ni ninguna otra de las personas de las que había huido estarían allí.

—Harrington. —Tommy se había dado la vuelta para mirarme—. ¿Estás aquí?

—Sí, perdón.

—Oye, tengo que decirte algo.

Le escruté el rostro. Sus cejas claramente no auguraban nada bueno.

—Cuando recibí ese mensaje sobre la prensa local, Matthew me dijo algo más. Él… —Se interrumpió, y supe que era mala señal—. Matthew se casó con Claire Peddler. No te lo había comentado porque imaginaba que no querrías oír su nombre. Pero cuando me mandó un mensaje de texto para comunicarme que la prensa local estaría presente, también me dijo que…

«No.»

—… que Claire había decidido asistir también. Además, va a llevar…

«A Mandy.»

—… a un grupito de amistades de nuestro curso. Incluida Mandy Lee.

Me derrumbé hacia delante y apoyé la cabeza contra el respaldo de su asiento.

6

Día uno: la copa que duró doce horas

Sarah Mackey —dije—. Eme, a, ce, ka, e, i griega.

El encargado del pub me puso una pinta de cidra.

El hombre del prado comunal se echó a reír.

—Da la casualidad de que sé cómo se escribe Mackey. Pero gracias de todos modos. Me llamo Eddie David.

—Perdona. —Sonreí—. Vivo en Estados Unidos. Es un apellido más de allí, creo; aquí me piden a menudo que lo deletree. Además, me gusta dejar las cosas claras.

—Ya veo —comentó Eddie. Estaba apoyado de lado sobre la barra, mirándome. Sujetaba un billete de diez libras doblado entre los gruesos y atezados dedos. Me gustaba la escala de ese hombre; que fuera mucho más alto, ancho y fuerte que yo. Reuben tenía la misma estatura que yo.

Nos sentamos en la terraza del pub, un oasis de flores y mesas de picnic en el pequeño valle que se extendía por debajo del pueblo de Sapperton. La fina cinta del río Frome se desenrollaba en torno a la pradera que lindaba con el aparcamiento del pub; de un arbusto se desprendían rosas silvestres. Un par de senderistas estaban encorvados sobre sus medias pintas, con un cocker spaniel entre las piernas que me miraba jadeante. En cuanto me senté bajo una gran sombrilla, el perro se me acercó y se echó a mis pies con un sonoro resoplido de auto-compasión.

Eddie soltó una carcajada.

En algún lugar del valle se oyó el desapacible petardeo de una motosierra que arrancaba y se apagaba. Más arriba, en la ladera, unos pájaros aturdidos emitieron sus reclamos desde el bosque. Tomé un sorbo de la sidra fresca y solté un gruñido.

—Así me gusta —dije.

—Así me gusta —convino Eddie.

Entrechocamos los vasos y me invadió una sensación placentera. Quedarme sola en casa de mis padres esa mañana me había afectado más de lo que estaba dispuesta a reconocer, y el paseo por Broad Ride no había ayudado a mejorar mi humor. Pero el lugar, la sidra fresca y la agradable compañía de aquel hombre empezaban a reconfortarme. Tal vez sería un buen día, a pesar de todo.

—Me encanta este pub —dije—. Veníamos a menudo cuando era una cría. Mi hermana pequeña y yo nos desmandábamos como animales salvajes y explorábamos el arroyo mientras mis padres y sus amigos se ponían un poco más alegres de la cuenta.

Eddie tomó un buen trago de su pinta.

—Yo me crie en Cirencester. Es más difícil desmandarse como animal salvaje en medio de una ciudad. Pero veníamos aquí de vez en cuando.

—¿Sí? ¿En qué época, más o menos? ¿Qué edad tienes?

—Veintiuno —respondió Eddie con desparpajo—. Aunque me dicen que aparento menos.

No se molestó cuando me reí.

—Treinta y nueve —admitió al fin—. Recuerdo que corría por este jardín cuando tenía… ¿Cuántos años? ¿Diez? Luego mi madre se mudó aquí a finales de los noventa, así que empecé a venir con frecuencia. ¿Y tú, qué edad tienes? A lo mejor nos desmandábamos juntos como animales salvajes.

Un asomo de insinuación. Mi aplicación debía de estar como loca.

—Oh, seguramente no. Me fui a vivir a Los Ángeles cuando era adolescente.

—¿En serio? Eso queda bastante lejos.

Asentí.

—¿Alguno de tus padres consiguió trabajo al otro lado del charco?

—Algo así.

—¿Siguen viviendo allí?

—No. Viven cerca de aquí. Hacia Stroud. —Aparté la mirada, como si eso me eximiera de la culpa por bordear la mentira—. Bueno, Eddie... Cuéntame qué hacías en Sapperton Green una tarde entre semana.

Se agachó para acariciar el perro de los senderistas.

—He ido a visitar a mi madre. Vive cerca del colegio. —La voz se le entrecortó de forma casi imperceptible—. ¿Y tú, qué hacías?

—Caminar desde Frampton Mansell. —Moví la cabeza en dirección al pueblo de mis padres.

Arrugó el entrecejo.

—Pero no venías por el valle, sino bajando por la colina.

—Bueno..., quería hacer un poco de ejercicio, así que he subido a la cima y he caminado por la cresta. Por Broad Ride, de hecho... Ha cambiado mucho —me apresuré a añadir, y pensé: «Me estoy metiendo en un jardín»—. ¡Está todo cubierto de maleza! Antes era un espacio tan amplio y señorial... Venía gente a caballo de todas partes para galopar por el lugar. Ahora es poco más que un sendero.

Eddie asintió.

—Aún vienen a galopar, aunque está prohibido. Uno de esos jinetes ha estado a punto de arrollarme antes. —Sonreí al imaginar que alguien fuera capaz de arrollar a aquel hombretón, incluso con un caballo. Me alegró enterarme de que a él también le gustaba pasear por ese verde pasaje secreto—. Me sentía como el Moisés de Sapperton —prosiguió—. Abriéndome paso por un mar Rojo de perifollo.

Los dos tomamos un sorbo de nuestras bebidas.

—¿Vives por aquí?

—Sí —contestó Eddie—, aunque recibo muchos encargos de Londres, así que viajo bastante allí. —De pronto me dio un manotazo en la pantorrilla.

—Un tábano —me informó en voz baja, y se sacudió el insecto muerto de la palma—. Estaba devorándote la pierna. Perdona.

Bebí un largo trago de sidra y noté el ronroneo sensual y embriagador del alcohol combinado con una ligera conmoción.

—Son unos hijos de puta en junio —aseguró—. Son hijos de puta todo el año, pero sobre todo en junio. —Me mostró dos bultos rojizos que tenía en el antebrazo—. Me ha picado uno esta mañana.

—Espero que le devolvieras el picotazo.

Eddie sonrió.

—Pues no. Se pasan horas posados en las partes pudendas de los caballos.

—Claro, sí.

Antes de pedirme permiso a mí misma, le toqué las picaduras.

—Pobre brazo —dije, aunque adoptando un tono despreocupado porque ya me sentía avergonzada.

Eddie dejó de sonreír y se volvió hacia mí. Me dirigió una mirada inquisitiva.

Fui la primera en desviar la vista.

Al cabo de un rato estaba cómodamente borracha. Eddie había entrado en el pub para pedir la tercera ronda de pintas, o tal vez la cuarta. Oí los pitidos de la caja registradora cuando el encargado le tomó el pedido, el crujido de algo que esperé que fueran patatas fritas y el silbido perezoso de un avión que surcaba pesadamente el cielo.

La superficie cubierta de líquenes de nuestro viejo banco de picnic empezaba a rasparme como una lija la sensible parte posterior de los muslos. Miré alrededor en busca de una mesa menos abrasiva, pero no la encontré, así que me dejé caer sobre el césped, como había hecho antes el perro de los excursionistas. Sonreí, ebria y alegre. La hierba me hacía cosquillas en la oreja. No quería marcharme nunca. Solo quería estar allí, sin teléfono, sin responsabilidades. Solos Eddie David y yo.

Mientras contemplaba el cielo y notaba el calor que despedía la tierra bajo mi cuerpo, me vino a la mente un retazo de recuerdo. «Esto», pensé con indolencia. El olor a hierba cálida, el sonido de las briznas al rozarse y de las pisadas suaves sobre ella, el zumbido de los insectos y unos fragmentos de melodías tarareadas. Esa había sido yo en otro tiempo. Antes de que Tommy se mudara a Estados Unidos y la adolescencia me estallara bajo los pies como una mina, «Esto era todo cuanto necesitaba».

—Tenemos una baja —dijo Eddie mientras descendía los escalones con una cerveza, una sidra y (¡albricias!) una bolsa de patatas—. Me habías asegurado que eras buena bebedora.

—No me acordaba de la sidra —admití—. Pero que conste en acta que no me he quedado fuera de combate. Solo me he hartado de ese banco tan áspero. —Me incorporé apoyándome sobre los codos—. En fin, ya tardas en abrir esas patatas.

Eddie se sentó a mi lado en la hierba tras sacarse del bolsillo un manojo de llaves de aspecto engorroso. Estaban unidas por medio de un pequeño llavero de madera en forma de ratón.

—¿Quién es ese? —pregunté mientras Eddie me tendía una pinta—. Me gusta.

Eddie bajó la vista hacia el llavero. Después de una breve vacilación sonrió.

—Se llama Ratoncita. La tallé cuando tenía nueve años.

—¿La tallaste tú? ¿En madera?

—Así es.

—¡Oh! Madre mía, qué monada.

Eddie deslizó el dedo sobre Ratoncita.

—Ella y yo las hemos pasado de todos los colores juntos. —Esbozó una sonrisa—. Es mi talismana. En fin... ¡Salud! —Se inclinó hacia atrás y se acodó sobre el césped, alzando el rostro hacia el sol.

—Bueno, henos aquí, bebiendo en pleno día —reflexioné satisfecha—. Mientras el resto del mundo trabaja, nosotros estamos aquí tumbados, bebiendo.

—Tal parece.

—Estamos bebiendo en pleno día, y ahora estamos bastante borrachos. Y diría que lo pasamos bien.

—¿Reanudaremos la conversación o te pasarás el resto de la tarde soltando discursos?

Eso me arrancó una carcajada.

—Como he dicho antes, Eddie: claridad. Es lo que me mantiene en el buen camino.

—De acuerdo. Pues me dedicaré a comer patatas y a beberme la cerveza. Avísame cuando acabes.

Abrió la bolsa de patatas y me la pasó.

«Me cae bien», pensé.

Desde que habíamos llegado a aquel jardín secreto, Eddie y yo habíamos repasado nuestros recuerdos de la infancia y descubierto cientos de intersecciones históricas. Habíamos paseado por las mismas colinas, ido a las mismas discotecas sudorosas; nos habíamos sentado en el mismo camino de sirga a contar las luciérnagas que danzaban sobre los cañaverales en el viejo canal de Stroudwater.

Y todo eso había sucedido con solo un par de años de diferencia. Me imaginé un encuentro entre la Sarah de dieciséis años y el Eddie de dieciocho, y me pregunté si yo le habría caído bien entonces. Me pregunté si le caía bien en el presente.

Un rato antes le había hablado de mi organización sin fines de lucro y él me había acribillado a preguntas, fascinado. Captó de inmediato la diferencia entre nuestros Clowndoctors y los animadores que suelen visitar los hospitales pediátricos. También entendió que me dedicaba a ello porque no podía dejar de hacerlo, por muchos recortes que sufriéramos en el presupuesto, por más que trataran a nuestra gente como meros payasos de fiestas infantiles. «Vaya —había dicho cuando le había mostrado un vídeo de dos de nuestros Clowndoctors trabajando con un niño que estaba demasiado asustado para entrar en quirófano. Parecía bastante conmovido—. Es increíble. Me… Enhorabuena, Sarah.»

Eddie me había enseñado a su vez fotos de los muebles y otras obras de ebanistería que realizaba en un taller situado a la orilla del bosque de Siccaridge. Ese era su oficio: la gente le encargaba objetos hermosos de madera para su hogar: cocinas, armarios, mesas, sillas. Le encantaba la madera. Le encantaban los muebles. Me contó que le encantaba el olor de la cera de acabado, y los chasquidos de un ensamble con taco plano bajo la presión de un tornillo de banco; había desistido de obligarse a sí mismo a conseguir un empleo más rentable.

Me mostró una imagen de un viejo establo: pequeño, de piedra, con un tejado de pendiente suave, construido en un claro del bosque que parecía salido de un cuento de Hans Christian Andersen.

—Es mi taller. También es mi hogar. Soy un auténtico ermitaño; vivo en un establo en el bosque.

—¡Qué bien! ¡Siempre había querido conocer a un ermitaño! ¿Soy el primer ser humano con el que hablas en semanas?

—¡Sí! No —se apresuró a rectificar. Capté en sus ojos una expresión que no fui capaz de descifrar—. En realidad, no soy un ermitaño. Tengo amigos, parientes y una vida ajetreada.
—Tras unos momentos de silencio, sonrió—. No hacía falta que dijera eso, ¿verdad?

—Seguramente no.

Cerró la foto del establo en su móvil, que justo en ese momento empezó a sonar. Esa vez lo apagó, aunque sin muestras visibles de irritación.

—En fin, el caso es que a eso me dedico. Me encanta. Aunque ha habido años en que casi no he ganado un penique. Han sido menos divertidos. —Observó una araña diminuta que le trepaba por el brazo y la apartó con delicadeza cuando intentó colarse por la manga de su camiseta—. Hace unos años incluso me planteé buscar un trabajo como Dios manda, algo con un sueldo fijo. Pero soy incapaz de currar en una oficina con un horario preestablecido. Lo… Bueno, supongo que lo pasaría fatal. Me cogería algo; no sobreviviría.

Rumié sus palabras.

—Me irrita un poco oír a la gente decir cosas así —declaré al cabo de unos instantes—. Creo que solo un puñado de personas elegiría pasarse ocho horas en una oficina. Pero no olvides que la mayoría de la gente no tiene elección. Eres un privilegiado por poder dedicarte a la ebanistería en un taller en los Cotswold.

—Cierto —dijo Eddie—. Y, por supuesto, entiendo tu razonamiento, pero creo que no estoy de acuerdo. En mi opinión, todo el mundo tiene la capacidad de decidir sobre todos los aspectos de su vida, en mayor o menor grado.

Lo miré con fijeza.

—Lo que hacemos, lo que sentimos, lo que decimos. Por algún motivo, está muy extendida la idea de que no tenemos elección. Sobre nada. El trabajo, las relaciones, la felicidad. Todo está fuera de nuestro control. —Ahuyentó a la araña diminuta, que se alejó internándose en la hierba—. A veces resulta desesperante ver que todos se quejan de sus problemas sin querer hablar de soluciones. Que se creen víctimas de otras personas, de sí mismos, del mundo. —La voz se le entrecortó de nuevo de forma apenas perceptible. Después de un momento

se volvió hacia mí, sonriente—. Estoy hablando como un gilipollas.

—Un poquito.

—No pretendía parecer tan insensible. Lo que quería decir
es que...

—Tranquilo. Sé lo que querías decir. Y es una observación
interesante.

—Tal vez. Pero muy mal expresada. Lo siento. Lo que pasa
es que... —Hizo una pausa—. Mi madre me tiene un poco
quemado últimamente. La quiero, claro está, pero a veces me
pregunto si de verdad desea ser feliz. Y entonces me siento fatal
porque sé que todo es cuestión de química del cerebro, y que
por supuesto desea ser feliz. —Se rascó las espinillas—. Simplemente eres la primera persona con la que hablo en mucho tiempo que no se compadece de sí misma. Me he dejado llevar. Perdona. Gracias. Ya está.

Me reí, y él se recostó, dejando caer la rodilla hacia un lado
de modo que quedó apoyada sobre mi pierna.

—Lo estoy pasando incluso mejor que si me hubiera quedado con Lucy el borrego. Gracias, Sarah Mackey. Gracias por
sacrificar esta tarde de jueves para beber pintas conmigo.

El pecho se me hinchó con espirales de placer. Y no me resistí, porque era agradable estar contenta.

Poco después Eddie fue al servicio y yo borré la aplicación
de Jenni de mi móvil. Despechada o no, hacía mucho tiempo
que no me sentía tan feliz en compañía de un hombre... o de
nadie, en realidad.

—Hay algo especial en este valle, ¿no crees? —comentó
Eddie más tarde. A esas alturas, él tampoco parecía muy so-
brio. El encargado había cerrado el pub, pero nos había dado
permiso para quedarnos en la terraza todo el tiempo que qui-
siéramos.

—¿La caldera del diablo? —aventuré abanicándome la cara—.
Para ser alguien que vive en el sur de California, me estoy achi-

charrando. ¿Dónde está el Pacífico cuando uno lo necesita? O una piscina. O un aparato de aire acondicionado, al menos.

Eddie soltó una risotada ladeando la cabeza hacia mí.

—¿Tienes una piscina?

—¡Claro que no! ¡Dirijo una ONG!

—Seguro que algunos ejecutivos de organizaciones benéficas cobran lo suficiente para tener piscina.

—Pues esta ejecutiva no. Ni siquiera soy propietaria de un piso.

Alzó la vista de nuevo hacia la calurosa franja de cielo.

—Sí, sin duda tenemos la caldera del diablo aquí —dijo pensativo—. Pero hay algo más, ¿no crees? Algo antiguo, misterioso. Este pequeño valle siempre me ha parecido un bolsillo trasero. Un lugar donde se guardan de cualquier manera toda clase de historias y recuerdos. Como viejos resguardos usados.

No podía estar más de acuerdo con él. Tenía más resguardos usados guardados en el fondo de este valle de los que quería recordar. Y daba igual cuántos años hubiera vivido lejos de ese lugar: seguían allí cada vez que regresaba. Ecos de mi hermana en cada meandro del pequeño río Frome; murmullos cantarines en los viejos abedules; el tacto de su mano en la mía. La superficie lisa como un espejo del lago, como el día en que regresábamos del hospital en coche. Todo eso seguía allí. Fuera del alcance de la vista, pero al alcance del pensamiento.

Permanecimos horas allí tumbados, charlando, sin que su cuerpo dejara de estar en contacto con alguna parte del mío. El corazón se me expandía y contraía como un trozo de metal al rojo.

Algo iba a suceder. Algo había sucedido ya. Ambos lo sabíamos.

En cierto momento Frank el granjero apareció para comprobar que sus ovejas estuvieran bien y reparar su cerca. Como había ido de compras, nos regaló un refresco de cola y un paquete de queso Cheddar.

—Te lo debía —dijo, y guiñó el ojo a Eddie como si yo no estuviera delante.

Nos bebimos la botella entera de Coca-Cola y nos comimos casi todo el queso. Me pregunté si la nueva novia de Reuben —que al parecer lo había llevado a un bar de zumos en una de sus citas— alguna vez se había bebido varias pintas de sidra, había perdido el conocimiento en la terraza de un pub con un desconocido y luego había tomado un tentempié de Coca-Cola y Cheddar. Caí en la cuenta de que me importaba un rábano.

Me sentía como en casa. No solo por Eddie, sino por aquel valle en el que me había criado. Por primera vez desde que era muy joven sentí que estaba en el lugar al que pertenecía.

Por fin refrescó en nuestro valle secreto cuando el sol abrasador se precipitó por el borde del mundo. Un zorro crepuscular cruzó el aparcamiento a paso veloz. Varios grupos de personas iban y venían, y el aletargado susurro de los árboles amortiguaba el tenue tintineo de vasos y cubiertos. El negro profundo del cielo estaba tachonado de estrellas brillantes.

Eddie me había tomado de la mano. Volvíamos a estar sentados a la mesa. Habíamos cenado algo… ¿Lasaña? Apenas lo recuerdo. Estaba hablándome de su madre, de su depresión, que había entrado en una espiral descendente. En una semana él se iría de vacaciones con un amigo a practicar windsurf en España, y le preocupaba dejarla sola, aunque ella le había asegurado que estaría bien.

—Da la impresión de que eres muy atento con ella —señalé. Por toda respuesta, él había alzado nuestras manos entrelazadas y me había besado un nudillo.

El pub iba a cerrar por segunda vez y, aunque no habíamos tocado el tema, aunque en rigor yo seguía casada y se suponía que debía estar sumida en un trauma emocional profundo, aunque nunca me había ido a casa de un desconocido —y menos aún a un establo que estaba literalmente en medio de la nada—, resultaba claro como aquella noche despejada que iba a irme a su casa.

Iluminando el camino con mi móvil, porque el suyo estaba tan cascado que el modo de linterna ya no funcionaba, caminamos de la mano por el silencioso y enmarañado camino de sirga, entre esclusas olvidadas y charcas de un negro reluciente.

Me guio hasta su establo de ermitaño —que se encontraba de verdad en un claro del bosque, flanqueado por hermosos y antiguos castaños de Indias y perifollos que despedían un brillo tenue—, pero no había ni elfos, ni sátiros ni hadas de sedosa caballera, solo un viejo Land Rover del ejército y una pequeña extensión de césped oscurecido, que Eddie se quedó mirando con suspicacia mientras sacaba las llaves.

—¿Steve? —me pareció oírlo susurrar. No lo interrogué al respecto. Abrió la puerta—. Adelante —dijo, y no fuimos capaces de mirarnos porque estaba ocurriendo, en esos momentos, y los dos sabíamos que era algo que iba más allá de las siguientes horas.

Mientras caminábamos entre las máquinas inactivas del taller, percibí el acre aroma de la madera cortada y me imaginé a Eddie allí, desbastando, martilleando, encolando, serrando. Creando objetos preciosos a partir de materiales preciosos con aquellas grandes manos atezadas. Al imaginar esas manos sobre mi piel, se me fue un poco la cabeza.

Atravesamos dos puertas pesadas —esenciales para controlar el serrín, me dijo— y, por último, subimos un tramo de escalera hasta un espacio amplio y diáfano repleto de lámparas viejas, vigas umbrías y grietas sutiles. En el exterior los árboles se mecían despacio, negro contra negro, y un fino mechón de nube pasaba flotando con parsimonia por delante del faro que era la luna.

Me serví un vaso de agua en su cocina y oí que se me acercaba por detrás. Me quedé allí quieta, con los ojos cerrados, notando su aliento en el hombro desnudo. Luego me di la vuelta y me recliné contra el fregadero mientras me besaba.

7

Querido tú:

Oye, estoy casada. Y tengo la horrible sensación de que ya lo sabes.

No te mentí al decirte que estaba soltera. Y desde luego no te mentí respecto a cómo me hiciste sentir.

Reuben y yo nos separamos hace unos tres meses. La gota que colmó el vaso fue que no pude darle un hijo, pero creo que los dos sabíamos desde hacía mucho que lo nuestro no tenía futuro. Es una larga historia —seguramente demasiado para contarla por Facebook Messenger—, pero fue muy duro para él.

Me invadió un alivio terrible cuando me pidió que nos sentáramos a hablar; sabía lo que iba a decirme. Solo lamentaba no haber tenido el valor suficiente para decirlo yo misma años antes. Sentada delante de él con un cargador de móvil en la mano, enrollaba y desenrollaba el cable una y otra vez en torno a mis dedos hasta que él me lo arrebató, y entonces rompí a llorar porque sabía que él necesitaba que lo hiciera.

¿Es por eso, Eddie? ¿Es mi estado civil la razón por la que no me has llamado? Si lo es, por favor, intenta recordar lo que sentías cuando estábamos juntos. Cada beso, cada palabra, cada detalle.

Leí el mensaje tres veces y acabé por borrarlo entero. Finalmente escribió:

Querido Eddie:

Sospecho que te has enterado de que estoy casada. Me encantaría que me dieras la oportunidad de explicártelo todo, cara a cara, aunque quiero que sepas ahora mismo que ya no estoy casada: la página web no está actualizada. Estaba soltera… y sigo estándolo. Y quiero verte, y pedirte disculpas, y explicarme.

Sarah

Hacía mucho rato que Tommy, Jo y Rudi se habían marchado. Yo llevaba cerca de media hora agachada en la parte de atrás del coche de Tommy.

En algún momento tendría que bajarme.

8

Tommy estaba subido a un estrado pequeño y triste en medio del campo de deportes de nuestro antiguo colegio, hablando por un sistema de megafonía. Fingía que le hacía gracia que el equipo de sonido entreverara su discurso con sonidos parecidos a eructos.

Recorrí el público con la mirada. ¿Por qué habían asistido Mandy y Claire? ¿Acaso no tenían cosas mejores que hacer? ¿Acaso no trabajaban? Sentía como si me hubieran estrujado los pulmones para meterlos en una cavidad diminuta detrás de la nariz. No soportaba la idea de verlas. No en ese momento. No en ese estado.

—Hola. —Jo apareció de la nada—. ¿Cómo lo llevas?

—De maravilla.

—Todo irá bien —me aseguró por lo bajo—. Incluso si Tommy se siente obligado a quedarse un rato, en una hora habremos acabado. Y no te perderé de vista.

Observé en silencio a Tommy, que hablaba de Matthew Martyn. Una auténtica inspiración para sus alumnos... Había trabajado en el desarrollo de ese programa... Colaborar con personas como Matt marcaba una gran diferencia...

—Oye, esto... ¿Están ellas por aquí?

Jo deslizó la mano hasta la parte interior de mi codo.

—No lo sé, Sarah —respondió—. No sé qué cara tienen.

Asentí, intentando respirar hondo.

—¿Qué andabas haciendo, a todo esto? —preguntó—. ¿Estabas escondida en el suelo del coche?

—Durante casi todo el rato. He escrito un mensaje a Eddie. Acerca de mi matrimonio. Luego me he embadurnado de maquillaje. Y aquí estoy.

Se oyó una breve salva de aplausos, y nos volvimos para ver como Tommy cedía el micrófono a Matthew Martyn. Matthew era uno de aquellos hombres que se habían pasado tantas horas haciendo pesas que tenían que llevar los enormes brazos separados del cuerpo, como pingüinos. Tommy y él se propinaron palmadas en la espalda mientras intercambiaban posiciones.

—Vale —dijo Jo—. Será mejor que vaya a esperar a Tommy, Después del discurso de Matthew llega el momento de alternar con la gente. —Llena de impotencia, observé como se alejaba.

Al cabo de unos minutos Rudi se acercó con aire despreocupado y una copa de champán en la mano.

—Esto es un rollo, Sarah —dijo.

—Lo sé.

—Y Tommy está muy raro.

—Porque está nervioso —le expliqué, quitándole la copa de la mano—. ¿Alguna vez te portas bien?

—No. —Rudi sonrió y señaló una pista de atletismo de tartán que no existía en mis tiempos. Había vallas colocadas en los carriles más próximos a nosotros—. ¿Puedo ir a saltar esas cosas?

—Solo si me prometes que únicamente saltarás las más bajas.

—¡Brutal! —Arrancó a correr.

Recuerdos aciagos me rezumaban por la piel como sudor mientras echaba otro vistazo alrededor. Detestaba ese lugar. Y, por muy inmaduro que fuera ese sentimiento, odiaba a Matthew Martyn. Me daba igual que en aquella época fuera un adolescente; había hecho llorar a otro chico, una y otra vez, y se regodeaba con ello. Ahora hablaba como si él, y no Tommy, hubiera diseñado el dichoso programa.

Me había bebido la mitad del champán de Rudi cuando avisté a Mandy y Claire al final de la multitud. A unos diez metros, tal vez menos. Aparté la mirada rápidamente antes de que me pillaran, pero me había quedado con algunos detalles aislados: un vestido azul y amarillo, un flequillo, tirantes de sujetador tensos a causa de la grasa dorsal. Bajé la copa, moviendo los brazos como un robot de dibujos animados cutres. Me puse roja como un tomate.

—¿Sarah Harrington? —musitó alguien detrás de mi hombro izquierdo—. ¿Eres tú?

Al volverme me encontré frente a frente con mi profesora de Literatura, la señora Rushby. Aunque su cabello había encanecido un poco, aún lo llevaba recogido en el elegante moño francés que todas habíamos intentado imitar en algún momento de nuestra vida escolar.

—¡Eh, hola! —murmuré con la voz matizada de histeria.

Sin previo aviso la señora Rushby me estrechó en un fuerte abrazo.

—Hace años que quería hacer eso —dijo—, pero te habías marchado a América. ¿Cómo te va, Sarah? ¿Cómo has estado?

—¡Genial! —mentí—. ¿Y usted?

—Muy bien, gracias. —Acto seguido añadió—: Me alegro mucho de que estés bien. Esperaba de verdad que salieras adelante en California.

Yo estaba conmovida, no solo porque hubiera deseado que llegaran tiempos mejores para mí, sino por el mero hecho de que se hubiera acordado de mí. Por otro lado, pensé, yo no era una alumna muy normal en la época en que me marché.

Durante un momento, al sentirme protegida de la muchedumbre por la señora Rushby, recuperé un atisbo de seguridad en mí misma. Hice un par de bromas y me invadió una alegría lastimosa cuando ella se rio. Me pregunté si algún día perdería el deseo de impresionar a mi profesora favorita. Habían transcurrido más de diecinueve años desde que asistía a su clase de Literatura de nivel avanzado, y sin embargo allí estaba, intentando idear chascarrillos ingeniosos sobre tragedias centradas en la venganza.

Por fortuna, la señora Rushby cambió de tema cuando se percató de que no me acordaba del nombre de John Webster. Me contó que había visto un reportaje sobre mi organización cuando había ido de vacaciones a California con su familia.

—Tiene algo que ver con entretenimiento para niños hospitalizados, ¿no? ¿Payasos?

Me relajé al adentrarme en un territorio aún más seguro: el trabajo. Eran médicos-payaso, expliqué, como había hecho miles de veces. No payasos. Formados para dar apoyo a los niños, normalizar su experiencia como pacientes, conseguir que el ambiente hospitalario les resultara menos intimidatorio.

Mientras hablaba eché una ojeada a Mandy y Claire, que seguían allí, en la parte de atrás del público. El vestido azul y amarillo y el flequillo eran de Claire; la grasa dorsal, de Mandy. Su figura menuda y otrora huesuda había engordado por lo menos treinta kilos desde que íbamos al colegio, cosa que seguramente le habría hecho mucha ilusión a mi yo de aquel entonces. Pero ahora no sentí nada. Me miró y apartó la vista enseguida.

Cuando la señora Rushby se excusó para ir a entregar algo a otra profesora, apuré el champán de Rudi, justo en el momento en que a lo lejos empezaba a sonar la campana del paso a nivel, que hacía años que no oía. Y, por un segundo, retrocedí a mediados de los noventa, cuando era una adolescente lastrada por la incertidumbre y la soberbia, agotada por el simple esfuerzo de vivir. Con una carrera en la media, y un pobre intento de sonrisa de complicidad embadurnado en el rostro. Desviviéndose por caer bien a Mandy Lee y Claire Peddler.

Como la señora Rushby seguía ocupada y yo había quedado desprotegida, consulté mis mensajes de Facebook. Adopté una expresión tensa y concentrada, como si respondiera un importante correo electrónico de trabajo.

Eddie seguía sin dar señales de vida.

Me guardé el móvil y observé a Rudi, que estaba estudiando una valla demasiado alta para él.

—Rudi —lo llamé—. No. —Hice un gesto de cortarme la garganta.

—¡Puedo hacerlo! —me respondió a voz en cuello.

—¡No, no puedes! —le grité.

—¡Que sí que puedo!

—Si te acercas un centímetro más a esa valla, Rudi O'Keefe, le diré a tu madre que has estado usando su contraseña.

Se quedó mirándome con incredulidad. ¡La tiita Sarah no podía ser tan despiadada!

Me mantuve en mis trece. Desde luego que la tiita Sarah podía ser tan despiadada.

Regresó a las vallas más pequeñas, malhumorado, y entonces me percaté de que alguien lo miraba desde el césped de en medio de la pista. Una persona delgada, de aspecto juvenil, con vaqueros sin forma y un impermeable de color caqui. Tenía la capucha puesta, a pesar de que había dejado de llover. ¿Un estudiante de los últimos años? ¿Un fotógrafo? Al cabo de unos segundos caí en la cuenta de que no tenía la vista fija en Rudi, sino en la zona del campo donde me encontraba. De hecho —me volví, pero cerca de mí solo estaban la señora Rushby y la otra profesora—, me dio la extraña impresión de que me miraba a mí.

Entorné los párpados. ¿Hombre? ¿Mujer? No alcanzaba a distinguirlo. Por un segundo incluso me pregunté si se trataba de Eddie, pero él tenía los hombros más anchos. Y era mucho más alto.

Me di la vuelta otra vez para cerciorarme de que no hubiera

nadie más a quien pudiera estar mirando. No había nadie más. De pronto la figura empezó a alejarse hacia una puerta nueva en la verja que daba a la carretera principal.

—Perdona, Sarah. —La señora Rushby había vuelto a mi lado—. Bueno, cuéntame, ¿cómo está tu marido? Lo recuerdo de ese reportaje de la tele. Parecía un hombre de mucho talento.

Eché un último vistazo por encima del hombro, en el preciso instante en que la persona del impermeable caqui hacía lo mismo. Estaba mirándome. Sin el menor asomo de duda. Sin embargo, tras una fracción de segundo, volvió la vista al frente y salió del recinto escolar.

Un autobús eléctrico pasó por la carretera con un débil zumbido. Franjas finas de sol se colaban entre las nubes, y algo se me removió en el vientre. ¿Quién era ese?

A la señora Rushby se le puso la cara larga cuando le dije que Reuben y yo nos habíamos separado hacía poco. Supuse que me llevaría un tiempo acostumbrarme a aquello.

—Pero seguimos llevando juntos la empresa. ¡Ha sido una separación de lo más amistosa y adulta!

—Lo siento. —Frunció el ceño y cruzó los brazos, cohibida—. No debería habértelo preguntado.

—No, no, tranquila. —Deseé poder explicarle lo fácil (vergonzosamente fácil) que me resultaba hablar de Reuben. «¿Por qué me observa un encapuchado?» Eso era lo que quería saber.

—Bueno, Sarah, estoy segura de que encontrarás la felicidad con otra persona.

—¡Eso espero! —dije. Y, para mi espanto, agregué—: De hecho, hay otra persona, pero… es complicado.

Eso descolocó visiblemente a la señora Rushby.

—Ya —dijo después de una pausa—. Ay, Dios.

Pero ¿qué mosca me había picado? ¡Había sido mi primer intento de mantener una conversación normal en dos semanas!

—Perdone. —Suspiré—. Me expreso como una de sus alumnas de secundaria.

Ella sonrió.

—Nunca se es demasiado mayor para suspirar por alguien —comentó con afabilidad—. No recuerdo de quién es la frase, pero la suscribo palabra por palabra.

Como no se me ocurría nada que decir, le pedí disculpas de nuevo.

—Sarah, si la humanidad no llevara miles de años escribiendo sobre el dolor del amor, por no mencionar el cuestionamiento de la fe y la pérdida del propio ser que trae consigo, yo estaría en el paro.

Sí, pensé, abatida. Justo de eso se trataba. De la pérdida del propio ser. ¿Cómo podría reconocer jamás que imaginar que Eddie había muerto me parecía más tolerable que la posibilidad de que hubiera cambiado de idea? Yo era un monstruo.

Echaba de menos a Sarah Mackey. Ella era una persona equilibrada. Ella habría…

—¡ARGHHH!

Me volví de golpe. Sin duda Rudi había probado suerte con la valla que era demasiado alta. Estaba en el suelo, hecho un ovillo, agarrándose la pierna.

—Joder —masculló Jo, rompiendo el silencio que se había impuesto.

Echó a correr hacia él, y todos los padres, profesores y periodistas locales, toda la *troupe* de jóvenes deportistas de Matthew Martyn (además de él mismo) se volvieron a la vez y lanzaron miradas de desaprobación a través de la pista. ¿Quién era esa mujer que acompañaba a Tommy? ¿Por qué no estaba su hijo en la escuela? ¿Y por qué había soltado una palabrota?

—Qué encanto —oí decir a una mujer. Era Mandy Lee. Habría reconocido esa voz en cualquier parte.

Me acerqué a toda prisa a Rudi, que yacía en el tartán gritando como un poseso, y ayudé a Jo a inspeccionarle la pierna.

—Mami —berreó el crío, una palabra que hacía años que no lo oía pronunciar.

Jo se inclinó sobre él, rodeándolo con los brazos y le dio besos mientras le aseguraba que estaba a salvo. Un hombre alto de rostro anguloso se plantó ante Jo y anunció que era el socorrista designado.

—Permita que le eche un vistazo, por favor —dijo, y los berridos de Rudi se tornaron tan agudos como el ulular de una sirena. Cuando se accidentaba no se andaba con medias tintas.

Cuando Jo se llevó a Rudi en taxi a la unidad de Lesiones Leves del hospital de Stroud, me escabullí a los aseos con el vago propósito de recobrar la serenidad.

Deslicé la mano por el tabique de ladrillo del cubículo, bajo las capas de pintura, donde mi nombre estaba grabado junto a los de Mandy y Claire y la promesa vehemente de que nadie se interpondría entre nosotros. Resultaba irónico, considerando que unos días después de dejar constancia de nuestra indestructibilidad en la pared del retrete ellas habían decidido expulsarme de su grupo durante el resto del día y yo había acabado comiéndome el almuerzo en el mismo cubículo. Llovía; no tenía otro lugar adonde ir. Recordé la angustia que se apoderó de mí cuando mi bolsa de patatas había crujido y alguien —una chica que no llegué a identificar— se había asomado por debajo de la puerta para ver qué estaba haciendo. Tiré de la cadena, pensando en la figura misteriosa que había estado observándome desde debajo de la capucha de su impermeable hacía un momento. ¿Qué conocidos míos había ese día en Stroud, aparte de Eddie? ¿De verdad me miraba a mí? Y, de ser así, ¿por qué?

Comprobé el Messenger antes de salir del cubículo, pero no había recibido nada de Eddie. Seguía sin conectarse desde el día que nos habíamos conocido. Tal vez Jo tenía razón, pensé. Tal vez debía publicar un mensaje público en su muro. Al fin y al cabo, lo único que me lo impedía era el miedo a lo que la gente pensara. A lo que Eddie pensara. Y si estaba tan segura como afirmaba de que le había sucedido algo malo, esa debía ser la menor de mis preocupaciones.

La idea me rondaba como un pájaro atrapado en una habitación.

De repente la respuesta me vino a la cabeza: ¡no! No era tan sencillo. La razón por la que no había escrito en su muro era que...

¿Cuál era?

Tenía que escribir algo. Si Eddie de verdad estaba agonizando en una cuneta, si de verdad se había ahogado en el estrecho de Gibraltar, estaba tomándomelo con demasiada calma.

Abrí su página de Facebook, respiré hondo y comencé a teclear.

¿Ha visto alguien a Eddie últimamente? He estado intentando ponerme en contacto con él. Me preocupa un poco. Avisadme si sabéis algo. Gracias. Y, antes de que pudiera cambiar de idea, pulsé «Publicar».

De pronto el váter se llenó de sonidos que recordaba de otros tiempos. Un parloteo agudo, cremalleras de estuches de maquillaje que se abrían, el bombeo de tubos de rímel. Varias mujeres hablaban con la boca curvada hacia abajo mientras se embadurnaban con pintalabios. Les entró una risa histérica al tiempo que comentaban que después de tantos años seguían maquillándose frente a los espejos de los lavabos, y no pude evitar sonreír.

—¿Habéis visto a Sarah Harrington? —preguntó una de repente—. Menuda sorpresa.

—Sí, ¿verdad? —La voz de Mandy—. Ha sido muy valiente al presentarse así, sin más.

Se oyó un murmullo de asentimiento.

—¿Me dejas tu rímel? El mío se ha puesto grumoso.

Grifos que se abrían y se cerraban; el suspiro inútil del secador de manos que nunca había funcionado.

—Para serte sincera, me ha desilusionado un poco verla

—declaró Claire. Las demás se quedaron calladas—. Yo solo quería pasar una tarde agradable, apoyar a Matt… No sé si me explico.

«No sé si me explico.» Yo había usado esa muletilla en una época, para intentar encajar.

—Sí —respondió Mandy—. Y tiene tanto derecho a estar aquí como cualquiera, ojo, pero resulta un poco… bueno, violento. Al menos para nosotras.

Claire se mostró de acuerdo.

—Antes me ha visto, pero se ha hecho la longuis —continuó Mandy—. Así que yo he hecho lo mismo, la verdad. Y tú también deberías, Claire, para no estresarte. —Esa era la actitud de líder que le había granjeado popularidad entre los compañeros de instituto. «Pasemos olímpicamente de Claire mañana. Hagámonos unos carnets de identidad falsos. Para ti, no, Sarah… No pareces lo bastante mayor»—. Suficientes problemas tengo ya como para preocuparme también por Sarah Harrington.

Otro murmullo de asentimiento.

—El que tiene buen aspecto es Tommy Stenham —comentó Claire con desenfado—. ¿No os parece?

¡Oh, eso había sido un golpe letal! Dejar caer el nombre de algún pobre desgraciado en medio de la conversación —tono inofensivo, intenciones asesinas— y esperar a que Mandy llevara la voz cantante.

—Muy buen aspecto —convino Mandy—, aunque su novia me ha desconcertado un poco. —Sonaba como si estuviera aguantándose la risa.

Intenté respirar sin hacer ruido.

—Oh, esa no es su novia —repuso Claire—. Su novia es abogada. Matt la ha visto en una foto. Al parecer es mucho más atractiva que la mujer del niño.

—Supongo que lo verdaderamente sorprendente es que tenga novia.

Risotadas como de bruja. Más grifos. Más toallas. A continuación, en un tono cargado de culpabilidad, empezaron a rememorar todas las cosas que los chicos decían acerca de Tommy. Entre estallidos de carcajadas reconocieron que todo aquello había sido muy cruel. Embaladas, pasaron a comentar la longitud y la idoneidad del vestido de Jo, las generosas medidas de su cuerpo y el vergonzoso numerito que Rudi había montado, y empezó a hervirme la sangre. Oírlas hablar de mí había sido desagradable, aunque durante años las había imaginado diciendo esas cosas. Pero ¿que se metieran con Tommy y con Jo? Por ahí no pasaba.

Así que abrí la puerta del cubículo de golpe y me encaré con ellas: una cuadrilla de mujeres de treinta y siete años, con sus peinados elegantes, sus perfumes y sus conjuntos comprados expresamente para la ocasión, aunque jamás lo reconocerían. Todas se volvieron hacia mí, con el tubo de rímel en la mano y el brillo de labios reluciendo de un modo repulsivo. Todas se quedaron mirándome, y yo a ellas.

No abrí la boca. Sarah Mackey, conferenciante, activista, abanderada de causas justas. Permaneció allí, en silencio frente a sus viejas amigas, y luego puso pies en polvorosa.

9

Octavo día: el día que me marché

Ha sido la mejor semana de mi vida —afirmó Eddie el día que me marché de su casa.

Era algo que me encantaba de él. Siempre parecía decir lo que pensaba; sin censurar nada. Eso era algo novedoso para mí, porque desde que había regresado a Inglaterra todos se autocensuraban.

Sonriente, me sujetó la cara con sus grandes manos y me besó de nuevo. Mi corazón estaba abierto de par en par, y mi vida había vuelto a comenzar. Nunca había estado tan segura de algo.

—De verdad que tengo ganas de conocer a tus padres —dijo—, porque, por lo que cuentas, son buena gente, y porque te hicieron a ti. Pero me alegro mucho de que hayan tenido que irse.

—Yo también. —Deslicé el dedo por su antebrazo.

—Me parece un extraordinario capricho del destino: allí estaba yo, sentado en el prado comunal, hablando con un borrego, cuando de repente irrumpiste en mi vida, como si hubieras estado esperando entre bastidores tu momento de entrar en escena. Y luego fuimos al pub y... te gusté. —Sonrió—. Al menos, eso me pareció.

—Mucho. —Lo rodeé con el brazo e introduje la mano en el bolsillo de su pantalón corto—. Me gustaste muchísimo.

Fuera, el aflautado canto de un mirlo descendió desde una rama. Ambos nos volvimos para escuchar.

—Última oportunidad —dijo Eddie. Me tendió unas florecillas del espino que crecía en una maceta sobre el alféizar. La primavera se resistía a llegar a su fin, y las flores aún cubrían los árboles como nata montada—. Última oportunidad. ¿Cancelo mis vacaciones?

—No deberías —me obligué a decir. Hice girar el pequeño pedúnculo entre los dedos—. Ve y pásalo genial. Reenvíame la información de tu vuelo e iré a recibirte a Gatwick de aquí a una semana.

—Tienes razón. —Suspiró—. Tengo que irme de vacaciones esta vez, y tengo que disfrutarlo. En circunstancias normales la idea de pasar una semana en Tarifa me haría una ilusión tremenda. Pero puedo llamarte, ¿no? Desde España. No me importa lo que cueste. Dame tu número de móvil, y los de todas las personas a las que es probable que tengas cerca estos días. Podemos conectarnos por FaceTime. O Skype. Y hablar.

Me reí y con los ojos entornados entreví que introducía mi número en su viejo y maltratado teléfono.

—Es como si hubieras pasado por encima de él con un tractor —dije depositando el ramillete de flores sobre el alféizar.

—Añade el teléfono fijo de tus padres —me pidió— y el de la casa donde te alojas en Londres. ¿Cómo se llama tu amigo? ¿Tommy? Ponme su dirección también, para que pueda mandarte una postal. Aunque antes subirás a Leicester a ver a tu abuelo, ¿verdad?

Asentí.

—Pues dame su número y su teléfono también.

Solté una carcajada.

—Créeme, no querrás acabar hablando por teléfono con el abuelo.

Le devolví el móvil.

—Y seamos amigos en Facebook. —Abrió la aplicación y tecleó mi nombre—. ¿Esta eres tú? ¿La que está en la playa?

—Esa soy yo.

—Qué californiana. —Me miró, y se me hizo un nudo en el estómago—. Oh, Sarah Mackey, eres maravillosa. —Se agachó para darme un beso en el hombro. Me besó la parte interior del codo. Luego el pulso, en la base del cuello. Me levantó el cabello por detrás y me besó la parte de la espalda que la camiseta me dejaba al descubierto—. Estoy loco por ti.

Cerré los ojos y aspiré su olor. El de su piel y su ropa, el del jabón con el que nos habíamos duchado. No sobreviviría siete días sin todo eso. Y pensé que por mucho que hubiera amado a Reuben, jamás había vivido nuestra separación como una cuestión de supervivencia.

—Siento lo mismo. —Lo abracé con fuerza—. Pero creo que ya lo sabes. Voy a echarte de menos. Un montón.

—Y yo a ti. —Me besó de nuevo tras apartarme el pelo de la cara—. Oye, cuando regrese quiero presentarte a mis amigos y a mi madre.

—Genial.

—Y quiero conocer a tus padres, a tus amigos británicos y a tu aterrador abuelo, si acaba por quedarse aquí.

—Por supuesto.

—Y ya decidiremos qué hacer a partir de entonces, pero lo esencial es encontrar la manera de estar juntos en algún sitio.

—Sí. Tú, yo... y Ratoncita. —Metí de nuevo la mano en su bolsillo y palpé el pequeño llavero de madera.

Permaneció callado unos instantes.

—Quédate con ella —dijo sacándose las llaves—. Cuídala bien hasta que regrese. Me da miedo que se me pierda en la playa. Significa mucho para mí.

—¡No! No puedo quedarme con tu preciosa Ratoncita. No te enfades...

—Que la cojas —insistió—. Así estaremos seguros de que volveremos a vernos.

Me puso a Ratoncita en la palma de la mano. Contemplé sus ojos, negros como el azabache, y luego los de Eddie.

—De acuerdo. —Cerré los dedos sobre ella—. ¿Estás seguro?

—Del todo.

—Cuidaré muy bien de ella.

Nos besamos largamente, él apoyado en el poste de lo alto de la escalera, yo apretada contra su pecho, con Ratoncita en la mano. Habíamos acordado que no me acompañaría hasta la puerta. Todo parecía demasiado definitivo, como una separación de verdad.

—Te llamo luego —dijo—. No sé muy bien a qué hora, pero te llamaré. Te lo prometo.

Sonreí. Era todo un detalle de su parte querer librarme de ese miedo atávico y hosco a que la otra persona no te llame. Pero ya sabía que me llamaría. Sabía que cumpliría todo lo que me había prometido.

—Adiós —dijo dándome un último beso. Cogí el ramillete y descendí la escalera. Al llegar abajo me volví—. No quiero que me mires mientras me voy —dije—. Actúa como si solo fuera a salir un momento a comprar leche o algo así.

Eddie sonrió.

—Bueno, pues adiós, Sarah Mackey. Nos vemos dentro de un rato, con leche o algo así.

Los dos guardamos silencio, mirándonos. Me reí, sin otro motivo que la pura felicidad. De pronto: «Dilo —pensé—. Dilo, aunque sea una locura, aunque nos conozcamos desde hace solo una semana. ¡Dilo!».

Y así lo hizo. Se reclinó contra el poste de la escalera, cruzó los brazos y dijo:

—Sarah, creo que me he enamorado de ti. ¿Te parece que me excedo?

Exhalé.

—No. Me parece perfecto.

Los dos sonreímos. Habíamos sobrepasado un punto de no retorno.

Tras lo que se me antojó una eternidad, le lancé un beso y salí al sol intenso de la mañana.

10

Querida tú:

Hoy te he echado mucho de menos, hermanita.

Extraño tu risa traviesa y esos caramelos de leche que siempre te comprabas con tu paga. Echo de menos ese teclado que tenías cuando eras pequeña, el que tocaba esa melodía irritante cuando pulsabas el botón amarillo. Fingías tocarla tú misma y te morías de risa, creyendo que me habías engañado.

Extraño encontrarme pruebas de que habías estado trasteando en mi habitación durante mi ausencia. Extraño el modo en que untabas mermelada sobre el borde de la corteza del pan para no probar un solo bocado sin dulce.

Extraño el sonido que hacías al dormir. En ocasiones, hacía una pausa en mi agenda rebosante de angustia adolescente y me acercaba a tu puerta a escuchar. Una respiración suave. Estrellitas en el techo. Los susurros de tu edredón de cohetes, que insististe en que te compraran a pesar de que el empleado de la tienda aseguraba que era para chicos.

Ay, mi Erizo. Cuánto te echo de menos.

Las cosas no me van demasiado bien ahora mismo. No sé qué hacer con mi vida. Tengo la sensación de que estoy enloqueciendo.

Esperemos que no, ¿eh?

En fin, el caso es que te quiero. Siempre te querré. Siento que no se me haya ocurrido nada más alegre que contarte.

Yo xxx

11

Si no me localizas en mi móvil, es muy posible que esté en mi taller de Gloucester», rezaba la página «Contactar» de Eddie.

«Es un sitio muy austero: hay una estufa de leña, una tetera temperamental y una mesa; esos son todos los lujos. Aun así, tengo un teléfono, por si me atacan osos o bandoleros. Prueba a llamarme al 01285…»

Seleccioné el número. «¿Llamar?», me preguntó mi móvil.

—¡Sarah! —me gritó Jo desde la cocina—. ¿Puedes probar esta sopa a ver qué te parece?

—¡Voy! —Y pulsé «llamar».

El tono de llamada empezó a sonar, y sentí tal descarga de adrenalina que la piel se me tensó como un globo a punto de reventar. Me recosté contra la pared, temiendo que contestara y a la vez esperando que lo hiciera. Pensando qué le diría si hablaba con él, preguntándome qué haría si no.

«Hola, soy Eddie David, ebanista. Siento no poder atender su llamada. Deje un mensaje y le llamaré a la mayor brevedad, o contacte conmigo a través del móvil. ¡Hasta luego!»

Colgué. Tiré de la cadena del váter. Me pregunté si algún día dejaría de hacer esas cosas.

Llevaba diecinueve años pasando cada mes de junio en Inglaterra. Por lo general, me quedaba tres semanas en Gloucestershire con mis padres y una en Londres, con Tommy. Ambos sitios estaban lo bastante cerca entre sí para que eso diera buen resultado. Sin embargo, ese viaje estaba siendo distinto. La inmovilización repentina y total del abuelo había impedido que mis padres regresaran. Atrapados en Leicester, a tres horas de distancia, dedicaban su tiempo a cuidar de él, intentar no matarlo y buscar a un cuidador que tampoco intentara acabar con él. Cuando disponían de algún rato libre, me telefoneaban.

«Nos sabe muy mal que estés ahí y nosotros aquí —se había lamentado amargamente mi madre—. ¿Existe alguna posibilidad de que te quedes unos días más?»

Había accedido a retrasar mi regreso dos semanas y había cambiado el vuelo de vuelta para el día 12 de julio. Había prometido a Reuben que me pondría a trabajar a distancia en cuanto terminaran mis vacaciones y, para demostrarlo, había aceptado una invitación para participar en una conferencia sobre cuidados paliativos que había organizado el único miembro británico de nuestro consejo de administración.

Sin embargo, mientras no volviera a trabajar me quedaría en Londres. La mera idea de alojarme en la casa vacía de mis padres —a solo un kilómetro y medio del taller de Eddie— me horrorizaba demasiado para planteármela siquiera. Zoe había estado fuera casi todo ese tiempo, así que nos habíamos quedado Tommy yo solos: justo lo que necesitaba.

Pero la señora de la casa acababa de regresar de una mesa redonda de la Unión Europea sobre Derecho Tecnológico; cansada pero impecable con una blusa de seda sin mangas, estaba de pie frente a los fogones, removiendo el ramen de bienvenida que yo había preparado.

Me detuve en la puerta, vacilante, observándola. Era una de esas personas que no necesitaban delantal, ni siquiera cuando llevaban prendas de seda. Zoe Markham era una mujer dotada de precisión y economía, no solo de palabras, sino de cuerpo. Ocupaba solo una angosta columna de espacio y rara vez estimaba conveniente ensancharla con ruidos o gesticulaciones. De hecho, de no ser por el modo en que se había comportado con Tommy durante el primer año de su relación, yo ni siquiera habría estado segura de que perteneciéramos a la misma especie. En aquel entonces mantenía una actitud reconfortantemente humana; no le quitaba las manos de encima, lo obligaba a tomarse selfis sentimentales e incluso contrató a un fotógrafo profesional para que los retratara mientras entrenaban juntos.

—Ah, Sarah —dijo alzando la vista—. He salvado la cena. —Me dirigió una sonrisa que me hizo pensar en la crema hidratante.

Nunca se sabía lo que la gente hacía en la intimidad, pensé, pero al imaginar a Zoe encerrada en un retrete llamando a las ocho de la tarde al taller de algún tío —que había pasado de ella durante tres semanas—, de repente me vinieron ganas de reír.

Tommy, que no tenía idea de qué me hacía tanta gracia, pero que esa noche estaba nervioso como un gato, se sumó a mis carcajadas.

Zoe, inmóvil como una estatua de mármol mientras yo servía la cena, no despegaba de mí sus ojos grises. Era una de las cosas que más me turbaba de ella. La condenada manía de observar en silencio. (Según Tommy, era esa cualidad la que la había convertido en una abogada de éxito. «No se le escapa una», me había asegurado, como si se tratara de una particularidad loable en el mundo real.)

—He oído que sufres por un hombre —comentó ella.

—No sé si «sufrir» es la palabra más adecuada —se apresuró a decir Jo—. Más bien está… confundida.

Zoe clavó los ojos en Jo, pero se quedó callada.

Me había sorprendido ver a Jo esa noche. Zoe no le caía bien, y al parecer nunca se le había pasado por la cabeza disimular. (Yo tampoco era fan de Zoe, pero me había prometido a mí misma que no dejaría de esforzarme por verla con buenos ojos. Al fin y al cabo, sus padres habían muerto en el incendio de King's Cross de 1987, y había que perdonar a las personas que tenían justificaciones como esa.)

Zoe se colocó detrás de la oreja un mechón de cabello rubio platino.

—Bueno, ¿qué ha pasado?

—Seguramente Tommy te lo habrá contado tal como sucedió —dije—. Pasamos una semana juntos. Fue… bueno, especial. Él se marchó de vacaciones, prometió llamarme antes de que despegara su avión, pero no me llamó, y no he vuelto a tener noticias suyas. Creo que le ha ocurrido algo.

Una leve expresión ceñuda le cruzó el rostro.

—¿Como qué?

Esbocé una sonrisa.

—He vuelto a Tommy y Jo medio locos con mis teorías. Creo que lo mejor será no darle más vueltas.

—Para nada —replicó Tommy—. Estamos tan perplejos como tú, Harrington.

Y Jo, que no estaba perpleja en absoluto, pero no soportaba estar en el mismo bando que Zoe, se mostró de acuerdo.

—Es todo un misterio —dijo—. Sarah publicó un comentario en el muro de Facebook de ese hombre preguntando si alguien sabía algo de él, pero nadie ha respondido. Hace semanas que no se conecta a WhatsApp o a Messenger, y todas sus cuentas en las sedes sociales están inactivas.

—Redes —lo corrigió Zoe con una sonrisa—. Se dice «redes sociales», no «sedes». —Con un ligero pero diestro movimiento de la muñeca, sacó un rollo perfecto de fideos de su bol de caldo. Masticó un momento, pensativa—. Olvídate de él —sentenció con contundencia—. Da la impresión de ser un apocado. Te mereces algo mejor que eso, Sarah.

La conversación derivó hacia los atentados en Turquía, pero al cabo de unos minutos me sorprendí pensando de nuevo en Eddie. «Pero ¿qué me pasa? —me pregunté, desesperada—. ¿En qué me he convertido?» Hiciera lo que hiciese, por muy serios que fueran los acontecimientos que me rodeaban, solo parecía poder concentrarme en una cosa.

«Tal vez es verdad que me conviene olvidarme de él —era el pensamiento que no dejaba de rondarme—. Tal vez debería asumir que él simplemente ha cambiado de idea.» Plantearme esa posibilidad me dejaba paralizada, aturdida de incredulidad. Por otro lado, habían transcurrido tres semanas desde que nos habíamos dicho adiós, y desde entonces no había vuelto a saber de él. Y nadie había respondido —¡ni hecho el menor caso!— a mi petición de información en su muro de Facebook.

—Vuelve a estar en la luna —señaló Zoe.

Me sonrojé.

—No, no, solo pensaba en Turquía.

—A todas nos han dejado alguna vez —espetó Zoe—. Al menos ha bajado un poco tu índice de masa corporal.

—Oh —se me escapó—. ¿Tú crees?

Me pareció plausible. Había perdido el apetito y había salido a correr todos los días porque notaba un dolor en el pecho que no era el habitual.

—Puedo echar un vistazo a cualquier mujer de la tierra y decirte su índice de masa corporal —añadió Zoe, y sonrió.

Aunque no me atreví a mirar a Jo, no me cabía duda de que la frase «puedo echar un vistazo a cualquier mujer de la tierra y decirte su índice de masa corporal» saldría a colación en conversaciones futuras.

—Es una de las principales ventajas de tener el corazón roto —prosiguió Zoe—. Adelgazas. Ganas tono. ¡Estás estupenda! —Cruzó las piernas perfectamente delgadas y tonificadas y pescó un langostino en su bol.

Cuando recogí la mesa estaba agotada, demasiado para los bombones artesanales que había comprado con la intención de fingir que los había hecho yo misma. Demasiado cansada, incluso, en esconderme para consultar el muro de Eddie en Facebook mientras preparaba el café.

Así que acabé contemplando su perfil con la mirada perdida durante un buen rato antes de caer en la cuenta de que alguien había respondido al fin a mi solicitud de información. Dos personas, de hecho. Leí sus comentarios una, dos, tres veces, y acto seguido atravesé la cocina y le puse el teléfono a Tommy delante de los ojos.

Él también los leyó y releyó antes de pasar mi móvil a Zoe, quien los leyó una vez y, sin abrir la boca, tendió el teléfono a Jo.

Los pensamientos se arremolinaron en mi cabeza como un tornado.

—Bueno —dijo Tommy—, creo que a lo mejor te debemos una disculpa, Harrington. —Miró de refilón a Zoe, que seguramente nunca pedía disculpas a nadie.

Calor. Me asfixiaba de calor. Me quité la chaqueta de punto, que se me cayó al suelo. Cuando me agaché para recogerla, me palpitaba la cabeza. Tenía un calor de mil demonios.

—Vaya por Dios —dijo Jo alzando la vista del teléfono—. Tal vez tenías razón.

—¡Oh, venga ya! —Zoe soltó una risotada—. ¡Este comentario no significa nada!

Pero, por primera vez que yo recordara, Tommy recogió el guante.

—No estoy de acuerdo —dijo—. Creo que esto lo cambia todo.

Esa tarde alguien cuyo nombre no me sonaba, un tal Alan, había respondido a mi comentario:

Acabo de mirar su perfil por el mismo motivo, y he visto tu publicación, **Sarah**. Desapareció del mapa después de cancelar nuestro viaje la otra semana. ¿Te ha contestado alguien? Avísame cuando sepas algo.

Luego otra persona, un tal Martin, había escrito:

> Me preguntaba lo mismo. Hace semanas que no se presenta a los partidos de fútbol. Es cierto que nunca se ha caracterizado por su formalidad, pero esto pasa de castaño oscuro. Lamento decir que esta noche nos han propinado una goleada de ocho a uno. Un episodio vergonzoso en nuestra larga y gloriosa historia. Necesitamos que vuelva.

Unos segundos después, el mismo tipo, Martin, había colgado una foto de Eddie y había escrito:

> ¿Ha visto usted a este hombre? #DóndeEstáWally

Y, por último:

> Qué rollo que las etiquetas no admitan signos de puntuación.

Me quedé contemplando la foto de Eddie con una cerveza en la mano.

—¿Dónde estás? —susurré, horrorizada—. ¿Qué te ha pasado?

Todos nos quedamos callados hasta que de pronto mi teléfono rompió a sonar.

Todas las miradas estaban puestas en mí.

Lo cogí. Era una llamada con número oculto.

—¿Sí?

Oí un silencio —un silencio humano— y después la comunicación se cortó.

—Ha colgado —informé a los presentes.

—Creo que tenías razón —admitió Jo después de una larga pausa—. Aquí está ocurriendo algo muy raro.

12

Segundo día: la mañana siguiente

Debería haber estado afectada por el desfase horario, hecha polvo y seguramente con resaca, sin el menor interés por despertarme antes del mediodía. En vez de ello, abrí los ojos a las siete de la mañana, con la sensación de que podía comerme el mundo.

Él estaba allí. Dormido a mi lado: Eddie David. Una mano se me acercó, serpenteando, hasta posarse sobre la blanda superficie de mi vientre. Eddie estaba soñando. La mano sobre mi ombligo temblaba de vez en cuando, como una hoja movida por un viento poco entusiasta.

Los bajos de las cortinas comenzaron a ondear conforme la mañana se colaba sigilosa por la ventana abierta. Inspiré una gran bocanada de aire que procedía directamente del valle como agua de un manantial, y paseé la vista por la habitación. Ratoncita estaba sentada en un viejo baúl de campaña, sujetando las llaves de Eddie.

Apenas sabía nada de ese hombre, por supuesto. Lo había conocido hacía menos de veinticuatro horas. Ignoraba cómo le gustaban los huevos, qué cantaba en la ducha, si tocaba la guitarra, hablaba italiano o dibujaba viñetas. No sabía qué grupos le apasionaban durante la adolescencia ni qué pensaba votar en el referéndum.

Apenas sabía nada de Eddie David, y aun así tenía la sensación de que hacía años que nos conocíamos; de que él también estaba allí cuando correteaba por el campo con Tommy, Hannah y su amiga Alex, construyendo guaridas y sueños. Explorar su cuerpo la noche anterior había sido como regresar a ese valle; todo me resultaba familiar y en su sitio, como si lo hubiera encontrado tal como lo había dejado.

La primera vez con Reuben había sido confusa y breve, pero esperanzadora; el nacimiento de un vínculo entre dos almas perdidas, en una habitación de invitados, acompañados por el zumbido de un aparato de aire acondicionado y una banda sonora cuidadosamente seleccionada puesta en el reproductor de CD. Y en aquel momento lo había significado todo para nosotros, pero en los años siguientes sonreíamos avergonzados al recordar el mal trago que habíamos pasado. En cambio, la noche anterior no había habido movimientos torpes, manoseos molestos ni preguntas incómodas. Me mordí el labio, observando con una sonrisa tímida el rostro de Eddie mientras dormía.

Soltó un suave resoplido, se desperezó y se acurrucó contra mí. Sin despertarse, alargó el brazo y me rodeó con él. Cerré los ojos para intentar grabarme en la memoria el tacto de su piel, el delicado peso de su mano.

El mundo y sus problemas irresolubles se me antojaban muy lejanos.

Volví a quedarme dormida.

Cuando desperté de nuevo, pasado el mediodía, percibí un intenso aroma a pan recién horneado.

Tras ponerme una sudadera de Eddie salí de su habitación al amplio espacio en que pasaba buena parte del tiempo. La luz penetraba por ventanas y tragaluces cubiertos de polvo, y danzaba entre una red de vigas antiguas cubiertas de remaches, hoyos y alcayatas oxidadas.

Eddie iba y venía por la cocina, al fondo de la sala, hablando con alguien por teléfono. Al pasar la mano libre sobre una encimera, levantó una nube de partículas de harina que reflejaban el sol que entraba por el techo.

—Vale —dijo—. De acuerdo, Derek, gracias. Sí, tú también. Luego hablamos, ¿vale? Adiós.

Tras quedarse quieto unos instantes encendió una radio oculta en un alféizar detrás de unas botellas de vidrio. Dusty Springfield atacaba los últimos versos de «Son of a Preacher Man».

El teléfono empezó a sonar otra vez.

—Hola, mamá. —Humedeció un trapo y lo pasó sobre la superficie—. Ah, ¿ya ha llegado? Genial. Estupendo. Sí, me… —Hizo una pausa, apoyándose en la encimera—. Eso suena de maravilla. Bueno, pásalo bien, ¿vale? Si no hablamos antes, me pasaré un momento de camino al aeropuerto. —Otra pausa—. Claro, mamá. De acuerdo. Adiós.

Dejó el teléfono y se acercó al horno para echar un vistazo por el cristal de la puerta.

—Hola —dije al fin.

—¡Ah, hola! —Se giró—. ¡Estoy horneando pan!

Me dedicó una sonrisa radiante y me pregunté si estaba en una especie de sueño psicodélico, una evasión desesperada de la murga cotidiana del papeleo de divorcio y la búsqueda de alojamiento. Ese hombre apuesto y lleno de vida había aparecido de pronto en una parte del mundo que había llegado a infundirme terror y estaba pintándola de colores vivos.

Pero no se trataba de un sueño; no podía serlo, pues en mi pecho reinaba una conmoción demasiado grande. Era real, a pesar de todo. (¿Nos besaríamos en la boca? ¿Nos abrazaríamos, como viejos amigos?)

Una barra de desayuno, que constaba de una tabla ancha y pulida de algún material bonito, separaba la cocina del resto de la sala. Me senté ante ella y Eddie, sonriendo, se echó el paño de cocina al hombro y se me acercó. Se inclinó sobre la barra y despejó mi duda plantándome un beso en los labios.

—Estás muy guapa con mi sudadera —comentó.

Bajé la vista para estudiarla. Era gris y tenía los puños raídos. Olía a él.

Dusty Springfield cedió el paso a Roy Orbison.

—Me impresiona que hayas hecho pan —dije—. Huele de maravilla. —Arrugué el entrecejo—. Oh, espera un momento. No serás una de esas personas aterradoras con cientos de habilidades, ¿verdad?

—Soy una persona que sabe hacer un montón de cosas mal, pero con entusiasmo —respondió—. Puedes llamar a eso ser habilidoso, si quieres. Mis amigos lo llaman de otras maneras. —Arrastró un banco por el otro lado, se sentó frente a mí y me acercó un vaso de zumo de naranja.

Noté que apretaba las rodillas contra las mías.

—Háblame de tus no-habilidades —le pedí.

Se rio.

—Pues… Toco el banjo. Y el ukelele. Y estoy haciendo mis pinitos con la mandolina, que es más difícil de lo que creía. Ah, y hace poco aprendí a lanzar hachas. Fue alucinante. —Reprodujo el gesto, imitando el sonido del hachazo.

Eso me hizo sonreír.

—Y… Bueno, a veces me desafío a mí mismo a tallar cosas en trozos de piedra caliza que me encuentro en el bosque, aunque se me da especialmente mal. Y horneo pan a menudo, aunque tampoco es algo para lo que esté especialmente dotado.

Se me escapaba la risa.

—¿Algo más?

Deslizó el dedo en torno a uno de mis nudillos.

—No te montes una película en la cabeza sobre lo triunfador que soy, Sarah, porque te aseguro que no lo soy.

Sonó el timbre del temporizador, y se levantó para echar

una ojeada al pan. Me maravillaba que fuera tan consciente de su entorno y me lo imaginaba rastreando el bosque local en busca de cosas que tallar. Era casi como si formara parte del valle, al igual que un roble. Aunque partes de él salían despedidas hacia el mundo exterior durante los cambios de estación o los temporales, su esencia permanecía arraigada a la tierra. A esa tierra, en ese valle.

De repente me percaté de que yo no sentía lo mismo respecto a Los Ángeles. Me encantaba: era la ciudad donde me había instalado. Me encantaban el calor, la inmensidad, la ambición y la sensación de anonimato que me infundía. Pero yo no era la arena de sus desiertos ni las olas de su mar.

—Le falta un poco de tiempo al pan —dijo Eddie mientras se sentaba de nuevo—. ¿En qué pensabas?

—Te imaginaba a ti como un árbol y a mí como un desierto.

Sonrió.

—Eso no nos hace muy compatibles.

—No lo decía en ese sentido, sino… Oh, no me hagas caso. Son cosas raras que se me ocurren.

—¿Qué clase de árbol era yo? —preguntó.

—Te imaginaba como un roble. Un viejo roble.

—Con el roble siempre aciertas. Y en septiembre cumplo los cuarenta, así que lo de «viejo» resulta apropiado.

—Y estaba pensando en lo arraigado que pareces. Aunque dices que sigues yendo a menudo a Londres por trabajo, es como si… No sé. Como si formaras parte del paisaje.

Eddie miró por la ventana. Unas matas de espliego se doblaban bajo la brisa.

—No lo había visto de esa manera —dijo—, pero tienes razón. Por más que viajo a Londres para instalar muebles de cocina, jugar al fútbol o ver a amigos (y me sorprendo pensando cuánto me gusta esa ciudad), siempre regreso a este valle. Me sería imposible no hacerlo. ¿Sientes esa añoranza cuando no estás en Los Ángeles?

—Pues no. No del todo. Pero es el sitio donde he elegido vivir.

—Ya. —Percibí un ligero deje de desilusión en su voz.

—Pero es curioso —proseguí—. Al oírte hablar de todas esas cosas que haces, de esas aficiones que tienes, me he percatado de cuánto echo de menos todo eso. En Los Ángeles puedes conseguir de todo a cualquier hora de la noche, pedir que te lo lleven a casa, descargártelo…, a ver, incluso se está hablando de realizar las entregas por dron. Las posibilidades son infinitas. Pero, por esa misma razón, no recuerdo cuándo fue la última vez que hice algo, aparte de la cama. Rara vez hago ejercicio, no toco ningún instrumento, no voy a clases por la tarde.

«Qué insulsa parezco. Qué bidimensional.»

Por toda respuesta, Eddie se puso pensativo.

—Pero ¿qué más dan las aficiones si dedicas todo tu tiempo a un trabajo que te encanta? —Hizo girar un mechón de mi cabello entre sus dedos.

—Hummm —murmuré—. Sí que me encanta, pero es… muy exigente. No me permite ni un respiro. Incluso cuando vengo a Reino Unido de vacaciones, trabajo.

Eddie sonrió.

—Elección —dije al fin—. Vas a recordarme que tengo capacidad de elección.

Se encogió de hombros.

—Oye, no hay mucha gente que funde una organización de apoyo a los niños a partir de la nada. Pero todo el mundo necesita tomarse un descanso. Un tiempo para no pensar. Es algo que nos permite seguir siendo humanos.

Tenía razón, claro. Casi nunca delegaba en nadie mis tareas. Me aferraba a mi trabajo, me envolvía en él. Siempre lo había hecho, no sabía planteármelo de otro modo. Pero durante toda esa actividad, todo ese ajetreo, ¿estaba allí de verdad? ¿Estaba presente en mi vida como parecía estarlo Eddie en la suya?

«Esta no es la típica conversación que mantienes con un

hombre al que conoces de hace solo veinticuatro horas», me dije, pero no era capaz de contenerme. Nunca había mantenido una conversación así con nadie, ni siquiera conmigo misma. Era como si al abrir un grifo me hubiera quedado con el maldito trasto en la mano.

—Tal vez el problema no esté en la ciudad donde vivo o en el trabajo que tengo —aventuré—. Tal vez el problema sea yo. En ocasiones observo a otras personas y me pregunto por qué no dispongo de tiempo para hacer las mismas cosas que ellas fuera del trabajo. —Me di un golpecito en la cutícula—. En cambio, tú… Oh, no me hagas caso. Estoy divagando. Es que me siento tan a gusto aquí… Lo que me confunde, porque, normalmente, cuando vengo de visita no pienso más que en marcharme.

—¿Y eso?

—Oh, ya te lo explicaré en otro momento.

—Claro. Y yo te enseñaré a tocar el banjo. Soy malísimo, así que estarás en muy buena compañía. —Volvió la palma hacia arriba y coloqué la mano encima—. No me importan las aficiones que tengas. No me importa cuánto trabajes. Podría pasarme el día entero hablando contigo. Es lo único que sé.

Me quedé contemplándolo, maravillada.

—Eres genial —musité—. Para que lo sepas.

Nos miramos a los ojos, y Eddie se inclinó de nuevo hacia delante para besarme. Fue un beso largo, lánguido y cálido como un recuerdo suscitado por la música.

—¿Te apetece quedarte un rato más? —me preguntó más tarde—. Si no tienes otra cosa que hacer, claro. Te enseñaré mi taller y podrás tallar tu propia ratoncita. O podemos pasar el día besándonos. O a lo mejor podríamos jugar al tiro al blanco con Steve, una ardilla con muy mala leche que vive en mi patio. —Me posó las manos sobre las piernas—. Es solo que… Joder, que no quiero que te vayas.

—De acuerdo —respondí despacio y sonreí—. Me parece un plan estupendo. Pero ¿y tu madre...? ¿No estabas preocupado por ella?

—Lo estoy —dijo—. Pero... bueno, ya no sufre crisis explosivas, sino más bien un declive gradual. Mi tía ha venido a pasar unos días porque el jueves me voy de vacaciones. Ella la cuidará.

—¿Seguro? —pregunté—. Si tienes que ir a ver cómo está, no me enfado.

—Totalmente seguro. Me ha llamado antes y me ha dicho que iban al centro de jardinería. Se la oía bien. Confía en mí —añadió al verme dubitativa—. Si su estado empezara a ser mínimamente preocupante, yo ya estaría allí. Sé qué señales buscar.

Me imaginé a Eddie observando a su madre, una semana tras otra, como un pescador escrutando el cielo.

—De acuerdo —contesté—. Bueno, pues entonces creo que deberías empezar por hablarme de Steve.

Se rio entre dientes y me quitó del pelo una migaja, o quizá un insecto, con un golpecito del dedo.

—Steve me tiene aterrorizado, y también a todas las especies de fauna silvestre que intentan vivir por aquí. No sé qué le ocurre; se pasa el día en la hierba, espiándome, en vez de estar encaramado a un árbol, como le corresponde. Solo levanta el trasero cuando compro un comedero para pájaros. Da igual dónde los cuelgue, él consigue entrar por la fuerza y devorarlo todo.

Rompí a reír.

—Parece un tío genial.

—Lo es. Lo adoro, pero me cae fatal. Tengo una pistola de agua que dispara como una ametralladora. Luego podemos intentar darle su merecido, si quieres.

Sonreí. Pasar un día entero con ese hombre y su ardilla, en aquel rincón perdido de los Cotswold que me recordaba todos los buenos ratos de mi infancia y ninguno de los malos. Sería una delicia.

Paseé la vista alrededor, fijándome en los aditamentos de la vida de aquel hombre. Libros, mapas, taburetes hechos a mano. En lo alto de una estantería, una colección de trofeos horteras de fútbol.

Caminé hacia ellos como paseándome. «The Elms, Lunes en Battersea —rezaba el más cercano—. Old Robsonians: Campeones de la tercera división.»

—¿Son tuyos?

Eddie se aproximó.

—Pues sí. —Cogió el más reciente y deslizó un dedo por la parte de arriba. Un hilillo de polvo se desprendió del borde—. Juego en un equipo de Londres. Lo que te parecerá un poco raro, puesto que vivo aquí, pero voy allí a menudo para instalar cocinas y…, bueno, no me han puesto las cosas fáciles para dejarlo.

—¿Por qué?

—Me incorporé al equipo hace años. Cuando creía que iba a intentar vivir en Londres. —Soltó una risita—. Son todos muy cachondos. Cuando regresé a Gloucestershire no fui capaz de colgar las botas. Nadie ha podido. A todos nos gusta demasiado.

Sonreí y examiné otra vez el batiburrillo de trofeos. Uno de ellos databa de veinte años atrás. Me gustó que conservara amistades de hacía tanto tiempo.

De pronto…

—¡No! —jadeé.

Saqué un libro de un estante situado más abajo: el volumen *Pájaros* de la colección Collins Gem, la misma edición que yo tenía cuando era niña. Me había pasado horas inmersa en aquel pequeño tomo. Sentada en la horcadura del peral que crecía en nuestro jardín, con la esperanza de que, si permanecía el tiempo suficiente allí, los pájaros acudirían a posarse a mi lado.

—¡Yo lo tenía! —expliqué a Eddie—. ¡Me aprendí de memoria el nombre de todos y cada uno de los pájaros!

—¿En serio? —Se me acercó—. Me encantaba este libro. —Lo abrió por una página central y tapó la denominación del ave con la mano—. ¿Cómo se llama este?

El pájaro tenía el pecho dorado y un antifaz negro.

—Ay, madre… No, espera. ¡Trepador! ¡Trepador azul!

Me mostró otro.

—¡Tarabilla común!

—Dios mío —se maravilló Eddie—. Eres la mujer perfecta para mí.

—También tenía el de las flores silvestres. Y el de las mariposas y polillas. Fui una naturalista precoz.

Dejó el libro a un lado.

—¿Puedo preguntarte algo, Sarah?

—Por supuesto. —Me encantaba oírlo pronunciar mi nombre.

—¿Por qué vives en la ciudad, si la naturaleza es tan importante para ti?

Reflexioné unos instantes.

—No puedo irme a vivir al campo sin más —respondí al fin. Algo en mi expresión debió de disuadirlo de hacerme más preguntas, porque, tras observarme unos segundos, se fue a paso tranquilo a sacar el pan del horno.

—Yo tenía el volumen dedicado a los árboles. —Echó un vistazo alrededor en busca de una manopla de cocina, pero se conformó con el paño que tenía sobre el hombro—. Me lo compró mi padre. Fue él quien me inició en la carpintería, de hecho, aunque desde luego nunca imaginó que me ganaría la vida con ella. En otoño, cuando iba a comprar leña, me llevaba consigo para que lo ayudara a cargar con los troncos. Luego me dejaba partir algunos para hacer astillas. —Hizo una pausa, risueño—. Fue el olor. Me enamoré del olor desde el principio, pero me fascinaba la rapidez con la que podía transformarse un leño de aspecto robusto en algo totalmente distinto. Un invierno me dio por hurtar astillas para hacer muñecos de palo. Luego fabriqué un portarrollos de papel higiénico y el peor mazo de croquet de la historia. —Rio por lo bajo—. Y luego vino Ratoncita. —Abrió el horno y extrajo la bandeja—. La joya de la corona, para mí. A mi padre no lo impresionó demasiado, pero mi madre me aseguró que era la ratoncita más perfecta que había visto nunca. —Colocó una hogaza redonda y fragante sobre una rejilla y cerró el horno—. Él nos dejó cuando yo tenía nueve años. Tiene otra familia en la frontera con Escocia, en algún lugar al norte de Carlisle.

—Oh. —Me senté de nuevo—. Eso debió de ser duro.

Se encogió de hombros.

—Ocurrió hace mucho tiempo.

Se hizo un silencio relajado mientras sacaba de la nevera mantequilla, miel y un tarro con lo que parecía mermelada casera de naranja. Me pasó un plato con una resquebrajadura profunda («¡Lo siento!») y un cuchillo.

—¿Sabe tu madre que estoy aquí? —le pregunté mientras él comenzaba a rebanar el pan.

—¡Ay! —Apartó la mano de la hogaza con brusquedad—. ¿Por qué seré tan glotón? Está demasiado caliente todavía.

Se me escapó una carcajada. Yo había estado a punto de intentar coger el pan antes que él.

—No —respondió mientras se protegía la mano con el paño de cocina—. Mi madre no sabe que estás aquí. No puedo permitir que crea que su único hijo es un verraco salido ansioso por aparearse.

—Supongo que no.

—A lo mejor, si me porto muy bien, podemos aparearnos un poco más —dijo lanzando una rebanada humeante hacia mi plato.

—Por supuesto. —Hundí el cuchillo en la mantequilla. Estaba llena de migajas. Eso le habría parecido inaceptable a Reuben, a quien le gustaba la mantequilla servida al estilo hípster, sobre un trozo de pizarra o alguna otra ridícula roca—. Aparearte se te da de miedo —añadí sin sonrojarme.

Eddie sí se puso colorado.

—¿De verdad?

Y, como al parecer no tenía capacidad de elección al respecto, me levanté, rodeé la tabla que hacía las veces de isla y, estrechándolo entre mis brazos, lo besé con fuerza en la boca.

—Sí —dije—. Este pan está demasiado caliente incluso para mí. Volvamos a la cama.

13

Querido Alan:

Perdona que te escriba sin que nos conozcamos de nada.

Has respondido a mi publicación en el muro de Eddie David hace un rato. Estoy un poco preocupada y quería compartir contigo la poca información de que dispongo.

Antes de que Eddie y tú os marcharais de vacaciones, pasé una semana con él en Sapperton. Me fui el jueves 9 de junio para dejar que hiciera las maletas, y él me aseguró que me llamaría desde el aeropuerto.

No he vuelto a saber de él. Tras varios intentos de contactarlo, me di por vencida, suponiendo que había cambiado de idea. Sin embargo, nunca me lo creí del todo y, al ver tu respuesta a mi publicación, he comprendido que no estaba engañándome. Te pongo mi número de teléfono más abajo. Te agradecería mucho que compartieras conmigo cualquier suposición o dato que tengas. ¡No soy una acosadora! Solo quiero saber si está bien.

Un saludo,
Sarah Mackey

Las once siguieron su lento y silencioso curso hacia la medianoche. Mi teléfono empezó a zumbar y me abalancé sobre él, pero solo era Jo, para comunicarme que había llegado bien a casa. Alan no me había contestado. Me tumbé de nuevo en la cama, notando una opresión en el pecho. Me dolía el corazón. Me dolía de verdad. ¿Por qué nadie me había dicho que la expresión «corazón roto» no era solo una metáfora?

La medianoche cedió el paso a la una, luego dieron las dos y después las tres. Me imaginé a Tommy y Zoe en su cama gigante, en la habitación contigua, y me pregunté si dormían abrazados. Me vino a la memoria el cuerpo de Eddie entrelazado con el mío, y me asaltó una añoranza tan intensa que parecía atravesarme la piel. Luego dediqué un rato a fustigarme con saña, porque en Estambul había cadáveres en bolsas mientras que Eddie no era —con toda probabilidad— más que un hombre que no había llamado.

A las cuatro, después de pillarme a mí misma buscando en la red necrológicas de la zona de Eddie, salí con sigilo del piso de Tommy. El alba emborronaba de gris el cielo, y un solitario barrendero ya estaba trabajando, avanzando palmo a palmo frente a la terraza de estilo georgiano de Zoe. Faltaba un par de horas para que la ciudad estuviera en plena actividad, pero yo no aguantaba un segundo más de aquel silencio asfixiante mientras un torbellino de teorías, a cual más terrorífica, se me agolpaba en la cabeza.

Al llegar a Holland Park Avenue arranqué a correr. Durante un rato, troté sin esfuerzo entre paradas de autobús en las que se resguardaban migrantes de aspecto cansado que se dirigían a su trabajo, cafeterías con las persianas aún bajadas, un hombre en estado de embriaguez que regresaba de Notting Hill dando traspiés. Desconecté del ruido de los autobuses nocturnos y los taxis, para no oír más que el golpeteo de mis zapatillas de deporte y el coro de gorjeos matutinos.

El trote sin esfuerzo no duró mucho. Cuando la calle empezó a ascender hacia Notting Hill noté que tenía los pulmones a punto de estallar, como siempre, y me flaquearon las piernas. Subí andando hasta enfilar una bocacalle en dirección a Portobello.

«No estoy haciendo ninguna locura —pensé cuando pude obligarme a correr de nuevo—. Londres ya ha despertado.» Un bar de trabajadores estaba repleto de obreros con chaleco reflectante; un hombre abría un puesto ambulante de café en Westbourne Grove. Londres estaba en marcha. ¿Por qué no habría de estarlo yo? Aquello era estupendo.

En realidad no lo era, claro, porque tenía el cuerpo cansado y molido, y no me había cruzado con ningún otro corredor durante el trayecto. Y porque solo eran las 4.45 de la madrugada cuando llegué a casa de Tommy.

Tras darme una ducha me acosté de nuevo. Intenté aguantar cinco minutos sin consultar mi móvil.

«Una llamada perdida», me informó la pantalla cuando sucumbí a la tentación. Me incorporé. La habían realizado desde un número oculto a las 4.19. Me habían dejado un mensaje en el buzón de voz.

Este consistía en dos segundos de silencio seguidos del sonido de un humano que pulsaba un botón equivocado. Tras un breve toqueteo la persona conseguía colgar el teléfono.

Me pregunté por unos instantes si esa persona era Alan, el amigo de Eddie, pero según Facebook aún no había leído mi mensaje.

Entonces ¿quién era?

¿El propio Eddie?

«¡No! ¡No ha sido Eddie! ¡Es un hombre parlanchín, no un chalado siniestro que llama a las cuatro de la madrugada!»

Cuando desperté, a la hora del almuerzo, Alan ya había leído el mensaje. No había respondido.

Me quedé mirando el teléfono como una demente, actualizando la información una y otra vez. No podía pasar de mi mensaje sin más. ¡Nadie haría una cosa así!

Pero lo cierto era que lo había leído y había pasado de él. Transcurrió el resto del día sin que recibiera noticias. Estaba atemorizada. Cada día menos por Eddie, y cada día más por mí misma.

14

Rudi permanecía totalmente inmóvil.

Miraba con fijeza a los dos suricatas más próximos a la valla, que lo miraban con fijeza a él, erguidos y apoyando las patas sobre sus suaves barriguitas en una pose despreocupada. Sin darse cuenta de lo que hacía, Rudi se había puesto muy derecho, descansando las manitas sobre su propia barriguita.

—Hola —susurró en tono reverencial—. Hola, surigatos.

—Suricatas —lo corregí.

—¡Calla, Sarah! ¡Vas a asustarlos!

En cuanto Tommy le señaló que se acercaba otro suricata, el crío giró sobre los talones, olvidándose al instante de mi existencia.

—Hola, surigato número tres —musitó—. ¡Surigatos, hola! ¿Sois una familia? ¿O solo muy amigos?

Dos de los animalillos comenzaron a escarbar en la arena. El tercero escaló un montículo arrastrando las patas para dar lo que parecía un abrazo a otro miembro de la tribu. Rudi casi temblaba de la emoción.

Jo le tomó una foto a su hijo. Cinco minutos antes estaba riñéndolo por algo; ahora le sonreía con un amor incondicional. Y, mientras la observaba, intentando imaginar una devoción tan elevada e inconmensurable, lo noté de nuevo: una fuerte punzada procedente del batiburrillo de sentimientos que guardaba en un rincón oscuro. Ya tenía asumido que jamás iba a ser madre, por supuesto, pero el dolor derivado de las posibilidades perdidas me dejaba sin aliento.

Saqué las gafas de sol de mi bolso.

Mis padres, que habían encontrado a alguien que cuidara del abuelo, regresarían a Gloucester al día siguiente. Rudi quería celebrar una merienda de despedida en el zoo infantil de Battersea Park antes de que yo partiera hacia allí para verlos, aunque me olía que eso guardaba más relación con un documental sobre suricatas que había visto hacía poco que con decir adiós a la tiita Sarah.

Eché un vistazo a mi móvil, gesto que se había convertido en un reflejo tan habitual como respirar. Después de la llamada anónima que había recibido la semana anterior en plena noche había habido otra, hacía pocos días, que había durado nada menos que quince segundos. «Llamaré a la policía», había dicho yo cuando la persona al otro lado de la línea se había negado a hablar. Esta había colgado de inmediato y, aunque no había vuelto a telefonearme desde entonces, yo estaba convencida de que tenía algo que ver con la desaparición de Eddie.

Apenas pegaba ojo últimamente.

Tommy desenvolvió la pequeña merienda que había preparado, y Rudi se acercó corriendo a comer mientras contaba mal un chiste sobre sándwiches de huevo y pedos con olor a huevo. Jo lo reprendió por hablar con la boca llena. Cerca de nosotros un niño gimoteaba por haberse perdido la oportunidad de alimentar al coatí. Yo estaba sentada en medio, tan abatida y con el estómago tan revuelto que era incapaz de comerme mis sándwiches.

No mucho antes de terminar la secundaria había estudiado *La señora Dalloway* para el examen de final de bachillerato de Literatura. Nos turnábamos para leer el libro en voz alta y explorábamos la «técnica narrativa excepcional» de Woolf, como la calificaba la señora Rushby.

—«El mundo ha alzado su látigo —recité cuando me llegó el turno—; ¿dónde lo descargará?»

Había hecho una pausa, sorprendida, y había releído la frase. Y, aunque mis compañeros me miraban, aunque la señora Rushby no me quitaba el ojo de encima, yo había subrayado la frase tres veces antes de seguir adelante, porque aquellas palabras describían de un modo tan perfecto lo que sentía casi en todo momento que me maravillaba que otra persona las hubiera escrito.

«El mundo ha alzado su látigo; ¿dónde lo descargará?»

«¡Eso es! —había pensado mi yo de diecisiete años. ¡Esa actitud siempre alerta! Observando el cielo, olfateando el aire, preparándome para el desastre—. Esa soy yo.» Y, sin embargo, ahí estaba, diecinueve años después, sintiéndome exactamente igual. ¿Había cambiado algo en el fondo? ¿Había sido mi confortable vida en California una mera fantasía?

Eché otra ojeada a mi sándwich de huevo, pero me provocó arcadas.

—Eh —dijo Jo—. ¿Qué te pasa?

—Nada. Solo saboreo mi merienda.

—Qué interesante —comentó ella—, considerando que no has probado bocado.

Tras titubear unos instantes le pedí disculpas. Admití que estaba comportándome como una loca. Les aseguré que me esforzaba al máximo por recobrar el control, pero que no estaba teniendo mucho éxito.

—¿Te rompió el corazón? —preguntó Rudi—. ¿El hombre ese?

Todos dejamos de hablar. Ni Jo ni Tommy se atrevieron a mirarme. Pero Rudi sí, Rudi, con sus ojillos almendrados y su perfecta comprensión infantil del mundo.

—¿Te rompió el corazón, Sarah?

—Esto... Pues sí —respondí cuando recuperé el habla—. Sí, la verdad es que así fue.

Rudi se balanceaba de lado a lado sobre las plantas de los pies, observándome.

—Es un villano —declaró tras una cuidadosa deliberación—. Y un pedorro.

—En efecto —asentí.

Rudi me abrazó, y por poco se me saltan las lágrimas.

Tommy, con mi móvil en la mano, contemplaba pensativo el muro de Facebook de Eddie.

—La verdad es que este hombre me tiene intrigado —murmuró tras un largo silencio.

—Toma, y a mí.

—La etiqueta DóndeEstáWally, por ejemplo —agregó—. ¿No es un poco extraña? El tío se llama Eddie.

Jo abrió una bolsa de frutos secos para Rudi.

—Cómetelos despacio —le advirtió antes de volverse hacia Tommy—. *¿Dónde está Wally?* Es una serie de libros, gilipuertas —dijo—. ¿No los recuerdas? ¿Los dibujos de multitudes en las que siempre está escondido Wally?

Rudi comenzó a seleccionar las pasas y a desechar los frutos secos.

—Sé lo que es *¿Dónde está Wally?* —repuso Tommy—. Lo que pasa es que me parece raro escribir eso para referirse a alguien que en teoría se llama Eddie.

Sacudí la cabeza.

—Es lo que se dice cuando buscas a alguien. Cuando escrutas la muchedumbre. Es como lo de la aguja en el pajar.

Tommy se encogió de hombros.

—Tal vez. O tal vez no. A lo mejor se trata de una persona distinta.

Rudi se reanimó al oír eso.

—¿Crees que Eddie es un asesino? —preguntó.

—No —dijo Tommy.

—¿Un vampiro?

—No.

—¿Un butanero? —Jo le había explicado hacía poco que no debía fiarse de los desconocidos.

Tommy miraba mi teléfono, meditabundo.

—Oh, no sé —dijo—. Pero hay algo raro en ese hombre. —De pronto enderezó la espalda—. ¡Sarah! —susurró—. ¡Fíjate en esto!

Cogí el móvil de entre sus manos y descubrí que había abierto el Messenger. De repente todo se abalanzó hacia delante y se precipitó en el vacío, como agua desde lo alto de un dique. Eddie estaba conectado. Había leído mis mensajes. Los dos. Y estaba conectado en ese momento.

No se había muerto. Se encontraba en algún lugar.

—¿Qué hacías mirando mis mensajes? —siseé.

—Estaba fisgoneando —contestó Tommy—. Quería ver qué le habías escrito, pero ¿qué más da? ¡Ha leído tus mensajes! ¡Está en línea!

—¿Qué ha dicho? —Rudi intentó agarrar el móvil—. ¿Qué te ha dicho, Sarah?

Jo requisó el teléfono y lo examinó durante un buen rato.

—Detesto tener que decírtelo —anunció—, pero ha leído tus mensajes hace tres horas.

—¿Por qué no te ha contestado? —inquirió Rudi. Era una buena pregunta—. Empiezo a estar harto de tu novio —prosiguió—. Creo que es muy mala persona.

Se impuso un largo silencio.

—¿Por qué no bajamos al túnel de los suricatas? —propuso Jo.

Rudi dirigió la vista hacia mí, luego hacia sus adorados suricatas, que estaban a unos diez metros de distancia…, diez metros demasiado lejos.

—Vete —le dije—. Vete con los tuyos. Yo estaré bien.

—Olvídate de él, Sarah —repitió Jo mientras su hijo se alejaba trotando. De repente se la oía muy cansada—. La vida es demasiado corta para desperdiciarla persiguiendo a alguien que te hace sufrir.

Se fue en pos de Rudi. Tommy y yo nos quedamos mirando la pantalla. De forma impulsiva, tecleé: **¿Hola?**

Unos segundos después la foto de Eddie descendió hasta colocarse al lado del mensaje.

—Eso quiere decir que lo ha leído —señaló Tommy.

Que no muerdo, escribí.

Eddie leyó el mensaje. Y entonces —así, sin más— se desconectó.

Me levanté. Tenía que verlo. Que hablar con él. Tenía que hacer algo.

—Socorro —imploré—. ¿Qué hago, Tommy? ¿Qué hago?

Al cabo de unos instantes se puso de pie y me abrazó por los hombros. Si cerraba los ojos, era como si volviéramos a estar en 1997 en el vestíbulo de llegadas del aeropuerto de Los Ángeles, yo derrumbada contra él, él sujetando las llaves de un coche enorme con aire acondicionado, asegurándome que todo saldría bien.

—A lo mejor su madre se ha puesto muy mal de la depresión —aventuré, desesperada—. Cuando lo conocí, me dijo que ella había entrado en una espiral descendente. Tal vez su estado sea muy preocupante.

—Tal vez —convino Tommy por lo bajo—. Pero, Harrington, si el tío fuera en serio contigo te habría enviado un mensaje a pesar de todo. Te habría explicado la situación. Te habría pedido que le dieras unas semanas.

No se lo discutí, porque no podía.

—A ver si responde —continuó Tommy dándome un apretón en el hombro—. Pero, a menos que lo haga pronto, y que le haya pasado algo muy fuera de lo normal, creo que deberías plantearte seriamente si te interesa volver a verlo. No está bien que te haga pasar por esto. —Con torpeza, pero con una gran ternura, me dio un beso en un lado de la cabeza—. Quizá Jo tenga razón —agregó—. Quizá lo mejor sería que pasaras página.

Mi amigo de toda la vida me abrazaba por los hombros. El hombre que me había ayudado a levantar cabeza, hacía tantos años, que me había visto perderlo todo para luego recomponer de alguna manera mi vida. Y, ahora que nos faltaba poco para cumplir los cuarenta, estaba ocurriendo de nuevo.

—Es que tiene razón —admití sin fuerzas—. Los dos la tenéis. Debo pasar página.

Y lo decía en serio. El único problema era que no sabía cómo.

15

No se trata solo de que me han roto el corazón —pensé aquella noche. Estaba en la cocina de Tommy y Zoe, en pijama, comiendo patatas de bolsa—. Hay algo más.»

Pero ¿qué?

¿El accidente? «¿Tiene algo que ver con el accidente?»

Había muchas lagunas en mis recuerdos de aquel día nefasto. La distancia, el trauma o tal vez la enorme diferencia entre mi vida en Inglaterra y la que había construido en Estados Unidos me había ayudado a bloquear gran parte de lo sucedido. Sin embargo, conocía bien los sentimientos que me embargaban ahora. Eran como viejos amigos ingratos.

A la una y media de la madrugada, decidí aprovechar aquel exceso de energía para trabajar un poco. Aunque mis colegas no me habían reclamado nada por cortesía, yo sabía que pronto me llamaría alguien si no me apresuraba a ponerme al día en el trabajo atrasado.

Volví a la cama y entré en mi cuenta de correo electrónico. Y entonces, por fin, mi cerebro se activó. Tomé decisiones, tanto importantes como pequeñas. Autoricé gastos y envié un informe a los miembros del consejo de administración. Eché un vistazo a nuestra carpeta de correo web, porque nadie se acordaba nunca de consultarla, y encontré un mensaje de una niña que nos preguntaba si alguno de nuestros payasos podía hacerle una visita a su hermana gemela, que estaba muy enferma en un hospital de San Diego.

¡Por supuesto! —respondí, con copia para Reuben y Kate, mi directora adjunta—. ¡Enviaremos a los payasos! ¡Es un hospital que conocemos! ¡Equipo, aseguraos de que nuestros chicos se pasen por allí el viernes a más tardar!

Cuando dieron las tres de la madrugada, me percaté de que mi cerebro funcionaba a una velocidad que no me gustaba.

Cuando dieron las cuatro, estaba furiosa.

A las cuatro y cuarto, decidí llamar a Jenni. Sin duda Jenni Carmichael sabría aconsejarme qué hacer.

—¡Sarah Mackey! —exclamó. Al fondo se oía la apabullante música de violines de una película romántica—. ¿Qué narices haces despierta a estas horas de la noche?

«Gracias —pensé, cerrando los ojos—. Gracias, Dios, por crear a mi querida Jenni Carmichael.»

Mi boda con Reuben había sido un episodio un tanto embarazoso. Los bancos asignados a sus invitados estaban llenos mientras que en mi lado solo estaban mis padres, Tommy, Jo y un par de camareras del café de Fountain donde Reuben y yo habíamos celebrado nuestras primeras reuniones sobre la organización. Hannah no estaba presente. Solo un hueco silencioso en el banco, junto a mamá. Tampoco había amigos míos, pues ya nadie en Inglaterra sabía qué decirme, por no hablar de sus pocas ganas de volar hasta el otro lado del mundo para disfrutar el placer de seguir sin saber qué decir.

Cuando comuniqué a la familia de Reuben que «ninguno de mis amigos ingleses podía asistir», la vergüenza se había derramado sobre mí como cerveza de un vaso demasiado lleno.

La luna de miel en Yosemite fue maravillosa. Refugiados en un nidito de amor, Reuben y yo fuimos felices. Pero, hacia el final del viaje, cuando acabamos en San Francisco, rodeados de grupos bulliciosos de gente joven, volví a compadecerme de mí misma por no tener amigos.

Entonces Jenni había irrumpido en mi vida, como si me la hubieran enviado por mensajero. Ella era de Carolina del Sur. A diferencia de la mayoría de las personas que se mudaban desde otras ciudades, no le interesaba en absoluto la industria del cine: solo quería «probar algo nuevo». Mientras Reuben y yo nos paseábamos por el norte de California como recién casados, Jenni asumía el puesto de administradora del edificio de oficinas donde Reuben y yo habíamos alquilado un espacio de trabajo, un bloque de hormigón gris agazapado a la sombra de la autopista de Hollywood.

Cuando regresamos, ella había ido a preguntarme si teníamos pensado pagar pronto el alquiler atrasado. Le ofrecí dinero en efectivo y disculpas el mismo día, observándola con aire culpable mientras contaba los billetes de dólar. Advertí que sobre su mesa tenía media tarta envuelta en papel film y un pequeño reproductor de CD en el que había puesto algo que sonaba como una recopilación tipo «Las mejores canciones de amor». Alzó la vista hacia mí y sonrió mientras repasaba el fajo con un dedal de goma.

—Se me dan fatal los números —confesó—. Estoy contando los billetes para parecer eficiente. —Volvió a empezar dos veces antes de darse por vencida—. Me fío de ti —afirmó, y guardó el dinero en una caja—. Pareces honrada. ¿Quieres un trozo de tarta? La hice anoche. Me temo que acabaré por zampármela entera.

La tarta estaba deliciosa y, mientras me la comía junto a su escritorio, Jenni me relató su entrevista con el estrafalario propietario del edificio. Lo imitó casi a la perfección. «Quiero que sea mi amiga», pensé mientras ella se saltaba una balada heavy moderna para escuchar un tema de Barbra Streisand. No se parecía en nada a mí, tampoco a nadie que yo hubiera conocido, lo que hacía que me cayera aún mejor.

Lo había conseguido. Había hecho amigos finalmente. Aún llevaba a la vista las cicatrices del pasado, pero empezaba a emerger del pozo como Sarah Mackey, ejecutiva de una ONG, simpática, superresponsable, a veces ingeniosa. Pero Jenni Carmichael fue la impulsora; empecé a conocer gente a través de ella, a creerme que podía encajar en aquella ciudad que tanto necesitaba convertir en mi hogar.

Tres años después, Jenni no era solo una buena amiga sino también una valiosa baza de nuestra organización benéfica. Cuando Reuben y yo firmamos un contrato de alquiler de larga duración en un edificio de Vermont Avenue, a solo dos manzanas del hospital pediátrico, ella dejó su trabajo y se vino con nosotros. Aunque nuestra nueva sede no era nada espectacular, y estaba rodeada de consultorios de aspecto sospechoso, lavanderías de autoservicio y locales de comida para llevar, el alquiler era barato, y disponía de una planta baja espaciosa y diáfana que se convertiría en la academia de payasos de hospital de Reuben. Primero trabajó con nosotros como administradora de la oficina, luego como «alguien que nos ayudaba con las subvenciones» hasta que, después de varios años, la nombramos subdirectora de captación de fondos.

Cerca de un año después de conocerla, Jenni había forjado su propia historia de amor perfecta y llevaba una existencia feliz en el límite entre Westlake y Historic Filipinotown con un hombre llamado Javier que arreglaba todoterrenos de ricachones y le compraba flores cada semana. Vivía para sus escapadas románticas y hablaba de Javier como si fuera Dios todopoderoso.

Llevaban once años intentando tener un hijo. Ella se negaba a quejarse, porque no tenía mucho tiempo para lamentos, pero la frustración estaba matándola. La corroía desde dentro, poco a poco. Por ella, yo incluso había rezado a un Dios en el que nunca había creído. «Por favor, dale un bebé. Es lo único que anhela.»

Si la última tanda de fecundación *in vitro* no daba resultado, yo no tenía idea de lo que Jenni haría. Ni Javier ni ella tenían dinero suficiente para costear el tratamiento cuando su compañía de seguros dejara de pagárselo. «El último tren está a punto de partir», había dicho con rotundidad mientras nos dábamos un abrazo de despedida en el aeropuerto.

Mi ruptura con Reuben le había sentado como un tiro. Creo que echó por tierra sus ideas preconcebidas sobre el amor: sí, muchas personas se divorciaban, claro, pero no las que formaban parte de su círculo más cercano. Sobrellevaba el desencanto asumiendo el papel de salvadora, para el que había nacido. Me instalaba aplicaciones en el móvil, me acogió en su habitación de invitados y preparaba cantidades industriales de tartas.

—¡Bueno! —exclamó—. Así que Eddie se ha puesto en contacto contigo, ¿verdad? Todo vuelve a ir sobre ruedas, ¿no?

—La verdad es que no —dije—. Al contrario. Ha regresado al mundo real (suponiendo que se hubiera marchado de verdad), pero no ha respondido a ninguno de mis mensajes. Me está dando de lado.

—Un segundo, cielo. —La música cesó—. He puesto la peli en pausa. Javier, voy a coger la llamada en la terraza. —Oí que la puerta mosquitera se cerraba tras ella—. Perdona, Sarah, ¿podrías repetirme todo eso?

Le repetí todo eso. A Jenni le hizo falta un momento para asimilar que mi segundo intento de vivir una historia de amor se había ido al traste.

—Joder. —Jenni nunca soltaba tacos—. ¿En serio?

—En serio. Estoy un poco hecha un lío. Como ya te habrás dado cuenta, aquí son poco más de las cuatro de la madrugada.

—Joder —dijo otra vez, lo que me arrancó una risa sombría—. Cuéntame todo lo que ha ocurrido desde que chateamos por última vez. Y apártate de ese ordenador. Has enviado unos mensajes bastante estrambóticos en las últimas horas.

Le referí todo lo sucedido.

—Así que ya está —dije al finalizar—. Creo que seguramente tendré que olvidarme de él.

—No —replicó ella con una brusquedad un poco excesiva. A Jenni no le gustaba que nadie diera la espalda al amor—. No te atrevas a rendirte. Oye, Sarah, sé que la mayoría de la gente estará aconsejándote que pases de ese hombre, pero… yo aún no puedo darlo por perdido. Estoy tan convencida como tú de que hay una explicación.

Esbocé una breve sonrisa.

—¿Como cuál?

—No lo sé —respondió despacio—, pero estoy decidida a llegar hasta el fondo del asunto.

—Yo también lo estaba.

Se rio.

—Ya lo descubriremos. Por el momento tú aguanta ahí, ¿vale? Ah, por cierto, ¿cómo te sientes respecto a lo de mañana?

—¿Lo de mañana?

—Tu reunión con Reuben y Kaia. En un lugar a la orilla del Támesis que tiene algo que ver con el cine, ¿no?

—¿Reuben está en Londres? ¡¿Con su nueva novia?!

—Eh… Sí, ¿no? Me dijo que te había mandado un correo electrónico porque quería quedar para tomar un café y presentarte a Kaia, de modo que no tuvieras que verla por primera vez cuando regresaras a California.

—Pero ¿por qué está ella en Londres? ¿Por qué están los dos en Londres? ¡Se supone que mañana me voy a Gloucestershire! Yo… ¿Qué?

—Kaia quería viajar allí —alegó Jenni con impotencia—. Hacía años que no visitaba Londres. Y Reuben ya tenía el billete de avión, para las vacaciones que ibais a pasar juntos…

Me desplomé de nuevo sobre la cama. Claro. Reuben y yo habíamos reservado asientos en un vuelo a Reino Unido en enero, cuando aún jugábamos a ese solitario juego del matrimonio. Yo regresaba a casa cada año por el aniversario del accidente, y él me acompañaba con frecuencia, aunque las últimas veces no había podido. «Este año iré contigo —me había prometido—. Sé cuánto echas de menos a tu hermana. Este año estaré allí por ti, Sarah.» Así que habíamos reservado los billetes.

Más tarde él me había pedido el divorcio.

—He cambiado la fecha de mi viaje a Londres —me había informado unos días después. Me miraba, con el rostro embadurnado de culpa y tristeza—. Suponía que no querrías que viajara contigo.

—Claro, es una buena idea —había contestado yo—. Gracias por pensar en ello.

Ni siquiera se me había ocurrido plantearme qué fecha había escogido Reuben. Para ser sincera, en aquella época dedicaba muy poco tiempo a pensar; estaba demasiado ocupada desperezándome y ejercitando con prudencia mis nuevos músculos. Llena de curiosidad, experimentaba con las posibilidades que la vida sin Reuben me brindaba. La tranquilidad, la fluidez, la sensación de futuro y de espacio que me embargaban en aquel mundo inexplorado me producían una extraña vergüenza. ¿Dónde estaba la fase de duelo?

—Compró un billete para Kaia —añadió Jenni. No estaba disfrutando aquella conversación—. Lo siento. Me dijo que te había enviado un correo electrónico.

—Y seguramente es cierto. Simplemente no lo he leído aún. —Cerré los ojos—. Bueno, será un encuentro de lo más íntimo y relajado. Reuben, la nueva novia de Reuben y yo.

Jenni soltó una risita deprimente.

—Lo siento —dije después de una pausa—. No pretendía pegarte un corte; es solo que me he quedado de piedra. Además, la culpa es mía por haber dejado que se me acumularan los correos electrónicos.

La oí sonreír. Jenni no se ofendía con facilidad.

—Lo llevas genial, cielo. Menos por lo de las horas intempestivas. Eso a lo mejor deberías mirártelo.

Cerré los párpados.

—Ay, Dios mío, ni siquiera te he preguntado cómo te va

con el ciclo de fecundación. ¿En qué fase estás? ¿Cuánto falta para que te extraigan óvulos?

Jenni se quedó callada unos instantes.

—Oh, ya lo han hecho. Estuve allí la semana pasada y me los extrajeron a base de bien. Te envié un mensaje por Whats-App, ¿recuerdas? Me implantaron tres embriones, porque es mi última oportunidad. La semana que viene lo sabré.

Inspiró como para añadir algo más, pero decidió quedarse callada. Se impuso un silencio cargado de desesperación.

—Jenni —dije en voz baja—, lo siento mucho. Creía que aún estabas en la fase de estimulación ovárica. Qué mal me sabe. Sé que no es excusa, pero ahora mismo no estoy en mi estado normal.

—Lo sé —contestó animada—. No te sientas culpable. Has estado a mi lado en cada ciclo. ¡Tienes derecho a equivocarte alguna vez!

Pero su tono, más alegre de la cuenta, evidenciaba que le había fallado. En la oscuridad negra como el hollín de la habitación para invitados de Zoe noté que el rostro se me ponía lívido de odio hacia mí misma.

Jenni respondió a algo que Javier había gritado y me advirtió que tendría que colgar pronto.

—Oye, Sarah, mi recomendación es la siguiente —dijo—. Creo que deberías empezar de cero con Eddie. Como si acabarais de conoceros. ¿Por qué no le escribes una carta, hablándole de ti, como en una primera cita? Cuéntale todo lo que no tuviste la oportunidad de decirle. Por ejemplo… ¿Sabe lo del accidente? ¿Lo de tu hermana?

—Jenni, mejor hablemos de ti. Ya hemos conversado bastante sobre mí y mi patética vida.

—¡Oh, cariño! Ya me ocupo yo de mí misma. Practico visualizaciones, cánticos y danzas de la fertilidad, y como toda clase de alimentos saludables y repugnantes. No puedo hacer nada más. En cambio, tú puedes hacer mucho. —Después de una pausa continuó—: Sarah, nunca olvidaré el día que me hablaste del accidente. Fue la cosa más terrible que he oído nunca, y fue entonces cuando nació mi amor por ti, Sarah. Un amor muy, muy grande. Creo que deberías contárselo a Eddie.

—¡No puedo escribirle una historia lacrimógena para que cambie de parecer!

—No estoy diciendo eso. Solo creo… —Suspiró—. Solo creo que deberías dejar que te conozca a fondo. En todas tus facetas, no solo las que te gusta mostrar a la gente. Deja que descubra la mujer tan extraordinaria que eres.

Guardé silencio, notando el calor del teléfono contra la mejilla.

—Pero, Jenni, tuve suerte de que reaccionaras como lo hiciste. No todo el mundo habría reaccionado así.

—No estoy de acuerdo con eso.

Me incorporé en la cama.

—O sea, que… él pasa de mí durante casi un mes ¿y yo me pongo a escribirle cartas sobre mi infancia? ¡Pensará que estoy como una cabra! ¡De manicomio!

Jenni rio entre dientes.

—No creas. Como te he dicho, se enamorará perdidamente de ti. Al igual que me ocurrió a mí.

Me dejé caer de nuevo sobre el colchón.

—Oh, Jenni, ¿a quién queremos engañar? Tengo que olvidarme de él.

De pronto prorrumpió en carcajadas.

—¿Por qué te ríes?

—¡Porque no tienes la menor intención de olvidarlo!

—¡No es verdad!

—¡Sí que lo es! —Soltó otra risotada—. Si quisieras olvidarte de Eddie, si de verdad quisieras olvidarlo, Sarah Mackey, yo habría sido la última persona del mundo a la que habrías llamado para pedirle consejo.

16

Quinto día: una haya y una bota de goma

Eddie volvía a hablar por teléfono con Derek. Aunque yo no sabía aún quién era, me imaginaba que tenía algo que ver con su trabajo: Eddie empleaba un tono más formal con él que con el amigo a quien había llamado el día anterior. Esa tarde mantuvieron una conversación breve, que consistió sobre todo en Eddie diciendo «ya», «vale» o «parece una buena idea». Al cabo de unos minutos había terminado. Entró para dejar el teléfono en su sitio.

Yo estaba sentada en el banco que tenía delante del establo, leyendo un ejemplar de *Nuestro hombre en La Habana* que había cogido de su estantería. Descubrí que aún me encantaba leer. Me encantaba que un novelista a sueldo del MI6 hubiera ideado a un desventurado vendedor de aspiradoras que accede a trabajar para el servicio secreto de inteligencia a fin de costear el lujoso estilo de vida de su hermosa hija. Me encantaba poder leer las peripecias de ese hombre durante horas sin pararme un instante a pensar de forma obsesiva en mi propia vida. Me encantaba que, al estar con un libro en la mano, sin la necesidad urgente de irme a otra parte o de hacer otra cosa, me sentía como una Sarah a la que había olvidado por completo.

Aunque el calor todavía no remitía debía de faltar poco porque el aire estaba quieto y cuajado, cerniéndose sobre nosotros como un ave de presa a punto de atacar. Mi ropa pendía inerte del tendedero, por encima de una mata densa de adelfilla, que no se movía un milímetro. Bostezando, me pregunté si debía ir a casa de mis padres a comprobar que todo estaba bien.

Sabía que no lo haría. La segunda noche que Eddie y yo nos habíamos ido juntos a la cama, había resultado bastante evidente que nos quedaríamos allí, en aquella realidad suspendida, hasta que mis padres regresaran o hasta que Eddie se marchara de vacaciones. No quería separarme de él ni siquiera durante la hora que me llevaría la caminata de ida y vuelta a casa. El universo que conocía se había detenido, por el momento, y yo no albergaba el menor deseo de ponerlo en marcha otra vez.

Desde la orilla del patio de Eddie la ardilla Steve me observaba.

—Hola, delincuente —lo saludó Eddie al salir. Sin apartar la vista del animalillo, imitó el gesto de dispararle con una pistola. Steve no movió un músculo.

Eddie se sentó junto a mí.

—Estás muy guapa con mi ropa. —Sonrió tirando del elástico de sus bóxeres y soltándomelo contra el costado. Los llevaba debajo de una camiseta suya con los hombros gastados. Olía a él. Yo tenía las piernas sin depilar. Nada importaba. Estaba atontada de felicidad.

—¿Damos un paseo? —propuso.

—¿Por qué no?

Nos quedamos un rato en el banco, besándonos, haciendo chasquear el elástico, riéndonos sin motivo.

Eran las dos pasadas cuando echamos a andar. Yo volvía a llevar mi ropa, que olía al detergente de Eddie y a sol.

Tras caminar unos metros a lo largo del río, Eddie abandonó el sendero y empezó a remontar la colina con paso decidido, hacia el corazón del bosque. Los pies se nos hundían en la tierra blanda y sin pisar.

—Quiero enseñarte una cosa aquí arriba —dijo Eddie—. Es una tontería, pero de vez en cuando me gusta venir a comprobar que sigue aquí.

Sonreí.

—Puede ser la actividad más destacada del día.

No habíamos realizado muchas actividades destacadas desde que había comenzado nuestro romance. Habíamos dormido mucho, hecho mucho el amor, comido mucho y charlado durante horas. Guardado silencio durante horas. Leído libros, avistado pájaros, inventado una larga historia sobre un perro que se había acercado a husmear el claro de Eddie un día mientras comíamos tortilla de patatas en el banco.

En resumen, aunque todo aquello sucedía, nada estaba sucediendo.

Le di un apretón en la mano mientras ascendíamos entre los árboles, admirada de nuevo por la deslumbrante simplicidad de las cosas. Estaban los cantos de los pájaros, el sonido de nuestra respiración y la sensación de los pies hundiéndose en el mantillo. Y, aparte de una sensación profunda de satisfacción, no había nada más. Ni dolor, ni culpa ni dudas.

Nos encontrábamos muy cerca de la cima cuando Eddie se detuvo.

—Allí —dijo señalando una haya—. Una misteriosa bota de goma.

Me costó un poco localizarla, pero cuando lo conseguí se me escapó la risa.

—¿Eso es obra tuya?

—Qué va —respondió—. Solo la vi un día por casualidad. No tengo idea de cómo llegó allí ni de quién fue el responsable. Durante todos los años que he vivido aquí nunca me he topado con nadie en esta zona del bosque.

Muy arriba —seguramente a más de veinte metros de altura— había una rama quebrada que en otro tiempo debía de apuntar al cielo. Alguien había tapado el muñón colocándole encima una bota de goma negra. Desde entonces habían brotado debajo unos vástagos de color verde pálido, pero, por lo demás, el tronco era liso del todo: imposible de escalar.

Me quedé contemplando la bota, desconcertada por su existencia, complacida de que Eddie hubiera decidido llevarme a verla. Lo abracé por la cintura y sonreí. Notaba su aliento, los latidos de su corazón, la incipiente humedad de su camiseta tras el caluroso ascenso por la ladera.

—Un misterio como Dios manda —declaré—. Me gusta.

Eddie simuló varias veces el movimiento de lanzar una bota hacia arriba, pero se dio por vencido.

—No tengo idea de cómo lo lograron —dijo—. Pero me encanta que lo hicieran. —Se dio la vuelta y me besó—. Es una bobada —añadió—, pero sabía que te gustaría. —Me estrechó con fuerza entre sus brazos.

Le devolví el beso, con más pasión. Lo único que deseaba en el mundo era besarlo.

Me pregunté cómo me obligaría a mí misma a regresar a Los Ángeles cuando tenía esa felicidad a mi alcance allí mismo, en el lugar que había sido mi hogar.

Acabamos tendidos sobre las hojas, desnudos.

El cabello se me llenó de tierra, y seguramente de insectos. Pero no sentía más que alegría. Ramas radiales de una alegría profunda.

17

Querido Eddie:

Me he devanado los sesos intentando decidir si escribir o no esta carta. ¿Cómo es posible que quiera contactar contigo —una vez más—, ahora que has dado señales tan claras de que estás vivo pero no tienes la menor intención de comunicarte? ¿Cómo puedo estar tan desesperada, tan poco dispuesta a respetar tu silencio?

Sin embargo, anoche me dio por recordar el día que subimos a ver aquella bota. En lo ridículo y a la vez encantador que fue el momento en el que alzamos la vista hacia ella y nos echamos a reír. Y entonces pensé: «No estoy lista para renunciar a él. A lo nuestro. Aún no».

Así que, aquí lo tienes: mi último y desesperado intento de averiguar qué sucedió. De descubrir cómo se torció todo tanto.

¿Te acuerdas de la última noche que pasamos juntos, Eddie? Al aire libre, sobre la hierba, antes de arrastrar afuera tu enorme tienda de campaña y luego pasarnos horas intentando montarla. ¿Recuerdas que, antes de caer rendidos de agotamiento dentro del maldito armatoste, se suponía que yo iba a contarte la historia de mi vida?

Te la relataré ahora, empezando por el principio. O, al menos, una selección de los detalles más destacados. Espero que quizá te recuerde por qué te gustaba yo. Y es que, aunque me hayas ocultado otras cosas, lo que sentías por mí no era fingido. De eso no me cabe la menor duda.

En fin... Me llamo Sarah Evelyn Harrington. Nací en el hospital Gloucester Royal a las 16.13 horas del 18 de febrero de 1980. Mi madre era profesora de Matemáticas en un instituto de Cheltenham, y mi padre era ingeniero de sonido. Salía mucho de gira con distintos grupos, hasta que empezó a echarnos demasiado de menos. Después de eso se dedicó a trabajar en cosas sonoras en nuestra zona. Aún lo hace. Es incapaz de dejarlo.

Cerca de un año antes de que yo naciera compraron una casita hecha polvo en el valle, por debajo de Frampton Mansell, y allí han vivido desde entonces. Está a unos quince minutos a pie de la vereda que conduce a tu establo. Sin duda la habrás visto. Mi padre y un amigo suyo despejaron ese viejo sendero el verano que mi madre y él se mudaron allí. Dos hombres, dos motosierras, varias cervezas.

Al estar en ese valle contigo, mis sensaciones sobre él cambiaron mucho. Me vino a la memoria una parte de mí que había olvidado. Como te dije nuestra primera mañana, hay una buena razón para ello.

Un par de meses después que yo nació mi gran amigo Tommy, hijo de la pareja «un poco tensa» (en palabras de mi padre) que vivía en la casa del final del camino. Nos hicimos inseparables y jugábamos todos los días hasta que llegó ese momento extraño y triste de la adolescencia en el que jugar estaba fuera de lugar. Pero, antes de eso, vadeábamos arroyos, nos dábamos atracones de moras y abríamos túneles en los mantos de perifollo.

Cuando tenía cinco años mi madre dio a luz otra niña, Hannah, que al cabo de un tiempo se unió a nuestras aventuras. Era intrépida como ella sola, mi hermana, mucho más valiente que Tommy y que yo, a pesar de que le llevábamos varios años. Su mejor amiga, una chiquilla llamada Alex, estaba literalmente embobada con ella.

Solo ahora, de adulta, soy consciente de cuánto quise a mi hermana. De lo embobada que estaba con ella yo también.

Tommy pasaba mucho tiempo en nuestra casa porque, según él, su madre estaba loca. En retrospectiva, no estoy segura de que fuera una apreciación justa, aunque desde luego la embargaba una preocupación profunda ante asuntos muy superficiales. Se trasladó con su familia a Los Ángeles cuando yo contaba quince años y me quedé destrozada. Sin Tommy, ya no tenía la menor idea de quién era yo. ¿Quiénes eran mis amigos? ¿A qué grupo pertenecía? Solo sabía que tenía que empezar a juntarme con alguien antes de que me despegara del ambiente social del colegio y me convirtiera en una solitaria empedernida.

Así que empecé a juntarme con dos chicas, Mandy y Claire, con quienes siempre me había llevado bien —aunque no éramos amigas exactamente—, y establecí con ellas una relación más estrecha. Estrecha y arriesgada. Las adolescentes pueden ser muy crueles.

Dos años después, estaba al teléfono con Tommy suplicándole que me alojara en su casa. Pero ya llegaremos a eso.

Por el momento, lo dejo aquí. No quiero vomitar de golpe toda la historia de mi vida, porque tal vez no te interese. Y, aunque te interesara, no deseo enrollarme como si fuera la única persona del mundo que tiene un pasado.

Te echo de menos, Eddie. No imaginaba que fuera posible echar de menos a alguien después de pasar solo siete días con él, pero lo es. Te echo tanto de menos que creo que ya no pienso con claridad.

SARAH

18

Allí estaba: Reuben. Justo allí, sentado a la mesa en el café del British Film Institute, hablando con su nueva novia, cuyo rostro no alcanzaba a ver. Cerca de su mano estaban los posos marrones de un café, y todo él irradiaba autocontrol y una nueva masculinidad.

Recuerdo al chico tímido y delgado que me encontré temblando frente a un restaurante mexicano hacía ya tantos años, con el pelo engominado y el cuello embadurnado con una colonia barata. La voz trémula y entrecortada con que me había invitado a salir unas horas después. ¡Y ahora, qué diferente estaba! Más ancho de espaldas, más fuerte, parecía el típico héroe californiano con su ajustado pantalón corto a la moda, sus gafas de sol, su cabello cuidadosamente despeinado. No pude evitar sonreír.

—Hola —dije al llegar junto a su mesa.

—¡Oh! —exclamó Reuben y, por un segundo, vi al joven con el que me había casado. El hombre con quien creía que estaría para siempre, porque pensaba que vivir de forma permanente con él en aquella ciudad soleada y animada era lo único que necesitaría jamás.

—¡Hola! Tú debes de ser Sarah. —Kaia se puso de pie.

—Hola —respondí y le tendí la mano—. Es un placer conocerte. —Kaia era esbelta y de ojos claros. Las tenues marcas de acné que le salpicaban la mandíbula se difuminaban en la tersura de las mejillas; la cabellera negra le caía impecablemente por la espalda.

Hizo caso omiso de mi mano tendida y me dio un beso en la cara mientras me sujetaba por los hombros con una sonrisa afectuosa, y al instante supe que ella controlaría la correlación de fuerzas.

—Me alegro de que hayamos podido quedar —dijo—. Hacía mucho tiempo que estaba deseando poner rostro a tu nombre.

Kaia era una mujer de lo más especial si no le había puesto cara a mi nombre valiéndose de Google Images. Como yo no era una mujer de lo más especial, la había buscado en internet en cuanto me había enterado de su apellido, pero Kaia no había dejado rastro digital, por supuesto. Era demasiado pura, la muy zorra.

Se sentó, sonriente, mientras yo buscaba un hueco para mi bolso bajo la mesa y me quitaba la chaqueta de punto que me había cubierto la frente de perlas de sudor. Era la clase de mujer que veía en ocasiones meditando en la playa al ocaso, pensé mientras me liberaba los brazos. Serena, en contacto con la Madre Tierra, con sal en la piel y el cabello ondeando al viento.

—Bueno… —dijo Reuben tomando asiento también—. Así que aquí estamos, ¿eh? —Inspiró, pero acto seguido cerró la boca al caer en la cuenta de que no sabía qué decir.

Kaia se volvió hacia él, suavizando su expresión. «Esa mirada es mía», pensé de forma un poco infantil. Yo lo miraba así cuando se sentía perdido, y eso lo consolaba.

—He oído hablar mucho de ti, Sarah —dijo devolviéndome su atención. Llevaba un vestido largo con un atrevido estampado ikat y un surtido de pulseras de plata, y por algún motivo era la persona más elegante de todo el local—. Sé que no das importancia al vestuario… —añadió, y me pregunté si estaría leyéndome la mente—. Pero he de decirte que llevas una falda preciosa.

Me la alisé. En realidad, era una de las más bonitas que tenía, pero ese día me sentía un poco cohibida con ella. Como si me hubiera puesto demasiado guapa para un viernes informal en la oficina.

—Gracias —respondí. Quería añadir algo que demostrara que no le daba demasiada importancia, pero no se me ocurrió nada.

Kaia sacó su cartera.

—Voy a por algo de beber. ¿Tú qué quieres?

—Oh, qué amable. —Eché un vistazo a mi reloj y me llevé un chasco al comprobar que aún no era mediodía. De mala gana, le pedí una lima con soda.

Se levantó de su asiento con gracilidad y Reuben se puso de pie también.

—¡Yo te ayudo!

—Ya me ocupo yo —aseguró Kaia—. Vosotros dos quedaos y poneos al día.

Pero Reuben insistió, y acabé sola en la mesa.

«Así que es esto —pensé mientras me secaba la frente con una servilleta—. Este es mi futuro. Llevar una empresa con mi exmarido, que ahora sale con una yogui. Una muy maja.» Los observé mientras se acercaban a la barra. Reuben la abrazó por la cintura y se volvió hacia mí con aire culpable para asegurarse de que no lo hubiera visto.

Ese era mi futuro.

Se había presentado en la oficina seis semanas después de la separación, claramente al borde de un ataque de ansiedad.

—¿Te encuentras bien? —le había preguntado mirándolo mientras rebuscaba como un loco en uno de los armarios de accesorios.

Se dio la vuelta con los ojos desorbitados.

—He conocido a alguien —barbotó encogido contra la puerta del armario. Una bolsa grande repleta de narices rojas cayó del estante que tenía detrás, y Reuben la recogió y la abrazó contra su pecho—. Lo siento —susurró—. No es algo que haya planeado. —Se me acercó como si él fuera un artificiero y yo una bomba, escrutándome el rostro desesperadamente. Iba dejando un rastro de narices en el suelo, pero no se dio cuenta—. Me siento fatal por decirte esto tan poco tiempo después de nuestra ruptura —aseveró—. ¿Necesitas sentarte?

Le hice notar que ya estaba sentada.

Me había dejado atónita lo poco que me había afectado. Resultaba extraño, desde luego, pero sentía más curiosidad que celos. ¡Reuben estaba viéndose con alguien! ¡Mi Roo!

—¿Estás segura de que quieres saberlo? —preguntaba una y otra vez.

Yo solo había logrado sacar en limpio que Kaia trabajaba a tiempo parcial en un bar de zumos de Glendale, que era profesora de yoga y aprendiz de naturópata, y que Reuben estaba colado por ella.

La observé mientras pedía las bebidas. No se trataba de una belleza en un sentido clásico occidental, lo que en cierto modo era peor. Simplemente irradiaba un resplandor saludable, como de fuego lento. Y era buena persona, intuí. Amable y buena, lo que contrastaba en gran medida con mi vertiente frenética y oscura. Reuben le apretó la punta de la nariz y se rio. Antes me lo hacía a mí.

«Esto resultaría mucho más soportable —pensé— si lo mío con Eddie hubiera salido bien.» Incluso si Reuben se hubiera puesto de rodillas y le hubiera propuesto matrimonio a Kaia ahí mismo, en el bar, yo habría aplaudido y lanzado gritos de júbilo, y seguramente me habría ofrecido a organizarles la maldita boda.

Si Eddie me hubiera llamado.

Con el estómago revuelto consulté mi teléfono, como si eso fuera a ayudar en algo.

Y se me heló la sangre.

¿Eso de allí era... era...?

Una burbuja de diálogo. Una burbuja de diálogo pequeña y gris que significaba que Eddie —un Eddie de carne y hueso, vivo en algún rincón del mundo— estaba escribiendo una respuesta a mis mensajes. Me quedé inmóvil, contemplando la burbuja, y el South Bank dejó de existir.

—Es tan agradable estar en Londres... —comentó Kaia, que regresaba con mi bebida. «¡No! ¡Lárgate!»—. Había olvidado cuánto adoro esta ciudad. —Bajé la vista. La burbuja continuaba allí. Él seguía tecleando. Me invadió un cosquilleo. Terror, alegría. Terror, alegría. Dediqué una sonrisa forzada a Kaia. Lucía uno de esos anillos que se llevan en mitad del dedo. Me había comprado uno años atrás, pero se me había caído en un retrete público en El Matador Beach.

—¿Así que ya conocías Londres? —me obligué a preguntar.

La burbuja de diálogo seguía allí.

—Había venido un par de veces por trabajo —contestó—. Fui periodista en mi vida anterior.

Se estremeció ligeramente y me quedé callada, con la esperanza de que continuara. No tenía absolutamente nada que decir.

(Ahí estaba. Era uno de aquellos momentos de los que había hablado con la señora Rushby. La pérdida total del yo. De los modales, la sociabilidad, el control.)

Burbuja de diálogo: seguía allí.

—Pero me di cuenta de que no estaba disfrutando la vida al máximo. —Kaia hizo una pausa para rememorar la época en que no disfrutaba la vida al máximo—. Así que me concentré solo en lo que más me importaba: la nutrición, el aire libre, mantener el cuerpo fuerte y en paz. Abandoné ese estilo de vida agitado y me formé para trabajar como instructora de yoga. Es una de las mejores decisiones que he tomado.

—¡Oh, genial! —exclamé—. *Namaste!*

Kaia tomó la mano de Reuben por debajo de la mesa.

—Pero luego sufrí un trauma grave, hace dos años, y fue entonces cuando se produjo el cambio más profundo…

Burbuja de diálogo: todavía allí.

—Y entonces, cuando empecé a salir del hoyo, comprendí que no había sido lo bastante fiel a mí misma ni a mis necesidades. Tenía que ampliar mis horizontes; ayudar a otros. Entregarme con generosidad, si me permites la mojigatería. —Se le encendieron las mejillas—. Oh, Dios mío, hablo como una auténtica mojigata. —Soltó una risita, y en ese instante recordé que la situación no era más fácil para ella que para mí.

Reuben la miró como si tuviera a la Virgen María sentada a su lado.

—A mí no me ha parecido una mojigatería en absoluto —aseguró—. ¿A que no, Sarah?

Bajé el móvil un momento y clavé la vista en él. ¿De verdad estaba pidiéndome que ayudara a su novia a sentirse mejor?

—Bueno, en resumen, me apunté como voluntaria en el hospital pediátrico —dijo ella atropelladamente. Quería dejar de hablar de sí misma—. Para recaudar fondos. Trabajo para ellos un día a la semana por lo menos, a menudo más. Y, bueno, esa soy yo.

—Yo dedico mucho tiempo a los actos de recaudación de fondos del hospital pediátrico —dije alegrándome de tener por fin algo en común con ella—. Son una gente estupenda, y buenos amigos de nuestra organización. Supongo que fue así como os conocisteis, ¿no?

Kaia miró a Reuben, quien asintió con aire vacilante. «No pasa nada —tenía ganas de decirle—. Estoy celosa de tu novia, sí, pero solo porque sabe guardar la compostura. No porque siga queriéndote, bonito.»

Lo más terrible de aquello, pensé, cogiendo de nuevo mi teléfono (burbuja de diálogo: todavía allí) era que a buen seguro me había enamorado más perdidamente de Eddie —tras pasar solo siete días con él— que de Reuben, con quien había estado casada diecisiete años. Era yo quien debía sentirse culpable, no Roo.

Deposité el móvil boca abajo sobre la mesa mientras aguardaba a que llegara el mensaje de Eddie, y una euforia teñida de terror se apoderó de mí. La espera había llegado a su fin. En cuestión de minutos sabría la respuesta.

Saltaba a la vista que Reuben no tenía idea de qué añadir a ese diálogo, a pesar de que llevaba años realizando un trabajo que le había enseñado a comunicarse en circunstancias casi imposibles. Después de toser de forma poco convincente un par de veces, comentó que el agua de Londres no sabía a cloro o alguna otra bobada por el estilo.

Mi teléfono vibró y me apresuré a agarrarlo. Por fin. Por fin.

Pero era un mensaje de texto de mi padre.

> Cariño, si aún no has salido para Gloucestershire, no salgas ahora. Los nuevos cuidadores de tu abuelo se han hartado de él. Nos hemos dado por vencidos y nos lo llevaremos a casa para cuidar de él. Lo instalaremos en la habitación de Hannah. Por favor, no dejes de venir a vernos. Te queremos (y necesitamos...). Pero si pudieras aplazarlo hasta mañana te lo agradeceríamos.
>
> PAPÁ x

Volví a abrir el Messenger, haciendo caso omiso de Reuben, Kaia y el resto del mundo.

No había ningún mensaje. Eddie seguía conectado, pero la burbuja de diálogo había desaparecido.

Noté que se me demudaba la cara. Que el alma se me caía a los pies.

Me forcé a mirar a Kaia, que estaba hablándome.

—Vi a dos de vuestros payasos de hospital en una sala de Oncología hace un par de años —decía. «Esto no puede estar pasando. ¿Dónde está el mensaje?»—. Había un niño pequeño triste, enfermo y cabreado con su programa de quimioterapia que se encerró en sí mismo cuando llegaron vuestros chicos. Se tumbó de cara a la pared, fingiendo que no estaban allí.

—Le he explicado que eso ocurre a menudo —dijo Reuben, orgulloso—. Por eso trabajan en parejas.

—¡Qué ingenioso! —Kaia desplegó una sonrisa radiante—. Colaboran el uno con el otro de manera que el niño pueda decidir si participar o no, ¿verdad?

—Así es —dijo Reuben—. De ese modo, los niños son los que mandan.

Ay, Dios mío. ¿Quiénes formaban ese dúo de pesados, y dónde estaba mi mensaje?

—Así que el chaval les dio la espalda, y vuestros payasos comenzaron a improvisar juntos, hasta que él no pudo resistirse más. ¡O sea, que yo misma me partía de risa! Cuando se marcharon de la sala él no paraba de carcajearse.

Asentí a regañadientes. Era algo que había presenciado varias veces.

Desesperada por concentrarme en algo —lo que fuera— para no pensar en Eddie, me puse a relatarle la primera vez que había visto a Reuben trabajar con niños después de que se formara como payaso de hospital. Kaia me observaba mientras divagaba, con su pequeño mentón atezado apoyado sobre su pequeña mano atezada, y sujetando la de Reuben con la otra. Al cabo de un rato me interrumpí y eché una ojeada a mi móvil, visualizando la forma física de su respuesta, la longitud del mensaje, el rectángulo gris que lo contenía.

Pero no había ningún mensaje. No había ningún mensaje, y Eddie volvía a estar desconectado.

—¿Alguien quiere algo de beber? —inquirí sacando mi monedero del bolso—. ¿Una copa de vino? —Consulté mi reloj—. Son las doce y cuarto. Una hora perfectamente decente para tomar una copa.

Me cubrí el torso con los brazos mientras esperaba frente a la barra, no sé si para consolarme o para evitar venirme abajo.

Veinte minutos después mi solitaria copa de vino empezaba a proporcionarme un leve aturdimiento, y, tras disculparse, Kaia fue al servicio. Mientras observaba sus esbeltas piernas moverse bajo la falda intenté imaginarla yendo a buscar a Reuben después del trabajo para ir a cenar o, tal vez, para emprender una caminata vespertina por Griffith Park. Asistiendo a nuestra fiesta de Navidad o nuestra barbacoa veraniega; almorzando con los encantadores pero nerviosos padres de Reuben en su casa de Pasadena. Porque todo eso ocurriría. («Esta vez has elegido mucho mejor», imaginé que diría la madre de Roo. Ella siempre había temido que yo acabara por regresar a Inglaterra, llevándome a su hijo.)

—Es adorable —comenté a Reuben.

—Gracias. —Se volvió hacia mí con expresión agradecida—. Gracias por estar simpática. Significa mucho para mí.

—Nos necesitábamos el uno al otro —dije después de un silencio, sorprendiéndonos a los dos—. Pero ya no. Tú has conocido a una chica muy agradable, y yo me alegro por ti, Roo. Lo digo de verdad.

—Sí —dijo.

Percibí el contento que emanaba de lo más hondo de su corazón. Era como si Reuben hubiera realizado una de aquellas inspiraciones largas y lentas que se hacen al principio de una clase de yoga pero nunca hubiera vuelto a su ritmo normal.

—Oye —titubeó. Se lo veía incómodo—. Oye, Sarah, tengo... tengo que decirte que los correos electrónicos que escribiste ayer me parecieron un poco fuera de lugar. El estilo... no era muy formal. Y enviaste esos documentos a los miembros del consejo de administración sin consultarnos. Por no mencionar que prometiste a una niña que le mandarías payasos a su hermana sin siquiera llamar antes al hospital en cuestión. Me quedé de piedra.

Kaia se abría camino entre las mesas en dirección a nosotros.

—Lo sé —respondí—. Tuve un mal día. No volverá a ocurrir.

Clavó los ojos en mí.

—¿Te encuentras bien?

—Sí, solo estoy un poco cansada.

Reuben asintió despacio.

—Bueno, si me necesitas dame un toque. Cuando no seguimos el protocolo cometemos errores.

—Lo sé. Oye, tenemos que hablar de la propuesta para el centro de cuidados paliativos.

—Claro —dijo Reuben—. ¿Ahora mismo?

—No, delante de Kaia, no.

Reuben frunció el ceño.

—Oh, no se molestará.

—Pero yo sí. Son asuntos de negocios, Roo.

—No —replicó Reuben con delicadeza—. Son asuntos de beneficencia, no de negocios. Y Kaia lo entiende. Está de nuestra parte, no es una enemiga.

Esbocé una sonrisa forzada. Tenía razón. Últimamente todos tenían razón menos yo.

Reuben y Kaia se despidieron cuarenta minutos después. Él insistió en elaborar un plan para nuestra propuesta al centro de cuidados paliativos, a pesar de lo que le había dicho. Y yo le había seguido el juego porque no podía hacer otra cosa. Al menos Kaia se había ofrecido a ir a sentarse fuera mientras hablábamos. («¡No, no! —había saltado Reuben—. No es nada secreto.»)

Kaia me dio un beso y luego me abrazó.

—Ha sido un placer conocerte —dijo—. Un auténtico placer.

Y yo dije: «Igualmente», porque no había nada en aquella mujer que no fuera agradable.

Una vez que se marcharon apagué el móvil y encendí el portátil para ponerme a trabajar. La gente iba y venía; ensaladas de atún y patatas fritas sepultadas bajo temblorosas pirámides de mayonesa; copas de vino manchadas con carmín de entre semana y pintas de cerveza lupulosa. En el exterior un manto gris tapaba el sol. Llovía, soplaba el viento, el sol reapareció. El South Bank despedía vapor; la gente sacudía los paraguas.

Fue el quinto día de nuestro romance cuando miré a Eddie David y pensé: «Quiero pasar el resto de mi vida contigo. Podría comprometerme a ello ahora mismo y sé que no me arrepentiría».

El calor sofocante por fin dio tregua, y una tormenta bramaba sobre la campiña, con relámpagos, truenos y una lluvia que tamborileaba sobre el tejado del establo de Eddie. Yacíamos en su cama bajo un tragaluz, que según me contó Eddie utilizaba sobre todo para observar las estrellas y los cambios de tiempo. Acostado en posición inversa a la mía me masajeaba el pie con aire distraído mientras contemplaba el cielo enfurecido.

—Me pregunto qué opinaría Lucy la oveja de todo esto —dijo.

Me reí al imaginar a Lucy de pie bajo un árbol, balando desconsolado.

—En Los Ángeles tenemos unas tormentas bestiales —comenté—. Es como si se desatara el Armagedón.

Nos quedamos callados un momento.

—¿Cómo te sientes respecto a regresar allí? —me preguntó al cabo.

—Llena de dudas.

—¿Por qué?

Erguí la cabeza para mirarlo a la cara.

—¿A ti qué te parece?

Complacido, apoyó la cabeza sobre mi pie.

—Bueno, verás, esa es la cuestión —dijo—. No sé si estoy dispuesto a dejar que regreses.

Le devolví la sonrisa, pensando: «Si me pidieras que me quedara, si me dijeras que podemos iniciar una vida juntos aquí, me quedaría. Aunque solo hace unos días que te conozco, aunque juré que nunca volvería a vivir aquí. Por ti, me quedaría».

Eran casi las cuatro cuando recogí mis cosas para marcharme. Encendí mi móvil, a pesar de que ya no abrigaba esperanzas. Pero había recibido un mensaje de texto de un número desconocido.

deja en paz a eddie, decía.

Ni puntuación, ni saludo ni mayúsculas. Simplemente un «deja en paz a Eddie».

Volví a sentarme. Lo releí unas cuantas veces. Me lo habían enviado a las tres en punto.

Al cabo de unos minutos decidí llamar a Jo.

—Ven a mi casa —dijo de inmediato—. Vente directa a mi casa, nena. Rudi está con su abuelo. Te pondré una copa de vino y luego llamaremos a esa persona, a ese acosador, para averiguar qué ocurre. ¿Vale?

La lluvia había arreciado de nuevo. Rugía sobre el Támesis como una rabieta gris, castigando, martilleando, aullando como la tormenta que Eddie y yo habíamos presenciado desde su cama. Esperé unos minutos antes de rendirme y salir, sin abrigo, en dirección a Waterloo.

19

Querido tú:

Antes has empezado a escribirme. ¿Qué ibas a decirme? ¿Por qué has cambiado de idea? ¿De verdad te cuesta tanto armarte de valor para hablar conmigo?

Retomo el relato donde lo había dejado.

Unos meses después de cumplir diecisiete años me vi envuelta en un terrible accidente de tráfico en Cirencester Road. Ese día perdí a mi hermana y también mi vida..., o al menos la vida que había conocido hasta entonces. Porque, después de algunas semanas, comprendí que no podía seguir viviendo allí. En Frampton Mansell. En Gloucestershire. Ni siquiera en Inglaterra. Fue una época muy oscura.

Estaba destrozada. Llamé a Tommy. Hacía dos años que vivía en Los Ángeles. «Vente en el primer vuelo que encuentres», me dijo. Y así lo hice. Casi al pie de la letra: cogí el avión al día siguiente. Mis padres se lo tomaron muy bien. En un gesto de altruismo extraordinario me dejaron marchar en un momento como ese. ¿Habrían sido tan generosos si hubieran previsto las consecuencias que eso tendría para nuestra familia? No lo sé. Fuera como fuese, antepusieron mis necesidades a todo lo demás, y a la mañana siguiente yo estaba en el aeropuerto de Heathrow.

La familia de Tommy vivía en South Bedford Drive, una calle residencial tan ancha como la M4. La casa de Tommy era un extraño edificio de color marrón topo que parecía un cruce entre una villa de estilo neocolonial español y una mansión georgiana. El primer día me quedé plantada delante, indispuesta y mareada por el calor y el desfase horario, preguntándome si había desembarcado en la luna.

De hecho, resultó que había desembarcado en Beverly Hills.

—No pueden permitirse vivir aquí —dijo Tommy con aire sombrío mientras me mostraba la casa. ¡Tenía piscina! ¡Una piscina de verdad! Y una terraza con sillas, mesas, enredaderas, rosas y flores tropicales que pendían como nubes rosadas—. El alquiler es estratosférico. No tengo la menor idea de cómo pueden pagarlo, pero a mamá le encanta decir a sus conocidos en Inglaterra que Saks es su tienda de la esquina.

Aunque la madre de Tommy estaba casi irreconocible y obsesionada con cosas como trapitos, tratamientos y almuerzos en los que seguramente no probaba bocado, fue lo bastante amable conmigo para percatarse de que necesitaba ayuda. Me invitó a quedarme todo el tiempo que quisiera y me indicó dónde comprar el exótico helado de yogur que Tommy mencionaba en sus cartas. «Pero no comas más de la cuenta —me advirtió—. No puedo permitir que engordes.»

Más allá de la elevada cerca que rodeaba los cuadrados de césped bien cortado de su jardín se extendía una ciudad que me apabullaba. Nunca olvidaré la primera vez que vi una avenida con palmeras que se erguían hacia el cielo; letreros de calles colgados de semáforos; un kilómetro tras otro de edificios pequeños y achaparrados adornados con cuadrículas de flores, diseñados para resistir terremotos. El zumbido incesante de los aviones, los salones de manicura, las colinas escarpadas, los aparcacoches y las tiendas de ropa repletas de prendas increíblemente caras y bonitas. Me asombraba. Me pasé semanas mirándolo todo con la boca abierta: la gente, las guirnaldas de luces de colores, la enorme extensión de arena de color dorado pálido, y el Pacífico, cuyas olas rompían en Santa Mónica un día tras otro. Era un milagro. Estaba en Marte. Y, justo por esa razón, era perfecto.

Poco después de llegar descubrí que la invitación de Tommy

no obedecía solo a motivos filantrópicos. Se sentía solo. Si bien era cierto que se había librado del salvajismo despiadado de sus compañeros de clase, nada relacionado con su familia, su concepto de sí mismo o su fe en la humanidad había cambiado a mejor. Los síntomas de culto al cuerpo que presentaba antes de marcharse a Inglaterra parecían haber degenerado en algo mucho más siniestro. Alternaba ayunos con comilonas, hacía ejercicio hasta dos o tres veces al día y tenía la habitación llena de prendas a las que ni siquiera les había quitado las etiquetas. Se mostraba avergonzado cuando yo entraba allí, como si una parte de él se acordara del Tommy que había sido antes de todo aquello.

Un día le pregunté a bocajarro si era gay. Nos encontrábamos en el mercado de agricultores de Los Ángeles, haciendo cola para comprar unos tacos, y Tommy ya empezaba a farfullar que no tenía hambre. Recuerdo que estaba allí, abanicándome con el tíquet del aparcamiento, y que la pregunta brotó de mis labios sin más.

Ni él ni yo nos lo esperábamos. Fijó la vista en mí durante unos segundos.

—No, Harrington —respondió al fin—. No soy gay. Además, ¿qué narices tiene eso que ver con los tacos?

Detrás de nosotros se oyó un estallido de carcajadas. Tommy se abismó en lo más profundo de su ser; al volverme vi a una chica que debía de tener un par de años menos que yo y que se reía sin disimulo.

—Perdón —dijo con acento londinense—, pero no he podido evitar oír vuestra conversación. Tía… —Me señaló sin dejar de reír—. Deberías aprender a tener más tacto.

Tommy se manifestó de acuerdo.

Yo también.

Una hora frente a una mesa destartalada comiendo tacos dio origen a una amistad para toda la vida. La chica, Jo, trabajaba como terapeuta de belleza a domicilio y compartía un piso cutre cerca de allí. Durante los meses siguientes, antes de que se le acabara el dinero y se viera obligada a regresar a Inglaterra, consiguió a base de bravuconadas que recuperáramos cierta apariencia de felicidad y funcionalidad que nos permitiría seguir adelante. Nos incitaba a hablar —algo que se nos daba fatal en aquellos momentos— y nos obligaba de forma implacable a ir a fiestas, a la playa, a conciertos gratuitos. Jo Monk es punzante como un puercoespín, pero también una mujer de una bondad y un valor infinitos. La echo muchísimo de menos cuando no estoy en Inglaterra.

Llegó el mes de septiembre, y yo tenía que regresar a Reino Unido para terminar el bachillerato. Pero había un problema: no podía irme. Cada vez que hablaba por teléfono con mis padres y mencionaban mi regreso yo rompía a llorar. Mi madre se quedaba callada hasta que mi padre cogía el supletorio que estaba junto al váter de la planta baja y se ponía a hacer bromas. Mamá se esforzaba al máximo por mantener el aplomo, incluso por mostrarse animada, pero un día, como si su voz hubiera dejado de obedecerla por unos instantes, se le escapó: «Te extraño tanto que me duele —susurró—. Quiero recuperar a mi familia». Debido al odio que sentí hacia mí misma se me formó un nudo en la garganta que me impidió responder.

Al final accedieron a que aplazara los exámenes de bachillerato un año para quedarme unos meses más en Los Ángeles. Fueron a visitarme y, aunque verlos supuso un consuelo para mí, me dolió mucho que Hannah no estuviera con ellos. Seguían empeñados en hablar de ella, lo que me resultaba casi insoportable. Me sentí aliviada cuando se marcharon.

Entonces conocí a Reuben, conseguí un empleo y decidí que era hora de convertirme en alguien a quien pudiera respetar. Ya te lo contaré la próxima vez.

SARAH

P. D. Mañana me voy a casa a ver a mis padres. El abuelo se quedará con ellos una temporada. Si estás en Gloucestershire y tienes ganas de hablar, llámame.

20

S arah! —Mi padre, que parecía agotado, me abrazó con fuerza—. Gracias a Dios —dijo—. Gracias a Dios que has venido. Eres una vocecita de tranquilidad y cordura para nosotros.

Me ofreció una copa de vino que rehusé. Después de mi encuentro del día anterior en el South Bank con Kaia y Reuben, y del mensaje de texto que me advertía que dejara en paz a Eddie, había ido a casa de Jo y había bebido demasiado. Esa mañana mi cuerpo me había hecho saber que no toleraría más alcohol durante un buen rato.

—Oh, Sarah. —Mi madre me abrazó—. Siento lo de las últimas semanas. Lo siento mucho, de verdad. —Mi madre dedicaba mucho tiempo a disculparse por sus errores, a pesar de que no había hecho otra cosa que quererme y cuidarme desde el día que nací.

—No digas eso. Lo he pasado muy bien. Ya me viste en Leicester. ¿Acaso no estaba contenta?

—Razonablemente contenta, supongo.

Todavía no sabía muy bien por qué no les había hablado de Eddie. Tal vez porque en teoría debía estar en casa con motivo del aniversario del accidente, no acostándome con un apuesto desconocido. O quizá porque, cuando había llegado a Leicester, ya empezaba a preocuparme.

O a lo mejor, pensé de pronto mientras le tendía unas flores a mamá, era porque una parte de mí ya sabía que la cosa no funcionaría. La misma parte de mí que, cuando me encontraba frente a Reuben el día de nuestra boda, había pensado: «Acabarán por arrancarlo de mi lado. Como a Hannah».

Mi madre colocó las flores en un jarrón y acto seguido lo cambió por otro. Y luego por un tercero.

—Ocúpate de tus asuntos —espetó cuando me pilló mirándola—. Soy una jubilada, Sarah. Me he ganado el derecho a opinar sobre los arreglos de las flores.

Sonreí, aliviada en mi fuero interno. La última vez que la había visto parecía algo apagada, chafada como una caja de cartón aplanada para su reciclaje. Lo que me causó cierta preocupación porque, salvo por algún bajón ocasional, me había parecido que se había mantenido admirablemente entera durante los años posteriores al accidente. De hecho, su fortaleza era lo único que mitigaba mi sentimiento de culpa por haberme largado, dejándolos sumidos en el dolor y el caos.

Hoy ella y también mi padre, por cierto, estaban tal como los recordaba siempre: afables, firmes, serenos. «Y ligeramente alcoholizados —me recordé a mí misma mientras mi madre se servía vino, aunque estábamos a punto de salir para el pub—. No los pongas en un pedestal. Simplemente se han enfrentado a las cosas a su manera.»

Alcé la vista hacia el techo.

—¿Cómo os ha ido con él? —susurré—. ¿Cómo está?

—Es un puto viejo cabrón —aseveró mi madre sin tapujos—. Y yo tengo derecho a decirlo porque es mi padre, lo quiero y soy consciente de lo mal que lo ha pasado. Pero no se puede negar: es un puto viejo cabrón.

—Lo es —admitió papá—. Llevamos la cuenta del número de veces que se ha quejado hoy. Lleva treinta y tres, por el momento, y solo es la una menos cuarto. ¿Cómo es que no bebes?

—Tengo resaca.

Mi madre se encorvó.

—Oh, me siento fatal cuando digo cosas crueles sobre él —reconoció—. Es una persona imposible, Sarah, nos saca de quicio. Pero, en el fondo, al margen de todo eso, me da mucha pena. Lleva demasiado tiempo solo. Tiene una calidad de vida lamentable, encerrado en esa casa, sin nadie con quien hablar.

Mi abuela, una mujer tan oronda que casi parecía esférica en las fotos, había muerto de un ataque al corazón a los cuarenta y cuatro años. Yo no había llegado a conocerla.

—Bueno, al menos os tiene a vosotros. Estoy segura de que agradece vuestra compañía, aunque no lo demuestre.

—Se comporta como si unos terroristas lo tuvieran secuestrado. —Mamá suspiró—. Esta mañana sin ir más lejos, mientras le daba sus pastillas, ha dicho: «No puedo creer que me hayáis traído a rastras a este agujero dejado de la mano de Dios». He estado a punto de poner fin a su sufrimiento.

Papá se rio.

—Te portas como un ángel con él —aseguró, y la besó con ternura.

Aparté la vista con una ligera repugnancia, el corazón conmovido y, de hecho, un poco de envidia. Aún vivían felices juntos, mis padres. Él la invitaba a salir a diario hasta que ella accedió a casarse; la llamaba por teléfono, le escribía, le enviaba regalos. La llevaba a conciertos y permitía que se sentara frente a la mesa de mezclas, a su lado. Nunca le dio plantón. Nunca dejó de llamarla.

Pregunté si convenía que subiera a saludar antes de que saliéramos a almorzar al pub.

—Por suerte para ti, está dormido —contestó mamá—. Pero que no te quepa duda de que tendrá ganas de verte.

Arqueé una ceja.

—En la medida en que puede tener ganas de ver a alguien.

Nos sentamos en la terraza del Crown, aunque en realidad hacía demasiado fresco para ello. Rachas de viento le alborotaban el cabello a mi madre, que flameaba como un fuego rojizo, y mi padre parecía lisiado o borracho, porque su lado de la mesa estaba inclinado hacia abajo. En el prado que ascendía de forma abrupta desde el sendero, una oveja había doblado las patas delanteras para pacer entre las urticantes ortigas. Solté una carcajada, pero la risa cesó de inmediato. Me pregunté si algún día volverían a hacerme gracia las ovejas.

—Explícame lo del violoncelo —pedí a mi padre. Mientras subíamos andando, mi madre me había informado de que él estaba asistiendo a clases.

—¡Ajá! Verás, en otoño estaba tomando unas cervezas con Paul Wise, cuando me dijo que había leído en el periódico que los viejos podemos mantener el cerebro en forma tocando un instrumento...

—Así que cogió el coche, se fue a Bristol y se compró un violoncelo —lo interrumpió mamá—. Al principio era malísimo, Sarah. Un horror. Paul fue a casa y lo oyó tocar...

—Y el muy cabrón se tronchó allí mismo —concluyó mi padre—. De manera que me puse a practicar como loco, luego localicé a un profesor en Bisley, y ahora voy a comenzar el segundo nivel. Paul se comerá sus palabras.

Alcé mi vaso para proponer un brindis por papá justo en el momento en que un pájaro carpintero empezaba a martillear un tronco con su duro pico. Bajé la mano despacio hasta apoyarla de nuevo sobre la mesa. Aquel sonido me recordaba tanto a Eddie, al tiempo que habíamos pasado juntos, que me había quedado sin habla.

Una desazón pegajosa volvió a apoderarse de mi estómago.

Mientras mis padres hablaban del abuelo yo observaba a otra familia, sentada junto a una sinfonía de espuelas de caballero, más abajo, en el jardín. Los padres se parecían a los míos: acababan de iniciar el tránsito hacia la vejez, más canosos y arrugados, pero firmemente anclados en el presente, sin echar la vista atrás. Sus hijas eran tal como imaginaba que seríamos Hannah y yo si ella hubiera podido estar allí con nosotros. La menor parecía estar pontificando con cierta vehemencia sobre algún tema u otro, y me quedé fascinada, visualizando a mi hermana pequeña como una persona adulta. La Hannah mayor tendría opiniones contundentes, pensé. Le encantaría enzarzarse en una buena discusión y nunca rehuiría los enfrentamientos. Sería una de aquellas mujeres que presidían comisiones y a quienes los otros padres del colegio temían en secreto.

—¿Sarah? —Mi madre me miraba con fijeza—. ¿Va todo bien?

—Sí, estoy bien —dije. Y, acto seguido—: Esa familia de allí. Mis padres dirigieron la vista hacia ellos.

—Ah, me parece que el hombre es amigo de nuestros vecinos —dijo él—. ¿Patrick, se llamaba? ¿Peter? El nombre empezaba por P.

Mi madre se quedó callada. Sabía lo que yo estaba pensando.

—Con eso me conformaría —murmuré—. Con estar sentada a esta mesa, con vosotros y con Hannah. Daría todo lo que tengo con tal de que pudiéramos estar aquí todos. Charlando, comiendo.

Mamá agachó la cabeza y noté que papá se había puesto muy rígido, como siempre que yo hablaba de Hannah.

—Bueno, a nosotros también nos gustaría —declaró mi madre—. Más de lo que somos capaces de expresar. Pero creo que hemos aprendido por las malas que más vale centrarnos en lo que tenemos que en lo que nos falta.

Una capa de nubes ocultó el sol, y me recorrió un escalofrío. Qué típico de mí, violentar a mis padres recordándoles cómo habrían podido ser las cosas.

A las seis el corazón me latía con fuerza y mis pensamientos se habían dispersado como el penacho de un diente de león. Comuniqué a mis padres, sumidos en un cortés abatimiento, que iba a salir a correr.

—Una nueva rutina de ejercicios. —Sonreí, esperando que me permitieran mantener esa ficción.

Asqueada de mí misma, subí a cambiarme. No sabía qué era peor, si el hecho de que me hubiera habituado a aquellos subidones de adrenalina o que no se me hubiera ocurrido otra solución que hacer ejercicio hasta caer rendida y mentir a quienes se preocupaban por mí.

Tommy escribió justo cuando me disponía a irme:

Recuérdame qué día vuelves a LA.

Salgo para Heathrow el martes a las 6.15. Te prometo que no haré ruido.

Vale. Entonces ¿te quedas con nosotros el lunes por la noche?

Si os parece bien. Tengo una conferencia en Richmond ese día. Llegaré a vuestra casa hacia las 19.30. Pero si no os viene bien, puedo dormir en el sofá de Jo sin problema. ¡Supongo que Zoe y tú ya estaréis hasta las narices de mí!

No, tranquila. Zoe se ha ido otra vez a Manchester. ¿O sea, que no pasarás aquí la noche del domingo?

Negativo. ¿Por qué? ¿Piensas llevar a otra mujer?

Eh... No.

Bueno, me alegro. Entonces nos vemos el lunes, Tommy. ¿Va todo bien?

Todo bien. Por cierto, ¿el lunes por la mañana irás directa a la conferencia o te pasarás por aquí antes?

Fruncí el entrecejo. Tommy y Zoe me habían ofrecido su habitación sobrante con una gran generosidad, tanto en aquella visita como en las anteriores, y me habían prestado una llave, invitándome a sentirme como en casa. Pero, salvo por una extraña ocasión en que nos habíamos preparado la cena el uno al otro, yo no recordaba que Tommy me hubiera preguntado nunca por mis idas y venidas.

Pensaba pasarme antes por vuestro piso, pero puedo ir directa a Richmond, si lo prefieres, escribí.

No —respondió Tommy—, no pasa nada. Nos vemos el lunes por la mañana, en ese caso. Y ni se te ocurra ir detrás de Eddie mientras estés allí, ¿vale? No lo busques, no pases corriendo por delante de su casa, no vayas a sentarte a ese pub. ¿Entendido?

Entendido. Pásalo bien el fin de semana con tu amante secreta. xx

Vigila —escribió. Y luego—: En serio, Harrington. Ni siquiera mires a ese hombre, ¿me oyes?

Por un momento me pregunté si tal vez Tommy me habría escrito porque él mismo había quedado en encontrarse con Eddie. Contemplé esa posibilidad durante varios minutos hasta que caí en la cuenta de lo ridícula que era.

¿Correría hasta Sapperton, con la esperanza de toparme con Eddie? Llevaba días rumiando la idea. Por otro lado, no sabía si él estaba allí, en Gloucestershire, o en Londres. O en el puto espacio exterior. Además, ¿qué coño haría si de verdad tropezaba con él?

A pesar de todo, sabía que iría corriendo hasta Sapperton, y que eso me haría sentir peor y que no podía o no quería contenerme.

La experiencia fue tal como imaginaba que sería una crisis nerviosa. Veía a Eddie por todas partes: mirándome desde las ramas de los árboles, sentado en la vieja compuerta, paseando por el prado que se extendía entre los serpenteantes brazos del río.

Y, al poco rato, Hannah apareció junto a él, con la misma ropa que llevaba ese día, ese espantoso día.

Cuando me encontraba cerca del diminuto puente divisé a una mujer que avanzaba hacia mí en dirección opuesta a Sapperton. Era real, o al menos lo parecía: llevaba un impermeable, el cabello recogido hacia atrás y calzado para caminar. De repente se detuvo y fijó la vista en mí.

Por alguna razón que no fui capaz de comprender dejé de correr y me quedé mirándola a mi vez. Aunque algo en ella me resultaba familiar, sabía que nunca la había visto antes. Estaba demasiado lejos para determinar su edad, pero desde aquella distancia me pareció varios años mayor que yo.

¿Sería la madre de Eddie? ¿Cabía esa posibilidad? La estudié con atención, pero no percibí una semejanza evidente. Eddie era ancho de espaldas, de cara redonda y alto, mientras que aquella mujer era de una delgadez extrema y muy baja estatura, con el mentón afilado. (Además, aunque hubiera sido realmente la madre de Eddie, ¿por qué iba a quedarse parada en medio de un sendero sin quitarme los ojos de encima? Eddie me había contado que estaba deprimida, no loca.) Por otra parte, ella ni siquiera sabía de mi existencia.

Después de unos segundos dio media vuelta y empezó a alejarse por donde había venido. Iba a paso veloz, pero sus movimientos presentaban la irregularidad vacilante de alguien con dificultades para andar. Era algo que había observado en niños que estaban recuperándose de lesiones.

Me quedé allí quieta largo rato después de que desapareciera de mi vista.

¿Había huido la mujer de un encuentro incómodo o simplemente había decidido finalizar su paseo y regresar a casa? Al fin y al cabo, no había manera de regresar al punto de partida avanzando por ese trecho del camino: o daba uno un rodeo de varios kilómetros pasando por Frampton Mansell, o giraba en redondo y volvía directamente a Sapperton.

Me encaminé de vuelta a casa. En varias ocasiones habría jurado que Eddie me seguía por el sendero. Pero cada vez que volvía la vista comprobaba que no había nadie. Hasta los pájaros estaban callados.

«No aguanto más —pensé al llegar al porche de mis padres unos minutos después—. No aguanto más.» ¿Cómo había acabado allí otra vez, vagando por ese valle en pos de alguien a quien ya había perdido?

Junto al perchero de la entrada había una fotografía de Hannah y yo en el prado situado detrás de casa. Yo aparecía sentada sobre una caja de cartón y Hannah, a mi lado, sujetaba un ramillete con la manita. Tenía el pantalón de peto sucio de barro y raíces de las flores. Miraba a la cámara con una expresión ceñuda de una intensidad tan cómica que me encogió el corazón. La miré, a mi preciosa y pequeña Hannah, y la sensación de pérdida se espesó como pegamento en mi pecho.

—Te echo de menos —susurré tocando el marco dorado de la foto—. Te echo tanto de menos…

La imaginé sacándome la lengua, y estaba deshecha en llanto cuando me topé de frente con mi abuelo en lo alto de la escalera.

Me paré en seco.

—¡Oh! ¡Abuelo!

No dijo nada.

—Vengo de correr. Me he pasado después del almuerzo para verte, pero estabas durmiendo, así que he pensado…

Pero no podía. No era capaz de hablar, ni siquiera para apaciguar al abuelo. Nos quedamos inmóviles, uno delante del otro, yo con mi ropa de deporte, y él con una bata que no se había abrochado bien a causa de su debilidad, y debajo el algodón gastado de su viejo pijama azul claro, con ribetes de color azul marino. Estaba desconsolada. El abuelo olía a una fatiga profunda. Lloré en silencio, con el rostro contraído en torno a mis labios apretados. Primero había perdido a Hannah y luego a Eddie: lo tenía claro, no podía seguir disimulando, y allí estaba mi pobre abuelo, que llevaba casi cincuenta años solo, desde que la abuela había sufrido un ataque al corazón y había muerto en su silla con un sándwich de jamón delante, y ahora él debía de estar realizando su ejercicio diario, pues tenía el andador delante, y ni él ni yo sabíamos qué decir. Ninguno de los dos tenía la menor idea.

—Ven a mi habitación —dijo al fin.

Tardó un buen rato en acomodarse en el sillón que mis padres le habían instalado. Aproveché esos momentos para limpiarme la cara y me senté al borde de la que había sido la cama de Hannah.

Por unos instantes creí que realmente pensaba decirme algo, preguntarme qué me ocurría. Pero se trataba del abuelo, por supuesto, así que no lo hizo. Había percibido mi angustia y quería ayudar, pero no podía. De modo que permaneció allí sentado, con la vista puesta en la ventana y de vez en cuando en una mancha que había en la pared, cerca de mi cara, hasta que me decidí a hablar.

—No pasa un solo día —dije— en que no piense en Hannah. En que no me muera de ganas de volver a verla, aunque solo sea durante cinco minutos. De abrazarla, ¿sabes?

Asintió con un breve gesto. Me percaté de que había alisado las sábanas y aprestado la almohada antes de iniciar su paseo por el descansillo. Me enterneció. La necesidad de orden, incluso en medio del caos más absoluto, era algo que entendía.

—Y entonces creí que algo empezaba a cambiar, abuelo. Conocí a un hombre, aquí en Gloucestershire, mientras mamá y papá cuidaban de ti. —Me pareció captar una ligera elevación de la ceja.

—Continúa, por favor —me pidió después de lo que se me antojó una eternidad.

—Supongo —dije al cabo de unos momentos— que estás enterado de que mi marido y yo nos separamos.

Otro asentimiento pausado.

—Aunque tuve que sacárselo a tu madre con sacacorchos —dijo—. Cuando tienes más de ochenta años, la gente cree que te morirás del susto si te dan una mala noticia. —Guardó silencio unos instantes—: A ver, ¿hay alguien de tu generación que no se haya divorciado? Me sorprende que os toméis la molestia de casaros.

Un herrerillo voló en círculo hasta posarse en el comedero colgado frente a la ventana de la habitación de invitados y picoteó un poco el hueco donde estaba el alpiste antes de alejarse describiendo otra curva. Reflejos calidoscópicos del sol de la tarde danzaban sobre el asiento de la ventana, donde Hannah solía exponer su colección de erizos de juguete. La habitación estaba calentita y en silencio.

—¿Qué me decías?

«Nada», estuve a punto de replicar, pero algo en su postura y sus ojos me indicó que realmente le interesaba saberlo. Que tal vez incluso le importaba. Y si había decidido hablar con él, tendría que estar preparada para recibir alguna que otra pedrada.

Se lo conté todo, desde el momento que oí la risa de Eddie en el prado comunal hasta la carrera que acababa de darme a lo largo del canal, pasando por todas las cosas desesperadas y vergonzosas que había hecho después de su desaparición.

—Tuviste suerte de ahorrarte la indignidad del acoso en las redes, por haberte criado en otra época —le dije—. Te aseguro que no es una experiencia agradable. Nunca resulta como esperabas. —Era de lo más terapéutico hablar con una persona tan reservada; no era capaz de refrenarme—. No te ayuda a tomar el control de la situación.

El abuelo se quedó callado un buen rato.

—No apruebo tus actos —dijo—. Me parecen estúpidos y totalmente contraproducentes.

—De acuerdo.

—Pero te entiendo, Sarah.

Alcé la vista; por una vez, me miró a los ojos.

—Yo me enamoré de una mujer por la que habría derrumbado edificios enteros, si hubiera podido. La amé hasta el día que murió. Sigo queriéndola, años después. Aún me duele su ausencia.

—La abuelita.

Apartó la mirada.

—No.

Un gran armario de silencio se abrió entre nosotros. En la planta baja, mis padres reían; unos sonidos apagados dieron paso a la voz de Patsy Cline, que brotaba de los altavoces de papá.

—Ruby Merryfield —dijo el abuelo al fin—. Fue el amor de mi vida. Todo el mundo decía que no podía casarme con ella, así que no nos casamos. Ella había tenido un amante cuando era más joven, se había quedado embarazada. Dieron el niño en adopción a otra familia. Eso le partió el corazón. Nadie lo sabía, salvo mis padres, claro, porque mi padre era su médico. Me prohibió que le propusiera matrimonio. Me resistí con uñas y dientes, Sarah, pero al final tuve que rendirme porque estaba estudiando Medicina y necesitaba su apoyo. —Formó una cuña temblorosa con las manos—. Así que dejé de llamarla y me casé con tu abuela un año después. Tuvimos una buena vida juntos, Diana y yo. Pero pensaba en Ruby todos los días. La añoraba. Le escribía cartas que no me atrevía a mandarle. Y cuando me enteré de que había muerto de gripe, tuve que irme de viaje durante varios días porque estaba enfermo de pena. Estuve pescando cerca de Cannock. Un lugar demasiado hermoso. Habría preferido ir a un sitio feo. —Se le humedecieron los ojos—. Cuando se reía trinaba primero como un pajarito, pero luego estallaba en carcajadas estruendosas, impropias de una dama. Allá adonde iba llevaba consigo la alegría de vivir.

—Se apretó los párpados con el dorso de la mano, abultado y

cubierto de manchas de la vejez. La penumbra inundaba la habitación por momentos—. No debería haber renunciado a ella —murmuró.

El herrerillo regresó y nos quedamos contemplándolo sin hablar.

—No me arrepiento totalmente de mi decisión —prosiguió—. Como te he dicho, tenía mucho afecto a Diana, y la lloré cuando falleció. Además, sin ella no habría tenido a tu madre ni a su hermana, aunque Dios sabe que tu tía nos ha dado muchos disgustos —dijo refiriéndose al último marido de mi tía Jazz—. Pero si hubiera tenido otra oportunidad no habría renunciado a ella. No creo que el amor tenga que ser como una explosión. No tiene que ser trágico, ni desenfrenado ni ninguna de esas palabras con que lo describen escritores y músicos. Pero sí creo que cuando lo encuentras, lo sabes. Y yo lo supe y lo perdí sin luchar de verdad, y eso jamás me lo perdonaré. —Cerró los ojos—. Tengo que acostarme. Y no, no necesito tu ayuda. ¿Podrías cerrar la puerta al salir? Gracias, Sarah.

21

Querido Eddie:

Como no me has pedido que deje de escribirte, voy a continuar.

Habíamos acordado que me quedaría unos meses más en Los Ángeles, aunque eso implicara perderme el último año de bachillerato. Me daba igual: no podía regresar.

Tenía dos amigos, ni uno más ni uno menos, y vivía en la «suite de invitados» de una casa en Beverly Hills con piscina y ama de llaves a tiempo completo. Lo único que me recordaba vagamente a mi tierra era la hilera de plátanos que bordeaban South Bedford Drive. Pero en realidad tampoco eran como los de mi tierra, porque el verano había sido brutal y cuando llegó septiembre estaban achicharrados como lonchas crujientes de beicon.

La madre de Tommy me recomendó con varios de sus amigos para que trabajara como asistenta y ganara un poco de dinero: era mi única opción, al no tener visado. Limpiaba la casa de los Stein, los Tyson y los Garwin, y los miércoles por la tarde hacía la compra semanal a la señora Garcia, que me suplicaba que fuera la *au pair* de sus hijos. Le molestaba mucho que le dijera que no. Era incapaz de comprender que me llevara tan bien con sus críos y al mismo tiempo me negara a cuidar de ellos, y yo no conseguía reunir el valor suficiente para explicarle por qué.

Aunque creía que ya había alcanzado mi estatura máxima, empecé a crecer de nuevo, tanto hacia arriba como a lo ancho. Se me redondearon las tetas, la cintura y el culo. Estaba cobrando forma la figura que tengo ahora, supongo, mientras intentaba averiguar qué clase de mujer quería ser. Una mujer fuerte, decidí. Fuerte, determinada y triunfadora. Me había pasado años siendo una debilucha, la fea del baile, una sosaina sin personalidad.

Un día de septiembre, Casey, la hija de la señora Garcia, se rompió el brazo en el jardín de infancia. La *au pair* que ella había contratado finalmente se quedó en casa con el hermano de Casey, y me pidieron que acompañara a la pequeña al hospital en taxi. La señora Garcia estaba regresando a toda prisa de una conferencia en Orange County. Me insistió en que llevara a su hija al hospital pediátrico de Los Ángeles, aunque estaba a muchos kilómetros; decía que conocía a gente allí y quería que Casey viera un rostro familiar mientras esperaba a su madre.

Pobre Casey. Estaba muy asustada por el dolor. Después de cruzar la ciudad desde Beverly Hills le castañeteaban los dientes y se negaba a hablar con los médicos. Yo no podía soportarlo.

En cuanto llegó la señora Garcia, me marché del hospital y fui a buscar una tienda de artículos de broma de la que alguien me había hablado, cerca del cruce de Vermont con Hollywood. Quería comprar algo que hiciera reír a Casey. Sin embargo, antes de que llegara, me asaltó una pandilla de críos que salían de un restaurante mexicano que estaba en la esquina. Llevaban globos y la cara pintada, y parecían habitar en una galaxia distinta a la de Casey.

Poco después de que una madre de aspecto tenso los obligara a entrar de nuevo, un payaso emergió del restaurante y se recostó contra la pared. Parecía hecho polvo. Se sacó del bolsillo un paquete de cigarrillos y una cerveza mexicana envuelta en una bolsa de papel. Me reí cuando abrió la botella y tomó un trago largo y refrescante. Era un payaso muy gracioso, sin maquillaje ni peluca, solo un chico con una nariz roja y ropa rara. Y una cerveza ilegal.

—No es lo que parece —aseguró al verme—. En realidad, no estoy bebiendo ni fumando cerca de una fiesta infantil.

Le dije que no se preocupara y le pregunté si sabía dónde estaba la tienda de artículos de broma. Señaló un establecimiento cubierto de pintadas y murales más adelante, en Hollywood Boulevard.

—¿Puedo acompañarte? —inquirió—. Estoy traumatizado. Estudié con Philippe Gaulier en Francia. Se supone que soy un profesional del teatro, no un animador de niños.

Le pregunté qué diferencia había entre una cosa y otra. Resultó que una considerable.

—Voy a proponerte algo —le dije deteniéndome frente a la entrada de la tienda—. Si te prometo que no me chivaré de que te he visto bebiendo y fumando cerca de la fiesta infantil, ¿me harás un favor? ¿Un favor muy grande?

Así que el pobre tío, que seguramente olía a alcohol y tabaco, me siguió hasta el hospital pediátrico e hizo una visita a Casey.

Conforme nos acercábamos al cubículo de Casey en la sala de Urgencias, noté que cambiaba el chip.

—A partir de este momento, seré Franc Fromage. No me llames por mi nombre habitual —me indicó, aunque no tenía idea de cuál era su «nombre habitual».

Franc Fromage se colocó junto a la cabecera de la cama de Casey y sacó un ukelele. Le dedicó a su brazo una canción acerca de lo que se sentía al estar roto, y a la chiquilla se le escapó la risa a pesar de que seguía asustada y molesta. Y cuando él le pidió que lo ayudara a componer la siguiente estrofa ella se concentró tanto en eso que se olvidó de dónde estaba y del miedo que tenía. Poco después dejó que los médicos le encajaran el brazo en su sitio.

Monsieur Fromage me comentó que le había gustado mucho la visita. Entusiasmado, comenzó a emplear una terminología teatral y psicológica que yo no entendía. Me salvó una enfermera cuando se acercó a pedir a Franc Fromage que volviera a entrar en la sala, por favor, porque los demás niños querían conocer al hombre del ukelele y la nariz roja.

Cuando por fin nos marchamos, me dio su número de teléfono y —visiblemente aterrado— me dijo que le debía una copa.

—Me llamo Reuben —dijo muy serio—. Reuben Mackey.

Así que lo llamé y fuimos a tomar una copa. Me contó que desde que me había conocido había estado leyendo acerca de la labor de los payasos de hospital y que al parecer se trataba de una disciplina de verdad con su método y sus estudios. Un tío de Nueva York había fundado la primera asociación benéfica en los ochenta.

—Quiero formarme con él —me dijo—. Aprovechar mis habilidades para ayudar de verdad a la gente, no solo para hacerla reír.

No sucedió nada esa noche. Creo que los dos estábamos demasiado cohibidos. Además, Tommy y Jo nos observaban desde una mesa que estaba en la otra acera, «por si resulta ser uno de esos payasos asesinos», en palabras de Jo.

Más tarde la señora Garcia me preguntó si podía convencer a Franc Fromage de que acudiera de nuevo al hospital porque a Casey iban a quitarle la escayola. Él me contestó que sí, pero solo si lo invitaba a otra copa.

No solo ayudó a Casey con su escayola, sino que se pasó horas con los otros niños en la sala de Ortopedia. No paró hasta que se dio cuenta de que las manos le temblaban de hambre. «¡Por favor, vuelve!», le imploró una enfermera.

El problema era que no podía permitirse trabajar gratis. Me explicó que compartía un piso diminuto en Koreatown, y que cobrar un solo centavo menos habría supuesto un enorme problema para él.

Fue entonces cuando salté:

—¿Y si te consigo el dinero para que vayas al hospital un día al mes?

Le conté que trabajaba para todos aquellos ricachones y que las noticias de sus actuaciones en el hospital se habían propagado como la pólvora.

Y así fue como empezó todo. Mi relación con un payaso y el nacimiento de nuestra empresa. Reuben fue a Nueva York a formarse con psicoterapeutas, psicólogos infantiles y profesionales del teatro. Cuando regresó pusimos manos a la obra. Él visitaba a los niños y yo permanecía en segundo plano, ocupándome de la recaudación de fondos y la organización, lo que me venía de perlas. Quería implicarme —más de lo que él imaginaba—, pero no estar en primera línea.

Se me daba bien. A Reuben también. La gente nos veía trabajar o se enteraba de lo que hacíamos y nos pedía que visitáramos a sus hijos enfermos. Contratamos a tres personas más; Reuben los preparó. Poco después fundamos nuestra primera y modesta academia. Nos casamos, alquilamos un piso en Los Feliz, cerca del hospital pediátrico. Años más tarde el barrio se llenó de hípsteres, y Reuben estaba en su elemento.

En cuanto a mí, tenía un norte y una meta, y no me quedaba tiempo para pensar en la vida que había dejado atrás. Tenía un hombre que me necesitaba para que lo sostuviera cuando le flaquearan las fuerzas, y viceversa. Nuestro amor se basaba en la dependencia y el apoyo mutuos, y funcionaba a la perfección.

Durante mucho tiempo creí que esa clase de amor era todo lo que necesitaba. Cuando prometí amarlo y respetarlo todos los días de mi vida lo decía en serio. Pero, como es natural, cambié. Con el paso de los años dejé de necesitarlo, y el equilibrio entre nosotros quedó herido de muerte. Nos teníamos mucho cariño, Eddie, pero sin ese equilibrio de necesidades la balanza se descompensaba. Mi incapacidad para darle un hijo fue la gota que colmó el vaso. Después del accidente yo no aguantaba estar con niños; la idea de que una criatura sufriera me resultaba insoportable. Solo de pensar en traer a un niño al mundo —un bebé indefenso como el que había sido mi hermana pequeña— me invadía un pánico ciego.

Así que me limité a ayudar a los críos enfermos entre bastidores. Era algo llevadero para mí y no entrañaba riesgos. Me esforzaba al máximo, pero eso simplemente no era suficiente para Reuben. Me dijo que quería sostener en brazos a su propio hijo. No se imaginaba un futuro en el que eso no fuera posible.

Cuando consiguió armarse de valor para romper conmigo descubrí que ignoraba por completo qué debería sentir una cuando está enamorada. Pero cuando te conocí por fin lo supe. Los pocos días que pasamos juntos no fueron un rollo pasajero para mí, y dudo mucho que lo fueran para ti tampoco.

Por favor, escríbeme.

SARAH

22

Tienes razón, Sarah. No fue solo un rollo pasajero. Y no fue solo una semana, sino una vida entera.

Todo lo que sentías por mí, lo sentía yo por ti. Pero tienes que dejar de mandarme mensajes. No soy quien tú crees.
O tal vez soy quien crees que no soy.

Dios, qué desastre. Qué absoluto desastre.

Eddie

✓ BORRADO A LAS 00.12

23

Después de pasar apenas cuatro días en Gloucestershire regresé a Londres. Tenía un almuerzo en Richmond con Charles, del consejo de administración, y luego debía participar en la conferencia sobre cuidados paliativos que él había organizado. Me quedaría a dormir en casa de Tommy y al día siguiente, muy temprano, emprendería mi viaje de ocho mil ochocientos kilómetros de regreso a Los Ángeles.

En el tren a Londres iba sentada quieta y en silencio, aunque no sabía si por atontamiento o por simple resignación. Expuse a Charles todo lo que debía decirle mientras almorzábamos, y en la conferencia hablé con precisión, pero sin pasión. Cuando me iba, Charles me preguntó si me encontraba bien. Esa muestra de interés por mí me llevó al borde de las lágrimas, así que le revelé que me había separado de Reuben.

—Por favor, no se lo digas a nadie —le rogué—. Queremos anunciarlo como es debido en nuestra próxima reunión del consejo...

—Por supuesto —murmuró Charles—. Lo siento mucho, Sarah.

Me sentí como una miserable farsante.

«Mañana», me prometí a mí misma mientras me dirigía de vuelta hacia el centro de Londres en el tren. Mañana recobraría el control. Mañana subiría a un avión y volaría de regreso a Los Ángeles, donde redescubriría el sol adormecedor, la autoconfianza y la mejor versión de mí misma. Mañana.

Cuando el tren llegó a la estación de Battersea Park apoyé la cabeza contra la ventanilla grasienta, contemplando la marabunta del andén opuesto. La gente entraba en tromba en un vagón sin antes dejar salir a los pasajeros que querían bajar. Vi hombros rígidos, labios apretados, miradas bajas. Todos parecían enfadados.

Me fijé en un hombre con un uniforme de fútbol rojo y blanco que se abría paso a codazos hacia las puertas y que llevaba un traje doblado sobre el brazo. Se acercó a los bancos vacíos que había delante de mi vagón, y lo miré con cara inexpresiva mientras plegaba con cuidado el traje y lo guardaba en una mochila. Al cabo de un rato se enderezó, consultó su reloj, posó la vista en mí durante unos instantes, la apartó y se echó la mochila al hombro.

Poco después mi tren arrancó, y volví la cabeza y lo seguí con la mirada mientras se alejaba hacia la escalera de salida, porque de pronto había caído en la cuenta de lo que ponía en su equipamiento: «Old Robsonians. Fundado en 1996».

Con la esperanza de dar con otra vía para localizar a Eddie en internet había intentado recordar muchas veces el nombre de su equipo de fútbol. Sin embargo, más allá de la palabra «Old», no me venía nada a la memoria. El tren aceleró y yo cerré los ojos, concentrándome con todas mis fuerzas en el recuerdo de los trofeos deportivos de Eddie. «¿Old Robsonians?» ¿Era eso lo que decían las inscripciones?

Me asaltó la imagen de su dedo trazando una línea en el polvo al deslizarlo por uno de ellos. ¡Sí! «Old Robsonians, The Elms, Lunes en Battersea.» ¡Estaba segura de ello!

Miré de nuevo por la ventanilla, a pesar de que la estación

ya estaba muy lejos. Detrás de una antigua fábrica de gas, unas grúas de altura vertiginosa custodiaban el esqueleto de un enorme edificio en construcción.

Aquel hombre jugaba en el equipo de fútbol de Eddie.

«Old Robinson futbon», tecleé, pero Google supo lo que buscaba. Entre los resultados figuraba la página web oficial. Fotos de hombres a quienes no conocía. Calendario de encuentros; análisis de los partidos; un artículo sobre su gira por Estados Unidos. (¿Era allí donde había estado él? ¿En Estados Unidos?)

Me desplacé por su cronología de Twitter, que aparecía en una esquina de la página: resultados de los partidos, bromas, más fotos de desconocidos. Y, de pronto, el rostro de un hombre al que sí conocía. Tenía fecha de hacía una semana. Eddie, en segundo término, en una fotografía del equipo tomada en un pub después de un partido, bebía una pinta de cerveza mientras hablaba con un tipo trajeado. «Eddie.»

Después de contemplar la imagen durante largo rato cliqué en «Quiénes somos».

Los Old Robsonians jugaban en un campo de césped artificial, justo al lado de la estación de ferrocarril de Battersea Park, los lunes por la noche. Realizaban el saque inicial a las ocho en punto.

Eché un vistazo a mi reloj. Aún no eran las siete. ¿Qué hacía allí tan temprano el tipo del traje?

En Vauxhall me quedé vacilando frente a las puertas del tren. No sabía qué hacer. No había garantías de que Eddie estuviera en Londres ni de que fuera a jugar esa noche. Y, según la web, el campo de fútbol se encontraba en el recinto de un colegio, de modo que o le echaba morro y me iba directa al perímetro para encararme con él, o más valía que no fuera. No tenía sentido que me acercara con disimulo, como si pasara casualmente por allí.

Las puertas del tren se cerraron y me quedé dentro del vagón.

Me apeé en Victoria y me detuve de golpe en el concurrido vestíbulo. Los viajeros pasaban como flechas por mi lado, y algunos chocaban conmigo; una mujer me espetó que no me quedara «ahí parada como una jodida idiota». No me moví. Apenas me enteraba de lo que sucedía en torno a mí: no pensaba más que en la posibilidad de que, menos de una hora más tarde, Eddie fuera a jugar al fútbol a unos pocos minutos de donde yo estaba.

24

Querida tú:

Hoy es 11 de julio: ¡tu cumpleaños! Ya hace treinta y dos años que te abriste paso por la fuerza hasta este mundo luminoso e inhóspito, agitando los entumecidos puños en el aire como tentáculos diminutos.

Y así saliste, al resplandor cálido y borroso del amor. «Es demasiado pequeña —protesté cuando me dejaron visitarte. Palpé la irremediable fragilidad de las costillas que rodeaban tu palpitante corazoncito—. Es demasiado pequeña, ¿cómo va a sobrevivir?»

Pero sobreviviste, Erizo. Recuerdo como si fuera ayer la increíble oleada de amor que me inundó y me pilló totalmente por sorpresa. No me molestaba que mamá y papá te dedicaran todo su tiempo. Era lo que yo quería. Quería que tus costillas se volvieran más fuertes, duras y gruesas en torno a esa minúscula lámpara de vida que tenías en el pecho. Quería que te quedaras meses en el hospital, no días. «Ella está bien», me aseguraban ellos una y otra vez. Papá me preparó una tarta de plátano con nata porque yo tenía tanto miedo de que te pasara algo que lloraba. Y, sin embargo, no te pasó nada. El corazoncito continuó latiendo de noche y de día, sin parar, conforme las estaciones se sucedían y tú crecías y crecías.

¿Sabías que hoy era tu cumpleaños, Erizo? ¿Te lo ha dicho alguien? ¿Te ha preparado alguien un pastel cubierto de estrellas de chocolate, como a ti te gustaba? ¿Te han cantado una canción?

Bueno, lo que es yo, te he cantado. A lo mejor me has oído. A lo mejor estás conmigo ahora mismo, mientras te escribo esta carta. Riéndote porque tu letra es mucho más bonita que la mía, a pesar de que tú eres más joven. A lo mejor estás fuera, jugando en tu casa del árbol, o leyendo revistas para chicas en tu guarida, en Broad Ride.

A lo mejor estás en todas partes. Esa es la posibilidad que más me gusta. Allí arriba, en las nubes teñidas de rosa. Aquí abajo, en la humedad del amanecer.

Allí donde voy, te busco. Y allí donde estoy, te veo.

Yo xxx

25

Mi última noche en Londres, me presenté en un partido de fútbol de seis contra seis en Battersea con la esperanza de ver a un hombre que había conocido, un hombre que no me había llamado.

Lo que hice aquella noche traspasó con creces los astillados límites de la cordura. Pero un rato antes, cuando permanecía inmóvil en el vestíbulo de la estación Victoria, intentando razonar conmigo misma, había descubierto que mi anhelo por ver a Eddie superaba mi temor a las consecuencias.

Y allí estaba, apretujada en un caluroso rincón del tren de las 19.52 con destino a London Bridge vía Crystal Palace, cuya primera parada era Battersea Park. Tras caminar durante menos de dos minutos desde la estación, llegaría a un campo de césped artificial, y en él —el estómago se me volteó como un crep en una sartén— estaría Eddie David. Con su uniforme, calentando para el partido de las ocho. En ese preciso momento. Pasándole la pelota a un compañero. Estirando los cuádriceps.

Su cuerpo. Su cuerpo físico, de carne y hueso. Cerré los ojos y reprimí un arranque de deseo.

El tren empezaba a aminorar la velocidad. El chirrido de los frenos, un torrente de pasajeros que me obligó a bajar los escalones y —de repente y para mi asombro— me encontraba en Battersea Park Road. Detrás de mí, los gritos amplificados de los vendedores de entradas, la guitarra resonante de un músico callejero. Por encima de mí, los crujidos y traqueteos del viaducto ferroviario y unas nubes espesas y blancas como el merengue. Y, frente a mí, en algún punto de un camino sin asfaltar, Eddie David.

Me quedé allí un rato, respirando despacio. Dos oleadas más de viajeros pasaron por mi lado. Un hombre con una camiseta roja y blanca y la palabra PAGLIERO estampada en letras negras en la espalda subió a toda prisa por el camino hacia los campos, intentando escribir un mensaje en el móvil y ponerse unas espinilleras mientras corría. Su mochila verde, que se balanceaba de un lado a otro, le golpeó la cara, pero él no aminoró el paso.

«Ese hombre conoce a Eddie —pensé—. Seguramente desde hace años.»

Los campos de fútbol aparecieron ante mí, confirmando todo lo que había visto en la web. Estaban cercados por los cuatro costados por una alta valla metálica, viaductos de tren y edificios. No tendría dónde esconderme. Y, sin embargo, allí estaba, con mi metro setenta y cinco de estatura y la blusa elegante que me había puesto para la conferencia, acercándome con grandes zancadas.

«Esto es la cosa más vergonzosa que haré en la vida.»

Aun así, mis piernas seguían caminando.

Los jugadores en el campo más próximo a mí estaban calentando. Un árbitro se dirigió trotando hacia el centro con un silbato en la boca. Todo se movía con lentitud, como cuando una cinta de vídeo empieza a atascarse. El aire olía a goma grasienta y gases de escape.

Mis piernas seguían caminando.

—Date la vuelta y corre —me ordené con un susurro—. Date la vuelta y corre, y nos olvidaremos de que esto ha ocurrido.

Mis piernas seguían caminando.

Fue en ese momento cuando caí en la cuenta de que, aparte del de la camiseta de PAGLIERO, no había otros jugadores con el equipamiento de los Old Robsonians. En el campo que tenía más cerca había unos vestidos de azul y otros de naranja, y en el otro, uniformes blancos y negros se enfrentaban a uniformes verdes.

PAGLIERO estaba guardando sus espinilleras en la mochila. Al cabo de un momento reparó en mi presencia y se enderezó.

—¿Eres un Old Robsonian? —le pregunté.

—Así es. Uno que ha llegado muy tarde. ¿Buscabas a alguien?

—Bueno, a todos, supongo.

PAGLIERO desplegó una sonrisa traviesa, como la de un niño.

—Habían adelantado el juego a las siete. No me acordaba. Ya han acabado.

—Ah.

Recogió su mochila.

—Pero estarán en el pub, tomándose unas cervezas pospartido. ¿Te vienes? —Hizo un gesto en dirección a lo que parecía un contenedor marítimo.

Me fijé mejor. Era un contenedor marítimo. Qué típico de Londres: un bar de cervezas artesanales, seguramente, montado en un maldito contenedor sin ventanas.

—Anda, anímate —insistió—. Nos gustan las visitas.

PAGLIERO parecía demasiado despistado para ser un violador o un asesino, así que avancé a su lado y entablamos una charla trivial que ni siquiera alcanzaba a oír. Había perdido por completo el control sobre mi mente, así que no me importó.

—Adelante —dijo PAGLIERO sujetándome la puerta, recortada en un costado del contenedor.

Me quedé contemplando el trasero desnudo de un varón adulto durante un rato considerable antes de comprender lo que ocurría: tenía ante mí el trasero desnudo de un varón adulto con una toalla al cuello y la espalda vuelta hacia la puerta, que cantaba con gran entusiasmo pero nulo talento musical. Otros hombres, algo menos ligeros de ropa, discutían sobre el partido sentados en bancos. En torno ellos había varias camisetas de fútbol tiradas con los nombres SAUNDERS, VAUGHAN, WOODHOUSE, MORLEY-SMITH, ADAMS y HUNTER.

Cerca de la puerta de lo que entonces supuse que eran unas duchas, el varón adulto desnudo se puso unos bóxeres.

«Oh, no», exclamó algo desde mis entrañas, pero no llegó a subir hasta mis labios. Detrás de mí, hacia donde estaba PAGLIERO, oí una risotada masculina.

—¡Pags! —dijo alguien—. Llegas con una hora de retraso. Ah, hola.

Volví a la vida.

—Lo siento mucho —musité dando media vuelta con la intención de marcharme. PAGLIERO, desternillándose, se apartó para dejarme pasar.

—¡Bienvenida! —dijo alguien detrás de mí, muy cerca.

Salí dando tumbos, preguntándome cómo conseguiría superar aquello. Acababa de entrar en un vestuario repleto de hombres que estaban casi en pelotas.

—¿Hola? —El que me había dado la bienvenida había salido detrás de mí. Al menos él iba vestido.

Se puso unas gafas mientras en el interior del contenedor el silencio de perplejidad quedaba roto por un estallido de carcajadas que temí que no acabara nunca.

Sacudió la cabeza en dirección a la puerta, como diciendo «No les hagas caso.»

—Me llamo Martin. Soy el capitán y entrenador del equipo. Acabas de entrar en nuestro vestuario y, aunque ha sido una jugada poco ortodoxa, intuyo que tal vez necesites ayuda.

—Y así es —susurré sujetando el bolso con firmeza contra mí. Debía de tratarse del mismo Martin que había escrito en el muro de Facebook de Eddie—. Necesito mucha ayuda, creo, pero no sé si es a ti a quien debo acudir.

—Es algo que podría pasarle a cualquiera —aseguró con afabilidad.

—No es verdad.

Reflexionó unos instantes.

—No, supongo que tienes razón. En veinte años nunca se nos había colado una mujer en el vestuario. Pero los Old Robsonians somos un equipo moderno, abierto a la innovación y el cambio. Ducharnos después de cada partido es uno de nuestros principios más antiguos, pero no hay ninguna razón para no introducir elementos nuevos en esa tradición: invitados, tal vez música en vivo, esa clase de cosas.

Desde dentro del contenedor llegaban risas estruendosas y fragmentos de conversaciones masculinas. Volutas de vapor procedentes de las duchas se desenroscaban lentamente en el aire de la tarde. Martin, el capitán del equipo, se reía de mí, pero de buena fe.

Respiré hondo.

—Ha sido un terrible, terrible error —dije—. Estaba buscando a… —Me interrumpí de golpe. Estaba tan horrorizada que había olvidado por completo por qué había ido allí para empezar.

Cielo santo. Me había colado en un vestuario con la esperanza de ver a Eddie David.

Crucé los brazos, apretándolos contra mi pecho como intentando no partirme en pedazos. ¿Qué le habría dicho? ¿Qué habría hecho en realidad? Él podía estar allí en ese preciso instante, secándose después de ducharse, escuchando con creciente estupefacción el relato de sus compañeros de equipo sobre la chica alta y bronceada que acababa de irrumpir en el vestuario.

Se me revolvió el estómago. «No estoy bien —comprendí—. No estoy nada bien. La gente no hace estas cosas.»

—¿Buscando a quién? ¿A un jugador del Old Robsonians o de otro equipo?

—Ha mencionado a los Old Robsonians hace un momento —dijo PAGLIERO, que salía en ese momento del contenedor. Dirigiéndose a mí, añadió—: Oye, lo siento. Me he pasado tres pueblos. Aunque la verdad es que has alegrado la noche a los chicos. Uno de nuestros miembros fundadores ha venido de visita desde Cincinnati y cree que te hemos contratado expresamente para darle la bienvenida.

Clavé la vista en el suelo.

—Ha sido una broma genial —murmuré—. No tienes por qué disculparte. Además, me he equivocado. No buscaba a ningún jugador del Old Robsonians, sino…

—Buscabas a algún jugador del Old Robsonians —dijo Martin—. ¿A quién? ¡Todos estamos casados! Bueno, excepto Wally, pero él… —Se quedó callado y clavó los ojos en mí. Antes de que las palabras brotaran de su boca, yo sabía lo que se avecinaba—. ¿Tú eres Sarah? —preguntó en voz baja.

—Eh… ¿No?

Salieron otros dos hombres.

—¿Es cierto que…? —empezó a preguntar uno, pero entonces me vio—. Ah, sí, lo es.

—Estos caballeros son Edwards y Fung-On —dijo Martin, sin apartar la vista de mí—. Tengo que decidir cuál de los dos merece el título de Jugador de la Noche. —De pronto—: Te acompaño hasta la calle —agregó guiándome con paso decidido hacia el camino de acceso.

—¡Adiós! —se despidió PAGLIERO, al tiempo que Edwards y Fung-On, candidatos a Jugador de la Noche, me dedicaban un saludo marcial. Los oí reír mientras entraban de nuevo en el contenedor.

Cuando hubieron desaparecido, Martin se detuvo y se volvió hacia mí.

—No ha venido esta noche —dijo por fin—. No juega con nosotros todas las semanas. Suele estar en el West Country.

—¿Quién? Lo siento, no...

A pesar de su expresión comprensiva, saltaba a la vista que sabía exactamente quién era yo. Y que sabía exactamente por qué Eddie no me había llamado.

—¿O sea, que está en Gloucestershire? —balbucí. Las lágrimas de humillación me ardían en los ojos.

Martin asintió.

—Él... —Se interrumpió de golpe, como recordando la lealtad debida hacia su compañero de equipo—. Lo siento —dijo—. No debería hablar de Eddie.

—Tranquilo.

Me quedé allí, encorvada por la vergüenza. Quería marcharme, pero el desprecio hacia mí misma y la impresión me habían paralizado las piernas.

—Oye, no es asunto mío —dijo con lentitud pasándose la mano por el rostro—, pero Eddie y yo somos amigos desde hace años y... Deja de buscarlo, ¿vale? Estoy seguro de que eres buena persona y, por si te sirve de consuelo, no creo que estés loca, ni él tampoco lo cree, pero... Tienes que dejarlo estar.

—¿Te lo ha dicho? ¿Que no cree que estoy loca? ¿Qué más te ha dicho sobre mí?

Las lágrimas me resbalaban por las mejillas y caían sobre el cada vez más fresco suelo de hormigón. Parecía inconcebible que hubiera llegado a aquella situación. Allí estaba, con ese hombre, un completo desconocido, suplicándole migajas.

—No te conviene encontrarlo —dijo Martin al cabo de un momento—. Por favor, créeme. No te interesa encontrar a Eddie David.

Acto seguido giró en redondo y, mientras se alejaba hacia el contenedor, volvió la cabeza para decirme que había sido un placer conocerme y que esperaba que lo que había visto allí dentro no me hubiera dejado marcada de por vida.

Un tren pasó traqueteando por el viaducto que bordeaba los campos de fútbol, y sentí un escalofrío. Había llegado el momento de irme a casa.

El problema era que ya no sabía dónde era eso. En realidad, no sabía nada, aparte de que tenía que encontrar a Eddie David. Sin importar lo que hubiera dicho aquel hombre.

26

Me subí las mallas cortas de correr por las piernas. Eran las 3.09 de la madrugada, justo siete horas después de que me alejara tambaleándome del campo de fútbol. En mi habitación flotaba un olor acre a insomnio.

Sujetador deportivo, camiseta de correr. Me temblaban las manos. La adrenalina seguía acumulándose en charcos burbujeantes por todo mi cuerpo, danzando sobre la fatiga nauseabunda que sin duda dominaba por debajo. Tommy había atrancado la puerta cuando yo había salido del cuarto con mi ropa deportiva tras regresar de Battersea Park. Me había preparado una bebida caliente y me había ordenado que me fuera a la cama.

—No quiero ni imaginar lo que ha pasado en ese campo de fútbol —me había dicho con severidad, pero, cinco minutos más tarde, vencido por la curiosidad, había llamado a mi puerta para rogarme que le contara lo que había pasado en ese campo de fútbol—. Lo siento —había dicho en voz baja después de escucharme—. Pero te felicito por reconocer que…, bueno, que se te ha ido un poco la cabeza. Eso requiere valor.

—Las cartas, Tommy, todas esas cartas que le mandé por Facebook. Las llamadas que hice a su taller, los mensajes que le escribí a su amigo Alan. ¿En qué narices estaba pensando?

—Un teléfono que no suena hace aflorar lo peor de uno —aseveró—. De todo el mundo.

Nos quedamos largo rato sentados en mi cama. Aunque casi no hablábamos, su presencia me tranquilizó lo suficiente para intentar conciliar el sueño.

—Lo siento mucho —le había dicho antes de que fuera a acostarse—. He vuelto a convertirme en una carga para ti. No deberías pasarte la vida salvándome.

Tommy había sonreído.

—Ni te salvé entonces ni estoy salvándote ahora —había replicado—. Estoy aquí para apoyarte, Harrington, y lo sabes, pero no me cabe la menor duda de que saldrás de esta. Eres una superviviente. Una cucaracha de la vida.

Había conseguido esbozar una sonrisa, a mi vez.

Ahora, tres horas después, trataba una y otra vez de atarme los cordones, pero no tenía coordinación en las manos. Todo iba mal.

El taxi al aeropuerto pasaría por mí a las cinco. No había pegado ojo y había renunciado a seguir intentándolo. Tenía tiempo de sobra para salir a correr, ducharme y envolver para regalo el pequeño limonero que había comprado a Tommy y Zoe en señal de agradecimiento.

Me escabullí de mi habitación, alegrándome de que Zoe no estuviera en casa. Cuando Tommy se iba a la cama, ya no se movía de allí, pero ella a menudo se levantaba muy temprano para responder a los mensajes de correo electrónico que le llegaban de Asia, enfundada en un elegante quimono de seda gris. En más de una ocasión me había pillado cuando me escapaba para ir a correr antes de que saliera el sol.

Sin embargo, cuando eché un vistazo a mi reloj —eran las 3.13—, supe que aquello no era una escapada. Era un problema.

Me miré en el enorme espejo que Zoe tenía en el recibidor, enmarcado en la madera de un árbol que crecía en el jardín de sus difuntos padres, en Berkshire. Ella estaba en lo cierto: yo había perdido peso. Tenía los brazos nervudos y el rostro más afilado, como si me hubiera quitado un tapón y me hubiera vaciado en parte.

Aparté la vista, avergonzada de mi aspecto. Y también asustada. Me había preguntado a menudo hasta qué punto eran conscientes los enfermos mentales del deterioro que sufrían. ¿En qué grado percibían su empeoramiento? ¿Cuán visible era para ellos la línea entre realidad y ficción antes de que se borrara del todo?

¿Estaba yo enferma?

Pasé por la cocina para tomar un trago rápido de agua. Los músculos de mis piernas se contraían de la impaciencia. «Ya casi —les dije—. Ya casi.»

Al llegar a la puerta de la cocina me paré en seco. ¿Qué? ¿Zoe? Pero si estaba en…

—¡Joder! —exclamó la mujer de la cocina.

Se me heló la sangre. La mujer estaba desnuda. Otra persona desconocida en pelotas, poco más de siete horas después de haber visto a la última. La luz anaranjada sintética de una farola le salpicaba los pechos y el vientre mientras ella se inclinaba con brusquedad, pugnando por taparse al tiempo que profería una retahíla de improperios.

Desvié la mirada y me cubrí los ojos con las manos. Y acto seguido me volví de nuevo hacia ella porque un tenue hilo empezaba a desenmarañarse en mi mente. «Esta mujer no es una desconocida.»

—No me mires —espetó, aunque con menos agresividad, y noté que se me alargaba la cara cuando reconocí al fin a mi amiga más antigua.

—Ay, Dios mío —dije con voz débil.

—Ay, Dios mío —convino Jo agarrando un altavoz inalámbrico que Zoe tenía sobre la encimera y cubriéndose con él el vello púbico.

—¿Jo? —susurré—. No. No, no. Dime que esto no es lo que parece.

—No es lo que parece —masculló Jo al tiempo que cambiaba el altavoz por un libro de cocina antes de darse por vencida—. Te he dicho que no me miraras —añadió, y se agachó detrás de la isla de cocina.

Permanecí inmóvil hasta que se oyó un susurro impaciente al otro lado de la estancia.

—Sarah, ¿podrías traerme algo que ponerme, por favor?

Enmudecida retrocedí hasta el recibidor, donde descolgué un abrigo de una percha. Se lo pasé y me dejé caer en uno de los taburetes de Zoe.

—¿Qué está pasando? —pregunté.

Jo se enderezó mientras se ponía lo que resultó ser una enorme chaqueta de esquí. Se limitó a soltar un resoplido y comenzó a recogerse las mangas hasta que le asomaron las manos.

—¿Quieres que te traiga unos pantalones de esquí? —inquirí aturdida—. ¿Unos bastones? ¿Un casco? Jo, ¿de qué va esto?

—Yo podría preguntarte lo mismo —dijo contemplando la chaqueta con el ceño fruncido de desaprobación—. Pijos de mierda —agregó, presumiblemente refiriéndose a cualquiera a quien le gustara esquiar—. ¿Qué haces aquí?

—Me alojo aquí —respondí—, como bien sabes. Voy a salir a correr y luego me marcho al aeropuerto.

—Son las tres y cuarto de la madrugada —siseó Jo—. ¡Nadie sale a correr a esa hora!

—Y tú estás en bolas en la cocina de Tommy —siseé a mi vez—. ¡No compares!

Jo se subió la cremallera de la chaqueta.

—Alucinante —repetía una y otra vez.

Respiré hondo.

—Jo, ¿te acuestas con Tommy? ¿Mis dos amigos de toda la vida se han liado? Enseguida hablamos sobre mí —agregué antes de que ella intentara interrumpirme.

—He venido de visita —afirmó después de unos instantes—. Tommy me dijo que podía dormir en el sofá.

—Vuelve a intentarlo —dije—. Vuelve a intentarlo, Joanna Monk. Tommy se fue a dormir a medianoche, o eso creí. Tú no estabas aquí a esa hora. Y ahora te encuentro en esta cocina, desnuda, y sé cuánto adoras tu pijama.

—Oh, mierda —farfulló alguien. Alcé la vista. Tommy estaba frente a la puerta, en bata—. Te advertí que era mala idea —dijo a Jo.

—¡Necesito una copa! No bebo agua del grifo de los baños, Tommy, ya lo sabes. —Su tono combativo indicaba que estaba entrando en pánico—. Además, ella tendría que estar durmiendo, no escabulléndose para ir a correr. —Me señaló con un gesto de la cabeza.

Me acodé sobre la isla de cocina.

—Ya —dije—. Quiero saber exactamente qué está pasando aquí. Y desde cuándo. Y cómo lo justificáis, considerando que Tommy está en una relación formal. —Me quedé callada un momento—. Bueno, tú también, Jo, aunque ya me perdonarás si me preocupo menos por Shawn.

Tommy cruzó la cocina con paso cansino y se sentó sobre la isla, lo más lejos posible de Jo y de mí.

—Bueno, verás… —empezó a decir, pero hizo una pausa.

La pausa se alargó hasta convertirse en un silencio que flotaba en el aire como una nube de niebla. Se miró las manos. Se toqueteó un padrastro. Se llevó la mano a la boca y se mordisqueó el pulgar.

—También querría saber por qué no me había enterado antes de esto —añadí.

Jo se sentó de golpe.

—Mantenemos relaciones sexuales —declaró, tal vez en voz un poco más alta de lo necesario.

Tommy crispó las facciones, pero no lo negó.

—Y no estoy muy convencida de que te importe tanto Zoe,

Sarah, pero, solo para que conste, ha estado tirándose a su cliente. El director de esa empresa a la que representa, el que les fabrica las pulseras de actividad. Por eso se fue a Hong Kong. Porque él la invitó. Y a Tommy le da igual —aseguró con firmeza—. Fue a verme a casa la noche que ella se lo confesó, bebimos un poco de más y... en fin.

Tommy la miró como diciendo: «¿En serio?». Luego se encogió de hombros y agachó la cabeza, como para confirmar sus palabras. Estaba morado de vergüenza.

Otro largo silencio.

—Lo siento, pero no me vale con eso —dije—. ¿A qué te refieres con eso de «bebimos un poco de más y... en fin»? Emborracharse y follar no son dos cosas indisociables, ¿sabes?

—Deja de intentar confundirme con tus palabras raras —masculló Jo.

—Oh, haz el favor de comportarte.

Suspiró.

—Todo comenzó la noche que cenamos todos aquí —dijo rehuyéndome la mirada—. Cuando preparaste ese ramen, Sarah. Te fuiste a la cama, toda frustrada por lo de Eddie, y yo me fui a casa. Entonces Zoe dio la noticia a Tommy, que salió del piso hecho una furia, pero después de unos minutos se dio cuenta de que no tenía adónde ir. Así que me llamó para no tener que volver a entrar hecho una furia. Pidió un Uber.

Una sonrisa poco habitual en ella le iluminó una parte de la cara. Miró a Tommy, tal vez debatiéndose entre la necesidad de respetar su intimidad y la de confirmar en voz alta que sí, que tenían una aventura.

Posé la vista en Tommy.

—Así que tomaste un taxi a Bow y... O sea, ¿qué tenías la intención de...? —Dejé la frase en el aire. Ni siquiera era capaz de decirlo.

—No —contestó de inmediato—. En absoluto. Pero eso no

significa que me arrepienta —agregó cuando la sonrisa se desvaneció de los labios de Jo.

—Ya veo. Entonces… ¿lo vuestro es solo un rollete? ¿O algo más? —pregunté.

Se impuso un silencio muy largo.

—Bueno, yo lo quiero —dijo Jo—, pero no puedo hablar por él.

Tommy levantó la mirada con brusquedad.

—¿Perdona?

—Ya me has oído —espetó ella abriendo y cerrando con furia la cremallera de un bolsillo de la chaqueta—. Pero eso ahora no viene a cuento. La razón por la que no te lo contamos, Sarah, es que no se lo hemos contado a nadie. Zoe ha dicho a Tommy que puede quedarse aquí todo el tiempo que necesite…, hasta que encuentre un sitio donde vivir. Ella ha estado alojándose en casa del maromo por las noches para que Tommy pudiera contártelo a su debido tiempo. Él cree que está siendo muy generosa; yo creo que simplemente no soporta la idea de quedar como la mala de la película.

Tras meditar unos instantes sonreí. Al menos eso sonaba convincente.

—Pero no es ella quien nos preocupa, sino Shawn. —Soltó la cremallera—. Él es el verdadero problema.

—¿Por qué? ¿Qué ha hecho?

—Se trata más bien de lo que podría hacer —explicó Tommy al percatarse de que a Jo le costaba hablar—. Ella teme que Shawn convierta todo el asunto de la custodia en una pesadilla si se entera de que ha estado viéndose con otro. Así que va a separarse de él y a arreglar el tema de la custodia sin mencionarme. Luego… Bueno, ya veremos qué pasa con lo nuestro, supongo.

Aunque Jo mantenía una expresión impenetrable, y a pesar de que aún me duraban los efectos de la impresión, me di cuenta. Ella estaba enamorada de él de verdad. Y además, desde hacía mucho tiempo. La aterraba la posibilidad de que aquello no fuera más que un amorío pasajero. Un acto de despecho. La pobre apenas se atrevía a mirarlo a los ojos. El «ya veremos qué pasa con lo nuestro» no era ni por asomo suficiente para ella.

Como si Tommy hubiera percibido lo mismo, rodeó la isla y se sentó a su lado. Vi que Jo bajaba la vista cuando él le posaba la mano en la pierna con delicadeza, y un nudo de ternura empezó a formárseme en la garganta.

—Es un hijo de puta vengativo —dijo Jo en voz baja. El tema de Shawn era un terreno más seguro para ella que sus sentimientos por Tommy—. No puedo correr el riesgo de que se entere.

—Personalmente, me cuesta creer que le concedan la custodia —dijo Tommy—. Está portándose peor que nunca: no se presenta a recoger a Rudi al colegio, se pasa casi todo el día fumado, y una vez, hace un par de semanas, incluso dejó a Rudi solo en el piso. El chaval por poco prendió fuego a la casa al intentar prepararse el té. Esta noche está con el padre de Jo. —Le dirigió otra mirada, pero ella se había encerrado en sí misma, como solía cuando dejaba demasiado al descubierto sus interioridades.

El moderno reloj de pared de Zoe marcó en silencio las tres y media.

—Así están las cosas —dijo Jo, incapaz de soportar el silencio. Apoyó las manos en la encimera, dos puños pequeños y enrojecidos—. ¡Y de paso me las he arreglado para desnudar mi alma! Perdona —añadió volviéndose ligeramente hacia Tommy—. De verdad que no me importa si es solo sexo, cielo. Olvídate del tema romántico. Me he puesto tonta, y ya está. Ya me conoces, siempre lo saco todo de quicio.

Se hizo un silencio incómodo.

—Debería dejaros a solas un rato —dije.

—Quédate —ordenó Jo.

—Vale, gracias —dijo Tommy al mismo tiempo.

Me quedé medio sentada en el taburete, sin saber si levantarme o no.

—Estas cosas no se me dan muy bien —comentó Jo. La cara se le había puesto color ladrillo—. No se me puede dejar sola. Si te vas, acabaré diciendo más chorradas.

Me acomodé de nuevo y dediqué una sonrisa de disculpa a Tommy, pero estaba sumido en sus pensamientos, con las cejas enfrascadas en una danza que escapaba a mi capacidad de interpretación. Desvié la vista y la desplacé por la colección de libros de cocina para mujeres estiradas de Zoe. Luego la posé en la foto donde Tommy y ella aparecían trabajando juntos en Kensington Gardens, al principio de su relación, cuando Zoe no podía quitarle las manos de encima.

Al final de la calle de Zoe, un autobús nocturno dobló por Holland Park Road con un rugido. Me pregunté quién sería ese novio nuevo. Dónde vivía. A ojos de una pobretona como yo, Zoe parecía inmensamente rica, pero aquel hombre debía de darles mil vueltas a ella y a su piso de dos habitaciones en Holland Park. Sin duda le salía el dinero por las orejas y conocía a mucha gente importante. Y —por encima de todo— era un hombre adecuado para Zoe. Más de lo que Tommy habría llegado a serlo nunca, por más que ella lo empujara hacia arriba en la escala social.

Al cabo de un rato Tommy respiró hondo. Se volvió hacia Jo.

—Oye —murmuró—. Te quiero. Claro que te quiero, Jo. Lo que pasa es que planeaba decírtelo en… bueno, en otras circunstancias.

Jo, que al parecer había dejado de respirar, se mantuvo callada. Tommy deslizó el dedo por el borde de la isla de cocina de Zoe.

—Eres la única persona con la que nunca me he sentido cohibido —aseveró—. La única con quien puedo hablar de todo siempre. Cuando te vas a otra habitación, te echo de menos. A pesar de que me llamas «capullo privilegiado» demasiado a menudo. A pesar de que eres una mujer de lo más irritante que me obliga a decir estas cosas delante de Sarah.

Jo se permitió un amago de sonrisa, pero seguía sin atreverse a mirarlo directamente.

—Creía que era feliz —prosiguió Tommy— cuando me vine a vivir aquí. Pero no lo he sido. No he sido feliz en absoluto durante años. Hace solo un mes logré convencerme de que esto… —Pasó la vista por la cocina inmaculada de Zoe—. De que esto era lo que quería. Pero no lo es. Lo que quiero es ser yo mismo. Sentirme a gusto con quien soy, reír, ser auténtico. Contigo acabo llorando de risa varias veces por semana. Eso nunca me ha pasado con Zoe.

Jo permanecía en silencio.

—A ver, piensa en mi trabajo, por ejemplo. A Zoe nunca le pareció suficiente que yo fuera entrenador personal. Estoy casi seguro de que solo me ayudaba económicamente porque quería decir a la gente que su compañero llevaba una empresa de asesoría deportiva.

Jo jugueteaba con la chaqueta, hasta que Tommy se inclinó hacia ella para pararle la mano.

—Escúchame.

—Estoy escuchándote —contestó Jo con hosquedad.

Después de un momento Tommy se echó a reír.

—No puedo creer que estemos teniendo esta conversación en presencia de Harrington. Esto es… No te ofendas, Harrington, pero es terrible.

—No me ofendo. Y, para que lo sepas, me parece estupendo. Aunque un pelín raro.

Jo seguía sin relajarse.

—Lo siento —farfulló—. A mí me da miedo. Tengo… tengo más que perder que tú.

Tommy la tomó de la mano.

—No, no es verdad. Yo… Oh, por el amor de Dios, ¿quieres hacer el favor de mirarme, tía loca?

Ella lo miró de mala gana.

—Estoy aquí, Jo. Los dos estamos en esto. Juntos.

El subidón de adrenalina había pasado. De pronto me encontraba sentada en la cocina con mis dos amigos más antiguos, que estaban declarándose su amor mutuo, y todo había cobrado sentido. Recordé los meses que había compartido con ellos en California y me pregunté cómo no lo había intuido antes. Esos dos pasaban horas juntos, se iban de viaje, hacían surf, preparaban unos cócteles imbebibles en el garaje de los padres de Tommy. Tal vez no me había dado cuenta porque me embargaban por completo el dolor y el sentimiento de culpa. O quizá era solo porque no se me ocurría una pareja más inverosímil. Pero el amor no funcionaba así, tal como había aprendido con el tiempo. Allí estaban, viéndose a escondidas: torpes, indefensos, vulnerables. Enamorados pero incapaces de hacer otra cosa que estar juntos, a pesar de los riesgos.

—Bueno —dije despacio. Sonreí, y mi sonrisa se transformó en un bostezo—. Esto llevará un tiempo. Pero estoy contenta por vosotros.

Jo bajó los ojos hacia la mano de Tommy, cerrada con fuerza sobre la suya.

—Eso es lo que yo quiero —dijo ella—. Estar contenta. Es lo único que me importa últimamente.

Se me encogió el corazón. Jo nunca hablaba así.

Aunque estaba pasando frío, allí sentada sin nada encima salvo el pantalón corto y la camiseta, deseaba que ese momento se alargara para siempre. Quería a esas dos personas. Me encantaba que se amaran de maneras que yo nunca llegaría a comprender. Que estuvieran tan desesperados por verse que hubieran metido a Jo a hurtadillas en el piso después de que me fuera a acostar.

—Tengo que ir a acabar de hacer las maletas —anuncié—. Me gustaría poder quedarme.

—Vale. —Tommy bostezó mientras yo echaba mi taburete

hacia atrás—. Aunque… Sarah, tengo que preguntarte algo. ¿Deberíamos estar preocupados por ti?

—He… —Se me entrecortaba la voz—. He hecho algunas cosas en los últimos días que me han asustado.

—A nosotros también —señaló Jo—. Has estado bastante rara, tesoro.

—Supongo que ya sabrás lo del campo de fútbol.

Jo asintió.

Me pasé los dedos por el cabello.

—Cuando entré en ese vestuario viví un momento angustioso de iluminación. Era como si volviera a ser yo misma. Y tenía miedo.

—Tal vez deberías ir a hablar con algún psiquiatra —aventuró Jo.

«Sequiatra.» sonreí.

—Tal vez. En Los Ángeles no escasean.

Las cejas de Tommy suavizaron su expresión.

—Nunca habías hecho algo tan desequilibrado —dijo—. Ten eso en cuenta.

—Pero tal vez fue solo porque no tenía teléfono móvil cuando conocí a Reuben. O porque internet casi no existía entonces.

—No… No estás loca, Sarah. Si la mitad de las cosas que nos has contado es verdad, Eddie debería haberte llamado.

Circundé la isla para abrazarlos a los dos. Mis amigos, los amantes.

—Gracias, mi querido Tommy, mi querida Jo. Gracias por no abandonarme.

—Eres mi mejor amiga —afirmó Tommy—. Aparte de Jo —se apresuró a añadir.

Aún estaban allí cuando reaparecí cuarenta minutos después con mi maleta. Comiendo tostadas de pan blanco, algo que Zoe jamás toleraría. Era como si llevaran muchos años juntos. Dejé la maleta junto a la puerta.

—Bueno…

Tommy se puso de pie.

—Oye, Harrington. Una última cosa antes de que te vayas. Yo… Verás, he de decirte que Eddie sigue pareciéndome sospechoso.

—Oh, a ti y a mí, Tommy. A los dos.

Hizo una pausa.

—Lo que pasa… Lo que pasa es que me parece demasiada casualidad que lo conocieras justo en ese lugar, en ese momento.

Un pájaro intentó entonar su primer canto embarullado desde el árbol que crecía fuera del piso de Zoe.

—¿A qué te refieres? ¿Acaso sabes algo que yo no sé?

—¡Claro que no! Solo digo que… Tú piensa en lo que estabas haciendo el día que lo conociste. Conmemorando el aniversario del accidente, paseando por Broad Ride. Creo que deberías preguntarte por qué Eddie estaba allí también. Precisamente ese día. —Sus cejas habían cobrado vida propia—. ¿No tendrá algo que ocultar?

—Claro que… no. No, Tommy.

Dediqué un par de minutos de mi tiempo a rumiar esa idea antes de descartarla por completo. Era imposible. De todo punto imposible.

27

Querido Eddie:

Te escribo para pedirte disculpas.

En vez de hacer caso de tus señales me dediqué a bombardearte. No debería haberte escrito ni telefoneado. Y, desde luego, no debería haberme presentado anoche en tu partido de fútbol (supongo que ya te lo habrán contado). No tengo palabras para describir la vergüenza que siento. Sé que eso ya no cambiará nada, pero la brizna de orgullo que me queda me impulsa a jurarte que normalmente no me comporto así.

Por motivos que no acierto a comprender, nuestro encuentro y tu posterior silencio han reavivado un montón de viejos sentimientos relacionados con el accidente de coche en el que me vi envuelta hace diecinueve años. Creo que eso explica en parte mi conducta desquiciada.

Estoy en Heathrow, a punto de embarcar en un avión con destino a Los Ángeles. Hace un sol radiante y siento una tristeza desesperada por marcharme así, sabiendo que no volveré a verte, pero también alivio por regresar a ese lugar donde tengo un trabajo exigente, amigos y la posibilidad de iniciar una nueva vida como mujer soltera. Reflexionaré sobre lo sucedido e intentaré entender por qué me porté como lo hice. Lo arreglaré. Arreglaré mi problema.

A pesar de todo, sería un descuido por mi parte no decirte que tu silencio obstinado me parece una cobardía y una falta de respeto, y espero que te lo pienses dos veces antes de hacerle lo mismo a otra mujer. Pero asumo que esa ha sido tu decisión, y también que sin duda tendrás tus motivos.

Por último, quería darte las gracias. Los días que pasamos juntos fueron algunos de los más brillantes de mi vida. Los recordaré durante mucho tiempo.

Cuídate, Eddie, y adiós.

SARAH X

28

Por favor, quédate. No te vayas.

He dejado de escribir un momento para llamarte, pero no he sido capaz.

Ahora mismo debes de estar volando. Voy a salir para escrutar el cielo.

Eddie

✓ BORRADO A LAS 10.26

SEGUNDA PARTE

29

Bienvenida a casa! —exclamó Jenni.

A pesar de los años que llevaba cruzando el Atlántico, no había conseguido dominar el desfase horario. Volví a tener la sensación de que el pecho iba a estallarme cuando salí al sol cegador y al calor que irradiaba el asfalto, con aquellas rayas zigzagueantes que bordeaban mi campo de visión mientras iba en el taxi por la 110. La primera vez que había volado hasta allí, en 1997, me había pasado dos días convencida de que me encontraba enferma de verdad.

—Te he echado de menos, Sarah Mackey. —Jenni me atrajo hacia sí para darme un abrazo breve. Olía a masa para hornear.

—Oh, Jenni, y yo a ti también. Hola, Frap —dije al tiempo que acariciaba al perro de Jenni con mi fatigado pie. Frap (abreviación de Frapuccino, uno de los vicios de Jenni) levantó la pata cerca de mi pierna, como era su costumbre, pero conseguí saltar hacia un lado justo a tiempo.

—Oh, Frappy —susurró Jenni—. ¿Por qué ese empeño en orinar sobre Sarah?

Me incliné hacia delante y la agarré de los codos.

—¿Y bien?

Me rehuyó la mirada.

—¿No tocaba hoy la prueba de embarazo?

—No, mañana. —Volvió la cabeza—. Estoy supernerviosa,

así que cuanto menos hablemos del tema, mejor. Pasa, túmbate en ese sofá.

Al entrar en aquel refugio de aire refrigerado y con aroma a chocolate advertí que Jenni había comprado otra obra de arte. Se trataba de la figura abstracta de una embarazada formada por miles de huellas dactilares diminutas. Una *coach* a quien había estado viendo le había recomendado que practicara visualizaciones positivas durante el proceso de fecundación in vitro; ese cuadro debía de ser una consecuencia de eso. Estaba colgado encima del sillón que Javier ocupaba desde las cinco y cuarto de la tarde hasta las diez y media de la noche, hora en que se iba a dormir. Sobre la encimera que separaba el comedor de la cocina había un pastel de chocolate de dos pisos y una botella de rosado espumoso en una cubitera.

Sonreí, agotada y al borde del llanto, mientras Jenni iba a la cocina y se ponía a echar cucharadas de helado en la licuadora.

—Jenni Carmichael, eres muy amable y una chica muy mala. No te pagamos tanto como para que compres champán y pasteles.

Ella se encogió de hombros, como diciendo: «¿Cómo iba a darte la bienvenida, si no?».

Añadió algunos ingredientes más a la licuadora —pocos de ellos parecían comida— y la puso en marcha.

—¡He pedido a Javier que se fuera a jugar al billar con sus amigotes para que nosotras nos pusiéramos al día! —gritó por encima del ruido—. Y no podría permitir que volvieras sin darnos un atracón de azúcar. Habría sido inmoral.

Me dejé caer en su enorme sofá, con su montón de cojines mullidos como nubes, y me invadió un alivio tan grande que resultaba casi doloroso. Allí estaría a salvo. Recapacitaría, reevaluaría mis prioridades, pasaría página.

Jenni apagó la licuadora.

—Me he decantado por el sabor a chicle.

—Madre mía. ¿En serio?

Se rio.

—Hoy no estoy para muchas historias —se limitó a decir.

Un par de horas largas después, cuando nos habíamos bebido los espesos batidos, comido varios trozos del gigantesco pastel y devorado una gran bolsa de chips de pan de pita, me recosté, soltando un eructo.

Jenni hizo lo propio con una risotada.

—Nunca había eructado hasta que te conocí —reconoció.

Le di una patadita en el pie, demasiado llena y pesada para moverme.

—Ha sido un festín estupendo. Gracias.

—Oh, no hay de qué. —Sonrió frotándose la panza—. Y ahora, Sarah, yo no debería beber, pero tú tienes que probar el espumoso rosado, ¿vale?

Al mirar la botella me asaltó un miedo muy intenso, físico.

—No puedo —contesté—. Te lo agradezco, cariño, pero la semana pasada bebí un poco más de la cuenta con Jo y desde entonces no he podido probar ni una gota de alcohol.

—¿En serio? —Jenni parecía escandalizada—. ¿Ni siquiera una copita?

Pero no podía hacerlo. Ni siquiera por ella.

Entonces se lo conté todo. Incluido el nefasto incidente del campo de fútbol, donde, en el mismo instante en que me había encontrado frente al culo de un desconocido, me había encontrado también ante el hecho incuestionable de que había perdido la cabeza. Jenni soltaba expresiones de ternura, de desencanto y suspiros, y cuando le mostré el último mensaje que había escrito a Eddie incluso se le humedecieron los ojos. En ningún momento se burló de mí. Ni siquiera arqueó una ceja. Solo asentía en señal de solidaridad, como si mis actos le parecieran del todo comprensibles.

—No podías dejar que la oportunidad de encontrar el amor

se te escurriera entre los dedos —dijo—. Hiciste bien en remover cielo y tierra. —Fijó los ojos en mí—. Porque sí que te enamoraste de él, ¿verdad?

Tras un momento de silencio asentí.

—Aunque una no debería poder enamorarse después de solo…

—Oh, venga ya —me reconvino Jenni con suavidad—. Claro que puedes enamorarte después de una semana.

—Supongo que sí. —Jugueteé con el dobladillo de mi blusa—. Fuera como fuese, quería regresar al mundo que conozco. Quería que prosperara esa propuesta para el centro de cuidados paliativos en Fresno; quería conseguir el visto bueno de George Attwood en Santa Ana. Es hora de que pase página.

—¿Estás segura?

—Segurísima. No volveré a intentar contactar con Eddie. De hecho, voy a eliminarlo como amigo de Facebook. Ahora mismo, contigo por testigo.

—Ah —dijo Jenni sin mucho entusiasmo—. Supongo que será lo mejor. Pero es tan triste… Creía que él era el hombre ideal para ti, Sarah.

—Yo también lo creía.

—Que lo conocieras justo en esa fecha y ese lugar… Todo parecía tan perfecto que he sentido escalofríos.

Me quedé callada. Había estado esforzándome por olvidar la opinión de Tommy al respecto. La explicación de Jenni, por otro lado, me consolaba más. Dirigí la vista hacia ella.

—¿Estás bien?

Ella asintió suspirando.

—Solo entristecida por ti. Y cargada de hormonas.

Me dejé caer a su lado mientras esperaba a que Facebook localizara a Eddie en mi lista de amistades.

El estómago me dio un vuelco.

—Me ha borrado como amiga —gemí. Actualicé su perfil,

por si la información cambiaba. No fue así. «Añadir a mis amigos», me proponía.

—Oh, Sarah —murmuró Jenni.

El dolor glacial que sentía en el pecho se reavivó, como si nunca hubiera remitido. Una añoranza insondable, un pozo en el que un guijarro podría caer sin llegar jamás al fondo.

—Supongo… —Tragué en seco—. Supongo que esto es definitivo.

En ese momento, Frapuccino se despabiló de golpe cuando la puerta se abrió y Javier entró dando grandes zancadas.

—¡Qué pasa, Sarah! —dijo dirigiéndome el extraño saludo que solía ofrecerme en vez de un abrazo. A Javier solo le gustaba el contacto físico con Jenni y los coches.

—Qué pasa, Javier. ¿Qué te cuentas? Muchas gracias por dejarnos un rato para nosotras esta noche. —Sentía el cuerpo flácido e informe.

—De nada —respondió mientras se dirigía hacia la cocina para coger una cerveza.

Jenni lo besó cuando se cruzó con él camino del lavabo.

—¿Has cuidado bien de mi chica? —me preguntó Javier, y se sentó en su sillón y abrió la cerveza.

—Bueno, más bien ella ha estado cuidando de mí —admití—. Ya la conoces. Pero mañana estaré aquí para apoyarla, Javi. Puedo pasarme el día entero aquí si me necesita.

Javier bebió un trago largo, observándome con recelo.

—¿Mañana?

Me quedé mirándolo. Algo no iba bien.

—Pues… sí, mañana —contesté—. Por los resultados de la prueba…

Javier dejó la botella en el suelo, y de pronto supe lo que iba a decir.

—La prueba se la han hecho hoy —declaró en tono cortante—. No ha salido bien. No está embarazada.

El silencio retumbó entre nosotros.

—Supongo que ha preferido hablar de tus... eh... problemas antes —dijo—. Ya la conoces.

—Oh... oh, Dios —musité—. Javi, lo siento mucho. Me... Ay, Dios, ¿por qué la he creído? Sabía que era hoy. —Eché una mirada a la puerta de la cocina—. ¿Cómo ha estado?

Aunque él se encogió de hombros, su rostro me dijo todo cuanto necesitaba saber. Se sentía perdido. Como un pez fuera del agua. Durante años les habían quedado vías de esperanza, y Javier se había encargado de mantener a Jenni conectada a ellas. Eso lo había protegido del enorme miedo que pesaba sobre ella, proporcionándole un papel activo. Ahora no quedaba nada, y su esposa —a quien, pese a sus propias limitaciones emocionales, amaba hasta con la última célula de su cuerpo— estaba sumida en un profundo abismo de dolor. Él ya no tenía un papel que desempeñar ni esperanzas que ofrecerle.

—No ha dicho gran cosa. En la clínica estaba muy callada. Me parece que trata de no pensar en ello. Al menos por el momento. Creía que te lo contaría y que luego se pondría a llorar, dejando fluir sus emociones, ¿sabes? Por eso he salido. Normalmente cuando no puede hablar conmigo habla contigo.

—Oh, no. Oh, Javi, lo siento muchísimo.

Tomó otro sorbo de cerveza y se hundió de nuevo en el sillón con la vista fija en la ventana.

Me volví hacia la puerta. Jenni seguía sin aparecer. El reloj de pared de la cocina hacía tictac, como una bomba.

Transcurrieron varios minutos.

—Ha ido al baño a propósito —dije de pronto—. Para esconderse. Sabía que me lo contarías. Deberíamos... deberíamos ir a buscarla.

Me levanté, pero Javier ya estaba de pie. Atravesó la cocina con paso decidido y los hombros encorvados.

Me quedé en la cocina, vacilante y sintiéndome inútil, mientras él llamaba a la puerta del baño.

—¿Nena? —dijo—. Nena, déjame entrar...

Al cabo de unos instantes la puerta se abrió y lo oí: los gemidos de desesperación de su esposa, mi fiel amiga, que había dejado a un lado su propio desconsuelo para ocuparse del mío, los jadeos ahogados por el llanto y el desaliento feroz que brotaban de su interior.

—No aguanto más —sollozó—. No aguanto más, Javi. Ya no sé qué hacer.

Luego el insoportable sonido del sufrimiento humano descarnado, amortiguado solo por la delgada tela de algodón de la camisa de su esposo.

30

Una vez aplacado el arrebato de histeria Jenni se sentó en el sofá entre Javier y yo, y se lanzó de forma metódica a engullir todo lo que no nos habíamos comido. Haciendo caso omiso de las airadas protestas de mi cuerpo, agotado debido al desfase horario, me quedé con ella hasta la medianoche, picando de vez en cuando un trocito de pastel para mantenerme despierta.

Y entonces llegó la mañana, esa mañana radiante y calurosa con la que había soñado, la primera desde mi regreso a Los Ángeles. Durante la última semana que había pasado en Inglaterra había abrigado la certeza de que esa primera mañana traería consigo una renovada esperanza, un sentido de la perspectiva que había sido incapaz de encontrar en Londres o Gloucestershire. Me llenaría de alegría; de determinación.

En realidad, me sentía abotagada e incómoda, además de muerta de frío tras pasar una noche entera con el aire acondicionado en modo glaciación. Me acurruqué en la cama de invitados de Jenni, demasiado cansada para levantarme a bajar la potencia.

Contemplé mi imagen en el espejo colgado al fondo de la habitación. Estaba hinchada, paliducha, desmejorada. Antes de darme cuenta de lo que hacía alargué el brazo para coger mi móvil y comprobar si Eddie había respondido a mi mensaje de despedida. No lo había hecho, por supuesto, y el corazón se me inflamó de dolor.

«Añadir como amigo», me propuso Facebook cuando consulté su perfil. Solo por si acaso. «Añadir como amigo.»

Una hora después, sin haber recobrado todavía la serenidad, salí de la casa para ir a correr. Aún no eran las ocho, y Jenni y Javier, por una vez, seguían en la cama.

Sabía que correr no era lo más recomendable después de un vuelo trasatlántico y una velada de turbulencia emocional, por no hablar de la noche en vela que había pasado en Londres antes del viaje, o de que el termómetro en la terraza de Jenni estaba a punto de alcanzar los treinta y ocho grados. Pero no podía estarme quieta. No podía quedarme sola con mis pensamientos. Necesitaba moverme lo más deprisa posible, para que no se me pegara nada.

Tenía que correr.

No había recorrido ni trescientos metros de Glendale Avenue cuando me acordé de por qué no corría en esa ciudad. En la esquina con Temple me balanceé de un lado a otro y simulé que estiraba los cuádriceps para agarrarme a una farola. El calor resultaba asfixiante. Alcé la vista hacia el sol, turbio y desdibujado tras un borrón de bruma marina, y sacudí la cabeza. ¡Tenía que correr!

Lo intenté de nuevo, pero cuando la autopista de Hollywood apareció imponente ante mí mis piernas cedieron y acabé sentada en el césped, junto a una cancha de tenis municipal, mareada y con náuseas. Fingí que me ataba bien los cordones mientras en mi fuero interno reconocía la derrota.

Oí en mi cabeza la voz de Jo diciéndome que estaba como una puta cabra y que trataba mi cuerpo sin el menor respeto.

Y me mostré de acuerdo; le di la razón sin reservas, recordando la tristeza y la conmiseración que sentía cuando veía a mujeres flacuchas resollando al remontar las cuestas de Griffith Park en plena canícula.

Regresé a casa de Jenni, me di una ducha y pedí un taxi. No daba la impresión de que ella fuera a irse a trabajar pronto, y yo no aguantaba un segundo más allí sentada.

Durante el trayecto a nuestras oficinas en East Hollywood esbocé en mi mente la propuesta que la semana siguiente presentaríamos a los directores de un centro de cuidados paliativos de California. En los últimos tiempos estábamos tan solicitados por las empresas de servicios médicos que había perdido un poco la práctica en el arte de vender. Vermont Avenue estaba toda congestionada, así que me apeé en Santa Mónica y recorrí las últimas dos manzanas a pie, ensayando el discurso de ventas por lo bajo mientras las gotas de sudor me caían por la espalda, ploc, plocploc.

De pronto: ¿Eddie?

Un hombre sentado en un taxi, esperando, atrapado en el atasco de Vermont. Iba directo hacia mi oficina. Pelo muy corto, gafas de sol y una camiseta que creí reconocer sin el menor asomo de duda.

¿Eddie?

No. Imposible.

Eché a andar hacia el coche. El hombre del interior, que habría jurado que era Eddie David, desplazaba la vista entre la confusa proliferación de carteles indicadores de la calle y su móvil.

El tráfico comenzó a avanzar por fin, y empezaron a sonar bocinazos. Me encontraba en medio de una vía de seis carriles. Justo cuando me vi obligada a alejarme del taxi advertí que el hombre se quitaba las gafas de sol y me miraba. Pero antes de que pudiera fijarme en sus ojos con el fin de confirmar que se trataba de él tuve que correr para que no me atropellaran.

¿Eddie?

Unas horas después, cuando mis colegas me enviaron a casa («Ya nos encargamos nosotros, Sarah; tú vete a descansar»), seguía demasiado inquieta, así que me fui andando. Me quedé parada quince minutos en el mismo concurrido cruce, mirando los coches y taxis que pasaban por allí. Cuando un helicóptero de emergencias aterrizó en la azotea del hospital pediátrico apenas reparé en ello.

Era él. Sabía que era él.

31

Reuben y yo íbamos en un avión de línea regional a Fresno, sin hablar. Fuera los vestigios de un sol que parecía de mantequilla se derretían sobre las nubes; dentro la cortesía entre nosotros pendía de un hilo muy fino.

Al día siguiente, por la mañana, nos reuniríamos con los directores del grupo de empresas al que el centro de cuidados paliativos pertenecía, y Reuben ya estaba enfadado conmigo.

El lunes se había presentado en la oficina a primera hora con Kaia y nos había congregado a todos en la sala de juntas. No había sido capaz de mirarme a los ojos.

—Bueno, traigo una noticia excelente —anunció.

—¡Ah, genial! —exclamó Jenni. No era la misma de siempre, aunque se esforzaba por parecerlo.

—La semana pasada, cuando estábamos en Londres, Kaia escribió unos correos electrónicos a un viejo amigo suyo, un tío que se llama Jim Burundo y dirige un puñado de colegios privados para niños con necesidades especiales en Los Ángeles. Kaia le habló en detalle sobre nuestro trabajo y le mandó algunos vídeos, ¡y él le respondió preguntándole si podíamos organizar visitas periódicas de nuestros payasos!

Se impuso un silencio breve.

—Ah —dije al cabo de un momento—. Estupendo. Pero...

Reuben, por ahora no contamos con suficientes profesionales para asumir un compromiso así.

—Reuben, cariño —había añadido Jenni—, tendríamos que calcular el coste y establecer un objetivo de recaudación de fondos. Necesito...

Reuben alzó las manos para interrumpirla.

—Nos financiarán ellos —afirmó con orgullo—. Sufragarán el proyecto en su totalidad. Podemos formar y contratar payasos nuevos, y la empresa de Jim correrá con todos los gastos.

Me quedé callada unos instantes.

—Aun así, tendríamos que visitar los colegios, Roo. Y concertar reuniones. Y ocuparnos de mil detalles más. No basta con que...

Reuben me cortó con una sonrisa que, para mi asombro, encerraba una advertencia.

—Kaia ha hecho algo maravilloso —dijo con cautela—. ¡Deberías estar contenta! ¡Por fin vamos a expandirnos de nuevo!

Jenni parecía demasiado fatigada para intervenir.

Kaia levantó la mano con timidez, como si estuviera en clase.

—En realidad yo no confiaba en que Jim diría que sí de inmediato —alegó en voz baja—. Espero no haber complicado las cosas.

—Voy a programar unas reuniones para planificarlo todo —aseveró Reuben—, pero, por lo pronto, creo que le debemos un enorme agradecimiento a Kaia.

Dicho esto, se puso a aplaudir.

Todos seguimos su ejemplo.

«Ahí va mi vida —pensé—. Dios santo, ahí va mi vida.»

La primera reunión se había celebrado dos días después. Y aunque daba la impresión de que todo saldría bien, y aunque, en efecto, la gente de Jim lo costearía todo, incluida la formación («Por supuesto, vosotros solo tenéis que decirnos qué necesitáis»), yo estaba atacada de los nervios. Todo estaba sucediendo muy deprisa. Pero cuando esa mañana mencioné el tema a Reuben, me pegó un corte. Me recriminó que tuviera una mentalidad tan empresarial en vez de ser más agradecida.

Lo miré disimuladamente de soslayo cuando el avión inició el descenso hacia Fresno. Estaba dormido, vulnerable y con la cara laxa. Conocía muy bien esa cara. Las pestañas largas, de un negro azulado; las cejas perfectas; las venas en los profundos valles de las cuencas oculares. Al contemplar ese rostro que me era tan familiar noté una sensación incómoda en el estómago. «En teoría ya debería haber vuelto a la normalidad a estas alturas —pensé mientras el avión se inclinaba y el sol bajo y dorado proyectaba figuras geométricas sobre las facciones de Reuben—. Se supone que debería estar bien.»

Más tarde, después de cenar en un asador junto al hotel, salí a sentarme junto a la piscina, que era pequeña y seguramente nadie usaba. La rodeaba una elevada valla metálica, y las pocas tumbonas que había estaban enmohecidas.

Por primera vez me atreví a analizar lo que Tommy había dicho sobre Eddie la semana anterior. A plantearme qué podía significar que nos hubiéramos conocido ese día a esa hora en ese lugar. Si él tenía tal vez algo que ocultar. Al principio me había parecido una teoría absurda: Eddie simplemente había salido a pasear esa mañana porque necesitaba descansar de su madre, y se había entretenido en el prado comunal porque se había topado con una oveja. Intentar detectar motivos ocultos tras nuestro encuentro habría sido buscar tres pies al gato.

El problema era que empezaba a prestar atención —por fin— a los pensamientos que habían estado susurrándome desde la periferia de mi conciencia durante las últimas semanas. Estaban formando una pauta. Y no me gustaba lo que veía.

Entré en el hotel mientras los primeros relámpagos extendían sus horquillas plateadas desde el cielo, incapaz de desterrar la sensación de que se avecinaba una crisis.

A la mañana siguiente, antes de la reunión, nos guiaron en una visita por el centro de cuidados paliativos.

Como a todo el mundo, esa clase de establecimientos me producía desazón; al fin y al cabo, pocos lugares en la vida trataban la muerte con tanta certeza. Sin embargo, lucía mi expresión más impasible; mantenía el miedo acechante guardado en lo más recóndito de mi ser y procuraba respirar despacio. Y estaba manejándome bastante bien, o eso creía, hasta que entramos y vi a una chica en un sillón, cerca de la ventana.

Me quedé mirándola.

—¿¡Ruth!? —Estaba envuelta en una manta suave, pálida como la cera y aterradoramente delgada.

Ruth alzó la vista y, tras un silencio que me resultó angustioso, sonrió.

—Oh, Dios mío —dijo—. Esto no me lo esperaba.

—¡Ruth! —Reuben se le acercó dando saltos para abrazarla.

—Con cuidado —le advirtió Ruth con voz débil—. Por lo visto tengo los huesos quebradizos. No vayas a partirme en dos o algo por el estilo. Ya sabes cuánto le gustan a mamá los pleitos.

Reuben la estrechó con delicadeza y poco después me sumé al abrazo.

Ruth había sido una de nuestras primeras pacientes, en la época en que solo estábamos Reuben y yo y apenas habíamos oído hablar de Clowndoctors. Ella no era más que una niña pequeña que entraba y salía del quirófano, y siempre habíamos sabido que su esperanza de vida —si sobrevivía— era muy limitada.

Pero, madre mía, cómo había luchado la chica. Y también su madre soltera, que había recaudado dinero para ingresarla en la unidad de Cuidados Neonatales del hospital pediátrico de Los Ángeles, pues un médico que trabajaba allí era especialista mundial en el extraño trastorno genético de Ruth. Su constante negativa a aceptar un no por respuesta nos había impulsado a Reuben y a mí a seguir adelante con nuestro trabajo.

Por norma general, yo no visitaba a los niños. Era demasiado doloroso para mí. Pero había algo en Ruth que me resultaba irresistible. Incluso cuando mi trabajo había dejado de requerir que acudiera al hospital iba a verla, porque algo en mi interior me obligaba a ello.

Y ahora allí estaba, con quince años y medio, arrebujada en una manta azul de lana con el dibujo de una luna estampado y un soporte de gotero junto al sillón. Menuda y batalladora; de cabello fino y ralo. Permanecí inmóvil unos instantes más mientras la impresión me constreñía la garganta.

—Vaya. Qué sorpresa tan agradable —comenté, y me senté a su lado.

—¿Qué? ¿Encontrarme en un centro para enfermos terminales con pinta de gallina muerta? —preguntó con un hilillo de voz—. ¿Te gustan mis manos? ¿Ves? Parecen patas de pollo. Oh, anda ya —me cortó cuando intenté disentir—. No irás a decirme que estoy hecha un pibón, ¿verdad? Porque para eso mejor te vas a tu casa. —Sonrió con los labios agrietados y sentí que el corazón se me desgarraba.

—Así que has vuelto al hogar—observó Reuben—. Al soleado Fresno.

—Sí. Pensé que lo menos que podía hacer era intentar encontrar un sitio que estuviera cerca de casa —dijo—. Mi pobre madre no puede más con su alma. —Y, sin previo aviso, se deshizo en llanto. Lloraba en silencio, como si no le quedaran fuerzas para emitir sonidos o verter lágrimas—. Esto es una mierda —dijo—. ¿Y dónde se han metido vuestros chicos? ¿Dónde están las narices rojas cuando una las necesita?

—Sobre eso hemos venido a hablar —declaró Reuben

mientras se secaba las lágrimas con un pañuelo de papel—. Pero incluso si la cosa no prospera intentaremos mandarte a un payaso. Si no crees que ya eres demasiado mayor para eso.

—No lo creo —contestó Ruth con languidez—. Vuestros chicos nunca me han tratado como a una cría. La última vez que vi al Doctor Zee me prometió ayudarme a componer un poema para mi velatorio. Es un gran escritor, cuando no está demasiado ocupado portándose como un capullo. ¿Podéis enviármelo a él?

—Lo incluiremos como primer punto en el orden del día —le dije—. Me aseguraré que Zee esté disponible para visitarte.

—Adoro a esos tíos —murmuró Ruth. Se reclinó en el sillón, pues el esfuerzo de hablar con nosotros le consumía la energía a ojos vistas—. Son los únicos que han sido coherentes a lo largo de estos años. Los únicos que son aún más gilipollas que yo. Sin ánimo de ofender —añadió dirigiéndose a Reuben—. Sé que tú empezaste como payaso.

Él sonrió.

—¿Quieres que te ayudemos a volver a tu habitación? —le pregunté a Ruth arropándola bien con la manta.

Se me hizo un nudo en la garganta. ¿Cómo era posible? La inteligente y ocurrente Ruth, con su cola de caballo pelirroja y esos ojos de color verde perejil. ¿Por qué estaba su vida llegando a su fin cuando apenas acababa de empezar? ¿Por qué nadie podía hacer nada?

—Sí —musitó—. Necesito echarme un sueñecito. Sois unos cabrones por hacerme llorar.

Cuando, un rato después, salimos de su habitación me enjugué una lágrima de rabia y Reuben me tomó de la mano.

—Lo sé —dijo—. Lo sé.

Después de nuestra presentación ante el consejo nos trasladamos a una terraza soleada para tomar un café. El vicedirector de Asistencia Sanitaria del centro me llevó aparte para que le resolviera algunas dudas más.

Debería haberlo previsto; debería haberlo sospechado por las preguntas que me había planteado antes. Topábamos a menudo con personas como él, incapaces de ver más allá de las narices rojas, que se negaban a distinguir a nuestros profesionales de simples payasos de fiesta.

—La cuestión —decía el hombre, con sus gafas de culo de botella, su barbilla temblorosa y su altivez inconmensurable— es que mi equipo acumula muchos años de formación. No estoy seguro de que me sienta muy cómodo viéndolos trabajar rodeados de... bueno, de payasos.

La pasión con que habíamos abordado la presentación se había disipado. Me asaltó un impulso casi incontenible de huir.

—Los cuidados médicos de los niños siempre estarán a cargo de su personal —me obligué a recitar. Contemplé un pájaro posado en un árbol, encima de él—. Piense que las visitas de nuestros profesionales son como las de cualquier otro animador. La única diferencia reside en que ellos han recibido una capacitación especializada durante meses.

Con el ceño fruncido y la vista fija en su café repuso que su equipo también estaba altamente capacitado, pero que eso no los obligaba a vestir trajes ridículos o a llevar consigo instrumentos musicales. Y, de pronto, aunque mis años de experiencia me habían enseñado a no encararme nunca con personas como él, eso fue justo lo que hice.

—Puede centrarse en el aspecto divertido de lo que hacen, si quiere —dije—, pero muchísimos médicos y enfermeros nos han asegurado que han aprendido técnicas valiosas de nuestros profesionales.

El hombre se sobresaltó.

—¡Oh! —exclamó. El sol le relumbró en las gafas—. ¿Me está diciendo, entonces, que nuestro personal podría aprender algo de una cuadrilla de actores en paro?

Reuben, que estaba con el resto del grupo, se dio la vuelta.

—Eso es justo lo que no estoy diciendo —repliqué mientras le sostenía la mirada como si nos batiéramos en una especie de duelo. ¿En qué jardín estaba metiéndome?—. Solo digo, y si me hubiera escuchado de verdad lo sabría, que la reacción de los profesionales de la medicina ha sido abrumadoramente positiva. Pero es que esos profesionales poseen cierto grado de humildad.

—Señora Mackey, ¿está insinuando lo que yo creo?

Reuben se interpuso entre nosotros de inmediato.

—¿Puedo ayudar en algo?

—Me parece que no —respondió el hombre—. Su socia estaba diciéndome que mi personal sanitario podría aprender un par de cosas de sus payasos. A ser humildes, por ejemplo, ¿puede créerselo? De manera que voy a tomarme un momento para asimilarlo.

—Señor Schreuder... —empezó a alegar Reuben, pero el otro lo interrumpió.

—Tengo un equipo que dirigir —dijo Gafas de Culo de Botella—. Buenos días.

El pájaro que tenía encima echó a volar y se alejó calle abajo. Lo seguí con la mirada, deseando poder irme con él.

—¿Qué narices ha pasado? —quiso saber Reuben en cuanto subimos al taxi.

—Perdón.

—¡¿Perdón?! —Estaba furioso—. Es posible que nos hayas costado ese contrato. No pasaría nada, Sarah, si se tratara de nosotros, o del dinero, pero no es así. Se trata de Ruth, y de todos los demás niños ingresados allí, y de los otros cuatro centros de cuidados paliativos que tienen.

Desde la parte delantera del taxi me llegaban fragmentos de frases pronunciadas con acento latinoamericano y música de cumbia. Respiré hondo varias veces. De haber estado en el lugar de Reuben también me habría puesto furiosa.

—¡Por Dios santo, Sarah! —estalló—. ¿Qué te pasa?

El taxista, que había finalizado su conversación telefónica, nos escuchaba con interés. Lo dejé con un palmo de narices, sin embargo, porque no tenía gran cosa que decir.

Tras un largo silencio Reuben volvió a hablar.

—¿Es por lo mío con Kaia? —preguntó con la mirada fija en el denso tráfico del carril contrario de la autopista—. Porque, si es así, tenemos que hablar seriamente. Yo...

—No es por Kaia —dije—. Aunque, para serte sincera, creo que debería echarse para atrás.

—Entonces ¿qué es? Llevas un tiempo un poco rara. Sarah, estuvimos casados diecisiete años —dijo Reuben—. Todavía te conozco.

—No, no me conoces.

Una madre cruzaba la calzada con sus dos hijos frente a nosotros, en el semáforo. Uno daba patadas al aire en su cochecito; su hermana iba delante, bailando con una pequeña y reluciente trompeta de juguete, soplando como si le fuera la vida en ello. Hannah había tenido una trompeta como esa. A veces, cuando se despertaba antes que yo, la hacía sonar junto a mi oreja, y yo rompía a gritar como una histérica. Entonces ella, enloquecida, corría de un lado a otro, tocando su trompeta y carcajeándose.

Cuando el semáforo se puso verde me percaté de que lloraba.

Más tarde, de pie frente a la ventana moteada de mugre de la puerta de embarque, miraba los aviones avanzar por la pista bajo un atardecer del color del polvo. El móvil me sonó tres veces antes de que me diera cuenta de que era el mío.

—¿Jenni?

—Oh, Sarah, menos mal que lo has cogido.

—¿Estás bien?

—Mejor dejémoslo. Pero escúchame: acaba de pasar algo de lo más extraño.

Aguardé.

Reuben me hizo señas. Los últimos pasajeros estaban desapareciendo de la sala de embarque.

—Acabo de ver a Eddie, Sarah. En nuestro edificio.

—¡Sarah! —me llamó Reuben—. ¡Vamos!

Le indiqué por gestos que esperara un momento, con el brazo en alto como si aguardara a que me contaran.

—Me sé su foto de memoria —decía Jenni—. No hay posibilidad de error. Estaba hablando con Carmen en la recepción, pero cuando llegué se había marchado.

—Ah.

Mi brazo oscilaba como un peso muerto en el aire, y la sangre que contenía me bajaba al resto del cuerpo.

—Le ha preguntado a Carmen si estabas aquí y se ha marchado sin dejarte un recado.

—Ah.

—Era él, Sarah. No me cabe la menor duda. He mirado una foto justo después. Además, según Carmen, hablaba con acento británico.

—Jenni, ¿estás segura? ¿Segura al cien por cien?

—Al cien por cien.

—Vale.

—Sarah, ¿qué coño está pasando? —Reuben volvía a parecer enfadado.

—Tengo que colgar —dije con la respiración agitada—. He de coger un avión.

32

Querido Eddie:

Te prometí que la última carta que te escribí sería de verdad la última.

Pero resulta que empiezo a preguntarme quién eres en realidad. Mi amigo Tommy me preguntó hace poco si creía que habías tenido algo que ver con el accidente. Descarté la idea de plano, pero ahora no las tengo todas conmigo.

¿Has sido tú el que se ha pasado hoy por mi oficina? ¿Fuiste tú el que vi parado en un atasco la semana pasada? Y, en caso afirmativo, ¿por qué? ¿Qué te traes entre manos?

Eddie, ¿sabes exactamente quién soy y por qué no he regresado a vivir a Inglaterra?

¿Eres la persona que temo que seas?

Lo más probable es que leas esto y pienses: «¿De qué habla esta chica? ¿Por qué no me deja en paz? ¿Ha perdido el juicio?».

Pero ¿y si no es eso lo que estás pensando? ¿Y si sabes perfectamente de qué te hablo?

Sigo dando vueltas a esto, Eddie. No puedo dejar de darle vueltas.

SARAH

33

Fragmento de un artículo del
Stroud News & Journal
del 11 de junio de 1997

La policía ha detenido a un hombre en relación con el accidente mortal registrado en la A419 cerca de Frampton Mansell a principios de este mes. El inspector de policía John Metherell confirmó anoche que un joven de diecinueve años de Stroud había sido detenido como sospechoso de homicidio por conducción imprudente.

La colisión, que ha dejado desconsolada a una familia de la localidad, ha dado pie a reivindicaciones de mejores controles de velocidad en ese apartado tramo de carretera. Algunos también han expresado descontento por la falta de detenciones por parte de las autoridades.

Desde el accidente la policía de Gloucestershire ha estado buscando a un hombre que según testigos ronda la veintena y huyó del escenario del accidente campo a través o por senderos de la zona. La obtención de nueva información por parte de los agentes este lunes ha conducido a su localización y posterior detención.

A la hora del cierre de este periódico aún no hemos recibido confirmación de que el sospechoso haya sido imputado.

34

Yacía en la cama de invitados de Jenni, oyendo como Javier cargaba su camioneta fuera. En su radio, un hombre hablaba a toda velocidad en español acerca del incendio que arrasaba las secas colinas de California. «*El fuego avanza rápidamente hacia nosotros*», decía. Pronunciaba la palabra «fuego» con mayor lentitud, acariciando cada sílaba como una llama nueva lamiendo el papel. «*Fu-e-go.*»

Jenni estaba en la ducha, escuchando a Diana Ross pero sin acompañarla cantando. El calentador borboteaba. El gato de los vecinos gemía como un bebé, lo que significaba que Frapuccino estaba en el patio.

Me volví boca arriba y me froté el vientre.

Ahí fuera, en algún lugar, había un hombre, un hombre anónimo en el que llevaba pensando diecinueve años. No sabía cómo era su cara ni su voz, no disponía de ningún dato sobre él aparte del apellido, pero siempre había estado segura de que lo reconocería cuando él me encontrara. Lo sabría en cuanto lo mirara a los ojos.

Por eso Eddie no podía ser ese hombre, me dije. Aunque su apellido no coincidía, yo habría intuido quién era en el momento de conocerlo. Lo habría sabido.

«El fuego avanza rápidamente hacia nosotros.»

De improviso me levanté y corrí hasta el baño para vomitar.

—¡Resaca entre semana! —Kaia dejó que se colara una sonrisa en sus bonitos ojos para demostrarme que no estaba juzgándome—. Me haces sentir vieja, Sarah.

Agachada frente a nuestra pequeña nevera abarrotada de ensaladas y *wraps*, cerré los ojos. No podía comerme mi almuerzo. Ni siquiera me quedaban fuerzas para encontrarlo.

—No deberías admirarme por ello —repuse—. Deberías juzgarme. Lo merezco. —Me enderecé con dificultad.

—A todos nos ha pasado alguna vez —aseguró Kaia. Estaba junto a la tetera, inclinada sobre algo, como ocultándolo a mi vista. Con la moral por los suelos, eché una ojeada por encima de su hombro y, tal como esperaba, vi una ensalada de aspecto fresco y opulento.

«Ojalá no supiera tan bien cómo tratarme —pensé—. O no fuera tan jodidamente considerada.» Solo estaba escondiendo la ensalada de mí para que no me sintiera mal. Por encima de todo, yo habría preferido que no estuviera en nuestra oficina. El día anterior había justificado su presencia allí aduciendo que quería compartir con nosotros algunas ideas que había recogido en una reunión sobre captación de fondos en el hospital pediátrico, pero esa mañana no había dado explicaciones. Se había presentado sin más a las diez y se había sentado frente a un ordenador. Hasta Jenni estaba mosqueada.

Regresé a mi mesa con un vaso de agua en una mano y un temblor incontrolable en la otra. Reuben y Kaia salieron a almorzar a nuestra pequeña terraza de la azotea.

Intenté leer mi correo electrónico, pero las palabras volvían a parecerme informes, imprecisas. Traté de beber un poco de agua, pero mi estómago la rechazaba. «¡Hielo! —me exigía—. ¡El agua tiene que estar helada!» Me arrastré hasta la cocina y abrí el congelador, solo para descubrir que la cubitera estaba vacía. Me senté de nuevo frente a mi escritorio y observé a mi marido y a su novia besuqueándose en la terraza. Kaia estaba reclinada sobre el brazo de él.

—No puedo con esto —dijo alguien.

Yo, descubrí al cabo de un momento. Yo lo había dicho.

Por poco se me escapa la risa. Allí estaba, temblorosa, mareada, con náuseas, y ahora hablando sola frente a mi mesa. ¿Qué sería lo siguiente? ¿Ponerme a imitar ruidos de animales? ¿Echar a correr de un lado a otro en pelota picada?

—No puedo —me oí decir entonces. Mi voz surgía de una parte de mí que no era capaz de controlar—. No puedo con esto. Con nada de esto.

Me escolté a mí misma a toda prisa hasta la sala de juntas.

«Ya basta —me dije cerrando la puerta detrás de mí—. Deja de comportarte así ahora mismo.» Me paseé alrededor de la mesa, fingiendo que escribía un mensaje de texto; dirigí de nuevo la vista hacia ellos. Kaia dio un beso a Reuben en la frente. Un gato callejero los contemplaba desde el tejado de una clínica de bótox cercana. Tras ellos se alzaba el batiburrillo de rascacielos del centro.

—No puedo con esto.

«¡Basta!»

A cualquiera le perturbaría ver a su exesposo enamorarse de nuevo, razoné. No tenía nada de raro que estuviera alterada.

El problema era que no estaba así por Reuben y Kaia.

«El fuego avanza rápidamente hacia nosotros.»

Intenté interceptar las palabras que se abrían paso como gusanos hacia mis labios, pero estaba demasiado débil.

—Quiero irme a casa —dije.

Se oía un zumbido suave en la sala de juntas.

—Basta —susurré. Las lágrimas calientes me escocían en los ojos—. Basta. Esta es tu casa.

«No, no lo es. Nunca ha sido más que un escondite para ti.»

—¡Pero adoro esta ciudad! ¡Me encanta!

«Eso no la convierte en tu hogar.»

Jenni entró con sigilo.

—Sarah —dijo—. Sarah, ¿qué sucede? Estás hablando sola.

—Lo sé.

—¿Es por Reuben? Puedo pedir a Kaia que se marche, si quieres. No deberían portarse así.

Respiré hondo. Sin embargo, mientras esperaba a que se me ocurrieran las palabras adecuadas, Jenni salió de la sala con paso decidido. Me quedé mirándole la espalda como una tonta y no adiviné lo que se proponía hasta que ya era demasiado tarde.

Kaia y Reuben alzaron la vista. Jenni dijo algo; los dos sonrieron, asintiendo. Aunque él silbaba cuando cruzó la puerta, algo en su expresión me reveló que sabía lo que se avecinaba.

«No —pensé decaída—. Esto no. Este no es el problema.» Pero Jenni ya había tomado la iniciativa. De pie ante la cabecera de la mesa habló con una voz que yo le había oído tres, tal vez cuatro veces desde que la conocía.

—Kaia, te estamos muy agradecidos por la ayuda que nos has prestado, pero creo que deberíamos aclarar en qué proyectos estás colaborando exactamente, y si alguna parte de nuestro equipo soporta una carga de trabajo excesiva. Porque, en caso afirmativo, algo tendremos que hacer al respecto. No es apropiado que estés aquí para echar una mano de forma ocasional. Nadie ha dado su aprobación para eso.

Silencio. Reuben se volvió hacia mí con los ojos desorbitados de la impresión. Kaia había palidecido.

—Claro —empezó a responder, aunque se notaba que no tenía idea de qué decir a continuación—. Yo… Bueno, he estado intentando ayudar con algunos asuntos que Reuben tenía que quitarse de encima… Y me pareció que Kate, la adjunta de Sarah… —Se puso a juguetear con el anillo que llevaba en mitad del dedo y advertí que le temblaban las manos.

«Esto no es ni el problema ni la solución», pensé. Estaba agotada. Desesperadamente agotada.

—Lo siento —dijo Kaia después de un momento—. No pretendía pasarme de la raya. Ahora me doy cuenta de que he debido de venir demasiado a menudo... —Se le anegaron los ojos en lágrimas.

Di un paso hacia ella de forma instintiva, pero Jenni me detuvo.

—Ya me ocupo yo —dijo, y ofreció un pañuelo desechable a Kaia. No la abrazó.

Con una mezcla de espanto y fascinación, observé cómo mi amiga dirigía toda su furia y su frustración contra la mujer que lloraba ante nuestra mesa de reuniones.

Reuben estaba paralizado.

—He... he perdido un... Lo que pasa es que venir aquí hace que me sienta mejor... —Kaia empezaba a recular, como un animal a punto de ser atropellado—. Lo siento. Es algo que me ayuda. Dejaré de venir. Yo... —Se dirigió hacia la puerta.

De pronto lo comprendí.

—Kaia —murmuré—. Espera un segundo.

Se detuvo con aire vacilante.

—Oye, esa historia que me contaste el día que nos conocimos —proseguí, y el rostro se le distendió, se le puso laxo y algo hinchado, como una tienda de campaña a la que le hubieran quitado los palos—. La historia del chaval en la sala de Oncología. Ese al que animaron nuestros payasos. —La tienda de campaña se vino abajo por completo, y allí estaba: un ser humano expuesto hasta la médula—. ¿Era tu hijo? —pregunté.

Reuben clavó la mirada en mí. Kaia, respirando de forma lenta y entrecortada, asintió.

—Phoenix —dijo—. Era mi niño, sí.

Cerré los párpados. Pobre mujer.

—¿Cómo lo has sabido? —inquirió Reuben, asombrado.

Esa mañana, al abrir nuestro correo, me había encontrado con un mensaje de un matrimonio llamado Brett y Louise West. Cuatro meses después de perder a su hijo por fin habían reunido fuerzas suficientes para escribir; aseguraban que era su primera carta. «Se lo agradecemos muchísimo… Le alegraron tanto sus últimas semanas… ¿Hay algo que podamos hacer para ayudar a su organización? Nos encantaría trabajar como voluntarios… Sería estupendo poder corresponder de alguna manera… Hacer algo útil por los demás…»

Eso me había llevado a pensar en Kaia y a preguntarme por qué estaba allí. Me costaba creer que fuera solo por Reuben.

Unos días antes, nos habían llamado para informarnos de que un niño con el que llevábamos meses trabajando había entrado en remisión y estaba listo para irse a casa. Kaia, que no había llegado a conocerlo, había estallado en llanto. «Una segunda oportunidad —la había oído comentarle a Kate, mi adjunta, que había anunciado la noticia—. Una segunda oportunidad de vivir. Oh, es una auténtica bendición.»

Y lo era. Todos habíamos prorrumpido en gritos de alegría. Pero cuando los demás habían vuelto al trabajo yo me había quedado observando a Kaia, preguntándome si en su vida había habido alguien que no había contado con una segunda oportunidad.

Mientras la miraba, intentando explicarse sin éxito ante Jenni, me pareció evidente que el niño pequeño que había mencionado el día que nos habíamos visto por primera vez era suyo. Había perdido a su hijo y, con él, una parte irremplazable de sí misma. Y en cierto momento, cuando había conseguido levantarse de la cama y respirar, se había incorporado al sector de las ONG —como el matrimonio que nos había escrito esa mañana; como yo, como tantos otros—, porque tenía la sensación de que era la única manera concebible de desenredar el bien del mal. De seguir adelante.

—Lo siento mucho —dije.

Kaia asintió.

—Yo también. Y os pido perdón por haber pasado demasiado tiempo aquí. Mi compañero y yo nos separamos el año pasado; no podíamos superarlo. Así que he estado... un poco sola. Sé que no es problema vuestro, pero... en cierto modo me alivia estar aquí.

Cerré los ojos. Estaba exhausta. Hecha una mierda.

—Ya lo pillo.

Los miré marcharse. Jenni estaba desplomada sobre un extremo de la mesa.

Me acerqué y le posé la mano en el hombro.

—No te castigues más —musité—. No podías saberlo.

Ella se limitó a sacudir la cabeza.

—Oye, Jen, me conmueve que estuvieras dispuesta a dar la cara por mí y por el equipo de esa manera. Has estado correcta, amable; le has ofrecido un pañuelo. ¿Qué más podías hacer?

—Podría haberme quedado callada —contestó con la voz pastosa por la culpa—. Podría haberla dejado en paz.

Le froté los hombros con la vista fija en la ventana. Empezó a temblarme una pierna, así que me senté a su lado.

—Lo peor de todo es que estamos en el mismo barco, Kaia y yo —prosiguió Jenni en tono cansino—. A las dos nos falta una parte de nosotras mismas. Aunque al menos ella llegó a tener un hijo, Sarah, y le fue arrebatado y... Dios mío, ¿te imaginas siquiera lo que debe de ser eso?

Cuando por fin recobró la calma le dije que tenía que irme.

—Creo que me pasaré por una clínica ambulatoria. No... no estoy muy lúcida ahora mismo, ¿verdad?

—No —convino Jenni sin rodeos, y estuve a punto de sonreír—. Pero ¿cómo se supone que te ayudará un médico? No irás a pedir medicación, ¿eh?

Reflexioné unos instantes.

—No —respondí—. Solo necesito... hablar.

Arrugó el entrecejo.

—Sabes que puedes hablar conmigo, ¿verdad?

—Por supuesto. Y te doy las gracias otra vez —dije—. Por lo de antes. Tus intenciones eran buenas.

Jenni suspiró.

—Oh, ya lo sé. Voy a prepararle el pastel más grande que pueda. De hortalizas, polvos verdes o lo que sea. Será genial.

Un momento más tarde la puerta del edificio se cerraba a mi espalda con un leve chasquido. Al sentir el golpe amortiguado de un tórrido mediodía de julio me apoyé contra el marco para recuperar el equilibrio. Quería dormir, pero no soportaba el silencio de Jenni y Javier. Quería sentarme en un lugar con aire acondicionado, pero no podía volver al trabajo. Quería...

Me quedé helada.

Eddie. Quería a Eddie. Pero algo en las profundidades de mi cerebro debía de haberse cortocircuitado, porque allí estaba.

Delante de mí.

Justo al otro lado de Vermont Avenue. Esperando a que el semáforo cambiara. Mirándome directamente.

¡No!

Sí.

Me quedé paralizada del todo. Con la visa fija en él. Un largo autobús metropolitano se interpuso entre nosotros durante lo que me parecieron horas. Cuando pasó él seguía allí. Mirándome directamente todavía.

Me sentí entumecida al observarlo. De pronto reinaba un silencio extraño que no casaba con el rugido del tráfico que circulaba entre nosotros. El semáforo cambió, y una luz blanca para peatones me invitó a caminar hacia él, pero no lo hice, porque él caminaba hacia mí, sin desviar la mirada, sin quitarme los ojos de encima. Llevaba pantalón corto, el mismo que el día que nos habíamos conocido. Las mismas chanclas. Chasqueaban sobre el asfalto ardiente, y por encima de ellas se balanceaban los mismos brazos que me habían envuelto como un regalo cuando dormía.

Eddie se acercaba. Desde el otro lado del mundo, desde el otro lado de la calle.

Hasta que, de pronto, dio media vuelta y regresó a la acera opuesta. El semáforo para peatones mostró una mano roja, contó hacia atrás, tres, dos, uno, y los vehículos arrancaron. Me lanzó una mirada por encima del hombro antes de alejarse calle abajo.

Cuando el semáforo volvió a cambiar y conseguí cruzar corriendo él había desaparecido por Lexington Avenue. Me quedé en la esquina de Lexington con Vermont, aturdida por la intensidad de mis sentimientos. Incluso después de semanas de humillación.

Nada había cambiado. Seguía enamorada de Eddie David. Solo entonces supe con toda certeza —no podía seguir negándolo— quién era.

Eché a andar hacia la clínica.

El sol descendía sobre el oeste de la ciudad. A mis pies las plateadas calles discurrían directas hacia el horizonte, hasta perderse en el temblor de la neblina y el esmog. Los helicópteros compartían el cielo con aves de presa que se dejaban llevar por las corrientes térmicas; los senderistas subían y bajaban como escarabajos por los caminos que surcaban las laderas como cicatrices.

Llevaba allí dos horas. Probablemente más. Sola en mi banco favorito cerca del observatorio de Griffith Park. Casi todos los turistas se habían marchado, ansiosos por irse a otra parte antes del anochecer. Unos pocos continuaban allí, ansiosos por fotografiar la puesta de sol perfecta. Y entre ellos estaba yo, sentada en silencio intentando olvidar lo que el médico me había dicho hacía un rato y concentrarme en la semana que había pasado con Eddie. Esperando a que la pista se revelara ante mí por sí sola. Aún no había dado con ella, pero faltaba poco. Me pareció asombroso lo que uno podía encontrar cuando sabía lo que buscaba.

Había llegado casi al final del recorrido y, mientras el sol sangraba sobre el oculto Pacífico, rememoraba nuestra última mañana juntos. El día luminoso, la sensación de pérdida cuando nos despedimos, la ilusión por el futuro. Eddie estaba reclinado en el poste de la escalera. Por la ventana abierta me llegaba el aroma dulce y mohoso de las flores de espino, el penetrante olor a limpio que despedía la hierba al calentarse. Yo tenía los ojos cerrados. Él me besaba, con la mano en la parte baja de mi espalda. Mantenía la nariz apoyada contra la mía y los párpados cerrados mientras hablábamos. Me regaló unas flores, se apuntó mis números, me añadió como amiga en Facebook, me entregó a Ratoncita para que cuidara de ella. «Creo que me he enamorado de ti. ¿Te parece que me excedo?», había dicho.

«No —había respondido yo—. Me parece perfecto.» Y entonces me había marchado.

Lo imaginé dando media vuelta cuando yo ya no estaba y subiendo los escalones que quedaban. Recogiendo el servicio de té que había dejado en lo alto. Deteniéndose quizá a beber un sorbo. Aún sujetaba el móvil en la mano, porque acabábamos de intercambiarnos nuestros datos. A lo mejor se sentó en una silla junto a la ventana y echó un vistazo a mi perfil de Facebook. Tal vez se desplazó hacia abajo, y entonces...

Alargué la mano hacia mi teléfono.

Una extraña serenidad se adueñó de mí mientras buscaba mi página de Facebook. Y, por supuesto, allí estaba: un mensaje amistoso de Tommy Stenham, del primero de junio de 2016.

Bienvenida a casa, Harrington! Espero que hayas tenido un buen vuelo. Tengo muchas ganas de verte

Volví a ponerme los zapatos. Caminé de regreso hacia el observatorio y pedí un Uber. Mientras esperaba a que llegara saqué mi móvil y me puse a escribir. Ya tenía mi respuesta.

35

Eddie:

Sé quién eres.

Durante años soñé con conocerte. Los sueños se desarrollaban en los confines más oscuros de mi mente, y en ellos no tenías voz ni rostro, en realidad. Pero siempre estabas allí, y siempre era terrible.

Hasta que, ese día de junio, estabas allí de verdad, sentado en ese prado de Sapperton con una oveja. Me sonreíste, me invitaste a copas y estuviste encantador. Y yo sin sospechar nada.

El mundo me sabe al verano que cumplí diecisiete años. Me sabe a bilis en la garganta.

Tenemos que hablar. Cara a cara. Debajo te incluyo el número de mi móvil de Estados Unidos. Por favor, llámame. Podemos quedar en algún sitio.

SARAH

36

Sarah Mackey —dijo Jenni—. ¿Dónde te habías metido? He estado llamándote.

Me quité las sandalias de cuero y me encaramé al borde de un taburete.

—Perdona. Había dejado el móvil en silencio. ¿Estás bien, Jenni?

Eludió la pregunta yendo a buscar un poco de agua para las dos.

—Puedo ponerte un refresco, si lo prefieres —dijo a la vez que me tendía un vaso. Tenía los ojos inyectados en sangre y se notaba que había estado en la cama desde que había regresado del trabajo.

Rompí a llorar en el acto.

—¿Qué ocurre? —Jenni regresó a mi lado. Olía a champú de coco y extracto de altea—. ¿Sarah…?

¿Cómo explicar aquel lío lamentable y sórdido a una mujer que acababa de perder su última y preciada esperanza de formar una familia? Era impensable. Me escucharía y se quedaría horrorizada. Y luego destrozada, porque no había nada —absolutamente nada— que pudiera hacer para ayudarme a solucionar el problema.

—Cuéntame —insistió con severidad.

—Todo ha ido bien en la clínica —mentí tras un largo intervalo. Me soné la nariz—. Todo bien. Me harán análisis de sangre, pero no hay por qué preocuparse.

—Vale...

—Pero... yo...

Mi teléfono empezó a sonar.

—Es Eddie —dije abalanzándome a ciegas por la habitación en busca de mi teléfono.

—¡¿Qué?! —Jenni, con una repentina rapidez de reflejos, lo sacó de mi bolso y me lo tiró por el aire—. ¿Es él? —preguntó—. ¿Es Eddie?

Noté un martilleo doloroso en el pecho, porque, en efecto, lo era, y la situación me resultaba insoportable. Jamás podría estar con él. Por fin lo había encontrado, y lo nuestro no tenía futuro.

—¿Eddie? —dije.

Oí un silencio, y después su voz, saludándome. Tal como había soñado que ocurriría, con la diferencia de que esa vez era real. Familiar y extraña, perfecta y descorazonadora. Su voz.

La mía aguantó lo suficiente para decirle que sí, que me reuniría con él a la mañana siguiente y que sí, que Santa Mónica Beach me parecía bien; nos encontraríamos junto a la tienda de alquiler de bicicletas, justo al sur del muelle, a las diez.

—Empezaba a sospechar que era mentira que Los Ángeles tuviera mar —comentó. Se le oía cansado—. Llevo días yendo de un lado para otro y no lo he visto ni una vez.

Luego colgamos, y me hice un ovillo en el rincón del sofá de Jenni y me puse a llorar como una niña.

37

Querida tú:

Hola, Erizo.

Han pasado casi dos semanas desde el día en que deberías haber celebrado tu cumpleaños, pero sigo pensando en ti a diario. No solo cuando cumples años.

A veces me gusta imaginar qué harías si aún estuvieras aquí. Hoy he fantaseado con que vivías en Cornualles; eras una artista joven y sin un penique, con pintura en el pelo. En esta versión estudiabas Bellas Artes en Falmouth y ocupabas un edificio abandonado en lo alto de una colina con tus amigos bohemios. Te gustaba llevar un pañuelo en la cabeza y seguramente eras vegetariana, y estabas ocupada solicitando becas del Consejo de las Artes, organizando exposiciones, enseñando a los niños a pintar. Eras electrizante.

Luego el péndulo oscila hacia el lado del dolor y me acuerdo de que no vives en esa estrambótica casa de la colina. Estás esparcida en un rincón tranquilo de Gloucestershire, a un tenue murmullo de la memoria donde antes brillaba el rayo de sol de una hermana.

Me pregunto si sabes lo que voy a hacer mañana por la mañana. Me pregunto si sabes a quién voy a ver en la playa. Y, si lo sabes, me pregunto si me perdonarás.

Porque no puedo dejar de ir, mi pequeño Erizo. Tengo que saber cómo estabas el día de tu muerte: qué hacías, qué decías, incluso qué comías. Cuando tuve que identificar tu cadáver me vine abajo en un rincón como si algo se hubiera derretido dentro de mí. Tardé horas en poder levantarme y conducir hasta casa. Pero cuando llegué encontré media tostada junto al fregadero. Fría y dura, con las marcas de tus dientecitos en una esquina. Como si hubieras considerado la posibilidad de dar un último bocado pero te hubieras ido brincando a saltos a hacer otra cosa.

¿Qué más comiste ese día? ¿Cantaste una canción? ¿Te cambiaste de ropa? ¿Estuviste contenta, Erizo?

Tengo que plantear estas preguntas. Y tengo que desentrañar por qué, a pesar de todo, sigo amando a la misma persona que te arrebató de nuestro lado.

No puedo evitar la desgarradora sensación de que estoy traicionándote por haber decidido ir mañana. Espero que comprendas el porqué.

Te quiero.

Yo xxxx

38

Mientras esperaba a Eddie miraba a un grupo de chicos que jugaban al voleibol. Me pregunté si se presentaría siquiera, y si tal vez sería mejor, más fácil para mí, que no lo hiciera.

La marea estaba muy baja y la playa tranquila. Un ligero manto de nubes se interponía entre Santa Mónica y el sol abrasador. En el aire se respiraba un olor dulzón, como a cerrado —a azúcar fundido, tal vez, o a rosquillas recién hechas—; un olor de mi infancia que me activó un viejo rincón de la memoria. Largas vacaciones en Devon. Arena áspera, extremidades cubiertas de sal, rocas resbaladizas. El delicado golpeteo de la lluvia sobre nuestra tienda de campaña. Conversaciones en susurros hasta las tantas de la noche con mi hermana pequeña, cuya presencia en mi vida nunca se me había ocurrido cuestionar.

Consulté mi reloj.

En la pista de voleibol los chicos finalizaron el juego y procedieron a guardar sus cosas. Se oyó un retumbo sordo cuando un patinador pasó jadeando por el entarimado del paseo marítimo. Deslicé los dedos húmedos por mi cabello. Tragué saliva, bostecé, abrí y cerré los puños.

—¿Sarah? —La voz de Eddie sonó detrás de mí.

Vacilé un momento antes de volverme hacia él, hacia aquel hombre que había vivido tantos años en mi cabeza.

Pero, al posar la vista en él, solo vi a Eddie David. Y los únicos sentimientos que me asaltaron fueron los que experimentaba antes de descubrir quién era: el amor, el anhelo, el ansia. El ¡fup! de mi cuerpo al encenderse de golpe, como una caldera.

—Hola —dije.

Eddie no contestó. Me miró directamente a los ojos, y recordé el día que nos conocimos, cuando me fijé en que eran del color de océanos exóticos, llenos de calidez y buenas intenciones. Ahora los tenía fríos, casi inexpresivos.

Cambié mi peso de un pie a otro, nerviosa.

—Gracias por venir.

Un leve estremecimiento de sus hombros.

—Llevo dos semanas intentando venir a hablar contigo. Me alojo en casa de mi amigo Nathan. Pero... —La voz se le apagó. Hizo un gesto vago.

—Claro. Te entiendo.

Cuando una familia pasó pedaleando entre nosotros por el paseo entablado en sus bicicletas amarillas de alquiler, retrocedió un paso, sin despegar la mirada de mí.

Bajamos a la playa y nos sentamos en una pendiente arenosa que descendía hasta el mar. Nos quedamos largo rato contemplando el Pacífico romper sobre sí mismo; capas de espuma plateada en un viaje incesante a ninguna parte. Eddie se había rodeado las rodillas con los brazos. Se quitó una chancla y abrió los dedos de los pies, hundiéndolos en la arena.

El anhelo me acometió con tal fuerza que casi me dejó sin aliento.

—No sé cómo hacer esto, Sarah —dijo al fin. Tenía los ojos vidriosos—. No sé qué decirte. Tú... —Extendió las manos a los lados en un gesto de impotencia.

Érase una vez un chico llamado Eddie que tenía una hermana, una niña adorable llamada Alex, de cabellera rubia y enmarañada. Le gustaba cantar. Tenía grandes ojos azules, llenos de vida y planes de futuro, y le encantaban los caramelos con sabor a frutas. Había sido la mejor amiga de mi hermana.

Se me agarrotó el estómago cuando su imagen me vino a la mente, y me preparé para lo que venía.

—Tú mataste a mi hermana —dijo Eddie. Inspiró con brusquedad, y cerré los ojos.

La última vez que oí esas palabras salían del contestador automático Panasonic que mis padres tenían junto al teléfono. Fue una semana, tal vez dos, después del accidente, y a Hannah le habían dado por fin el alta en el hospital. Se había negado a subir al coche conmigo; ni siquiera quería ir a casa. Había montado una escena, y al final habían conseguido una furgoneta de transporte de pacientes para que la llevara a casa con mamá, mientras papá y yo íbamos en el coche.

Cuando entramos nos encontramos con una luz roja parpadeante —una señal que había aprendido a temer— y un mensaje de la madre de Alex, que para entonces estaba ingresada en un psiquiátrico. Su voz sonaba a porcelana destrozada. «Vuestra hija no se irá de rositas. Lo que hizo no puede quedar impune. Sarah mató a mi bebé. Mató a mi Alex, y me aseguraré de que acabe en la cárcel. No merece estar libre. No merece estar libre mientras mi Alex está… está…»

«Se asegurará de que acabes en la cárcel —había repetido Hannah mirándome con el entrecejo fruncido y los ojos llorosos—. Mataste a mi mejor amiga. No mereces estar aquí cuando ella ya no está. —Rompió a llorar—. Te odio, Sarah. ¡Te odio!» Y eso fue lo último que me dijo. Habían transcurrido diecinueve años; diecinueve años, seis semanas y dos días, y ella no me había dirigido una sola palabra, por más que me había esforzado, por más intervenciones que mis padres habían organizado.

—Lo siento mucho, Eddie —susurré. Me froté los tobillos con las manos temblorosas—. Por si te sirve de consuelo, nunca me lo he perdonado. Hannah tampoco me perdonó.

—Oh, sí, Hannah. —Posó la vista en mí y la apartó de inmediato, como si lo asqueara—. Me dijiste que habías perdido a tu hermana.

—Bueno…, y así fue. —Tracé una línea irregular en la arena—. Hannah dejó de hablarme. Me expulsó de su vida para siempre. Así que no siento que tenga una hermana. Ya no.

Contempló por unos instantes la raya que yo había dibujado.

—¿Hannah nunca ha vuelto a hablarte?

—Nunca. Y Dios sabe que lo he intentado.

Se quedó callado un momento.

—La verdad es que no me sorprende tanto como debería. Sigue en contacto con mi madre. Ya te imaginarás las conversaciones que mantienen —añadió con dureza—. Pero eso no viene al caso. El hecho es que sigues teniendo una hermana. Aunque no quiera saber nada de ti, sigue siendo tu hermana.

Guardé silencio. Me entraron ganas de salir corriendo. «Soy la mujer a la que apenas puede mirar a los ojos. Soy la mujer a quien seguramente ha estado deseándole la muerte todos estos años.»

—Siento mucho que tu hermana fuera la mejor amiga de la mía, Eddie. Siento mucho haber salido de casa con ellas ese día. Siento mucho no haber reaccionado como debía cuando él… cuando ese hombre… —Tragué en seco—. No puedo creer que seas el hermano de Alex.

Se estremeció.

—Quiero que me lo cuentes todo —dijo, y noté cuánto le costaba mantener un tono neutro.

—Yo… ¿Estás seguro?

Su cuerpo, ese cuerpo fuerte, cálido y magnífico, con el que había soñado tantas veces, se torció, como en señal de asentimiento.

Así que se lo conté.

Ese verano me había desvivido por conservar mi estatus como amiga de Mandy y Claire, lo que había supuesto un esfuerzo angustioso, agotador. En las semanas siguientes a los exámenes para el Certificado General de Educación Secundaria se veían todos los días, pero solo me invitaban a ir con ellas de vez en cuando. «Dios, Sarah, deja de obsesionarte por todo», me reprendió Mandy cuando reuní el valor para plantearle el tema.

Éramos chicas adolescentes. Claro que me obsesionaba por todo.

Durante las largas horas que pasaban juntas habían desarrollado un nuevo código de conducta que no estaban dispuestas a compartir conmigo, así que mis primeras semanas de bachillerato fueron como un campo minado. Decía lo que no debía, mencionaba a quienes no debía y vestía como no debía, y no caía en la cuenta de que ellas pasaban de mí hasta que captaba su expresión de exasperación.

El día que cumplí diecisiete años llegué al instituto y descubrí que ya no se sentaban en nuestro rincón de la sala de estudios, sino en otro sitio. No tenía idea de si estaba invitada a unirme a ellas o no.

Durante el trimestre de primavera Mandy había empezado a salir con un chico de Stroud, la ciudad donde estaba el instituto. Greggsy, se llamaba. Tenía veinte años y, por tanto, era un buen partido, a pesar de su repelente cara de comadreja y su dudosa relación con la ley. Claire, muerta de envidia, se pasaba el día siguiéndolos a todas partes. Yo empecé a perder la esperanza, convencida de que esa sería la gota que colmaría el vaso para mí. Las chicas que salían con hombres adultos pertenecían a una categoría superior. Eran sensuales, triunfadoras, independientes; vivían libres de las preocupaciones acneicas de las estudiantes de bachillerato.

Tal vez Mandy ayudaría a Claire a subir antes de retirar la escalera, pensaba yo, pero desde luego no me ayudaría a mí.

Sin embargo, un día de marzo Mandy comentó como de pasada que Bradley Stewart había empezado a preguntarle cosas sobre mí. Bradley Stewart era primo de Greggsy. Conducía un Astra. Era uno de los chicos más guapos de ese lamentable grupo, así que me invadió una alegría patética al oírlo.

—¿Ah, sí? —dije sin levantar la vista de la etiqueta de Coca-Cola Light que estaba desprendiendo. Era importante que jugara bien mis cartas: si mostraba un entusiasmo excesivo, Mandy utilizaría mis palabras para avergonzarme—. Bueno, no está mal.

—Te apañaré una cita con él —anunció jovial. Claire, que había reñido con Mandy poco antes, estaba que echaba humo, y entonces comprendí que esa oportunidad nunca habría surgido si ellas no se hubieran peleado.

No tuvimos una cita, porque en esa época nadie tenía citas. Solo quedamos en vernos en la calle peatonal, frente al Pelican, con los demás bebedores adolescentes. Trasegamos botellas de Hooch y Smirnoff Ice, intentando ser agudos y ocurrentes. Bradley, con su pelo negro, sus zapatillas negras y sus ojos penetrantes, consiguió convencerme de alguna manera de que fuéramos al aparcamiento de varias plantas en la carretera de Londres para «tomar algo». Me puso contra una pared y comenzó a besarme. Dejé que me metiera las manos en los vaqueros. En realidad no quería, pero casi no tenía experiencia con los chicos y sabía que no se me presentaría otra ocasión como esa en mucho tiempo. Intentó follar conmigo; le dije que no. Me pidió una mamada, pero se conformó con una paja torpe. No me gustó, pero a él sí, y eso me bastó.

No me llamó después, y se me hundió el mundo. Me pasé días mirando el teléfono de mis padres, hasta que, incapaz de contenerme más, marqué su número. Nadie contestó. Incluso tomé un autobús para ir a su casa, cerca de Stroud. Pasé por delante de su puerta tres veces en treinta minutos, empapada por la lluvia, llena de esperanza, desesperada.

—Deberías haberte acostado con él —me aconsejó Mandy—. Habrá creído que estabas saliendo con otro. O que eras frígida.

Claire, que volvía a estar a bien con ella, se rio.

Noté que esa pequeña chispa de respeto que me había ganado cuando Bradley me había llevado al aparcamiento Brunel se apagaba. Así que pedí a Mandy que le dijera que estaba dispuesta a «aflojar» (en palabras de ella), y más tarde Bradley me llamó.

Nos convertimos en una pareja, o algo por el estilo. Me convencí a mí misma de que aquello era amor y en ningún momento se me pasó por la cabeza que mereciera algo mejor: ahora formaba parte de una pandilla; estaba en mi elemento en cualquier lugar. Había escalado hasta esa esfera superior que compartía con Mandy, y por nada del mundo iba a bajarme.

Bradley me hablaba con frecuencia de otras chicas a las que les gustaba, y mi corazón de adolescente se helaba de terror. Se pasaba días sin llamarme, nunca me acompañaba a la parada del autobús y a menudo se empeñaba en ir sin mí a Maltings, una sórdida discoteca de ligoteo, para que pudiera «ser él mismo». Más de una vez lo había decidido cuando estábamos los dos en la cola, pese a que sabía que no tenía dónde alojarme si no me quedaba en su casa. El día que aprobé el examen de conducir ni siquiera me felicitó. Simplemente me propuso que fuera en coche a su casa para echar un polvo.

—Un tío estupendo, por lo que cuentas —comentó Eddie.

Me encogí de hombros.

Me observó durante unos instantes, lo que me recordó

nuestra primera mañana juntos, cuando nos sentamos uno a cada lado de su barra de desayuno. Él y yo; el olor a pan y esperanza. Entonces desvió la vista, como si no soportara mirarme.

—¿Te importa si vamos directos al grano? —preguntó entre dientes—. Entiendo por qué estás contándome todo esto, pero… pero necesito saber…

—Perdona. Tienes razón. —Luché por contener una oleada de pánico. Hacía años que no hablaba en voz alta de lo ocurrido aquel día—. Yo… ¿Por qué no paseamos un poco? Hace demasiado calor para estar sentados.

Al cabo de un momento Eddie se levantó.

Dejamos atrás una caseta de socorrista de color azul pastel y enfilamos el entarimado del paseo marítimo, que serpenteaba hacia el sur hasta Venice. Ciclistas y patinadores pasaban zumbando por nuestro lado; por encima de nosotros, las gaviotas hacían cabriolas en el aire. El breve velo de nubes de la mañana se había evaporado, y el aire vibraba por el calor.

Sucedió en verano, un martes de junio por la tarde. Mis padres se habían ido a Cheltenham a hacer un recado y me habían dejado a cargo de Hannah después de clase. Esta había invitado a Alex a casa. Después de fingir que hacían los deberes durante una hora me habían dicho que estaban muriéndose de aburrimiento y me pidieron que las llevara en coche al Burger Star de Stroud. Les había contestado que no. Al final habíamos acordado una solución intermedia: una sesión de «chuches al aire libre» en Broad Ride. Ellas habían construido una guarida allí unos años atrás, cuando dedicar el día a construir y ocuparse del mantenimiento de una guarida les parecía aceptable. Ahora que habían superado aquella etapa les gustaba subir allí a escuchar música y leer revistas.

Yo estaba sentada en una manta, no muy lejos de ellas, estudiando. Aunque su conversación en susurros acerca de algún chico de su clase no me interesaba, tenían doce años y no pensaba perderlas de vista. A Hannah le gustaba demasiado lucirse como para ser responsable de su seguridad. Ni siquiera era consciente de la fragilidad de la vida; de las posibles consecuencias de las fanfarronadas de una niña de doce años.

Hacía calor, finos mechones de nubes surcaban el cielo, y me sentía tan serena como podía estarlo en ese entonces. De pronto oí el abejorreo sordo y rítmico de un automóvil que llevaba la música a todo volumen. Cuando alcé la vista se me levantó la moral, pero enseguida me cayó a los pies. Bradley me había llamado antes porque quería que pasara a recogerlo a su casa. Su coche no arrancaba, ¿podía ir a buscarlo? Y, de paso ¿podía prestarle algo de dinero para que lo llevara a arreglar?

No, había respondido a ambas preguntas. Estaba cuidando de dos crías de doce años; además, ya me debía setenta libras.

—He pedido prestado el coche a Greggsy —me explicó ahora, acercándose a paso tranquilo con una sonrisa poco habitual en él—. Ya que eres tan rancia que no has querido echarme un cable. —Miró a Hannah y a Alex con interés—. ¿Todo bien, chicas?

—Hola —saludaron examinándolo con ojos como platos.

—¿Desde cuándo lleva Greggsy ese coche? —pregunté. Era un BMW. Tuneado, tal como les gustaban los vehículos a Bradley y Greggsy, pero no por ello dejaba de ser un cochazo.

—Ha conseguido algo de pasta. —Bradley se dio unos golpecitos con el dedo en la nariz.

Hannah lo miró, emocionada.

—¿Una bolsa de dinero que cayó de un furgón?

Bradley soltó una carcajada.

—No, tía. Es dinero limpio.

No era capaz de quedarse sentado mucho rato. Cuando llevábamos unos diez minutos sobre la manta, propuso que «echáramos una carrera» con los coches.

—Ni hablar —respondí—. Y menos aún con las niñas.

Ya había participado en una carrera con él: Bradley contra Greggsy, conduciendo de un lado a otro por la carretera de Ebley a horas intempestivas. Habían sido los veinte minutos más aterradores de mi vida. Cuando habíamos llegado a la meta, el aparcamiento del nuevo supermercado Sainsbury, yo había doblado la cabeza sobre el pecho y me había puesto a llorar. Los demás se habían burlado de mí, incluida Mandy, aunque había pasado tanto miedo como yo.

Sin embargo, a Hannah y Alex, que estaban en el borde del tembloroso trampolín de la adolescencia, les pareció una idea genial.

—Sí, echemos una carrera —dijeron, como si lo que papá me había prestado fuera un pequeño deportivo, y no un cacharro con un motor de un litro y una junta de culata con los días contados.

Y siguieron machacando, Hannah y Alex, con Bradley de su parte. «No es la puta M5, Sare. Solo es una mierda de carreterucha comarcal que no lleva a ningún sitio.» Alex no paraba de echarse la rubia cabellera hacia atrás por encima del hombro, y Hannah la imitaba, aunque de forma menos convincente.

El impulso de proteger a Hannah no había disminuido con el paso de los años. Por el contrario, se había reforzado conforme ella realizaba la transición de niña intrépida a chica arrogante. Así que me negué. Una y otra vez. Bradley se puso más irritable; yo más nerviosa. Ni él ni yo estábamos acostumbrados a que le dijera que no.

Pero entonces la situación se me escapó de las manos. Con una risita, Hannah corrió hasta la puerta del pasajero de Bradley y subió al coche. Él se plantó en el asiento del conductor en un abrir y cerrar de ojos. Rompí a gritarles, pero nadie me oyó, porque el coche que Bradley había tomado prestado tenía un tubo de escape doble y él estaba revolucionando el motor.

Cuando salió disparado en dirección a Frampton el estómago se me derramó a través de las piernas.

—¡Hannah! —aullé. Corrí hacia mi coche, seguida por Alex.

—¡Joder! —resopló ella. Parecía tan impresionada como asustada—. ¡Se han ido!

La obligué a ponerse el cinturón. La reñí por soltar tacos. Recé.

—Y entonces arrancamos —dije deteniéndome en el entablado.

Eddie me dio la espalda y tendió la vista hacia el mar, con las manos en los bolsillos.

—Estabas en el prado comunal porque habías estado caminando por Broad Ride —señalé—. ¿Me equivoco? El día que nos conocimos. Estabas allí exactamente por el mismo motivo que yo.

Asintió.

—Era la primera vez que iba allí en un aniversario de su muerte. —Tenía la voz tensa, para no derrumbarse—. Por lo general, los pasaba con mi madre, que se dedicaba a mirar los viejos álbumes de fotos y a llorar. Pero ese día... simplemente no pude. Quería estar allí fuera, en el sol, recordando cosas bonitas de mi hermana pequeña.

Yo. Yo era la responsable de eso. Yo y mi debilidad, mi monstruosa estupidez.

—Paseo por allí todos los años, cada dos de junio —le dije. Ansiaba envolver su cuerpo con el mío, absorber su dolor de algún modo—. Voy allí, y no a la carretera, porque Broad Ride fue su reino esa tarde. Se aplicaban esmalte de uñas y leían revistas, libres de preocupaciones. Ese es el momento al que me gusta retrotraerme.

Eddie me dirigió una mirada breve.

—¿Qué revistas? ¿Lo recuerdas? ¿Qué esmalte de uñas? ¿Qué comían?

—Eran ejemplares de *Mizz* —dije por lo bajo. Por supuesto que lo recordaba. Había revivido ese día en mi mente durante toda mi vida adulta—. El esmalte de uñas era mío. Lo regalaban con una revista; se llamaba SugarBliss. Comíamos salchichas envueltas en hojaldre Linda McCartney, porque ambas atravesaban una fase vegetariana. Patatas fritas con sabor a queso y cebolla, y una tarrina de ensalada de frutas. Solo Alex había cogido algunos caramelos de extranjis.

Lo recordaba como si hubiera ocurrido el día anterior; las avispas revoloteando sobre la fruta, las nuevas gafas de sol de Hannah, las ramas meciéndose con la brisa.

—Skittles —dijo Eddie—. Apuesto a que comía Skittles. Esos caramelos con sabor a fruta. Eran sus favoritos.

—Así es. —No fui capaz de mirarlo—. Skittles.

Los alcancé en la carretera. Bradley intentaba virar a la derecha, en dirección a Stroud, pero una fila de varios coches atrapados detrás de un tractor lo había retenido.

«Mantén la calma —me dije mientras bajaba del coche y trotaba hacia su vehículo—. Tú solo sácala de allí y actúa como si todo esto fuera una broma. Él no se enfadará si…»

En cuanto Bradley me vio giró rápidamente hacia la izquierda con un rugido del motor. Corrí de vuelta hasta mi coche.

—Puedes acelerar más, si quieres —dijo Alex. El coche de Bradley ya se había perdido de vista—. Pisa a fondo, no me importa.

—No. Él reducirá la velocidad y me esperará para competir contra mí. Ya lo conozco.

La sangre me palpitaba en las orejas. «Por favor, Dios, que no le pase nada. No dejes que le pase nada a mi hermanita.» Eché un vistazo al velocímetro. Ochenta y ocho kilómetros por hora. Aminoré la marcha. De pronto aceleré. No aguantaba más.

Alex encendió la radio del coche. Empezó a sonar «MMM-Bop», una canción bobalicona y pegadiza de Hanson, un grupo de chavales estadounidenses. Diecinueve años después, aún no soportaba oírla. Después de un lapso aterradoramente breve Bradley apareció en el carril contrario conduciendo a cien, tal vez ciento diez kilómetros por hora.

—¡Más despacio! —le grité haciéndole luces. Debía de haber dado una vuelta en U más adelante.

—¡Tranquila! —dijo Alex, y se echó el pelo hacia atrás, nerviosa—. ¡Hannah está bien!

Bradley pasó de largo como una exhalación, dando bocinazos, y, con un chirrido de neumáticos, giró en redondo y se cambió a nuestro lado de la carretera.

—Trompo con el freno de mano —se maravilló Alex.

Frené casi hasta detenerme y los miré por el retrovisor. Casi dejé de respirar hasta que, después de enderezar el rumbo, avanzaban por detrás de nosotros. La vi allí, en el asiento delantero, una cabeza más baja que él. No era más que una niña, por el amor de Dios.

Mantenía la vista fija al frente. Hannah solo se quedaba así de quieta cuando tenía miedo.

—¿Cómo sabes lo que es un trompo con el freno de mano? —pregunté casi sin pensar. Iba conduciendo despacio y con las luces de emergencia puestas. «Por favor, para. Devuélveme a mi hermana.» Bajé la ventanilla y señalé el arcén con desesperación.

—Mi hermano me lo explicó —dijo Alex—. Está en la universidad.

Por un momento me indignó que a su hermano —algún idiota— le pareciera ingenioso enseñar a su hermana menor qué era un trompo. Pero entonces Bradley cedió terreno para poder abalanzarse hacia nosotras y dar un frenazo en el último momento. Solté un grito ahogado. Lo hizo otra vez. Y otra, y otra. Intenté detenerme en varias ocasiones, pero entonces él trataba de adelantarme. Así que seguí conduciendo, como Bradley quería. No podía permitir que se situara delante de nosotras y volviera a alejarse a todo gas con mi hermana.

Así siguió hasta que nos acercamos a un tramo de la carretera que descendía de forma abrupta, no muy lejos de la intersección de Sapperton y del bosque. Bradley ya debía de estar aburrido, porque se me aproximó por detrás. Me dio un toque, bastante suave, pero bastó para hacerme entrar en pánico. Hacía solo tres semanas que me habían dado el carnet de conducir.

—Joder —volvió a decir Alex, pero en voz más baja. Seguía intentando mostrar entusiasmo, pero saltaba a la vista que estaba asustada. Sus delgados dedos sujetaban con fuerza la vieja tira de tela gris del cinturón de seguridad.

Descendimos por la cuesta, con Bradley haciéndome luces y tocando el claxon desde atrás. Se reía. Y entonces —aunque nos dirigíamos hacia una curva sin visibilidad—, se abrió para adelantarme.

Todo pareció quedar suspendido como una gota colgando de un grifo, a punto de caer y estallar.

Un coche apareció en la curva, aproximándose por el carril contrario, tal como sabía que ocurriría.

Bradley iba casi a la par con nosotras. La colisión era inevitable.

Mi hermana. Hannah.

Mi sistema de respuesta automática tomó el mando en ese momento, como declaré a la policía más tarde. Lo sabía porque lo que ocurrió después no fue voluntario; simplemente ocurrió. Mi cerebro ordenó a mis brazos que dieran un volantazo a la izquierda, y el coche giró a la izquierda.

«Cuando pierdas el control del coche, nunca te dirijas hacia un árbol —me había indicado mi padre cuando me enseñaba a conducir—. Dirígete hacia un muro o una valla. Cederán. Un árbol, no.»

Y el árbol no cedió, cuando el lado del pasajero —en el que viajaba la dulce Alex Wallace, con su pelo rubio siempre en la cara, sus Skittles y su grumoso esmalte de uñas— se estrelló contra él.

El árbol aguantó, pero Alex no.

Me obligué a mirar a Eddie, pero él seguía dándome la espalda, contemplando el mar. Una lágrima brillante le resbaló despacio por el rostro hasta que se la enjugó pellizcándose la punta de la nariz. Pero, después de unos segundos, dejó caer la mano y, con ella, más lágrimas. Permaneció de pie, llorando, aquel hombre corpulento y bondadoso, y unos sentimientos que conocía bien me asaltaron con más fuerza que nunca en los últimos años. El desprecio hacia mí misma, el deseo desesperado de hacer algo, de cambiar el pasado, y la consiguiente angustia por no poder hacerlo. El tiempo había seguido su curso, dejando atrás a Alex. Dejando a Eddie destrozado y a mi hermana incapaz de perdonarme.

—Me pasé años preguntándome qué haría si me encontraba contigo —dijo Eddie al cabo de un rato. Se secó los ojos con los antebrazos y se volvió hacia mí—. Te odiaba. No podía creer que ese cerdo estuviera en la cárcel y tú no.

Hice un gesto afirmativo, porque yo también me odiaba.

—Les pregunté por qué no me castigaban —alegué en vano—, pero ellos insistían en que no había hecho nada ilegal. Yo no estaba conduciendo de forma temeraria.

—Ya lo recuerdo. El agente de enlace con la familia tuvo que explicárnoslo —rememoró Eddie en tono inexpresivo—. Para mi madre eso no tenía pies ni cabeza.

Cerré los ojos, porque sabía lo que diría a continuación.

—Solo sé que elegiste salvar a tu hermana y que, a causa de eso, la mía murió.

Me abracé el torso.

—No fue una decisión que yo tomara —gemí. Las lágrimas me obstruían las vías respiratorias—. No fue una elección consciente, Eddie.

Suspiró.

—Tal vez no. Pero eso fue lo que ocurrió.

La policía acudió al hospital. Nos informaron de que el BMW era robado.

¿Por qué había creído lo que Bradley me había contado? ¿Por qué le había hecho caso a nada de lo que decía? Un pánico enfermizo se apoderó de mí al pensar en todo lo que había entregado a ese hombre. Mi virginidad. Mi corazón. El respeto por mí misma. Y ahora, la vida de una niña. La mejor amiga de mi hermana.

Un testigo había visto al conductor alejarse corriendo por el campo del lugar del accidente. ¿Quién era?

—¿Quién era? —repitió mi padre, confundido. Sentado junto a mi cama, me sujetaba la mano. Mamá estaba al otro lado, haciendo las veces de escudo humano entre la policía y su hija—. ¿Quién era, Sarah?

—Mi novio. Bradley.

—¿Tu qué? —preguntó papá, aún más perplejo—. ¿Tenías novio? ¿Desde cuándo? Y ¿por qué no nos lo habías dicho?

Y volví la cabeza y lloré contra la almohada, porque de pronto lo veía claro. Me resultaba evidente que Bradley era un ser humano despreciable, que siempre lo había sido, y que, muy en el fondo, bajo todas aquellas capas apretadas de inseguridad adolescente, ya lo sabía desde el principio.

Tal vez mis actos habían salvado la vida a mi hermana menor, pero no habían impedido que sufriera daños. Al invadir el hueco que yo había dejado, Bradley había estampado el lado del coche robado en el que Hannah viajaba contra la parte de atrás del mío. Tuvo que pasar dos veces por el quirófano en dos días.

Estaba en una sala de la planta situada encima de la mía, con conmoción cerebral, heridas graves y, por primera vez en sus doce años de vida, callada.

Bradley, cuyo nombre facilité a la policía, estaba ilocalizable.

—Prueben en casa de Greggsy —les sugerí, y lo detuvieron poco después.

Cuando me dieron el alta, me pasé dos semanas sentada junto a la cabecera de Hannah hasta que la dejaron salir del hospital. No iba a clase; apenas pasaba por casa. Casi no recordaba nada de aquellos días salvo los pitidos de las máquinas y el trasiego de una sala de pediatría. El miedo que sentí cuando una de las máquinas de Hannah emitió un sonido extraño; el sentimiento de culpa que me ardía en el pecho como un soplete. Ella dormía durante casi todo el tiempo; a veces lloraba y me decía que me odiaba.

La policía reiteraba que no había cargos que presentar contra mí, por mucho que la familia de Alex deseara castigarme. El sentimiento de culpa se hizo más fuerte. Testifiqué contra Bradley en los juzgados de Gloucester y recibí una reprimenda por suplicar a la magistrada que me juzgara también.

No conocía a la familia de Alex. Mis padres casi siempre la recogían y la llevaban a su casa en coche cuando visitaba a Hannah porque —como decía mamá— «a la madre de Alex a veces le cuestan las cosas». Eso le ocurría desde que había sufrido una crisis nerviosa aguda, según se declaró ante el tribunal. Para colmo, se había quedado sin pareja cuando Alex era muy pequeña, así que su hijo había tenido que dejar la universidad para cuidar de ella. Ninguno de ellos llegó a ir al juzgado.

Un miembro del jurado me miró entonces. Una mujer, más o menos de la edad de mi madre, capaz de imaginar lo que se sentía al perder una hija. Clavó la vista en mí con una expresión que decía: «También es culpa tuya, putita de mierda. También es culpa tuya».

Carole Wallace nos telefoneó hasta tres veces antes de que las enfermeras psiquiátricas descubrieran que no estaba llamando a su hijo y le retiraran el acceso al teléfono. Yo era una asesina, le dijo una vez a papá, y dos veces a nuestro contestador automático. Los vecinos dejaron de invitar a mis padres a cenar y de saludarlos cuando se cruzaban con ellos. No creo que fuera porque me culparan de lo sucedido; sencillamente no tenían idea de qué decirnos. La situación resultaba violenta e incómoda.

Hannah se negaba a sentarse a la mesa conmigo. La gente se quedaba mirando a mis padres en el supermercado. La foto de Alex seguía apareciendo en la prensa local. Regresé al instituto, pero en cuestión de horas comprendí que allí ya no tenía nada que hacer. La gente murmuraba. Claire aseguraba que deberían haberme juzgado por homicidio. Mandy ni siquiera me dirigía la palabra, por haber puesto a la policía sobre la pista del primo de Greggsy. Incluso había profesores que me rehuían la mirada.

Esa noche mis padres se sentaron conmigo y me comunicaron que iban a poner la casa en venta. ¿Qué me parecería si nos íbamos a vivir a Leicestershire?, me preguntaron. Mi madre se había criado allí. «A todos nos vendría bien un nuevo comienzo, ¿no crees? —dijo. Tenía el rostro demacrado por la preocupación y el cansancio—. Estoy segura de que encontraremos un lugar donde puedas seguir con tus estudios.»

Mamá era profesora. Sabía que eso era imposible. Fue en ese momento cuando caí en la cuenta de lo desesperada que estaba.

Subí la escalera, telefoneé a Tommy y al día siguiente tomé un vuelo a Los Ángeles.

Me fui para que la familia de Alex pudiera llorarla en paz, sin temor a encontrarse conmigo alguna vez. Me fui para que mis padres no tuvieran que mudarse a la otra punta del país, para darles la oportunidad de empezar de cero sin que la gigantesca sombra de su hija se cerniera sobre todo. Me fui para encontrar refugio en un lugar donde nadie supiera lo que había hecho, donde nadie me llamara «esa chica».

Pero, sobre todo, me fui a Los Ángeles para convertirme en la mujer que deseaba haber sido cuando conocí a Bradley: fuerte, segura de sí misma, que no se achicara ante nadie. Una mujer que nunca tuviera miedo a decir que no.

Eddie y yo nos acercábamos a Venice por el paseo entablado, que serpenteaba entre tiendas y puestos de regalos baratos y tatuajes de henna. Un altavoz emitía música retumbante; varios sintechos dormían bajo las palmeras. Le di unos cuantos dólares a un hombre con una mochila cubierta de parches. Eddie me observaba impasible.

—Necesito sentarme —dijo—. Necesito comer algo.

Nos sentamos en la terraza de un bar, donde atrajimos la atención de una demente con un loro y de un acordeonista ambulante. Eddie no supo qué responder a las preguntas de la demente y se limitó a contemplar con cara inexpresiva al músico callejero mientras bailoteaba alrededor de nosotros.

—Podemos ir a Abbot Kinney, si quieres —sugerí—. Es una calle que está cerca de aquí. Es una zona más exclusiva, por si aquí hay demasiado jaleo para tu gusto.

A Reuben le encantaba Abbot Kinney.

—No, gracias —dijo Eddie. Por un momento pareció a punto de sonreír—. ¿Desde cuándo me van los ambientes exclusivos?

Me encogí de hombros, avergonzada.

—Nunca llegué a averiguarlo.

Cuando me miró de soslayo percibí en sus ojos un posible asomo de afecto.

—Creo que nos tenemos bastante tomada la medida el uno al otro.

«Te quiero —pensé—. Te quiero, Eddie, y no sé qué hacer.»

Le sirvieron la magdalena que había pedido. Contemplé el futuro que se presentaba ante mí sin Eddie David, y me mareé a causa del pánico. Luego lo imaginé a él, tantos años atrás, contemplando un futuro que se le presentaba sin su hermana.

Se comió la magdalena en silencio.

—Mi organización —dije después de un rato—. Fundé mi organización por Alex.

—Lo sospechaba.

—Por Alex y por Hannah. —Me puse a toquetearme un padrastro—. Ahora Hannah tiene hijos. Los he visto en fotografías. Les envié regalos por sus primeros cumpleaños, pero al final ella me mandó un mensaje por medio de mi madre pidiéndome que dejara de hacerlo. Esta situación está matando a mis padres. Han removido cielo y tierra para reconciliarnos. Creían que ella acabaría por ceder. Y tal vez lo habría hecho, si yo me hubiera quedado en Inglaterra... No lo sé. Era una niña de lo más testaruda. Supongo que de adulta sigue siendo así.

Eddie bajó la vista hacia la playa.

—No deberías subestimar la influencia que ha ejercido mi madre sobre ella. Nunca ha dejado de odiarte. En ocasiones aferrarse a ese odio es lo único que la ha ayudado a seguir adelante.

Intenté no imaginar la casa de la madre de Eddie, la antigua ira que impregnaba las paredes como manchas de nicotina. Intenté no imaginar a mi hermana allí con Carole Wallace; las palabras que emplearían, el té que beberían. Aunque, curiosamente, esa imagen me proporcionaba cierto consuelo. Simbolizaba la posibilidad de que el rechazo absoluto de mi hermana hacia mí se debiera en parte a la intervención de otra persona.

—¿Crees que esa es una de las razones? —pregunté volviéndome de nuevo hacia él. Mi desesperación era palpable—. ¿Crees que tal vez tu madre ha estado indisponiéndola contra mí durante todos estos años?

Eddie se encogió de hombros.

—No conozco muy bien a tu hermana. Pero a mi madre sí. Y seguramente mi actitud hacia ti sería distinta si no llevara diecinueve años escuchándola.

Parecía querer añadir algo, pero cerró la boca.

—Me cuesta mucho estar con niños desde que sucedió aquello —dije—. Rechazaba trabajos de canguro, me resistía a cuidar de los hijos de conocidos, visitaba las salas del pediátrico con Reuben solo cuando no me quedaba otro remedio. —Hice una pausa—. Incluso me negué a tener un hijo con él. Me convenció de que fuera a terapia, pero nada me hacía cambiar de opinión. Cuando veía a un niño, a cualquier niño, veía a tu hermana. De modo que los evito. Así me resulta más fácil.

Eddie se llevó a la boca el último trozo de magdalena que quedaba y se apoyó la frente en la mano.

—Ojalá me hubieras dicho tu apellido de soltera cuando nos conocimos. Ojalá te hubieras presentado como Sarah Harrington.

Me arranqué el padrastro de un tirón, y en su lugar quedó una grieta blanda y rosada que escocía.

—No voy a recuperar el Harrington, ni siquiera cuando se formalice el divorcio. No quiero volver a ser Sarah Harrington en la vida.

Eddie recogía las últimas migajas del plato apretándolas con el dedo.

—Eso nos habría ahorrado mucho dolor.

Asentí.

—Por otro lado, se suponía que tus padres iban a mudarse a Leicester. Un letrero de VENDIDA estuvo colgado frente a la casa durante semanas.

—Lo sé. Pero me marché a Los Ángeles, y yo era el problema. La venta no llegó a concretarse y decidieron quedarse. Creo que para entonces ya había quedado bastante claro que yo no volvería.

Nos quedamos callados durante largo rato.

—¿Puedo preguntarte por qué te haces llamar Eddie David? —inquirí cuando el silencio me resultó insoportable—. Te llamas Eddie Wallace, ¿no?

—David es mi segundo nombre. Empecé a usarlo después del accidente. Hubo una época en que todo el mundo reconocía mi nombre y, al darse cuenta de quién era, se deshacían en... no sé... muestras abrumadoras de compasión, supongo. Me resultaba más fácil ser Eddie David. Nadie lo conocía. Del mismo modo que nadie conocía a Sarah Mackey.

Al cabo de un rato posó la vista en mí, pero la apartó enseguida, como agua que fluía de vuelta hacia el mar.

—Desearía más que nada en el mundo haber caído en la cuenta de quién eras antes de que fuera demasiado tarde —declaró—. Es... es increíble que no encajara las piezas en ese momento. —Se rascó la cabeza—. ¿Sabes que lo soltaron a los cinco años?

Asentí.

—Se mudó a Portsmouth, según me dijeron.

Eddie se quedó callado.

—Fue por mi muro de Facebook, ¿verdad? —dije—. Viste un comentario de Tommy, donde me llamaba «Harrington».

—Lo vi unos veinte segundos después de que te marcharas. Y durante el primer minuto más o menos, justo antes de que la impresión se apoderara de mí por completo, pensé: «No. Finge que no has visto eso. Destiérralo de tu mente, porque no puedo vivir sin ella. Ha sido solo una semana, pero es... —Se sonrojó—. Lo es todo para mí» —concluyó—. Eso es lo que pensaba.

Nos quedamos un buen rato sentados en silencio. El corazón me latía a toda velocidad. Las mejillas de Eddie aún estaban un poco ruborizadas.

Luego me habló de su madre, de la depresión que sufría desde la muerte de Alex y que había degenerado en un complejo cóctel de trastornos mentales del que nunca se había recuperado del todo. Me contó que ella se había ido a vivir a Sapperton cuando lo peor de la crisis nerviosa había pasado, porque quería estar «más cerca» de su hija fallecida. Consciente de que era demasiado vulnerable para sobrevivir por su cuenta, Eddie había abandonado toda esperanza de volver a la universidad y se había instalado con ella durante un tiempo. Había convencido a Frank, el criador de ovejas, de que le alquilara un establo de vacas ruinoso a la orilla del bosque de Siccaridge, que él acondicionó poco a poco como taller y luego, cuando su madre ya era capaz de vivir sola, como su hogar.

—Mi padre costeó los gastos —dijo—. El dinero era su solución para todo, después de dejarnos. Tras el entierro de Alex no se dignó llamar ni visitarnos, pero enviar dinero se le daba de maravilla. Así que decidí gastarlo sin remordimientos.

Me habló del día que descubrió quién era yo. Me contó que había tenido la sensación de que los árboles que rodeaban el establo se le caían encima al pensar en mí como en Sarah Harrington, la chica que había matado a su hermana. Me dijo también que había cancelado sus vacaciones en España. Que había aparcado los encargos pendientes. Que un día había ido a ver cómo estaba su madre y que la había encontrado tan aturdida por la medicación que se había sentido muy culpable mientras la observaba dormir.

—Sería una catástrofe que se enterara de lo que ocurrió entre nosotros —murmuró—. Aunque ya fue bastante catastrófico sin que ella lo supiera. Me hundí en un abismo. No miraba Facebook, ni el correo electrónico ni nada. Desconecté de todo. Daba muchos paseos. Dedicaba mucho rato a pensar y a hablar solo. —Se crujió los nudillos—. Hasta que mi amigo Alan se presentó para comprobar si seguía vivo y me dijo que habíais estado en contacto. —Suspiró—. Debería haberte contestado.

Lamento no haberlo hecho. Tenías razón, esa no es forma de tratar a la gente. Empecé a escribirte varias veces, pero temía perder los papeles si hablaba contigo.

Traté de no imaginar lo que me habría dicho.

—Pero me encantó la historia de tu vida. Tus mensajes. Cuando no llegaban los echaba mucho en falta. Los leía una y otra vez.

Tragué en seco, intentando no extraer conclusiones de eso.

—¿Alguna vez me llamaste? —pregunté con timidez.

Negó con la cabeza.

—¿Estás seguro? Tenía… algunas llamadas perdidas. Y, bueno, un mensaje, pidiéndome que te dejara en paz.

Esto pareció desconcertarlo.

—Ah. Me escribiste algo sobre eso, ¿verdad? En una de esas cartas. Perdona, la verdad es que no le presté mucha atención. Creo que di por supuesto que te lo habías inventado.

Hice una mueca.

—¿Volvió a comunicarse contigo esa persona?

—No, pero pensé… Oye, la verdad es que me pregunté si tu madre no estaría detrás de eso. ¿Cabe la posibilidad de que descubriera lo nuestro de alguna manera? Vi a una mujer, en el camino del canal, entre la casa de mis padres y tu establo… Y cuando fui a mi antiguo colegio, a la presentación del programa deportivo de Tommy o lo que fuera, vi a alguien que llevaba el mismo impermeable. A ver, no me consta que se tratara de la misma persona, pero estoy casi segura. No estaba haciendo nada especialmente extraño, pero en ambas ocasiones me sentí… en fin, observada. Y tal vez de manera hostil.

Eddie cruzó los brazos.

—Qué raro —comentó de forma pausada—. Pero es absolutamente imposible que se trate de mi madre. No tiene la menor idea de quién eres. De todos modos, ella… —Se interrumpió—. No está en condiciones de hacer esa clase de cosas. Llamadas de acoso, seguir a la gente… es algo que escapa con mucho a sus capacidades. Se estresaría un montón solo de pensar en hacer algo así. De hecho, se vendría abajo.

—¿Se te ocurre quién más podría ser?

Eddie se quedó visiblemente perplejo.

—No —respondió, y le creí—. La única persona a quien se lo conté fue Alan, mi mejor amigo, y a su esposa, Gia. Ah, y a Martin, del fútbol, porque también vio tu comentario en mi muro de Facebook. Pero a todos ellos se lo dije en confianza. —Se inclinó hacia delante, con el rostro tenso de concentración. No debió de ocurrírsele nada porque, al cabo de unos minutos, se encogió de hombros y enderezó la espalda—. La verdad es que no lo sé —dijo—. Pero no fue mi madre. De eso puedes estar segura.

—Vale.

Me quité una chancla y subí el pie a la silla. Eddie volvía a parecer descorazonado. Apoyó un dedo en el borde del plato, que se levantó por el otro lado como un ovni. Lo hizo girar a derecha e izquierda.

—¿Por qué estás aquí, Eddie? —pregunté al cabo—. ¿Por qué has venido?

Entonces me miró. Era una mirada tan intensa que el estómago me subió hasta la garganta.

—He venido porque cuando me enviaste el mensaje diciendo que volvías a Los Ángeles, entré en pánico. Seguía enfadado, pero no podía dejar que desaparecieras sin más. No sin haber hablado contigo antes, sin oír lo que tuvieras que decir. Sabía que el punto de vista de mi madre no podía ser el único.

—Entiendo.

—Reservé un vuelo y escribí a mi amigo Nathan para preguntarle si podía alojarme en su casa. Llamé a mi tía y le pedí que se quedara con mi madre. Era como si me observara a mí mismo desde fuera. Sabía que no debía venir, pero no podía detenerme. Tampoco pude detenerte a ti: ya habías subido al avión cuando me mandaste ese correo electrónico.

Sin embargo, al llegar a Los Ángeles se había quedado paralizado. Había intentado encararse conmigo en tres ocasiones; las tres veces el sentimiento de culpa hacia su hermana lo había obligado a refugiarse en el anonimato de la gran ciudad. Me hundí en la silla. El mero hecho de hablar conmigo se le antojaba una traición.

—¿Por qué no me hablaste de tu pasado? —inquirió cuando pedí la cuenta por señas—. Me contaste tantas cosas sobre ti… ¿Por qué no mencionaste nunca lo ocurrido?

Saqué unos billetes de mi cartera.

—No hablo de eso con nadie, punto. La última persona a quien se lo conté fue mi amiga Jenni, y hace diecisiete años de eso. Si nosotros… Si nos hubiéramos… —Me aclaré la garganta—. Si lo nuestro hubiera ido en serio, te lo habría dicho. Estuve a punto, de hecho, la última noche. Pero surgieron otros temas.

Eddie se quedó pensativo.

—En cambio, yo estoy acostumbrado a contárselo a la gente. A menudo no me queda más remedio, por los altibajos de mi madre. Pero durante esa semana que pasé contigo todo me parecía tan diferente… Yo ya no era Eddie, el hijo de Carole, el que había perdido a su hermana y que dedicaba tanto tiempo y esfuerzo a atender a su madre. Era yo mismo. —Volvió a guardarse el móvil en el bolsillo—. Por primera vez en muchos años no pensaba en el pasado. Para nada. Además, había dejado a mi madre al cuidado de mi tía porque yo iba a viajar a España, así que ni siquiera tenía que pensar en ella. —Se levantó y me dirigió una sonrisa extraña—. Lo cual resulta bastante irónico, en realidad, considerando con quién estaba.

Dejé un par de dólares sobre la mesa y bajamos caminando hasta la orilla del agua. Las olas pequeñas se plegaban como seda en torno a nuestros pies antes de retroceder hasta la masa azul e infinita del Pacífico. El horizonte se agitaba y cabrilleaba, impreciso.

Me llevé la mano al bolsillo. Ratoncita. La acaricié con el dedo por última vez antes de ofrecérsela a Eddie sobre la palma.

Se quedó mirándola un largo rato.

—La hice para Alex —dijo—. Por su segundo cumpleaños. Ratoncita fue la primera cosa aceptable que tallé.

La cogió con ternura y la sostuvo frente a sí, como para familiarizarse de nuevo con su forma. Lo imaginé labrando con esmero aquel pequeño trozo de madera, tal vez en el garaje de su padre, o simplemente sentado a la mesa de la cocina, y se me rompió el corazón. Un niño de cara redonda, fabricando un ratón de juguete para su hermanita.

—Cuando era muy pequeña Alex creía que Ratoncita era un erizo. Pero no podía pronunciar la palabra «erizo», sino que decía «adizo» y me hacía reír. Empecé a llamarla Erizo; nunca perdió de todo el mote. —Le enganchó de nuevo la anilla con sus llaves y se la guardó en el bolsillo.

Se me habían acabado las tácticas dilatorias. El mar iba y venía. Los dos permanecíamos en silencio.

Contemplamos las gaviotas argénteas y correlimos que sobrevolaban en círculos un picnic familiar, y una ola se abalanzó hacia nosotros, más rápido de lo que fuimos capaces de correr para evitarla. Se le mojó el pantalón corto, y a mí la falda. Nos reímos, él resbaló y estuvo a punto de caer al suelo, y, por un segundo, percibí el olor de su piel, de su pelo limpio; el olor a Eddie.

—Voy a intentar coger un vuelo de regreso mañana —dijo después de un rato—. Me alegra que hayamos mantenido esta conversación, pero no sé si tenemos mucho más que decirnos. O que hacer, en realidad.

«No —pensé con impotencia—. ¡No! ¡No puedes abandonar lo nuestro! ¡Está aquí! ¡Flotando en el aire, justo delante de nuestras narices!»

Pero no salió una palabra de mis labios porque la decisión no me correspondía a mí. Yo había estrellado contra un árbol un coche en el que viajaba Alex, y ella había muerto allí, justo a mi lado. El tiempo no cambiaría esa realidad. Nada la cambiaría.

Me tomó de las manos y me abrió los puños apretados. Las uñas me habían dejado unas medialunas tristes y blancuzcas en las palmas.

—Es imposible que recuperemos algún día lo que tuvimos en un principio —aseveró mientras alisaba las marcas de uñas con el pulgar, como un padre que frotara una herida en la rodilla a su hija—. Se acabó. Lo tienes claro, ¿verdad, Sarah?

Asentí con expresión de conformidad, o quizá de resignación. Dejó caer mis manos y escrutó el mar unos momentos. Luego, sin previo aviso, se agachó y me besó.

Tardé un rato en convencerme de que aquello era real. Su rostro, apretado contra el mío, su boca, su calor, su aliento, tal como había imaginado cientos de veces. Durante unos segundos me mantuve inmóvil. Pero entonces comencé a besarlo con pasión. Eddie me abrazó con fuerza, como la primera vez, y me besó intensamente y yo a él, y el revoloteo de las gaviotas y el griterío de los niños desaparecieron.

Se detuvo cuando comencé a apartarme y apoyó la barbilla en mi cabeza, y pude oír su respiración, acelerada y entrecortada.

—Adiós, Sarah —dijo de pronto—. Cuídate mucho.

Me soltó y se fue.

Con los brazos colgando a los costados lo observé marcharse. Cada vez más lejos. Más y más lejos.

No fue hasta que llegó al paseo entablado cuando dije en voz alta lo que no me había atrevido a reconocer hasta entonces, ni siquiera para mis adentros.

—Estoy embarazada, Eddie —dije, y el viento se llevó mis palabras, tal como yo deseaba.

39

Me apoyé la mano en el vientre. «Estoy embarazada. Tendré un bebé.»

Jenni estaba hablando a Javier de un investigador genético esloveno al que había conocido en la sala de espera de la clínica de acupuntura el día anterior. Javier escuchaba con atención a su esposa mientras permanecía pendiente de la señora que despachaba los pedidos en el mostrador. El último número que había cantado era el ochenta y cuatro. Nuestro papelito, arrugado entre los dedos de Javier, llevaba impreso un ochenta y siete.

Visualicé las células que llevaban semanas multiplicándose. Células de Sarah. Células de Eddie. Células de Sarah y Eddie, dividiéndose en más células de Sarah y Eddie. Había leído en internet que en esos momentos debía de ser del tamaño de una fresa. En la web se veía una imagen generada por ordenador de lo que parecía un niño minúsculo. Me quedé mirándola durante lo que se me antojaron horas, experimentando sentimientos nuevos para mí que ni siquiera habría sido capaz de describir.

«Estoy embarazada de nueve semanas.»

¡Pero si habíamos tomado precauciones! ¡Todas las veces, sin excepción! Además, ¿cómo podía estar embarazada y pesar un kilo y medio menos?

—Usted misma me ha dicho que le cuesta comer —había sido la paciente respuesta de la doctora—. La pérdida de peso no es rara cuando hay malestar matinal.

Náuseas. Cansancio. Hormonas desbocadas, aversión a algunos alimentos, la mente espesa. La auténtica sorpresa, suponía, no era tanto que estuviera embarazada como que hubiera pasado por alto síntomas tan evidentes.

Por la mañana había recibido un paquete. Estaba acostada en la cama, rellenando formularios para la ecografía, y me había sentido tan disociada de la realidad que por un momento me había preguntado en serio si dentro del paquete estaría el propio Eddie. Eddie, acurrucado en una caja, listo para salir de un salto, gritando: «¡He cambiado de idea! ¡Claro que quiero estar contigo, con la mujer que mató a mi hermana pequeña! ¡Formemos una familia!».

Pero lo que había desempaquetado era una oveja de juguete con pezuñitas de cuero y recubierta de lana de verdad. Tenía atada al cuello una etiqueta que llevaba la palabra LUCY escrita con la letra de Eddie. También había una carta, en un sobre que, curiosamente, olía a sorbete de frutas. La cogí y salí al porche de Jenni.

Hecha un ovillo en una silla, tendía la vista hacia el sucio batiburrillo de aparatos de aire acondicionado y antenas parabólicas que se extendía a mis pies. Deslicé las yemas de los dedos sobre las pequeñas marcas que había dejado la pluma de Eddie en el papel al escribir mi nombre. Yo sabía qué sería esa carta. Sería el signo de puntuación que pondría fin a una relación que había terminado diecinueve años antes de empezar, pero quería disfrutar de unos minutos de paz antes de ver ese punto final. Unos minutos de exquisita y venenosa negación.

Durante un momento observé a un gato. Él había estado observándome a mí. Yo respiraba con el ritmo lento y constante de una persona que sabía que el drama había acabado, que había sufrido una derrota total. Cuando el gato se marchó con aire desdeñoso y la cola en alto, yo introduje el pulgar en el hueco de la parte superior del sobre y lo rasgué.

Querida Sarah:

Gracias por la sinceridad que mostraste ayer. Me reconfortó mucho saber que Alex estuvo contenta ese día.

Me gustaría decir que todo está bien, pero las cosas no son así, ni pueden serlo. Por ese motivo creo que lo mejor será que no mantengamos el contacto; sería muy confuso para mí que siguiéramos siendo amigos. A pesar de todo, te deseo lo mejor, Sarah Harrington, y siempre recordaré el tiempo que pasamos juntos. Lo significó todo para mí.

Qué terrible casualidad, ¿no? Habiendo tantas personas en el mundo.

En fin, quería enviarte un pequeño obsequio para hacerte sonreír. Sé que esto ha sido muy duro para ti también.

Sé feliz, Sarah, y cuídate.

EDDIE

Leí la nota tres veces más antes de doblarla y meterla de nuevo en el sobre.

«Sé feliz, Sarah, y cuídate.»

Había reclinado la cabeza contra la fachada del bungalow de Jenni y me había puesto a contemplar el cielo. Lechoso y preñado de expectación, estaba salpicado de nubes del color de las delicias turcas. Una bandada de pájaros pasó volando muy alto y, por encima de ellos, un avión ascendía.

No había dicho a Jenni lo del bebé. No soportaba la idea de confesarle que me había quedado embarazada pese a haber utilizado métodos anticonceptivos cuando ella llevaba más de diez años invirtiendo todos sus recursos emocionales, físicos y económicos en intentar fundar una familia.

Me había quedado mirando mi vientre tratando de imaginar a la minúscula persona en ciernes que estaba formándose en él, y noté una sensación extraña en el corazón, como si algo me oprimiera el pecho. ¿Se trataba de alegría? ¿O de pavor? El bebé ya tenía corazón propio, según me había dicho la doctora. A pesar de la mala alimentación, el vino y el estrés con que lo había alimentado. Tenía un corazoncito que latía el doble de rápido que el mío, y al día siguiente lo vería en la ecografía.

Escudriñé el cielo. ¿Estaría él allí arriba? ¿O estaría aún en la puerta de embarque, esperando? Me levanté a medias de la silla. Tenía que ir al aeropuerto. Encontrarlo. Impedir que se marchara. Por el bien de ese bebé, tenía que hacerlo entrar en razón, convencerlo de que yo...

¿De qué? ¿De que no era Sarah Harrington? ¿De que no había estrellado a su hermana contra un árbol aquel día?

Me quedé allí sentada, tamborileando con los dedos sobre mis muslos, hasta que Javier sacó a Frapuccino al patio y el chucho se me orinó en la pierna. Me eché a reír, y luego a llorar, preguntándome cómo demonios iba a tener un bebé cuando me había pasado toda la vida adulta evitando a los niños. Preguntándome cómo podía traer a alguien al mundo, sabiendo que el padre no deseaba verme más y, al mismo tiempo, que ya era demasiado tarde para echarse atrás. Que quería a ese bebé de maneras que ni siquiera acertaba a comprender.

Y así continué durante horas. Jenni, cuando por fin se levantó de la cama, intentó consolarme, pero no le quedaba nada que dar. Pasamos dos horas sentadas juntas en un silencio sombrío.

Javier no pudo soportar un segundo más esa intensidad emocional y se ofreció a llevarnos en coche al Neptune's Net de Malibú —un bar de moteros— a comer pescado frito. Era su solución para casi todos los problemas graves. Encorvado sobre el volante, condujo a lo largo de la costa a toda velocidad, no sé si para que nos consoláramos cuanto antes con la comida o para protegerse de la complicada maraña de sentimientos que lo rodeaba.

Y ahora estábamos allí, apretujados como sardinas en un banco frente a una mesa. El restaurante estaba abarrotado. Todas las mesas estaban ocupadas, y en la entrada había una aglomeración de gente que esperaba a que la sentaran. Nosotros, los ya sentados, no les hacíamos el menor caso. Ellos, los que estaban de pie, nos miraban con descaro. La música apenas se oía bajo el murmullo ensordecedor de conversaciones, el rugido de las Harley-Davidson de fuera y el furioso chisporroteo de los pescados capturados esa mañana al caer en el aceite hirviendo. Aunque estaba a un largo trayecto en moto de ser un lugar tranquilo, por alguna razón había conseguido aplacarme un poco.

—¡Ochenta y siete! —gritó la señora del mostrador, y Javier se levantó como un resorte.

—¡Sí, sí! —exclamó con la voz ronca de alivio.

Jenni casi nunca reconocía las limitaciones emocionales de su marido, pero ese día, en atención a mí, se permitió poner cara de exasperación durante unos instantes. Luego me dirigió una de sus miradas características y me preguntó qué pensaba hacer respecto a Eddie.

—Nada —dije—. No puedo hacer nada, Jenni. Tú lo sabes. Yo lo sé. Hasta Javier lo sabe.

El susodicho colocó entre nosotras una cesta con marisco, entregó a Jenni un Sprite y a mí un Mountain Dew. Luego, con un suspiro suave pero perfectamente audible de satisfacción, atacó su montón de tacos de gambas, calamares a la romana y patatas fritas con chile y queso, sabiendo que durante un rato nadie esperaría de él que aportara algo a la conversación.

—¿De verdad que no dejó ni una puerta abierta? ¿Ni el más mínimo rayo de esperanza?

—Ni una brizna —dije—. Oye, Jenni, te lo explicaré por última vez. Imagínate que le pasara lo mismo a tu hermana Nancy. Imagínate que un hombre chocara contra un árbol y le pasara algo a tu adorable hermana Nancy. ¿Te plantearías tener una relación con él? ¿De verdad te lo plantearías?

Jenni bajó los cubiertos, vencida.

—¡Noventa y cuatro! —llamó la mujer del mostrador.

Ensarté una vieira.

«¿Seguro que debería comerme esto?», me pregunté de repente. Estaba convencida de haber visto a amigas embarazadas evitar el marisco. Miré la cena que tenía delante. Moluscos, crustáceos, y un enorme vaso de Mountain Dew. ¿No estaba prohibida la cafeína también?

Las placas tectónicas de mi vida volvieron a moverse bajo mis pies.

«Estoy embarazada de nueve semanas.»

—Toma —dijo Jenni—. Pilla más vieiras antes de que me las termine, Sarah. Noto que me viene otro ataque de glotonería.

Decliné la invitación.

—¡Pero si te encantan las vieiras!

—Ya… Lo que pasa es que hoy no me apetecen.

—¿En serio? Bueno, por lo menos coge un poco de salsa de queso azul para mojar las patatas. Creo que incluso es queso de verdad. Está bueno.

—No, les pondré ketchup. Te cedo todo el queso.

Jenni soltó una carcajada.

—Sarah Mackey, tú detestas el ketchup. Ni vieiras ni queso azul… Cualquiera diría que estás embarazada. Oye, por favor trata de no matarte de hambre, cielo. No te servirá de nada. Además, la vida sin comida es una auténtica mierda.

Me reí, un poco demasiado fuerte. Cogí una vieira para demostrarle que estaba bien, y desde luego no embarazada, pero no pude. Fui totalmente incapaz de comerme el maldito bicho. Un bebé del tamaño de una fresa estaba creciendo en mi interior, un bebé que yo no había planeado ni buscado tener, pero aun así no podía llevarme la vieira a la boca. Una expresión ceñuda se insinuó en el rostro de Jenni.

—Mejor no me hagas caso —dije en un tono tenso de jovialidad forzada. Javier alzó la vista—. Hoy tengo el apetito un poco trastornado.

—Sería el colmo de la ironía, ¿no crees? —comentó Jenni—. Que estuvieras embarazada.

—¡Ja! ¿Te lo imaginas?

Jenni se concentró de nuevo, pero al cabo de unos segundos me miró otra vez.

—A ver, no lo estás, ¿verdad?

No podía hacerlo. Era incapaz de mentirle. Así que cerré la boca.

Jenni bajó despacio el tenedor hasta depositarlo sobre la mesa.

—Sarah. No estás embarazada, ¿verdad?

Me ardía la cara. Bajé la vista, la paseé por el restaurante, por todas partes, para no mirar a Jenni.

—¿Era por eso…? ¿Por eso no te encontrabas bien? ¿El médico…?

Javier clavó los ojos en mí. «No te atrevas —decía su cara—. Ni se te ocurra.»

Jenni me observaba, y los ojos se le anegaron en lágrimas.

—¿Por qué no dices nada? ¿Por qué no me contestas?

Cerré los párpados.

—Jenni —dije—. Oh, Dios mío, Jenni, lo…

Se tapó la boca con la mano. Fijó en mí una mirada de incredulidad mientras las lágrimas se desbordaban y le resbalaban por las mejillas.

—No, no estás… No puedes estar emba… Oh, madre mía, Sarah.

Javier abrazó a su esposa por los hombros en un gesto protector. Después de respirar hondo levantó la mirada hacia mí, y su rostro reflejó la primera emoción tangible que le había visto en quince años: ira.

—Jenni —murmuré—. Escúchame, cariño. Cuando la doctora me visitó me dijo… Me hizo unas pruebas y dijo que… Jenni, lo siento mucho…

—Vas a tener un bebé.

—Pues… sí. No te imaginas cuánto lo siento.

Un silencio absoluto se adueñó de nuestra mesa hasta que mi teléfono empezó a sonar.

—¿Eddie? —susurró Jenni, porque, aunque su amiga le había propinado un golpe bajo, ella no estaba dispuesta a rendirse.

—No… no lo sé. Borré su número. Pero es un móvil de Reino Unido.

—Cógelo —me dijo con voz inexpresiva—. No te cortes. Al fin y al cabo, es el padre de tu hijo.

Cuando llegué a la aglomeración de la puerta, teléfono en mano, se me ocurrió que debía volverme para mirar la cara de Jenni por última vez. «¿Por última vez antes de qué?»

Me volví, sin entender muy bien por qué, pero una mujer con un cuerpo como un tonel que estaba izándose sobre uno de los taburetes fijos me impidió ver a Jenni.

Así que seguí adelante, abriéndome paso entre los comensales sentados en la terraza. Avancé entre los moteros y las motos hasta llegar a la carretera. Me pregunté si Jenni llegaría a superarlo. Si nuestra amistad sobreviviría.

Con pocos ánimos, respondí la llamada.

Se produjo un retardo de varios segundos mientras una voz cruzaba velozmente el Atlántico por los cables tendidos a gran profundidad.

—¿Sarah?

—Sí.

Al cabo de un momento la voz dijo:

—Soy Hannah.

—¿Hannah?

—Sí. Esto… Hannah Harrington.

Extendí el brazo para no perder el equilibrio, pero no había nada a lo que agarrarme. Así que sujeté el móvil con ambas manos, porque era lo único sólido que tenía.

—¿Hannah?

—Sí.

—¿Mi hermana Hannah?

—Sí.

Un momento de silencio.

—Me imagino que esto te pilla un poco por sorpresa.

—Tu voz —musité—. Tu voz. —Aferré el teléfono con más fuerza. Ella empezó a decir algo, pero sus palabras quedaron ahogadas bajo el petardeo de unas motocicletas de gran cilindrada que entraban en el aparcamiento en ese momento—. Perdona, ¿qué has dicho? ¿Hannah?

—¿Me oyes ahora? —preguntó—. Estoy hablando casi a gritos... —Los moteros, después de aparcar, seguían sentados en sus sillines, revolucionando los motores sin motivo. Una rabia irracional se me acumuló en el pecho—. ¡Callaos! —bramé—. ¡Por favor, parad!

Al otro lado de la carretera un sendero de aspecto apacible se alejaba hacia el lejano mar. «Tengo que cruzar la carretera —pensé, desesperada, mientras los vehículos pasaban rugiendo por delante de mí y los moteros aceleraban detrás—. Tengo que cruzar la carretera ahora mismo.»

—¿Sigues ahí? —dijo ella.

—¡Sí! ¿Tú me oyes?

—A duras penas. ¿Qué narices pasa ahí?

Yo sabía qué aspecto tenía Hannah: hubo un tiempo en que mis padres me enviaban fotos suyas, hasta que verlas se volvió demasiado doloroso para mí. Me resultaba casi imposible imaginar que la mujer de las fotografías estuviera hablando conmigo en ese preciso instante. La mujer que tenía un marido de cabello rizado, dos hijos y un perro. Mi hermana pequeña.

—Oye, Hannah, espera a que cruce la carretera. Estoy en

un bar de moteros y hay mucho jaleo, pero al otro lado habrá más tranquilidad…

—¡¿Eres motera?! —Percibí un deje risueño en su voz.

—No, no soy motera. Pero… Un momento, deja que cruce al otro lado. Por favor, no cuelgues…

Apareció un hueco en el tráfico que circulaba en dirección sur. Por alguna razón inexplicable no me volví para mirar el carril en dirección norte. Simplemente eché a correr. Hacia el mar, hacia Hannah.

No oí nada; no vi nada. Ni la mole letal de un camión que avanzaba a toda velocidad, ni el chirrido de un frenazo ni los gritos de pánico procedentes de la terraza. No oí mi propia voz, que escapó de mi cuerpo en un alarido gutural antes de quedar silenciada de golpe, como cuando un conductor de ambulancia apaga la sirena porque ya no sirve de nada, ni oí el chillido que Jenni soltó mientras salía del restaurante abriéndose paso a codazos.

No oí nada.

TERCERA PARTE

40

Eddie

Querida tú:

Son las 3.37 de la madrugada, y hace casi dieciocho horas que mi avión aterrizó en Heathrow.

Nadie me esperaba, claro, porque la única persona enterada de mi regreso era mamá. Aparentando indiferencia, paseé la vista por el mar de letreros de bienvenida en los que no figuraba mi nombre. Silbé una melodía de Bowie.

Llamé a mamá mientras me dirigía al aparcamiento de larga estancia. Por razones que aún no tengo claras, esta vez le ha resultado especialmente difícil sobrellevar mi ausencia. Quizá lo que la ha descolocado ha sido la distancia. No es la primera vez que me marcho durante dos semanas, ni mucho menos. El caso es que me dijo que se había pasado la noche en vela por miedo a que el avión se estrellara. «Ha sido horrible —me aseguró—. Estoy tan cansada que apenas puedo hablar.» Pero debió de recuperarse de inmediato, porque acto seguido estuvo diez minutos contándome las cosas que su hermana había hecho mal los últimos días. «Aún no se ha llevado la basura para reciclar. ¡Sigue ahí, junto a la verja de la entrada! No soporto verla cuando miro por la ventana. Eddie, ¿crees que podrías pasarte un momento de camino a casa?»

Pobre tía Margaret.

Al parecer, mamá estuvo a punto de sufrir un ataque de pánico cuando Margaret intentó llevarla a su cita con el psiquiatra, así que me toca llevarla la semana que viene. Según ella, la ponían muy nerviosa los coches, los hospitales y la gente. Porque yo no estaba a su lado. En toda la conversación subyacía un trasfondo de culpa. Mía, por haberme largado sin más —a pesar de que mamá siempre insiste en que viva mi vida—, y suya, porque sabe que esto es lo que pasa cuando lo hago.

Cogí el Land Rover y enfilé la M4, de vuelta a Gloucestershire, a Sapperton, a la vida que llevo aquí. Durante un rato iba escuchando la radio porque me ayudaba a no pensar en Sarah. Hice escala en la estación de servicio de Membury para comerme un sándwich de queso.

Más tarde, mientras circulaba por la carretera de Cirencester, sucedió algo extraño: no reduje la velocidad al acercarme a la salida de Sapperton. Ni siquiera puse el intermitente; pasé de largo como una exhalación. Seguí adelante hasta el desvío a Frampton, pero tampoco lo tomé. Conduje hasta Minchinhampton Common. Aparqué junto al embalse, me compré un helado, me paseé hasta Amberley y me dejé caer por el Black Horse. Pedí un refresco de naranja con alcohol y estuve dos horas ahí sentado, contemplando el valle de Woodchester.

No sé muy bien qué me pasaba por la cabeza. Me sentía disociado de todo, como si estuviera viendo imágenes de vídeo de mí mismo. Lo único que tenía claro era que no podía volver a casa de mamá.

Pero en ese momento me mandó un mensaje de texto y me llamó varias veces, preocupada de que hubiera tenido un accidente. Así que le dije que estaba bien, que me había entretenido con un recado, pero fue más porque no sabía lo que hacía que porque estuviera ocultándole algo concreto. Hacia las cuatro volví a pasar por al poste indicador de Tom Long, y fue entonces cuando la cosa se puso preocupante porque en vez de girar a la derecha hacia Sapperton me sorprendí torciendo a la izquierda en dirección a Stroud.

Me tomé una pinta en el Golden Fleece y luego pasé a ver

a Alan y su esposa, Gia. Estuvieron encantadores. Se mostraron muy amables y me dieron todo su apoyo. Compartieron conmigo la cena de Lily y me aseguraron que había hecho lo correcto al alejarme de Sarah. No tenían idea de que estaba escondiéndome de mi propia madre.

Lily se negaba a irse a la cama. Se puso a dibujar sirenas sentada sobre mis rodillas. Desde que conozco a Sarah noto una extraña dificultad para respirar cuando estoy con Lily, una tristeza acuciante mezclada con el amor y el afecto que siento por la hijita de mi mejor amigo. Sarah destapó algo en mi interior, creo. Después de descartar la idea durante años empecé a imaginarme con un hijo propio. Cuando Lily me dibujó una sirena en la mano sentí que se abría un abismo dentro de mí, como una grieta en el fondo oceánico.

Escribí un mensaje a mamá en el que le decía que a Alan le había surgido un problema y que no me esperara esa noche. «Iré por la mañana», le prometí. No le hizo mucha gracia, pero lo aceptó. No es que la deje plantada constantemente.

Una combinación de alivio y desesperación se adueñó de mí cuando por fin abrí la puerta de mi casa. Adoro ese establo más de lo que nunca imaginé que podía adorarse un montón de ladrillos y cemento, pero al mismo tiempo me recuerda los aspectos más crudos de mi vida. A ojos de un extraño, mi establo es un símbolo de la Buena Vida. ¡Beber vino blanco fresquito mientras el sol se pone detrás de los árboles! ¡Cenar hortalizas silvestres ecológicas mientras los pájaros se posan en sus nidos! ¡Agua cristalina de los Cotswold, recién salida del manantial!

No tienen idea de lo atrapado que me siento. Aunque les contara cómo son las cosas con mamá, no me creerían.

Más tarde limpié un poco el taller y anoté en la pizarra los planes para el día siguiente. No me preparé la cena. Cuando entré en la cocina me asaltaron recuerdos de Sarah y yo en ese mismo espacio, cocinando, charlando y riendo, con los pensamientos galopando como caballos salvajes hacia el futuro. Y, por supuesto, no soportaba la idea de cocinar solo, en silencio. Así que comí un poco de aperitivo indio salado y me fui a la cama. Dejar a Sarah fue lo correcto, me recordé a mí mismo mientras me cepillaba los dientes. Me percaté de que tenía un ligero bronceado.

Luego me acosté bajo mi tragaluz a mirar las estrellas que surcaban lentamente el cielo, y me felicité por mi fortaleza, mi determinación, mi fuerza de voluntad. «Bien hecho, tío. No fue fácil, pero tenías que hacerlo.»

Por desgracia, cuanto más tardaba en conciliar el sueño, más me costaba creerlo.

Me levanté e intenté mirar la tele durante un rato para distraerme. Pero lo primero que apareció en la pantalla fueron imágenes de una terrible colisión múltiple en la M25, con varios muertos y heridos de gravedad, y de improviso una voz en mi cabeza me preguntó qué sentiría si Sarah muriera. (Todo muy relajante.) «¿Y si alguien te llamara para comunicarte que se ha visto envuelta en una colisión múltiple? ¿O atrapada en el fuego cruzado entre cárteles de la droga? ¿O atropellada por un camión? ¿Seguirías creyendo que hiciste lo correcto?»

Apagué la tele y volví a la cama, pero la idea ya estaba implantada en mi cerebro. Clavada como un gancho oxidado en mi conciencia. Tirando de ella, arrastrándola. «Si Sarah falleciera, ¿seguirías pensando que hiciste lo que debías?»

Y ese es el problema, Alex, porque —para serte sincero—, la respuesta es no. Si Sarah muriera, lo lamentaría el resto de mi vida.

He vivido bien las últimas dos décadas. He luchado por superar el dolor y abrazar la vida. Pero durante todo ese tiempo he antepuesto el bienestar de mamá al mío propio, porque sentía que no tenía elección. ¿Qué ser humano decente no ayudaría a su madre cuando esta lo necesitara? Pero algo había cambiado en el momento en que me alejaba de Sarah por la playa. Poner a mamá por encima de todo ya no me parecía buena idea. Y sigue sin parecérmelo.

Son las 3.58 de la madrugada. Estoy rezando, literalmente, para que me venza el sueño.

Yo x

41

Ese hombre no me quita ojo.

Miro a mamá, sentada con la espalda apretada contra el respaldo y el cuello estirado hacia delante como una tortuga. Luego miro al hombre, una auténtica mole, el pobre desgraciado, inmenso, con su vasta humanidad desparramada sobre tres sillas mientras bebe sin parar Coca-Cola Light de una botella de dos litros. Por encima de su cabeza una mosca azul choca contra la ventana, una y otra vez, como un niño contando el mismo chiste porque ha hecho reír a alguien hace media hora.

Observo al hombre durante un rato, pero en ningún momento dirige la vista hacia mi madre. Está leyendo un folleto del Servicio Nacional de Salud titulado «Hablemos».

—No está mirándote —susurro—. Pero, si lo prefieres, podemos ir a sentarnos allí.

Señalo una hilera de sillas verdes situadas de espaldas a ese hombre que es del todo inocente, aunque sé que ella no querrá. Al final de la hilera hay una mujer con un bebé dormido en un cochecito, y mamá no aguanta a los niños últimamente. El mes pasado se encerró en el baño de la consulta de su médico de cabecera porque un crío le ofreció unos ladrillos de plástico de un juego de construcción en la sala de espera.

—Creo que mejor me quedo aquí —dice al final—. Lo siento, Eddie, no quiero montar un número, pero tú vigílalo, ¿vale?

Hago un gesto afirmativo con los ojos cerrados. El calor aquí es excesivo. No tiene nada que ver con el día soleado que hace; se trata de ese calor flácido típico de las salas de espera, avivado por las respiraciones nerviosas y los cuerpos inactivos.

—¿Echas de menos la playa? —pregunta mi madre en ese tono que emplea cuando teme haberme irritado. Más animado de lo normal, con inflexiones exageradas—. ¿Santa Mónica?

—¡Ja! No, no creas. ¿Te he hablado de eso?

Ella asiente, y los ojos se le van hacia el hombre de la Coca-Cola Light antes de posarse de nuevo en mí.

—Por lo que me contaste, debía de ser precioso —añade, y me pregunto qué mentira propiciada por el desfase horario le conté sobre el día que pasé en esa playa. No me gusta nada mentirle. Me cuesta no dar por sentado que la vida ha traicionado a mi madre, así que me siento fatal cuando yo también lo hago. Aunque sea por su bien.

Ella desvía la mirada, y me viene a la mente el cortejo fúnebre que he visto desfilar antes junto al prado, en dirección a Frampton Mansell. El coche con el ataúd estaba lleno de flores silvestres, tanto en ramos como sueltas, que caían por los costados de la caja de madera como para posarse sobre las orillas de un arroyo. Lo seguían tres vehículos negros vacíos. «Debía de ser joven», reflexioné. Rara vez asistían tantos dolientes a los entierros de los viejos. Me pregunté a quiénes iban a buscar. Qué familia rota y desconsolada se había reunido en alguna casa de las inmediaciones, apurando sus cafés, ajustándose la incómoda ropa negra, pensando: «¿Cómo puede estar pasándonos esto?».

Había mirado de reojo a mamá mientras pasaba el cortejo, esperando que la escena no la alterara.

La sorprendí con una expresión fea en la cara.

—Parece que se dirigen hacia Frampton Mansell —observó en un tono extrañamente complacido. Malicioso, incluso—.

Ojalá la muerta sea esa chica, Sarah. —Se volvió hacia mí, como esperando que le diera la razón.

Me quedé sin habla durante varios minutos. Respiré por la boca, una especie de respuesta automática al estrés que había desarrollado durante las semanas siguientes a la muerte de Alex. Me embargó un malestar, un malestar físico que me oprimía el pecho. Eché mano de todos los recursos con los que contaba para olvidarme de sus palabras, pero fue inútil.

Con razón Sarah se había mudado al otro lado del mundo, pensé, desalentado. ¿Cómo habría podido sobrevivir aquí?

La mosca azul de la ventana guarda silencio por un momento, y se me ocurre que a Sarah le parecería bien lo de adornar un ataúd con flores silvestres. Llevaba ramos a casa durante la semana que pasamos juntos. Llegaron a ocupar casi todas las tazas que tengo. «¿Acaso hay algo más hermoso?», preguntaba mirándolos con una sonrisa.

«Tú —pensaba yo—. Tú eres lo más hermoso que ha entrado en esta casa.»

Aparte de mi amigo Baz, que trabaja para la Unidad de Historia Nacional de Bristol, Sarah es la persona de menos de sesenta años que conozco que más sabe de vida salvaje. Recuerdo cómo alzó la voz con entusiasmo cuando puse a prueba sus conocimientos sobre pájaros con ese libro de Collins Gem. «¡Trepador azul! ¡Tarabilla común!» Luego se le había escapado aquella risa, maravillosamente térrea y llena de vida.

Dios, cómo duele. Duele de maneras que no imaginaba posibles.

Miro de nuevo a mamá para reafirmarme en la idea de que Sarah es, en efecto, la última mujer del mundo con la que debería mantener una relación. «Esta es tu madre —me digo—. Tu madre, usuaria de los servicios de salud mental desde hace casi dos décadas. Una mujer incapaz de recordar las texturas de la vida, el ritmo del mundo, porque se ha aislado de todo. Te necesita.»

Tiene la cabeza apoyada en las manos, simulando que está agotada, aunque en realidad está observando al tío de la Coca-Cola Light por entre los dedos.

—Mamá —susurro—. No pasa nada.

No estoy seguro de que me haya oído siquiera.

Cuando visité a Alan la otra noche me animó a apuntarme a Tinder. Le dije que sí, porque era lo que él quería oír, pero luego tuve que encerrarme en el baño para tirar por el retrete, como si de una caca se tratara, todo el horror que me había invadido. ¿Tinder? Nadie te advierte que la vida seguirá siendo complicada después de hacer lo correcto. Que no hay recompensa, más allá de una sensación intangible de fortaleza moral. Hace ya diez días que regresé, y en todo caso me siento peor que cuando dejé a Sarah en la playa.

¡Tinder! Madre mía. Hay que joderse.

—¿Dónde está Arun? —musita mi madre—. Llevamos esperando una eternidad.

Echo un vistazo a mi reloj. Llevamos esperando diez minutos.

—¿Crees que se ha puesto enfermo, Eddie? —pregunta—. ¿Crees que se ha ido? —Se le nubla el semblante solo de pensarlo.

—No. —Me coloco su mano en la parte interior del codo—. Creo que lleva un poco de retraso. No te preocupes.

Arun, el psiquiatra de mamá, es una de las dos personas que no forman parte de la familia con las que puede hablar sin agobiarse. La otra es Derek, su enfermero psiquiátrico comunitario, que sabe manejarla mejor que ninguno de nosotros. De vez en cuando mi madre recibe otras visitas: Frances, la pastora local, se presenta en su casa cuando tiene un momento, porque últimamente a mamá la estresa demasiado ir a la iglesia con «toda esa gente». Y, en efecto, Hannah Harrington, la hermana de Sarah, iba a verla de vez en cuando, pero hace tiempo que mamá no la menciona, así que sospecho que sus visitas han cesado. Ni Hannah ni la pastora se quedaban mucho rato. Al cabo de media hora, más o menos, mi madre se levantaba a limpiar, lanzando miradas nerviosas al reloj, como si tuviera que estar en otro lado.

La facilidad de Arun para comunicarse con ella se debe en parte a que es un hombre de lo más amable y profesional, pero también a que, según sospecho, ella está tímidamente enamoriscada de él. Y, por supuesto, Arun no se ha ido. Ni se ha puesto enfermo. De ser así, nos habrían anulado la cita o habrían enviado el psiquiatra comunitario. Pero la idea se le ha metido en la cabeza a mi madre, del mismo modo que esos exasperantes pensamientos sobre Sarah se han alojado en la mía.

«¿Y si Sarah muriera? ¿Seguirías creyendo que has hecho lo correcto?» La pregunta lo impregna todo, como una mancha de humedad cada vez más grande. ¿De dónde ha salido? ¿Por qué se niega a abandonarme?

«Sarah está bien», me digo con severidad. Casi con toda seguridad está durmiendo, a miles de kilómetros, en el pequeño bungalow de su amiga. Respirando con suavidad. Con las extremidades relajadas, el rostro tranquilo.

Cuando me doy cuenta de que estoy imaginándome a su lado, deslizándole un brazo soñoliento por la cintura, me levanto.

—Voy a averiguar cuánto falta —digo a mamá.

La recepcionista sabe que no se lo pregunto porque tenga prisa. Sue, reza su pase de seguridad.

—Ustedes son los siguientes —dice expresamente en voz alta para que mi madre la oiga.

Tiene detrás una foto de su familia. Un hombre de aspecto agradable, dos niños, uno con disfraz de león. Me pregunto si Sue, al ver familias como la mía, pensará: «¡Gracias a Dios que no estoy en su lugar!». Eso fue lo que vino a decirme Gemma, mi última novia, cuando nos separamos. Rompió conmigo después de tres meses porque no soportaba que una vez por semana tuviera que irme corriendo a lidiar con alguna emergencia relacionada con mi madre.

Lo de Gemma me supo mal durante un tiempo —era la tercera novia en seis años que se hartaba de las exigencias de mamá—, pero hace unos meses me la encontré en Bristol, paseando de la mano de un tipo que se hacía llamar Tay y me dijo que se dedicaba al arte urbano. Llevaba un aparatoso moño masculino. Y, al intercambiar comentarios triviales con Gemma allí, en la acera, caí en la cuenta de que ninguno de los dos había estado loco por el otro de todos modos.

Locos el uno por el otro. Como Sarah y yo. Así debe sentirse uno cuando está enamorado. Así de bien.

Cuando tomo asiento de nuevo mamá está retocándose el pelo con la ayuda de un espejo de bolsillo. Hoy le ha dado la forma de un balón de rugby.

—Es un peinado tipo colmena —comenta—. Lo llevaba mucho en los sesenta. —Se lo mira con detenimiento—. ¿Te parece demasiado llamativo?

—Para nada, mamá. Te queda muy bien.

En realidad la colmena está (a) hueca y (b) inclinada hacia la derecha como la torre de Pisa, pero sé que se la ha hecho por Arun.

Guarda el espejo y se pone a trastear con su móvil. Al cabo de unos segundos descubro que está fingiendo escribir un mensaje para tomar fotos a hurtadillas al pobre tío del rincón, sin duda para presentarlas como pruebas cuando él la haya asesinado brutalmente. Si Arun Sopori no sale pronto, con sus atractivos rasgos de cachemiro y su cálida sonrisa, las cosas se pondrán muy, muy feas. Y tengo prisa por volver al trabajo.

—Hola, Carol —dice de pronto la voz de Derek, que se acerca con paso tranquilo (Derek nunca camina con prisas), me estrecha la mano y se sienta al otro lado de mamá—. ¿Cómo estamos hoy? —Extiende las piernas hacia delante y noto que ella empieza a relajarse mientras le responde que, para ser sincera, ha tenido días mejores.

—Qué peinado tan espectacular me lleva hoy —señala Derek cuando ella termina de hablar.

—¿Tú crees? —pregunta mamá, y sonríe por fin.

—Ya te digo, Carol. Espectacular.

¡Gracias a Dios que existe Derek! La visita todas las semanas. Es como un mago. A veces pienso que es capaz de ver cosas que nos pasan inadvertidas a los demás; sabe cómo hacerla hablar cuando nadie más consigue sacarle una palabra. Nunca pierde la calma, por muy mal que ella esté.

«¿Le han diagnosticado algo concreto a tu madre?», me preguntó Sarah un día. Yo acababa de cortar el césped del claro con la esperanza de que decidiera quedarse en Inglaterra por el olor a hierba segada. Cuando terminé nos sentamos con unos vasos de licor de jengibre fresco, y Sarah olisqueó el aire alegremente. Luego se volvió hacia mí y me planteó esa pregunta sobre mi madre, sin rodeos, sin paños calientes, lo que hizo que me cayera aún mejor.

Aun así, no quise responderle, de entrada. Deseé ser el hombre con un establo de piedra en los Cotswold que horneaba pan, preparaba licor de jengibre y llevaba una vida en extremo envidiable, no el hombre que tenía que atender varias llamadas de su madre al día. Por otro lado, era una pregunta razonable que merecía una respuesta no menos razonable.

Así que me dispuse a desgranar la lista de males que le habían diagnosticado a lo largo de los años —la depresión crónica; el trastorno de ansiedad generalizada; el trastorno de personalidad del clúster C a medio camino entre ansioso, dependiente y obsesivo compulsivo; el síndrome de estrés postraumático; la depresión psicótica posiblemente bipolar—, pero cuando abrí la boca un enorme cansancio se apoderó de mí. En algún momento había decidido prescindir de las etiquetas. Me habían infundido la esperanza de que mi madre se curara, o por lo menos de que mejorara, pero ya llevaba veinte años enferma.

—Simplemente lo pasa mal —dije al cabo—. Si mi tía no

hubiera estado con ella esta semana, supongo que yo habría tenido que contestar el teléfono varias veces. Seguramente iré a verla en algún momento.

Ahora me arrepiento de no habérselo explicado mejor. Pero ¿qué habría conseguido, aparte de poner fin al tiempo que estábamos pasando juntos? Habríamos deducido quién era el otro en cuestión de minutos, y entonces yo nunca habría sabido lo que era sentirse tan feliz. Tan seguro.

—Señora Wallace.

Levanto la vista. Mamá se lleva rápidamente las manos a su colmena/balón de rugby. Acto seguido se encoge contra mí, presa de una timidez repentina, mientras Derek y yo la conducimos hacia Arun y la puerta abierta.

42

Varias horas más tarde estoy libre.

Camino por un atardecer suavizado por la llovizna, tarareando alguna melodía. Me ciño a los senderos en casi todo momento, pero de vez en vez enfilo un camino pavimentado. Tierra mojada, asfalto mojado, hojas mojadas. Eddie mojado. De cuando en cuando, caen gotitas del borde de mi capucha.

Doy una patada a un guijarro y pienso en la sesión de hoy con mamá. Según las últimas noticias de Derek, Arun quiere modificarle la medicación, lo que me parece una buena idea. No se me había escapado el detalle de que estaba mostrando signos de paranoia; al principio había supuesto que no se trataba más que de una reacción temporal a mi ausencia, pero Derek me dijo que había percibido señales de alerta antes de que me marchara.

Aprendí hace muchos años que los milagros no existen, así que no confío en que se produzca un cambio radical, pero, con un poco de suerte, el nuevo cóctel de Arun detendrá una espiral descendente y evitará una crisis, y me daré con un canto en los dientes. Por muy fantástico que sea el equipo de salud mental que trabaja en su caso, por más que la investigación avance, por muy eficaces que sean los tratamientos, no pueden trasplantarle el cerebro.

Lo mejor ha sido que al salir de la consulta estaba de un

humor relativamente bueno; tan bueno, de hecho, que conseguí convencerla de que fuéramos a Cheltenham a tomar té y pastel. Se pidió una torta de avena grande y solo la asaltó la sospecha de que un hombre planeaba asesinarla. Incluso fue capaz de reírse de sí misma.

Cuando la dejé delante de su casa antes de regresar al taller, me dijo que era el hombre más bueno y apuesto del mundo y que estaba más orgullosa de mí de lo que podía expresar con palabras.

Eso estuvo bien.

Más tarde Derek me telefoneó.

—¿Cómo van las cosas? —preguntó.

—Bien —le respondí.

—¿Seguro?

Dijo que me había visto hecho polvo.

—Recuerda, si en algún momento me necesitas, siempre estaré aquí, Eddie.

Media hora después llego a Bisley y el cielo se despeja. «Qué agradable», comento a un cuervo posado en un poste. Echa a volar, seguramente hacia algún sitio aún más agradable, y siento una punzada de envidia. Tal vez mi madre esté saliendo de peligro, por el momento, pero mi vida sigue siendo como antes. No soy libre ni puedo estar con Sarah. Y nada de lo que Derek pueda hacer por mí —por más teclas que toque en los servicios de salud mental— cambiará eso.

—Bueno, Ed... —murmura Alan unos minutos después. Me ofrece su expresión más severa, lo que no es mucho decir—. Me temo que esto no es suficiente.

Alan es una de las personas más afables y cariñosas que he conocido. Esta noche huele a fresas y amargura, y tiene el jersey cubierto de manchas de color rosa. Lily ha cogido un berrinche y manifestado su enfado con la ayuda de un yogur de fresa cuando él le ha dicho que no podía contarle un cuento para dormir.

Le sonrío, aunque no recuerdo una ocasión en que me haya sentido menos alegre.

—Lo sé. Dame solo un par de semanas más para que supere lo de… —No puedo pronunciar su nombre—. Lo de la señorita… y me pondré a ello.

¿«La señorita»?

Alan tiene la delicadeza de no reírse.

Me han citado en el pub con el fin de hablar de mi cumpleaños número cuarenta, para el que faltan menos de cuatro semanas. No he organizado nada todavía, y Alan se declara «preocupado». **He pensado que debía darte un toque** —escribió ayer en un mensaje—. **Más vale que empieces a pensar un plan, y no vayas a dejarte barba.**

Ha elegido el Bear de Bisley como escenario para el encuentro. Se trata de un magnífico y viejo bar que nos recuerda a ambos los días gloriosos de nuestra juventud, pero que no nos queda cerca a ninguno de los dos. Más tarde compartiremos un taxi que nos costará un riñón, y Alan tendrá que encontrar la manera de ir a recoger su coche mañana. Pero, como se mudará al pueblo pronto, quería catar las cervezas de este local, y yo estaba encantado de venir a pie después de un día de hospitales e instalación de armarios de cocina.

Hannah Harrington vive a pocas casas de aquí. Me topé con ella en Stroud hace un par de años, en la tienda de comida sana, ni más ni menos. Yo estaba comprando cosas no especialmente sanas, como chips de plátano, mientras que ella iba cargada con paquetes de salvado de avena, entre otros productos que, aunque parezca mentira, se han vuelto indispensables para las personas de clase media. Debía de ser la cuarta o quinta vez que la veía desde la muerte de Alex y —como siempre— me había sorprendido el extraordinario parecido entre la Hannah de doce años y la Hannah adulta.

Me pregunté cuánto habría cambiado mi hermana si aún estuviera viva.

Hannah me contó que a su marido y a ella les habían aceptado una oferta sobre una casa en Bisley. Hablamos sobre los precios de la vivienda y luego nos marchamos, cada uno por su lado. Ojalá me hubiera comentado que Sarah se había ido a Estados Unidos. Ojalá me hubiera dicho: «Oye, ¿te acuerdas de mi malvada hermana mayor? ¡Se piró al extranjero hace años, así que no hay peligro de que Carole o tú volváis a cruzaros con ella!».

Alan deposita una pinta delante de mí y se sienta.

—¿Pensando en la señorita? —pregunta.

—Sí. Detenme.

Me propina un golpe de kárate en el antebrazo.

—Detente, Ed —dice—. Déjalo estar ahora mismo. —Me mira, y detecto en sus ojos la fascinación morbosa de quien lleva años casado—. ¿En qué estabas pensando? ¿En alguna persona desnuda?

Sonrío.

—No.

—Entonces ¿en qué?

—En lo que pasó y en lo fácil de evitar que habría sido. En que me habrían bastado unos segundos para atar cabos, si hubiera sabido que ella se había mudado a Estados Unidos.

Alan se queda pensativo. Toma un buen trago de cerveza mientras me percato de que también tiene manchas de yogur en el pantalón. Incluso tiene un churrete rosa en el vello de la pierna.

—Pero aunque hubieras atado cabos, tal vez no habrías podido contenerte —señala—. Me has dicho que quedaste prendado de ella al instante.

Recuerdo aquellos primeros minutos en compañía de Sarah.

Lo inteligente, divertida y guapa que me había parecido. La broma sobre la oveja que yo había alargado más de la cuenta porque no quería que ella dejara de hablar.

—Pero me contuve. Desde el instante en que me di cuenta. Y eso que para entonces ya era demasiado tarde. Oye, tontaina, te he pedido que no me dejaras seguir pensando en ella.

Suelta una risita.

—Tienes razón, perdona.

Alan es la persona que la gente cree que yo soy. Vive a gusto en su propia piel, con muy pocas preocupaciones. El tipo de hombre que siempre está al borde de la risa, incluso cuando ha perdido un tren (cosa que le pasa a menudo) o la cartera (lo mismo). Nos hicimos amigos el día que lo pillé explorándose una fosa nasal con el dedo durante el discurso de bienvenida a nuestra escuela secundaria y él, en vez de sonrojarse, desplegó una gran sonrisa y siguió a lo suyo. Más tarde me retó a una partida de burro y no se molestó en absoluto cuando le pegué una paliza.

Aunque nunca hablábamos de nuestra amistad porque estábamos demasiado ocupados dando patadas a pelotas y fingiendo que no nos fijábamos en las chicas, lo cierto es que nos convertimos en grandes amigos. Y en compinches; nos metíamos en muchos líos. Incluso nos expulsaron temporalmente del colegio por elaborar una sustancia que parecía vómito y lanzarla desde las ventanas del lavabo en el que fumaban los profesores rebeldes, los que llevaban chupa de cuero y no se cortaban el pelo con suficiente frecuencia. Creí que mi madre me mataría, pero cuando subimos al coche se echó a reír. Se reía a menudo en aquel entonces. «Solo sois unos críos», dijo.

Casi treinta años después Alan y yo debíamos de parecer los mismos de siempre.

Sin embargo, yo ya no soy como Alan. Ese Eddie juvenil y sencillo seguramente desapareció la primera vez que me encontré a mi madre inconsciente, sobre un charco de vómito y rodeada de frascos de pastillas. Y si no desapareció entonces, debió de extinguirse la segunda vez, o tal vez la tercera, cuando la encontré en la bañera con cortes recientes en las muñecas de los que manaban regueros rojos que se deslizaban hasta el agua. Y si esas tres primeras tentativas no acabaron conmigo, sin duda me remató la cuarta, cuando ya hacía años que creía que los trayectos en ambulancia, la ley de salud mental y las noches de hurgarme los bolsillos frente a la máquina de bebidas del hospital en busca de unas monedas eran cosa del pasado.

No quiero dar una idea equivocada: las dos últimas décadas no han sido un desastre absoluto, ni mucho menos. He tenido montones de amigos, una vida social aceptable (para un ermitaño que mora en un establo) e incluso novias. Tengo un oficio que me encanta, vivo en un lugar precioso y, cuando debo ausentarme cuento con una tía muy paciente que cuida de mi madre.

Pero entonces conocí a Sarah y recordé cómo podía ser la vida. La alegría, la despreocupación, las risas. La vida cantada en tono mayor.

Me he preguntado a menudo si le presenté una versión falsificada de Eddie David durante la semana que pasamos juntos. Una versión más feliz, más libre. Pero creo que no fue eso lo que sucedió. Creo que ella simplemente tuvo la oportunidad de conocer una versión de mí que yo había olvidado hacía mucho tiempo; una versión que al parecer solo ella fue capaz de reanimar.

—Es muy duro, Ed. —Alan suspira, y se inclina hacia delante para frotarse la mancha de yogur de la pierna—. Lo siento.

Con firmeza, le aseguro que lo superaré.

Bebo un largo trago de cerveza y me reclino en la silla, listo para hablar de los problemas que Lily ha tenido en la escuela primaria, o la chocante noticia de que a nuestro amigo Tim le ha puesto los cuernos su esposa embarazada.

Pero Alan no da el tema por zanjado.

—¿Estás seguro? —pregunta—. Perdona, Ed, pero no me da la impresión de que estés superándolo. Te veo hecho una mierda.

Eso me pilla desprevenido.

—Sí, estoy seguro —respondo, aunque más en un tono de pregunta que de afirmación—. De todos modos, ¿qué alternativa me queda? Si me juntara con Sarah, eso acabaría con mi madre. Y lo digo en un sentido bastante literal.

Alan tuerce el gesto.

—Lo sé. No te lo discuto. Pero no es eso lo que te pregunto, sino si estás seguro de que estás superándolo.

Clava los ojos en mí, y esa sensación se reaviva en mi interior. Justo por debajo de la piel. Desde hace años y años ejerce presión hacia fuera, pugnando por salir, contenida solo por finas capas de epidermis.

—No —digo después de un silencio—. No estoy superándolo.

Él asiente. Ya lo sabe.

—Estoy al límite. Al puto límite, y no sé qué hacer. —Hago girar mi vaso entre los dedos, una y otra vez, luchando contra el ardor que me asoma a los ojos—. No duermo. No me concentro. No puedo pensar más que en Sarah. Estoy… bueno, desesperado, porque sé que he quemado todas mis naves. Y desde que regresé de Los Ángeles mi madre se ha puesto imposible. A menudo me sorprendo pensando: «No puedo más». Pero tirar la toalla no es una opción, Alan, porque ¿qué narices se supone que hará ella si me da la ventolera y salgo por piernas? Yo… Joder.

—Joder —confirma Alan por lo bajo.

Me quedo callado por temor a perder el control.

Alan bebe un sorbo de su pinta.

—A menudo me pregunto si no deberías conseguir a alguien que te ayude con tu madre, Ed. Gia me habló de una amiga suya que llevaba quince años cuidando de su marido. Una historia terrible; el tío se cayó con la moto y se quedó paralítico de todo el cuerpo… El caso es que la mujer sufrió una crisis nerviosa el mes pasado. Fue como si topara contra un muro. No podía aguantar un minuto más. Y no es que ya no lo quiera. Lo adora. —Hace una pausa y toma otro sorbo—. Me hizo pensar en ti, colega. A ver, esta situación tiene que estar minando tus fuerzas de mala manera.

Suelto un gruñido evasivo porque no quiero mantener esa conversación. Gemma fue la última que intentó advertirme que acabaría por venirme abajo si no encontraba un modo de conseguir más libertad para mí. Me lo tomé como una crítica hacia mi madre y nos enzarzamos en una discusión, aunque, muy en el fondo, sabía que ella seguramente tenía razón.

—Pero nadie puede sustituirme —replico—. No es que necesite a alguien que la lave o le prepare la comida; solo necesita a una persona de confianza con quien hablar por teléfono, o que acuda a su lado cuando pierda los nervios. La llevo de compras, hablo con ella. Soy su amigo, no su cuidador.

Alan asiente, aunque creo que no es del mismo parecer.

—Solo te pido que lo pienses —dice—. En cuanto a Sarah… Hiciste lo correcto, Ed. Lo único que podías hacer.

—Mmm.

—Piensa en Romeo y Julieta. O en Tony y en María. —La devoción de Alan por el teatro musical por lo general me divierte, pero esta noche no estoy de humor para *West Side Story*—. Sabían que era un error estar juntos —insiste—, pero se lanzaron de todos modos y acabaron muertos. Tú eres mucho más inteligente. Te has resistido, y eso requiere muchas más agallas.

—Bueno, me alegra mucho oír eso, Alan. Gracias. Pero el auténtico problema es que tengo que dejar de quererla y no sé cómo.

Adopta un aire meditabundo.

—Con frecuencia me pregunto cómo funciona eso de desenamorarse de alguien —dice—. ¿Qué tiene que hacer uno? ¿Por qué no ha publicado Haynes un manual sobre eso?

Su pelo pajizo apunta en direcciones distintas desde los lados de la cabeza mientras reflexiona sobre la cuestión. Alan nunca ha dejado de querer a nadie. Gia y él llevan nueve años casados, diecinueve años juntos. Pero antes de ella solo estuvo Shelley, a quien Alan le rompió el corazón (y se sintió muy culpable por ello), aparte de un puñado de chicas del instituto con quienes solo pretendía apaciguar su perpetua erección adolescente.

¿Qué hay que hacer para desenamorarse?, me pregunto yo también. El amor que sentía por Sarah no era solo una versión de algo que ya vivía en mi interior, sino algo que creé a partir de la nada, algo que cultivé. Para cuando nos despedimos se había vuelto tan tangible como ella misma.

¿Cómo voy a matarlo? Aunque dejara que se desgastara con el tiempo, seguiría habiendo restos de él dispersos dentro de mí. La inesperada terrosidad de su risa, el abanico que formaba su cabellera sobre la almohada. El balido de una oveja, la imagen de Ratoncita entre sus delicados dedos.

—No tengo idea de cómo se deja de querer a alguien —digo al final. Alan vuelve a observarme—. Supongo que basta con sentarse y esperar a que... No sé. ¿A que la llama se apague? Solo sé que, ahora mismo, me siento como una olla a presión.

—Tal vez por eso tantos poetas han escrito sobre el desamor. Los ayuda a soltar vapor. Es como una sangría. Una descarga rápida de sentimientos abrumadores.

—Cierto. —Suspiro—. Lo de la descarga suena bien. Una liberación.

Se hace un silencio, luego se oye un resoplido y los dos rompemos a reír.

—Si quieres marcharte a casa para una liberación rápida, por mí no te cortes —dice Alan.

Se levanta y se acerca a la barra. Le miro los tobillos y son-río. Aunque es de complexión normal, tiene unos tobillos tan delgados que pueden abarcarse con una mano. Se enfada bastante cuando se lo hago.

Oigo el tenue zumbido de la nevera para vinos. En una cocina lejana, alguien friega platos.

Echo una ojeada a mi reloj. Las nueve menos veinte de la noche. Me pregunto qué estará almorzando Sarah, y me pongo malo.

Alan regresa con dos cervezas más y se sienta, frotándose las manos con delectación por los bistecs que acaba de pedir, y en este momento no hay nada que desee más que estar en su pellejo. Ser Alan Glover, oliendo ligeramente a yogur, con una vida estable, sin otra responsabilidad que velar por el bienestar de su adorable hijita.

—Me voy, pero solo a mear —le digo.

Cuando regreso reparo en que una pareja ha ocupado la mesa del rincón. Van de negro y enseguida me percato de que algo no va bien. No hablan entre sí, aunque la mujer se aferra al hombre como si estuviera soplando un viento fuerte.

En el mismo instante en que advierto que ella está llorando me doy cuenta de que la conozco. Aminoro el paso para mirarla con más detenimiento, y al cabo de unos segundos la reconozco: es Hannah Harrington. La hermana de Sarah. A menos de dos metros de mí, acurrucada contra un hombre que supongo que es su esposo. Tiene el rostro enrojecido, desfigurado por la tristeza, pero de pronto la veo: una sombra de Sarah. Tal como estaba en la playa cuando me alejé de ella: aturdida, afligida, en un silencio absoluto.

Hannah no repara en mí, y regreso con discreción a nuestra mesa. Le hablo a Alan de los coches fúnebres que he visto hace un rato, cuando me dirigía al pueblo de Sarah. Luego, como tengo un nudo en el estómago, mascullo que si Hannah está llorando debe de ser porque ha muerto alguien a quien la familia de Sarah conoce muy bien.

—A lo mejor Sarah ha cogido un avión para asistir al entierro —susurro en un tono que se acerca demasiado a la locura—. ¡Podría estar a pocos kilómetros de aquí, Alan!

Alan parece preocupado.

—No vayas a buscarla —me dice.

Nos sirven los bistecs poco después, y él acaba comiéndose el mío.

Al poco rato me levanto para pedir otra ronda y veo que Hannah y su marido se han marchado. No dejo de preguntarme quién habrá muerto. Por un momento angustioso me planteo la posibilidad de que sea la propia Sarah.

Es una idea irracional, claro, pero conforme avanza la tarde no consigo desterrarla de mi mente. Encaja demasiado bien con esos pensamientos perturbadores que me asaltaron cuando regresé de Los Ángeles. Esa voz que me preguntaba si creería haber hecho lo correcto en caso de que Sarah muriese.

Me emborracho hasta un punto embarazoso, y en cierto momento asesto un puñetazo en la mesa ante la desesperanza que impera en el mundo.

No soy el tipo de hombre que va dando puñetazos en las mesas. Cuando Alan dice que vendrá conmigo a casa a beber whisky y ver los juegos olímpicos, no le replico. Yo tampoco me abandonaría a mi suerte si estuviera en su lugar.

43

Querida tú:

Basta. Tengo que olvidarme de Sarah, no solo decirme que
tengo que hacerlo y luego pasarme la vida entera pensando en
ella. Tengo que bloquear los pensamientos en cuanto me ven-
gan a la cabeza. Porque no solo no me ayudan, sino que son
peligrosos. En cuanto arrancan de la parrilla de salida se pro-
pagan con más rapidez que un virus y me resulta casi imposible controlarlos. Y cuando miro a mamá veo hasta dónde pueden conducirme.

Así que es ahora o nunca, Erizo. Es el momento de ejercer
esa capacidad de decisión sobre la que tanto me gusta dar la
brasa.

Gracias por ser mi testigo. Como siempre.

Yo x

Releo la carta antes de coger un sobre, como si intentara
aferrarme a Sarah unos instantes más. Cada mañana el sol entra
por la ventana en un ángulo muy pronunciado, iluminando el
bosque de detritos que vive en mi mesa: catálogos polvorien-
tos, facturas, una regla, incontables lápices y recortes, tazas de
té frío. Un estrecho rayo de luz consigue colarse entre todos
esos obstáculos hasta incidir en el rectángulo de papel morado

en el que acabo de escribir. Apunta a la carta, como resiguiendo el contorno de las palabras conforme los árboles se mecen en el exterior. Entonces una nube que pasa lo engulle de golpe, y la carta vuelve a sumirse en la penumbra gris de la mañana.

En el momento en que saco un sobre morado oigo un chirrido procedente de arriba que anuncia el despertar de Alan.

—¿Ed? —murmura una voz apagada—. ¡Oye, Ed!

Se quedó dormido en el sofá mientras escribía un mensaje a Gia sobre mi estado de salud mental. **Tengo que cuidar de él** —había tecleado antes de perder el conocimiento. Yo concluí el mensaje y se lo mandé a Gia para que no se preocupara—. **Se le ha ido la olla en el pub** —escribí—. **Más vale que me quede con él.**

Gia siempre demuestra una tolerancia extraordinaria con Alan y conmigo.

Él roncaba de vez en cuando. El equipo británico obtuvo la medalla de bronce en la prueba de natación sincronizada masculina. Yo estaba sentado en el sofá, intentando no pensar en Sarah.

Suenan pasos lentos de resacoso por encima de mi cabeza. Alan pronto estará husmeando en la cocina, como un oso hambriento, buscando cosas apetitosas a las que echar la zarpa. Querrá una gran taza de té, cuatro tostadas por lo menos y luego que lo lleve en coche al trabajo. Seguramente me pedirá también que le preste ropa porque la suya está pringada de yogur de fresa.

Le facilitaré todas esas cosas con gusto, pues Alan es un amigo de verdad. Sabía que anoche yo necesitaba compañía. Sabía que estaría con el ánimo por el suelo debido a Sarah y también ha adivinado de algún modo que las cosas con mi madre no van viento en popa. Lo menos que puedo hacer por él es prepararle unas tostadas.

Bajo la vista a mi carta, la introduzco en el sobre morado y escribo el nombre de Alex en el anverso. Sin hacer ruido, para que Alan no me oiga, me acerco a los cajones que hay bajo mi banco de trabajo y abro el que tiene la etiqueta ESCOPLOS.

Contiene un suave mar de papel morado. Es un cofre del tesoro de la tristeza, mi oscuro secreto. Está llenándose de nuevo: algunas de las cartas del fondo parecen a punto de caer al cajón de abajo, donde guardo los escoplos de verdad. Con cuidado, los desplazo hacia delante. Sé que es una tontería, pero detestaría que alguno de ellos se perdiera. O se doblara, o quedara aplastado o dañado de alguna otra manera.

Los contemplo respirando despacio.

No escribo a diario, tal vez una carta cada quince días, o con menos frecuencia si estoy muy ocupado, pero aun así este es el tercer cajón que lleno en las últimas dos décadas. Hundo la mano entre ellas, sensible y avergonzado. «Pero ¿a este qué le pasa? —imagino que la gente comenta—. ¿Sigue obsesionado por una niña muerta? Debería buscar ayuda.»

Fue una mujer llamada Jeanne Burrows, terapeuta de duelo, quien me aconsejó que escribiera a mi difunta hermana. Yo no soportaba la idea de no poder volver a hablar con ella; me mareaba de pánico solo de pensarlo. «Escríbele una carta —había sugerido Jeanne—. Exprésale lo que sientes, cuánto la echas de menos. Dile las cosas que le habrías dicho si hubieras sabido lo que iba a ocurrir.»

Durante esas horas silenciosas que me pasaba conduciendo entre los juzgados, el hospital psiquiátrico y la casa vacía donde me había criado, esas cartas me proporcionaban alivio. Tenía amigos, por supuesto; incluso me había echado una novia nueva en Birmingham, donde acababa de finalizar mi primer año de universidad. Margaret, la hermana de mi madre, llamaba todos los días, y mi padre bajó desde Cumbria para ayudar a organizar los funerales de su hija. Pero nadie sabía muy bien cómo tratarme ni qué decir. Mis amigos tenían buenas intenciones, pero eso no me servía de nada, y mi novia me dejó de la forma más decente que pudo. Papá daba largas al dolor pasándose casi todo el rato hablando por teléfono con su mujer.

Escribí la primera carta a solas, en mi habitación de la residencia de estudiantes, el día que fui allí en coche para recoger mis bártulos. Por aquel entonces mi madre estaba ingresada en un pabellón de aislamiento. No cabía la menor posibilidad de que yo volviera para el segundo año.

Pero me venció el sueño después de redactar la carta. Dormí toda la noche y, aunque lloré al ver el sobre morado a la mañana siguiente, me sentía menos... abrumado. Como si hubiera practicado una pequeña punción y aliviado la presión. Escribí otra carta esa noche, en Gloucestershire, después de guardar mis cosas, y desde entonces nunca he dejado de hacerlo.

He pedido cita con Jeanne para dentro de un par de días. Sigue recibiendo a los pacientes en su casa, en Rodborough Avenue. Su voz sonaba igual que siempre, y no solo me ha reconocido, sino que me ha asegurado que estaba encantada de saludarme. Le he dicho que quería verla porque mi relación con Sarah Harrington había reabierto «viejas heridas», pero no sé si esto es del todo cierto. Simplemente me embarga la sensación —desde que he vuelto— de que todo va mal. Como si hubiera regresado a la vida equivocada, la cama equivocada, los zapatos equivocados.

Lo más alarmante es la impresión de que todo lleva casi veinte años así de mal pero que no me había percatado de ello hasta ahora.

Paseo la mirada por mi taller, mi lugar seguro, mi refugio. El sitio donde he martilleado y serrado, preso de la rabia y la desesperación. Donde he bebido cientos de miles de tazas de té, cantado acompañando la radio, hecho saltar montones de astillas y echado algún que otro polvo bajo los efectos del alcohol. No sé qué habría sido de mí si no hubiera contado con eso.

Y es a mi madre a quien debo agradecérselo, en realidad. Mi padre, el culpable original de mi fascinación por la madera, estaba totalmente en contra de que me ganara la vida así. Durante los diez años transcurridos entre el día que se fugó con Victoria Caraculo (el nombre que Alan le puso en aquella época;

la verdad es que no ha perdido su fuerza) y la muerte de Alex, él continuó inmiscuyéndose en mi vida y mis decisiones como si aún se sentara a la cabecera de nuestra mesa. Se enfadó cuando le dije que estaba pensando en matricularme en un curso de iniciación a la ebanistería en vez de en el bachillerato.

—¡Tienes cerebro de universitario! —me gritó por teléfono—. ¡Ni se te ocurra malgastarlo! ¡Destruirás tus posibilidades de futuro!

Por aquel entonces mamá aún era capaz de mantenerse firme en un conflicto.

—¿Y qué pasa si no quiere ser un contable de mierda? —espetó, arrebatándome el teléfono. La voz le temblaba de ira—. ¿Alguna vez te has fijado en lo que hace, Neil? Lo dudo, teniendo en cuenta lo poco que vienes por aquí. Pero deja que te diga una cosa: nuestro hijo posee un talento excepcional. ¡Así que déjalo en paz!

Me compró mi primera garlopa número siete, una vieja Stanley muy buena. Aún la uso. Así que cuando pienso en lo que tengo es con ella con quien me siento agradecido.

—*Bonjour* —dice Alan con voz un poco pastosa. Está al pie de la escalera, vestido solo con el pantalón y un calcetín—. Necesito un té, una tostada y que alguien me lleve al curro, Eddie. ¿Me echas un cable?

Una hora después detengo el coche delante de su casa, en la parte más alta de Stroud. Dejo el motor encendido mientras él entra corriendo con el fin de buscar ropa apropiada para el trabajo (ha rechazado de plano todo lo que le he ofrecido) y dirijo la vista hacia el antiguo cementerio que se extiende ante mí, ladera abajo, un damero de tristeza y amor. No hay nadie, salvo un gato que avanza con cautela entre filas de lápidas encaladas.

Sonrío. Qué típico de un gato. ¿Por qué caminar con respeto por la hierba cuando podrías pisotear tumbas humanas sin la menor consideración?

La campana de una iglesia comienza a sonar —deben de ser

las nueve—, y de pronto me viene a la cabeza el cortejo de ayer. El coche fúnebre, reluciente, silencioso y desconcertante en todos los sentidos. El estudiado semblante del conductor, las cascadas de flores silvestres que caían del ataúd, ese miedo vertiginoso que nos invade ante cualquier recordatorio de la mortalidad humana. Cruzo los brazos, preso de una inquietud repentina.

¿Quién se ha muerto? ¿Quién?

Pero entonces me acuerdo de lo que le he prometido a mi hermana hace noventa minutos escasos. Se acabó el pensar en Sarah. Ni ahora ni nunca. Corro un velo sobre esa parte de mi mente y me obligo a planear las tareas de la jornada de trabajo. Número uno: un sándwich de beicon en el bar de carretera de Aston Down.

—¡Miau! —grito al gato, pero está demasiado ocupado tramando la muerte de alguna pobre musaraña.

44

Seis semanas después

Ha llegado el otoño. Lo percibo en el aire, turbulento, crudo y —siempre me lo ha parecido— pesaroso. Como si estuviera algo avergonzado por dar al traste con los embriagadores sueños veraniegos y allanar el terreno a una época más cruel.

Aunque a mí personalmente el invierno nunca me ha molestado. Este valle adquiere una deliciosa cualidad sobrenatural cuando el suelo se eriza de escarcha y los árboles proyectan largas sombras sobre la tierra desnuda. Me encanta ver una retorcida columna de humo elevarse desde una chimenea solitaria, una lucecita como de cuento de hadas en una ventana lejana. Me encanta el descaro con que mis amigos se invitan solos a casa para sentarse frente al fuego y engullir los sustanciosos estofados que por lo visto creen que me paso el día cocinando porque vivo en un establo rural.

Curiosamente, mi madre también parece un poco más contenta en invierno. Creo que es porque considera más aceptable quedarse bajo techo cuando descienden las temperaturas. El verano está lastrado por las expectativas de una vida social más intensa y un incremento de las actividades al aire libre, mientras que en invierno su recluida existencia apenas necesita justificación o defensa.

Pero solo estamos en septiembre, y yo aún llevo pantalón corto mientras subo con paso decidido por la pendiente cubierta de mantillo del bosque de Siccaridge. Pantalón corto y un jersey que todavía no he tenido el valor de lavar y rasurar, porque la última persona que se lo puso fue Sarah.

Avivo un poco la marcha. Un ligero ardor se me extiende por los músculos de las pantorrillas mientras asciendo la colina a toda velocidad para que no se me hundan los pies en la gruesa capa de mantillo. Entono la parte de Mary Clayton de Gimme Shelter. Los únicos que me oyen cantar que la violación y el asesinato están «a solo un tiro de distancia» son los pájaros, que seguramente ya me daban por loco.

Cuando llego al tramo final, el que Clayton interpreta a grito pelado, se me escapa la risa. Aunque la vida no me parece tan plácida ahora mismo no cabe duda de que negarme a pensar en... bueno, en cosas inquietantes, me da un respiro.

El problema es que a Jeanne Burrows no acaba de convencerle mi plan de bloquear en mi mente todos los pensamientos sobre Sarah. Mis sesiones con ella me hacen sentir mucho mejor, mucho menos solo, y sin embargo me toca los huevos cada semana. No había imaginado que fuera posible tocar los huevos a alguien de una forma profundamente amable, considerada y respetuosa, pero es justo lo que Jeanne hace.

La de hoy, sin embargo, ha sido una sesión sin precedentes.

Justo cuando llegaba al final de Rodborough Avenue, donde Jeanne vive, vi nada menos que a Hannah Harrington salir en marcha atrás de la plaza de aparcamiento de Jeanne. Estaba demasiado concentrada intentando no dar un golpe al coche de un vecino para reparar en mí, pero pude echarle un buen vistazo. No estaba muy distinta de la última vez que la había visto: llorosa, cansada, perdida.

Como es natural, me pregunté de inmediato por qué Hannah había ido a ver a Jeanne, y, antes de que me diera cuenta, el viejo motor del miedo se había encendido de nuevo. ¿Y si el difunto era uno de los padres de Sarah? Ella estaría deshecha. En aquellas cartas me confesaba lo culpable que se había sentido todos esos años por empeñarse en vivir a miles de kilómetros de distancia. Decidí que era mi deber ayudarla.

—Quiero llamar a Sarah Harrington —anuncié a Jeanne en cuanto entré—. ¿Puedo hacerlo aquí, delante de ti?

—Ven, siéntate —me indicó con serenidad. «Oh, genial —la imaginé pensando—. Lo que faltaba.»

Al cabo de unos minutos me tranquilicé y acepté que no tenía ninguna razón para telefonear a Sarah Harrington, pero eso desembocó de forma inevitable en una conversación sobre ella. Jeanne me preguntó de nuevo si creía que bloquear todos los pensamientos sobre Sarah estaba ayudándome a superar la ruptura.

—Sí —respondí con terquedad—. Es una posibilidad —maticé—. No.

Hablamos del proceso de superación. Admití que estaba harto de que se me diera tan mal, pero que no sabía qué otra cosa hacer.

—Solo quiero ser feliz —murmuré—. Quiero ser libre.

Jeanne se rio cuando me lamenté de que no existiera un manual para dejar de querer a alguien. Reconocí que en realidad era una ocurrencia de Alan, y entonces ella me dirigió una mirada inexpresiva.

—Ahora que hablamos de ser libres, Eddie, me gustaría saber qué piensas sobre eso en relación con tu madre. ¿Qué sientes cuando te imaginas libre de tus obligaciones hacia ella?

La pregunta me descolocó tanto que tuve que pedirle que la repitiera.

—¿Qué sientes ante la idea de quitarte de encima parte de esa carga? —Su tono era amigable—. Así fue como lo describiste la semana pasada. Vamos a ver… —Consultó sus notas—. Una «carga angustiosa», dijiste.

Noté que me subía el calor al rostro. Tironeé de un hilo

suelto de su sofá, incapaz de mirarla a los ojos. ¿Cómo se atrevía a sacar eso a relucir?

—Eddie, quiero recordarte que no tiene que avergonzarte en absoluto que te resulte difícil. Los cuidadores familiares pueden sentir un cariño y una lealtad enormes hacia el pariente enfermo, pero también experimentan rencor, desesperación, soledad y una gran variedad de sentimientos que no desean que el paciente descubra. A veces llegan a un punto en el que necesitan tomarse un descanso. O incluso reorganizar por completo la cuestión de los cuidados.

Fijé la vista en el suelo. «¡Retíralo ahora mismo! —me entraron ganas de gritarle—. ¡Es de mi madre de quien estás hablando!» Pero no salió una palabra de mis labios.

—¿Qué piensas? —preguntó Jeanne.

Aunque no me enfado a menudo —he tenido que aprender a contenerme, por el bien de mamá—, de pronto estaba furioso. Demasiado para saber apreciar lo que ella intentaba hacer por mí, para agradecerle que hubiera esperado semanas antes de tocar el tema. Quería coger el jarrón con rozagantes bocas de dragón que tenía sobre la repisa de la chimenea y estamparlo contra la pared.

—No tienes ni idea —espeté a una terapeuta con treinta y siete años de experiencia. Si mis palabras la escandalizaron, no dio muestras de ello—. ¿Qué te has creído? —proseguí levantando la voz—. ¿Cómo te atreves a sugerirme que huya y la deje tirada sin más? ¡Mi madre ha intentado suicidarse cuatro veces! ¡Su cocina parece una puta farmacia de hospital! Es la persona más vulnerable que conozco, Jeanne, y resulta que es mi madre. ¿Tu madre está viva? ¿Te importa lo que le pase?

Tardé casi media hora en pedirle perdón y recuperar la calma. Jeanne me hacía preguntas con cortesía y respeto, pero sin aflojar en ningún momento. Presionándome, empujándome con su hábil interrogatorio de mierda hacia la confesión de que me encontraba peligrosamente cerca del límite de mis fuerzas con mamá. Con la vida. Hacia la aceptación de que quizá era mi dolor el que me había impedido admitirlo.

Jeanne parecía convencida de que Derek podía ayudarme a hallar una solución.

—Es su trabajo —repetía una y otra vez—. Es enfermero psiquiátrico comunitario, Eddie. Está para echaros una mano a los dos.

Y yo replicaba una y otra vez que por nada del mundo dejaría la responsabilidad sobre mi madre en manos de Derek, por muy maravilloso que fuera.

—Soy la única persona a la que ella quiere llamar cuando necesita ayuda —alegué—. No confía en nadie más.

—Eso no lo sabes con certeza.

—¡Y tanto! Si le prohibiera llamarme, incluso si le pidiera que me llamara menos a menudo, ella no me haría el menor caso y seguiría como antes, o su estado empeoraría hasta un extremo peligroso. Ya conoces su historial. Sabes que no exagero.

Cuando se acabó el tiempo no habíamos realizado grandes progresos, pero le prometí que la semana siguiente continuaría con la terapia sin coger una rabieta.

Jeanne soltó una carcajada. Me aseguró que iba muy, muy bien.

Llego a la cima de la colina, por fin, y me acerco al haya que he venido a inspeccionar (está a unos metros de la bota de goma misteriosa). En junio, cuando estaba pateándome la campiña, sumido en pensamientos airados y confusos sobre Sarah, me percaté de que presentaba muerte regresiva, pero ahora tiene mucho peor aspecto. Me imagino que será debido a algún tipo de escarabajo, pues no veo rastros evidentes de agentes patógenos en la corteza, pero salta a la vista que está en las últimas. Apoyo la mano en el tronco, entristecido al imaginar que alguien talaba tan magnífico ejemplar con una estridente motosierra.

—Lo siento —le digo, porque me parece inapropiado quedarme callado—. Y gracias. Por el oxígeno. Y lo demás.

Tras echar una ojeada a los árboles circundantes (la bota sigue allí), inicio el descenso por la ladera con las manos en los bolsillos. Mi cerebro se empeña en incitarme a pensar en Sarah y en la visita de su hermana a una terapeuta del duelo, pero resisto la tentación. En vez de ello, me obligo a concentrarme en el árbol. Se trata de un problema que puedo resolver. Llamaré mañana a la Asociación para la Conservación de la Fauna y la Flora de Gloucestershire y les preguntaré si necesitan ayuda para bajarlo.

Para cuando llego al establo he vuelto a ser más o menos el mismo de siempre.

Pero entonces entro y me encuentro a mi madre de pie junto al cajón de las cartas moradas. Mi cajón secreto lleno de cartas moradas cuya existencia no conoce nadie en la tierra salvo Jeanne. Y descubro que mamá está leyendo —leyendo con bastante serenidad— una de las cartas que he escrito a Alex. La sostiene en una mano con una expresión desagradable en la cara.

Tardo un momento en cerciorarme de que eso está sucediendo de verdad. De que mi madre —mi estimada madre— está cometiendo una violación tan flagrante de mi intimidad. Pero, en ese instante, le da la vuelta a la hoja de papel entre los dedos para leer el reverso, y todas mis dudas se disipan.

La incredulidad cede el paso lentamente a la rabia.

—¿Mamá? —digo agarrándome al marco de la puerta como un tornillo de banco.

En un solo movimiento se esconde la carta tras la espalda y se vuelve hacia mí.

Releo en mi mente el mensaje de texto que le he mandado antes de salir: Voy a dar un paseo. Te aviso que no me llevo el móvil, para estar tranquilo un rato. Pero vuelvo dentro de un par de horas.

Siempre calculo con un margen generoso el tiempo que me llevará hacer algo para que ella no entre en pánico.

—¡Hola, cariño! —saluda con esa voz, la que adopta cuando sabe que ha abusado de mi paciencia. Pero ahora suena incluso más aguda—. Has vuelto muy pronto.

—¿Qué haces?

—Pues…

Guarda un silencio espeso, aterrado, mientras sopesa sus opciones. Todo se detiene. Incluso los árboles del exterior parecen haberse quedado inmóviles, como aguardando la confirmación de la traición. Pero mamá no puede. Es incapaz de decirme la verdad.

—Me parece haber oído algo —responde con una inflexión tan exagerada que parece un personaje de un programa de televisión infantil—. Sonaba como un ratón. ¿Has tenido problemas con ratones últimamente, Eddie? Lo he oído cerca de aquí. Solo estaba echando un vistazo… He abierto algunos cajones. Espero que no te importe…

Sigue excusándose en esa línea hasta que doy un grito…, no, más bien un bramido:

—¿CUÁNTO RATO LLEVAS LEYENDO MIS CARTAS?

Se impone un silencio abisal.

—Sí, me he encontrado unas cartas justo antes de que llegaras —dice al cabo—. Pero no las he leído. He echado una ojeada a una y he pensado: «Oh, no tiene nada que ver conmigo», así que estaba guardándola en su sitio justo cuando…

—¡No me mientas! ¿Cuánto rato llevas leyendo mis cartas?

Se acerca rápidamente la mano a la cara y empieza a quitarse las gafas, pero cambia de idea y se las deja torcidas sobre la nariz como un balancín. La miro, y no veo a mi madre. Solo la rabia, un gran fogón de ira.

—¿Cuánto rato llevas leyendo mis cartas? —pregunto por tercera vez. Creo que nunca le había hablado en este tono—.

Y no me mientas —le advierto—. En serio, mamá, no vuelvas a mentirme.

Lo que ocurre a continuación me pilla totalmente desprevenido. Cuando me preparo para una escena de llanto, con mi madre en el suelo suplicando perdón, ella se da la vuelta de repente y lanza la carta al aire como si fuera un tíquet de aparcamiento o algún otro insulto a su existencia. El papel desciende lentamente en zigzag hasta el suelo.

—¿Que no vuelva a mentirte? ¿Como me has mentido tú a mí? —exclama—. ¿Como me mentiste cuando me dijiste que querías ir a Los Ángeles «de vacaciones»? ¿Que querías ver a tu amigo Nathan, hacer surf? ¿Como me mentiste al asegurarme que Alan había tenido una «emergencia» el día que regresaste? —Con una parsimonia que me hipnotiza, avanza unos pasos y planta la mano en el banco que atraviesa el centro de esta parte del taller—. ¿Como me mentiste respecto a… a esa chica? —Me mira con los ojos desorbitados, como buscando a su hijo en el rostro de un asesino en serie—. ¿Cómo pudiste? ¿Cómo pudiste acostarte con ella, Eddie? ¡¿Cómo pudiste traicionar así a tu hermana?!

Debe de llevar meses leyendo mis cartas.

No me extraña que esté tan paranoica e insegura desde mi regreso de Los Ángeles. Ni que hiciera todo lo posible por impedir que fuera allí desde un principio. Por lo general, cuando le comento que estoy planificando un viaje se muestra complacida, porque eso le permite hacerse la ilusión de que aún tengo una vida. Esta vez se portó como si yo fuera a emigrar a Australia.

—Esa chica —repite estremeciéndose como si hablara de un violador o un pedófilo, y no de Sarah Harrington, aunque supongo que para ella no existe una distinción moral entre ellos—. Lo que dije ese día iba en serio. Ojalá hubiera sido ella la que iba en ese coche fúnebre.

—¡Por Dios santo, mamá! —jadeo con la voz débil por el

asombro—. Después de todo lo que has pasado, ¿deseas el mismo dolor a otra persona? ¿Lo dices de verdad?

Chasquea la lengua como para quitar hierro al asunto. Mi mente salta en todas direcciones, descubriendo pistas por doquier. Por eso está sufriendo una recaída. Hace meses que sabe lo de Sarah.

—¿Fuiste tú quien la llamó? —le pregunto entre dientes—. ¿Por teléfono? ¿Fuiste tú quien le mandó ese mensaje amenazador? ¿Por eso querías un teléfono nuevo en julio?

«He empezado a recibir llamadas de teleoperadores de esos —había dicho—. Me ponen muy nerviosa, Eddie. Necesito un número de teléfono nuevo.»

—Sí. Fui yo quien la llamó. Y no me arrepiento. —Lleva un jersey rosa. Por algún motivo, el rosa hace que esta escena tan desagradable resulte aún más traumática.

—¿Y te presentaste en su antiguo colegio ese día? ¿Estuviste merodeando por el camino del canal, cerca de la casa de sus padres, cuando vino de visita?

—Sí. —¡Prácticamente está gritando!—. Alguien tenía que hacer algo. No podía permitir que te infectara. ¡Eres todo lo que me queda! Alguien tenía que hacer algo —repite al ver que no le respondo—. Y era evidente que ese alguien no serías tú. Estabas tan alicaído contando a tu pobre hermana cuánto amabas a la mujer que la había matado… —Su voz se va apagando, hasta que vuelve a farfullar.

Dejo de escuchar sus palabras. No puedo pensar otra cosa que: «¿Tienes idea de lo mal que lo he pasado por protegerte de esto? ¿De lo solo que me he sentido? ¿Tienes idea de todo lo que he sacrificado en aras de tu salud mental?».

En algún momento caigo en la cuenta de que ha dejado de hablar. Tiene los ojos muy abiertos y vidriosos por las lágrimas.

—¿Cómo conseguiste el número de Sarah? —me oigo preguntar, aunque ya conozco la respuesta—. ¿Cómo sabías que ella estaría en su antiguo colegio ese día? ¿También has estado fisgando en mi móvil?

Me responde que sí.

—Y es culpa tuya, Eddie, así que no la tomes conmigo. Tenía que intervenir de alguna manera. Tenía que proteger a Alex de... de esto. —Se le escapa una lágrima, pero mantiene la voz firme—. Es culpa tuya —repite—. ¡Con lo que te gusta hablar de la libertad de elección! Tenías libertad para elegir, y elegiste a esa mujer. A esa chica.

Sacudo la cabeza, asqueado. Su odio sigue siendo tan rabioso e intenso como en las semanas siguientes a la muerte de Alex, a pesar de todos los años que han transcurrido desde entonces.

—Es culpa tuya —asevera una vez más—. Y no pienso disculparme.

Cuando oigo eso siento como si se me desgarrara la piel, como si esas capas, tan finas y tirantes durante tantos años, cedieran de pronto y se produjera una hemorragia incontenible. El resentimiento, la ira, la soledad, la ansiedad, el miedo y todo lo demás brota a borbotones como agua de una cañería reventada. En este momento cobro conciencia de que no puedo seguir así. Se acabó.

Me apoyo contra la puerta, agotado. Y cuando por fin me sale la voz suena curiosamente desapasionada, como si leyera previsión meteorológica marítima.

—No —digo en tono inexpresivo («golfo de Vizcaya: bonanza»)—. No, mamá, no me culpes a mí. Yo no soy responsable de tus actos. No soy responsable de lo que sientes ni de lo que piensas. Todo sale de ti, no de mí. Tú elegiste leer mis cartas. Tú elegiste acosar a Sarah. Tú elegiste interpretar lo que me ha ocurrido en los últimos meses (y que, para que lo sepas, ha sido un infierno) como una especie de traición imperdonable. Todo eso lo hiciste tú solita; yo no tuve nada que ver.

Rompe a sollozar de verdad, aunque aún parece furiosa.

—No soy responsable de tu enfermedad, mamá. Tampoco

Sarah. Mientras yo hacía todo lo posible por ayudarte, todo cuanto estaba en mi mano, tú invadías el último resquicio de privacidad que creía que me quedaba.

Sacude la cabeza.

—Sí, conocí a Sarah y sí, me enamoré. Pero renuncié a ella en el momento, en el preciso segundo en que descubrí quién era. Y todo lo que he hecho desde entonces lo he hecho en tu beneficio. No en el mío; en el tuyo. Y ¿encima me echas las culpas a mí?

La observo mientras medita cómo reaccionar. Empieza a entrarle el pánico. No es que haya escuchado lo que le he dicho ni reflexionado sobre ello, sino más bien que confiaba en que yo acabaría dando mi brazo a torcer, como siempre, y empieza a quedarle claro que eso no va a pasar.

Así que al final hace lo que yo había previsto: se adjudica el papel de víctima.

—De acuerdo —dice mientras se le arrasa la cara en llanto—. Muy bien, Eddie, la culpa es mía. Es culpa mía que mi vida sea tan terrible y desgraciada, que tenga que vivir atrapada en mi casa, tomando esa espantosa medicación. Todo es culpa mía. —Me escudriña el rostro, pero no muevo un músculo—. Piensa lo que quieras, Eddie, pero la verdad es que no tienes la más remota idea de lo dura que es mi vida.

Teniendo en cuenta que llevo diecinueve años cuidando de ella eso me parece un poco injusto.

Nos quedamos de pie, frente a frente, como dos peones rivales. Ella es la primera en romper el contacto visual, sin duda para hacerme sentir como el agresor. Desconsolada, baja los ojos hacia el banco, y las lágrimas gotean sobre los surcos profundos y las marcas de sierra en la madera.

—No me dejes, Eddie —implora después de un momento, tal como me imaginaba que haría—. Siento haberme comportado así. Es que estoy deshecha por lo tuyo con... esa. Totalmente destrozada.

Cierro los párpados.

—No me dejes, Eddie —repite.

Rodeo el banco y la abrazo. Es tan menuda, tan frágil como un gorrión. La estrecho contra mí con rigidez y pienso en mi exnovia Gemma. Este es uno de aquellos momentos que ella no era capaz de entender. Un momento en que, incluso después de que mi madre me ha empujado más allá del límite de mis fuerzas, sigue siendo mi deber consolarla, asegurarle que todo va bien. Esta capitulación le parecía del todo inexplicable a Gemma. Pero supongo que, como la mayoría de la gente, ella nunca había vivido la experiencia de ser responsable del bienestar mental de otra persona. No había perdido a su hermana ni había estado a punto de perder a su madre poco después.

Sin embargo, esta vez la situación es distinta. Estoy abrazando a mamá porque es mi obligación, pero en mi interior el panorama ya ha cambiado.

Llueve cuando la acompaño hasta el Land Rover y la llevo a casa. El cielo está encapotado de nubes grises que se arremolinan unas contra otras como pensamientos airados. Pido perdón a Sarah en mi fuero interno. Esté donde esté. «No deseo que estés muerta —le aseguro—. Solo te deseo la felicidad.»

Una vez en casa de mamá subo la calefacción y le preparo unas tostadas antes de que se vaya a acostar. Le doy una pastilla para dormir y le sujeto la mano hasta que concilia el sueño. No conozco la experiencia de ver dormir a un hijo, pero me imagino que produce una sensación parecida. Se la ve tan indefensa como tranquila ahí acostada, aferrada a mi mano como a una manta de apego, contrayéndose de vez en cuando, respirando de forma apenas audible.

Salgo de la casa, llamo a Derek y le dejo un mensaje en el contestador diciéndole, con total naturalidad, que he llegado al final de mis fuerzas y que necesito su ayuda.

Cuando regreso a casa veo tres episodios de una serie de Netflix y —agotado pero incapaz de pegar ojo— me paso casi toda la noche en mi banco del jardín, envuelto en mi edredón, manteniendo un soliloquio con la ardilla Steve.

45

Diciembre: tres meses más tarde

Querida tú:

Bueno, ¡jo, jo, jo! Feliz Navidad, joder.

Me alegro de que por fin se acabe este año.

Es la primera carta que te escribo desde hace tres meses. Supongo que he tenido muchas cosas en que pensar. También he estado muy ocupado intentando introducir cambios en mi relación con mamá sin que ella se dé cuenta. En eso consiste el plan de Derek: en liberar a Eddie de forma furtiva. Ha estado magnífico, por supuesto.

Concertó una reunión con Frances, la pastora que lleva años visitando a mamá. Ella le contó que hay algunos voluntarios locales que visitan a los feligreses que viven recluidos. Derek me explicó que la idea es fomentar la amistad entre mamá y uno de ellos —sin importar el tiempo que se precisara— hasta que ella le tuviera suficiente confianza para dejar que la llevara de compras o a alguna que otra cita con el médico. De ese modo, habría otra persona a quien ella podría llamar, alguien que abriría su mundo, aunque solo fuera una rendija.

De modo que un hombre llamado Felix visita a mamá, junto con Frances, una vez por semana. Es veterano de la guerra del Golfo. Perdió el brazo allí. Luego su esposa lo abandonó, porque no aguantaba más, y su hijo murió en Irak en 2006. Así que Felix sabe bastante acerca del dolor y la pérdida. Y, aun así, ¿sabes una cosa, Erizo? ¡Es un tipo muy jovial! Solo lo he visto en dos ocasiones, pero tiene una actitud de lo más positiva. Mamá y él son como la noche y el día; ella reacciona a casi todo de forma negativa mientras que él rebosa un optimismo a prueba de bomba. A veces, cuando lo oigo hablar, ella lo mira como pensando: «¿Estará completamente chiflado?».

«Dale unas semanas más —me aconsejó Derek el otro día—. No creo que le falte mucho para estar dispuesta a salir de casa con él.»

Derek incluso la ha convencido de que pase la Navidad con su hermana para darme un respiro.

Así que, lento pero seguro, estoy consiguiendo más espacio. Un poco más de oxígeno. De vez en cuando me vienen recuerdos de cómo estaba antes de todo esto. De la semana que pasé con Sarah. De mi juventud. Y me hacen sentir bien.

En fin, el caso es que aquí estoy, el día de Navidad, en la habitación de invitados de la nueva casa de Alan en Bisley. Son las seis menos cuarto de la mañana, y Lily ya se ha levantado y está aporreando la puerta de Alan y Gia. Se me fue la olla y le compré tantos regalos que la media que tiene colgada en la chimenea está a rebosar. Alan dice que soy un cerdo egoísta y que lo he puesto en evidencia.

Pero ahora mismo estoy mirando por la ventana aún sin cortinas un cielo de color plomizo y pensando en ti. Mi queridísima y preciosa Alex.

No tengo idea de si estás allí. De si has permanecido detrás de mí todos estos años, leyendo por encima de mi hombro las palabras que te he escrito, o si no has sido más que una vibración de energía consumida. Fueras lo que fueses, espero que hayas tenido manera de comprobar cuánto se te quería, cuán profundamente se te echa de menos.

Sin ti, sin estas cartas, no sé si habría podido salir adelante. En tu muerte has sido igual que en vida: tierna, cariñosa, animada, una amiga. He sentido tu presencia a través de estas páginas moradas. Tu vitalidad y tu carácter juguetón y entrometido, tu bondad, tu inocencia y tu dulzura me permitieron ir poniendo un pie delante del otro. Me ayudaste a respirar cuando la vida me asfixiaba.

Pero ha llegado el momento de que prosiga mi camino solo, como dice Jeanne. De que aprenda a valerme por mí mismo. Por lo tanto, mi querido Erizo, esta será nuestra última carta.

Estaré bien; a Jeanne no le cabe duda de ello. A mí tampoco. Tengo que estarlo: todos los días veo en nuestra madre cuál es la alternativa.

Incluso voy a ceder a la insistencia de Alan de que empiece a salir con chicas. En realidad, no tengo ganas, pero reconozco que como mínimo debo darme la oportunidad de llegar a querer a otra persona.

Porque ese es el quid de la cuestión: mamá no puede cambiar, pero yo sí. Y cambiaré. Resistiré el invierno, cumpliré con mis encargos y aceptaré otros. Empezaré a impartir talleres de verano para jóvenes. Me apuntaré al Tinder de las narices. Además, voy a ponerme en forma, a mejorar mis conocimientos de cantería y a ser un padrino estupendo para Lily. Y lo haré todo con una sonrisa en los labios, para asemejarme a la persona que la gente cree que soy, a la persona que quiero volver a ser.

Esta es mi promesa, Erizo. La que te hago a ti y la que me hago a mí.

Nunca te olvidaré, Alex Hayley Wallace. Ni un solo día. Te querré hasta el final de mi vida. Siempre te echaré de menos y siempre seré tu hermano mayor.

Gracias por estar ahí. Tanto en la vida como en la muerte.

Gracias y adiós, mi adorado Erizo.

Yo xxxxxxxxxxxx

46

Principios de marzo: tres meses más tarde

El día que mi vida cambia para siempre, me preparo para mi primera cita de Tinder. Estoy atontado por los nervios (tampoco me ayuda que Alan me mande mensajes de texto cada hora, a la hora en punto, para asegurarse de que no me eche para atrás). La chica se llama Heather, tiene un cabello bonito y parece lista y divertida. Aun así, no me apetece ir. Hace un rato me he sorprendido pensando en atravesarme la mano con un clavo a fin de tener una excusa para pasar la tarde en la sala de Urgencias.

Eso no se lo he confesado a Alan.

También es el cumpleaños número sesenta y siete de mi madre, así que la he llevado a comer a Stroud. Nos encontramos en Wilthy's Yard, un lugar donde siempre se ha sentido segura —presumiblemente porque está oculto en un callejón de antiguas casas de piedra por el que no pasa casi nadie—, y hoy está muy parlanchina. Ayer Felix la llevó de compras. Se le da mejor que a mí. Su único defecto es que no puede cargar con tantas bolsas como yo porque solo tiene un brazo.

A decir verdad, solo la escucho a medias, pues estoy distraído imaginando los silencios incómodos y las risotadas agudas de esta noche, así que tardo un rato en percatarme de que mi madre ha dejado de hablar.

Alzo la vista. Está petrificada, con los ojos clavados a su derecha y la cuchara sopera suspendida varios centímetros por encima del tazón. Sigo la dirección de su mirada.

Al principio no los reconozco. Parecen dos personas de mediana edad comiendo ensalada. Ella lleva una camisa de cuadros y habla por un teléfono móvil. Él lleva una americana de pana y la observa. Al igual que mamá, ambos parecen haber interrumpido su comida. Cuando me fijo en el perfil del hombre experimento una vaga sensación de familiaridad, pero nada más.

Pero en cuanto miro de nuevo a mi madre sé con toda certeza quiénes son: las únicas personas que podrían producir ese efecto en ella. Ha dejado caer la cuchara en la sopa; el mango desaparece poco a poco, como la popa de un barco que se hunde.

Me vuelvo de nuevo hacia los padres de Sarah Harrington. Ahora los reconozco. Por supuesto: venían a menudo a casa para recoger a Alex o para dejarnos a la pequeña Hannah a fin de que pasara la tarde con nosotros. Recuerdo que siempre se mostraban amables, tanto que a veces me entraban ganas de ir también a Frampton Mansell a jugar. Parecían una pareja de lo más sólida; una familia como es debido, mientras que la mía se componía de un padre que se hallaba a cientos de kilómetros de distancia y que iba a tener otro hijo y una madre incapacitada por la amargura y la depresión.

Me vienen a la mente dos pensamientos distintos: en primer lugar, ¿qué voy a hacer con mamá? No puede quedarse aquí, a dos mesas de Michael y Patsy Harrington. En segundo lugar, si no fue Michael ni Patsy Harrington quien falleció el año pasado, entonces ¿quién?

Oigo con claridad que la mujer dice: «Vamos para allá». Acto seguido los dos se ponen de pie y se marchan, sin pararse siquiera a colocar bien las sillas o pedir disculpas a la señora del mostrador. La madre de Sarah se pone el abrigo mientras se aleja a paso veloz por el callejón en dirección a High Street. Mamá y yo nos quedamos inmóviles unos momentos, callados entre el murmullo de conversaciones y el tintineo de cubiertos. No nos miramos hasta que el vaporizador de leche empieza a chirriar.

Al final nos encaminamos hacia una tienda de productos agrícolas en Cirencester Road a comprar una buena sopa y comérnosla en casa de mi madre ya que después de que se fueran los Harrington, ha dicho que le habían estropeado el almuerzo de cumpleaños y que no quería acabarse su plato.

Por el momento nuestra conversación sobre ellos se reduce a esto:

Yo: «¿Te encuentras bien?».

Mamá: «No me apetece hablar de ello».

No he querido presionarla, pero no se me ocurren otros temas. Los padres de Sarah. Las personas que la engendraron. ¿Adónde se dirigían con tanta prisa? ¿Qué había sucedido? No daba la impresión de que hubieran recibido una buena noticia por teléfono.

Sarah se parece a su madre. Y, en realidad, también a su padre. Podría haberme pasado horas escrutándoles el rostro en busca de pequeños detalles que me recordaran a ella.

Cuando llegamos a casa de mi madre, pongo la sopa a calentar y coloco una masa fermentada de olor delicioso debajo de la parrilla, aunque sé que ella no querrá comer. Parece enfadada conmigo, pero no sé muy bien por qué. ¿Esperaba que me levantara a golpear a los padres de Sarah por haberla procreado? Me quedo en medio de la cocina, sintiéndome vacío e inquieto, preguntándome otra vez quién habrá muerto el agosto pasado. Al fondo del jardín, bajo el ciruelo, hay una pequeña zona dorada allí donde unas celidonias valientes asoman por encima de la hierba rala. Me vienen a la memoria las flores silvestres sobre el ataúd y me veo obligado a reprenderme con dureza por el rumbo que esos pensamientos están tomando.

Tal como había imaginado, mamá se niega a probar bocado.

—Me han echado a perder el día —repite—. Ya no tengo apetito.

—De acuerdo —respondo—. Bueno, pues yo me voy a comer mi plato. Si quieres, siempre puedes recalentarte el tuyo más tarde.

—Me intoxicaría. No se puede recalentar la comida dos veces.

Estoy a punto de replicar: «¡Mamá, es sopa de tomate!», pero desisto. No serviría de nada.

Así pues, entrechocando la cuchara con la porcelana, me como la sopa, en la que mojo grandes trozos de masa fermentada con mantequilla. Cuando termino lavo los platos y ofrezco a mamá su regalo, que ella dice que ya abrirá después, y finalmente me dispongo a coger mi chaqueta.

—Puedo quedarme a hablar, si quieres —digo.

Ella está acurrucada en un rincón del sofá, como un gato.

—Estoy bien —afirma con frialdad—. Gracias por venir.

Me acerco y le doy un beso.

—Adiós, mamá. Feliz cumpleaños. —Me detengo un momento frente a la puerta—. Te quiero.

Me encuentro ya en el escalón de la entrada cuando oigo que me llama:

—¿Eddie?

—¿Sí?

Vuelvo a entrar, y llega el momento que lo cambiará todo, aunque aún no lo sé.

—Hay algo que debes saber —declara sin mirarme a los ojos.

Me siento con recelo enfrente de ella. Encima de su hombro

hay una foto de Alex en un columpio, poco antes de que empezara la primaria. Grita de entusiasmo mientras vuela hacia la cámara. Presa de una euforia absoluta. A lo largo de los años, me he preguntado si tal vez mi madre se había quedado embarazada a propósito para intentar retener a mi padre a su lado —al parecer ya hacía tiempo que duraba su aventura con Victoria Caraculo—, pero cada vez que miro esa foto recuerdo que eso da igual. Alex habría llenado de felicidad nuestras vidas, con mi padre o sin él.

—Ver a los Harrington hace rato me ha estropeado el día —repite después de una pausa. Se muerde una uña.

—Ya lo sé —contesto en tono cansino—. Ya lo has dicho antes.

Mira en torno a sí, desliza la mano por el borde de la mesilla para comprobar si tiene polvo.

—No sé cómo pueden perdonar a esa hija suya…

Me pongo de pie con la intención de marcharme, esta vez de verdad, pero algo en su expresión hace que me siente lentamente en el brazo del sillón. Sabe algo.

—Mamá, ¿qué querías decirme?

—Por lo menos Hannah ha salido bien —prosigue sin hacerme caso—. Sigue visitándome, ¿sabes? Aún se interesa por mí, aunque los padres no. —Hace otra pausa, abriendo y cerrando los puños—. Aunque la verdad es que no he vuelto a verla desde poco antes de Navidad. Tuvimos un pequeño altercado.

—¿Sobre qué?

Mamá continúa rehuyéndome la mirada.

—Sobre la bruja de su hermana.

—¿Sarah? —Me inclino hacia delante y la miro con fijeza—. ¿Qué te dijo sobre Sarah?

Se encoge ligeramente de hombros. Tiene las facciones crispadas, y de pronto me llena de terror lo que me oculta.

—¿Mamá…? —Noto que el corazón me martillea contra el

pecho. Tiene algo que ver con la marcha precipitada de los padres de Sarah del restaurante—. Mamá, por favor, dímelo.

Suspira. Baja las piernas del sofá para adoptar una posición más formal, como si estuvieran entrevistándola. Enlaza las manos recatadamente sobre el regazo.

—Hannah vino a verme unos días antes de Navidad. Me anunció que traía una noticia que tal vez me sentaría mal. Y la verdad es que no se equivocaba.

Se interrumpe, como si no encontrara las palabras para continuar, y empiezo a sentirme mareado. ¿Qué le ha pasado a Sarah? «Oh, Dios, ¿qué le ha pasado a Sarah?» Mis dedos se agitan como las patas de una araña, aunque no tengo idea de qué pretenden agarrar.

—¿Qué te dijo? —pregunto.

Mi madre guarda silencio.

—Mamá, es muy importante que me lo digas.

Aprieta la mandíbula y se le hinchan las sienes. No recuerdo la última vez que me sentí tan nervioso.

—Sarah ha regresado a vivir a Inglaterra —dice por fin—. Se mudó en agosto del año pasado.

La sangre me sube de golpe a la cabeza y me reclino en el sillón. Creía que iba a decirme… Creía que diría que…

Me he preguntado, una y mil veces, en honor de quién se celebraba ese funeral. A quién lloraban y rendían homenaje con aquellas hermosas flores silvestres. Me he esforzado por dejar a un lado las teorías paranoicas, pero esas preguntas insidiosas han continuado atormentándome. «¿Y si ella ha muerto? ¿Y si era Sarah a quien transportaba ese coche fúnebre?»

Sarah está sana y salva. En Inglaterra.

Tardo un rato en asimilar todas estas palabras.

—Un momento —digo incorporándome—. Mamá, ¿has dicho que se ha mudado aquí? ¿A Inglaterra?

Se levanta del sofá con una energía poco habitual en ella. Se planta frente a mí con el cuerpecillo rígido de ira.

—¿Cómo puedes ponerte tan contento? —masculla—. Tendrías que verte la cara, Eddie. Pero ¿se puede saber qué te pasa? Ella...

—¿Dónde está? —la corto—. ¿Dónde ha estado viviendo Sarah?

Mi madre se acerca a la ventana sacudiendo la cabeza.

—Con sus padres, según parece —murmura.

Al poco se vuelve y se dirige hacia el sofá. Posa la mirada en la foto de Alex, y sospecho que lo hace para advertirme: «Mira a tu pobre hermana».

—Está viviendo con sus padres, como un parásito. Sin un penique y..., por lo visto..., preñada. —Se tapa la boca rápidamente, como si se hubiera ido de la lengua. Después de unos instantes se sienta de nuevo y, con los ojos cerrados, se hunde en el sofá. Se estremece—. Si a su edad todavía no sabe comportarse, ya me dirás qué esperanzas le quedan.

Me quedo mirándola.

—¡¿Embarazada?! ¿Sarah está embarazada?

Me asalta un dolor intenso, como si mi madre me hubiera clavado un cuchillo entre las costillas.

No responde.

—¡Mamá!

Una sola vez, y con repugnancia evidente, afirma con la cabeza.

—Preñada —confirma.

«No», quiero decir, pero la palabra no llega a salir de mis labios.

No. No, no, no.

No puede ser que Sarah vaya a tener un hijo con otro hombre. La imagen de mi madre se vuelve borrosa, y siento que la cabeza va a estallarme de dolor, un dolor con cientos de matices distintos que se expanden en todas direcciones. Pero entonces la montaña rusa desciende en picado, otra vez, y se apodera de mí otra sensación: la esperanza. Las emociones se suceden a una velocidad de vértigo. Pero la esperanza dura... dos segundos, tres, cuatro, cinco... No se desvanece. «Podría ser mío —se me ocurre de repente—. Podría ser mío.»

—Regresó porque su abuelo había muerto —añade mi madre con tirantez—. El cortejo fúnebre con el que nos encontramos debía de ser el suyo.

En algún rincón de mi mente experimento cierto alivio por la noticia de que el difunto era su abuelo, pero estoy demasiado conmocionado para sentirme culpable por ello. Sarah está embarazada, y el niño podría ser mío.

—¿Qué más sabes, mamá? Por favor, dímelo.

Coge su cuenco aún lleno de sopa y lo lleva a la cocina. La sigo como un perrito faldero.

—Mamá...

—Fue Hannah quien llamó a su hermana para darle la mala noticia —dice al fin en un tono apenas audible—. Al parecer, la impresión que se llevó al oír la voz de su hermana por teléfono estuvo a punto de costarle la vida. Cruzaba una carretera y por poco la atropella un camión, a la muy estúpida. Pero... —Deja el bol de sopa sobre la encimera y pasea la vista por su impecable cocina—. Para bien o para mal, el camión la esquivó, y ella no se hizo ni un rasguño.

Mi madre se para de repente. Comienza a ponerse nerviosa; respira de forma agitada y no es capaz de estarse quieta. Yo tampoco. Sarah está aquí, en Inglaterra, y está embarazada. Sigo a mamá de vuelta al salón, donde empieza a sufrir un sofoco.

Con una calma mecánica la guío paso a paso en uno de los ejercicios de respiración que Derek nos ha enseñado. Le indico que realice espiraciones largas y pausadas mientras me pregunto por qué ha decidido contármelo ahora, después de haberse guardado el secreto durante meses. No le convenía revelarme que Sarah ha vuelto, y menos aún que está embarazada. Mi madre detesta la idea de que yo piense siquiera en Sarah Harrington.

Supongo que tendrá algo que ver con los padres de Sarah. Con el hecho de que salieran pitando del restaurante. Contemplo a mamá, desesperado, mientras recupera poco a poco el control sobre su respiración. «¡Dímelo! —querría gritarle—. ¡Cuéntamelo todo!»

—¿Y por casualidad sabes algo más? —le pregunto con delicadeza, en cambio—. ¿Acerca de cómo se encuentra, de cómo le han ido las cosas?

—Creo que estaba muy deprimida —dice al cabo—. No quería revelar a nadie quién era el padre.

La esperanza empieza a echar brotes.

—Vio a Hannah en el entierro por primera vez en casi veinte años. Hannah me contó que su hermana y ella... que estuvieron de acuerdo en que la familia ya había sufrido suficientes pérdidas. Se avinieron a hacer las paces.

Parecen darle asco las palabras que salen de su boca, y ahora entiendo por qué riñó con Hannah. Durante años y años había conseguido que estuviera de su parte; aquello debió de parecerle una deserción imperdonable.

—¿Así que Sarah ha estado viviendo en Frampton Mansell todo este tiempo? ¿Seis meses?

Mamá asiente mirándome de reojo.

—Supongo entonces que no la has visto.

Creo que mi expresión probablemente deja bien claro que no.

—¿Estás totalmente segura de que está embarazada, mamá? —Las palabras se me quedan atascadas en una parte seca de mi garganta.

Se vuelve hacia mí con la cara ensombrecida por la decepción. Se da cuenta de lo que esto significa para mí.

—Estoy segura.

—¿Para cuándo lo espera? Al bebé.

—No lo sé.

Se retuerce las manos. Noto que está mintiendo.

El impulso que la ha llevado a contarme todo esto, sea cual sea su origen, está librando una batalla encarnizada en su cabeza. Reanuda el ejercicio de respiración.

—¿De verdad no tienes idea de cuándo sale de cuentas? —le insisto. No soporto más esta incertidumbre—. ¿Ni siquiera una idea vaga? Acabaré averiguándolo de todos modos —agrego—. Así que no pierdes nada con decírmelo.

Mi madre cierra los párpados.

—El 27 de febrero. Hace seis días —murmura después de un momento—. Lo que significa que seguramente concibió a la criatura en junio del año pasado. —Se estremece al pronunciar estas palabras.

Se impone un silencio absoluto.

—¿Y nadie sabe quién es el padre?

—Algún desconocido, imagino —contesta en tono remilgado, pero sé que no lo dice en serio. Sabe perfectamente qué implican esas fechas.

Me agacho frente a ella, temblando, y las piernas no me responden, así que acabo por resbalar hacia un lado hasta caer de culo. Me quedo sentado sobre la moqueta, delante de mi madre, como un niño que espera que le cuenten un cuento.

—¿Me estás diciendo todo esto porque crees que es mío, mamá? ¿Es eso lo que crees?

Cuando abre los ojos se le empañan en lágrimas.

—No puedo permitir que Sarah Harrington me dé un nieto —dice con debilidad—. Eddie, no consigo hacerme a la idea… Pero… —Le tiembla la voz—. Pero no dejo de pensar que tal vez el niño ha nacido ya y que podría ser…

Mantengo la vista fija en ella, aunque ya no la veo. Sarah. Mi bebé. Todo se mece en torno a mí como en un campo de trigo.

Intento poner en orden mis pensamientos.

—¿Por qué crees que sus padres se han marchado del restaurante tan deprisa? ¿Crees que ha sucedido algo malo? —pregunto, y tengo que apoyar buena parte de mi peso en el brazo derecho para no perder el equilibrio.

—No lo sé —dice la voz de mi madre, procedente de algún sitio por delante de mí—. Pero he estado muerta de preocupación desde entonces. Por eso he decidido contártelo. —Retoma de nuevo las espiraciones prolongadas.

Le poso una mano trémula sobre la rodilla mientras ella respira varias veces. Tengo que encontrar a Sarah.

—Mamá… —le suplico—. Ayúdame.

Después de un silencio interminable realiza una inspiración más larga y profunda, y señala con la cabeza el teléfono que descansa sobre de la mesilla.

—Seguramente el número de los Harrington está ahí. En la agenda.

Me levanto ayudándome con los brazos y atravieso la sala, consciente de la enormidad de este gesto, de lo mucho que debe de haberle costado. Sigue siendo buena persona, mi madre. Aún es capaz de amar, pese a lo desalentadora que se ha vuelto su vida.

Hacía muchos años que no sentía esto respecto a ella.

El número sigue ahí, debajo de «Nigel Harlyn», un viejo amigo contable de mi padre, y de «Harris, fontanería de Cirencester». Garabateado por una madre ajetreada de otra época: «Harrington, madre de Hannah, de la guardería: 01285…».

Empiezo a introducir el número en mi móvil, pero este —por supuesto— ya lo tiene memorizado. Sarah me lo dio en junio, cuando el bebé no era más que un puñado de células.

—Mamá —digo con sumo tiento—. Tengo que marcharme. ¿Vale? Debo irme y averiguar qué ha pasado. Si necesitas algo, tienes el número de los servicios de emergencia, y el de Derek y el de Felix. Pero estarás bien, mamá. Estarás bien. Tengo que irme. Tengo que…

La voz se me apaga. Le doy un beso en la frente y me dirijo con piernas temblorosas hacia el coche.

Y mamá no dice nada. Sabe que podría tratarse de su nieto, y que eso está por encima de todo lo demás. No es capaz de expresarlo en voz alta —se moriría antes de reconocerlo—, pero lo cierto es que quiere que vaya a averiguarlo.

—Espero que no me llames para decirme que te has rajado —suelta Alan cuando coge el teléfono—. En serio, Ed…

—Sarah ha tenido un hijo —le informo—. O está a punto de tenerlo. Y estoy convencido de que es mío. He intentado telefonear a sus padres, pero no hay nadie en casa. Necesito el número de móvil de Hannah. ¿Tú lo tienes?

Se produce un largo silencio.

—¿Qué? —dice Alan al fin. Como siempre, está masticando algo. Alan trabaja en el despacho de un arquitecto. Sus colegas alucinan en colores ante la cantidad de provisiones que guarda en su escritorio, «por si surge algún problema»—. ¿Lo dices en serio?

—Sí.

—Vaya —dictamina Alan después de meditarlo con detenimiento.

—Necesito el número de Hannah.

—Pero, tío, sabes que no puedo facilitarte información de una clienta.

Alan trazó hace poco los planos para un lavadero en la parte de atrás de la casa de Hannah en Bisley. Cuando me lo comentó acordamos no hablar de ello, pero ahora mismo declaro suspendido el acuerdo.

—Gia y Hannah solían ir a tomar un café después del yoga —digo atropelladamente. (Hace unos siete años)—. Gia debe de tener su número. Lo único que harías sería ahorrar tiempo si consultaras el ordenador que tienes delante de las narices en vez de llamar a tu mujer. Alan, en serio: dame ese número.

—Vale. —Alan empieza a susurrar, como si así fuera a llamar menos la atención en un despacho en el que reina el silencio—. Pero manda también un mensaje a Gia para pedírselo, y así, si algún día me exigen explicaciones, podré decir: «No, fue mi mujer la que se lo facilitó».

—¡Que me des el puto número, Alan!

Me lo da.

—Supongo que eso significa que no acudirás a tu cita —suspira.

Hannah tiene el móvil apagado. En el mensaje del buzón su voz me recuerda tentadoramente a la de Sarah, aunque suena más enérgica y formal. Me imagino que Sarah hablará así cuando imparte una conferencia o la entrevistan por la tele.

«Un hijo. Mi hijo.» La cabeza me da vueltas otra vez. El cielo es de un blanco sucio. Las manos me tiemblan de nuevo.

Echo un vistazo a mi reloj: las cuatro menos cuarto de la tarde. Caigo en la cuenta de que los críos de Hannah ya deben de haber salido de clase. Y de que, con un poco de suerte, ella y su esposo acaban de ir a recogerlos. Las emociones se agolpan en mi interior más deprisa de lo que soy capaz de identificarlas. Solo sé que tengo que encontrarla.

Arranco el Land Rover y me dirijo hacia Bisley. Intento no pensar en mi madre, sola en casa, lidiando con lo que debe de parecerle una pesadilla. Pero entonces me digo: «Hace tres meses que lo sabe. ¡Tres meses, joder!».

Me lo ha revelado al final, me obligo a recordar. El odio hacia Sarah ha blindado a mi madre contra el dolor más profundo imaginable —el más insoportable— durante mucho, mucho tiempo. Ha sido su mejor medicación. Ese movimiento de la cabeza señalando el teléfono, esa bendición otorgada a regañadientes, es un gesto que no debo infravalorar.

La campiña invernal, lánguida y goteante, desfila a toda velocidad por mi lado. Intento imaginar a Hannah encontrándose frente a frente con su hermana después de escuchar durante tantos años las palabras cargadas de bilis de mi madre. Y me imagino a Sarah, aterrada y esperanzada en igual medida. Ansiosa por decir lo correcto. Por ganarse de nuevo a Hannah.

No me extraña que no haya dicho a nadie quién es el padre. Sería como lanzar una granada de mano a su familia, ahora que empezaba a levantar cabeza.

Las 15.51.

—Por favor, que Hannah no tenga niñera —farfullo mientras llego a las afueras de Bisley—. Que Hannah o su esposo me abran la puerta.

Voy conduciendo demasiado deprisa y, para mi sorpresa, me da igual. Los últimos meses de estoicismo, de hacer lo correcto, han quedado desenmascarados como la locura y el masoquismo ciego que siempre han sido. Hace menos de quince minutos que sé que Sarah está embarazada de mí, y ya he olvidado por completo todo lo que he estado repitiéndome para mantenerme alejado de ella. Lo único que me importa es verla.

Un hijo. Sarah lleva en su vientre a mi hijo.

Reconozco al marido de Hannah en cuanto abre la puerta, de la noche en que di un puñetazo sobre la mesa.

—¡Smelly! —grita cuando un labrador negro sale en tromba hacia mí, con una manta raída en la boca, y se me echa encima haciendo girar el rabo como una hélice de alegría—. ¡Smelly! ¡Basta!

El hombre agarra al perro por el collar y hace lo posible por refrenarlo.

—¿Smelly? ¿«Apestoso»? —pregunto. Es lo más cerca que he estado de reírme desde hace horas.

—Cometimos el error de dejar que los niños eligieran su nombre. —El hombre esboza una sonrisa como de disculpa—. ¿Puedo ayudarte en algo?

Smelly se abalanza sobre mí otra vez y lo acaricio con una mano mientras intento explicarle lo imposible a un completo desconocido.

—Sí, perdón. Me llamo Eddie Wallace. Conozco a Hannah desde hace años. Ella…

—Ah, sí —me corta él—. Sí, sé quién eres. El hermano mayor de la amiga de la infancia de Hannah…

Deja la frase a medias, incómodo, aunque no sé si es porque se ha olvidado del nombre de Alex o porque no quiere mencionar a mi hermana fallecida.

—Alex —lo ayudo, porque no tengo tiempo para pausas incómodas.

Asiente. En el interior de la casa se oye un sonoro golpazo seguido de chillidos de niños. El hombre echa una ojeada hacia atrás, nervioso, pero se tranquiliza cuando uno le grita al otro que se prepare a morir atravesado por su espada.

Vuelve a posar la vista en mí, y estoy a punto de volverme loco de desesperación. Necesito información, y la necesito ya.

Smelly me olisquea la entrepierna.

—Bueno, esto te parecerá extraño, pero… creo que la hermana de Hannah acaba de dar a luz o está a punto, más bien. Es posible que esté teniendo al niño ahora mismo…

El hombre sonríe.

—¡Así es! Hannah está en el hospital con ella. La pobre Sarah lleva dos días de parto. ¿Eres amigo suyo?

Hace una pausa mientras intenta encajar el hecho de que soy Eddie Wallace con la idea de que pueda tener amistad con Sarah. El desconcierto cede el paso a la preocupación cuando cae en la cuenta de que tal vez me ha revelado algo que no me concierne.

Me quedo sin habla, así que me limito a acariciar a Smelly. El perro me sonríe y, sin poder evitarlo, le devuelvo la sonrisa. Me sincero con el esposo de Hannah. No tengo tiempo para inventarme una excusa que no va a tragarse.

—Más que un amigo… vendría a ser el padre de su hijo.

Silencio.

El hombre se queda mirándome.

—¿Cómo dices?

—No tenía idea hasta hace una media hora…

Frunce el ceño. Le parece inconcebible que yo sea el padre de la criatura de Sarah. Trago en seco.

—Es una larga historia, pero no habría venido a llamar a tu puerta si no estuviera seguro de que es mío.

Silencio.

—Oye…, solo soy un tipo decente que acaba de enterarse de que es padre, o está a punto de serlo, y no pienso obligar a Sarah a estar conmigo ni nada por el estilo, pero… —Me interrumpo porque constato horrorizado que se me quiebra la voz—. Solo quiero estar allí para apoyarla. Si puedo.

—Ya —dice el hombre al cabo de un rato.

Smelly está sentado a mis pies mirándome. Noto que lo he decepcionado.

—Lejos de mí la intención de presionarte, pero estoy volviéndome loco y lo único que quiero es ir allí y ayudar en lo que pueda, o enviarle mi cariño o… no sé. Así que me preguntaba si serías tan amable de decirme si está ingresada en Stroud o en Gloucester. O en algún otro sitio.

El hombre cruza los brazos.

—Voy a tener que consultar esto con Hannah —dice al fin—. Espero que lo entiendas.

Por supuesto que lo entiendo. Y también tengo ganas de darle un puñetazo.

Respiro hondo y muevo la cabeza afirmativamente.

—Me hago cargo. Pero, para que lo sepas, el teléfono de Hannah está apagado. He intentado llamarla antes.

El hombre asiente.

—Sí, es lo más probable. —Pero se empeña en telefonearla de todos modos y se aleja por el pasillo para que yo no lo oiga cuando dice—: No te lo vas a creer… —Regresa al cabo de un rato—. No lo coge —me informa. Hace saltar el teléfono en su mano, indeciso. Como padre empatiza conmigo; me doy cuenta de que quiere ayudarme. Pero no es una situación normal y corriente.

El pánico empieza a adueñarse de mí. Es posible que no me lo diga.

—Podría presentarme en Stroud o en Gloucester, supongo… Pero ¿te avendrías, al menos, a contarme cómo va el parto? —pregunto; a estas alturas, aceptaría cualquier migaja que se digne tirarme desde la mesa.

Smelly suspira y me apoya la cabeza grande y cuadrada en el muslo.

El hombre reflexiona unos instantes.

—Solo sé que lleva dos días. Y que ya no está en manos de una comadrona, sino de un obstetra.

—¿Y eso qué significa?

—Cuando nos ocurrió con Elsa significaba que el parto no iba bien —reconoce—. Pero podría tratarse de cualquier cosa. Tal vez ella simplemente se ha cansado y ha pedido que le pongan una anestesia decente. Yo no me preocuparía demasiado.

—Por favor, dime dónde está Sarah. —Levanto demasiado la voz, pero creo que sueno más desesperado que amenazante o desquiciado—. Por favor. Soy un tipo normal, no un psicópata. Solo quiero estar allí.

Suspira, derrotado.

—Vale… Vale. Están en el Gloucester Royal. Creo que la unidad de maternidad se llama Centro de la Mujer. Pero ojo: no te dejarán entrar sin la autorización de Sarah. Mandaré un mensaje a Hannah para avisarla. No debería hacer esto, pero… Bueno, me imagino en tu lugar y tal.

Me encorvo, y la mano se me va de forma automática hacia la brillante cabeza negra de Smelly. Es un cabezón reconfortante, cálido y —sí— seguramente apestoso.

—Gracias —digo en voz baja—. Muchas, muchas gracias.

—¿Papá? —Una voz infantil, procedente de arriba. Veo que aparece una cabeza detrás del hombre, colgando del revés desde la planta superior. Mechones castaños rojizos penden sobre nosotros—. ¿Quién es ese señor?

—Buena suerte —me desea él haciendo caso omiso de su hija; la sobrina de Sarah, Elsa, a quien ella no conocía. Se inclina hacia delante y me tiende la mano—. Me llamo Hamish.

—Eddie —respondo, aunque seguramente ya se lo he dicho antes—. No tienes idea de cuánto te lo agradezco.

Y me marcho.

47

El trayecto en coche dura media hora, quizá la más larga de mi vida. Cuando llego a la A417 estoy histérico.

«A Alex le habría encantado tener un sobrinito o una sobrinita —pienso mientras espero en una rotonda. Y acto seguido—: ¿Cómo puede ser que el semáforo siga en rojo?» Sobre todo, le habría encantado que ese sobrino o esa sobrina también fuera pariente de Hannah.

¿Y yo? Por supuesto que quiero un hijo. Hace años que lo sé, creo, pero es algo que no me había planteado como una posibilidad real, al menos hasta que conocí a Sarah. Entonces pasó de ser una fantasía remota a convertirse en un deseo palpable.

«La amo —pienso mientras salgo de la rotonda acelerando—. Ha hecho que todo parezca posible.»

Sarah Harrington ha estado embarazada de mí todos estos meses. Mientras sobrellevaba el dolor, la tristeza y la pérdida de su abuelo. Se ha mudado al otro lado del mundo, a un lugar al que creía que nunca volvería, y de algún modo ha conseguido suturar la brecha que dividía a su familia. Ella sola. Sabiendo que yo ni siquiera quería ser amigo suyo.

Recuerdo la aflicción insondable que le asomaba a los ojos cuando hablaba de Hannah y de sus hijos, y me pregunto de nuevo cómo se las habrán ingeniado esas dos mujeres para arreglar su relación en circunstancias tan extraordinarias. Espero que eso haya hecho feliz a Sarah. Que Hannah la acompañe durante el parto ha de significar, espero, que están tan unidas como merecen. Tan unidas como deben estarlo dos hermanas.

HOSPITAL: 1,6 KILÓMETROS, reza un letrero. Son 1,6 kilómetros más de la cuenta. Paso por debajo de un puente ferroviario y remonto una cuesta maldiciendo el tráfico. Paso, con demasiada lentitud, junto a un local de *fish and chips*. Delante, en la penumbra creciente, hay un tipo con una bolsa de plástico llena de paquetes calientes envueltos en papel colgándole de la muñeca. Está hablando por teléfono, riendo, totalmente ajeno a la desesperación del hombre del Land Rover que está atrapado en un atasco.

Cerca de un minuto después un letrero me avisa que el hospital está a ochocientos metros, pero sigue pareciéndome una distancia sideral. Otro semáforo se pone en rojo. No consigo dejar de soltar palabrotas.

Reina el silencio en el Land Rover, salvo por el anticuado tictac del intermitente. Imagino a Sarah, mi hermosa Sarah, acostada en una cama, exhausta. Pienso en todos los partos que he visto en películas: alaridos terribles, comadronas ofuscadas por el pánico, médicos gritando, alarmas de emergencia pitando. Siento como si alguien me vaciara por dentro con una cuchara de helado. El pavor me provoca una sensación de ingravidez. «¿Y si sale algo mal?»

Giro a la izquierda, recordándome que a todas horas, todos los días, se producen partos sin complicaciones —es lógico: de lo contrario, la especie humana se habría extinguido—, y la mole parduzca del Gloucester Royal aparece por fin ante mí.

Hay mucho movimiento en el hospital. Supongo que la sanidad es un sector que permanece abierto las veinticuatro horas. Varias personas cruzan la calzada delante de mí. Hay badenes por todas partes. Me entran ganas de gritar cuando veo que el primer aparcamiento está lleno. Desearía abandonar el coche aquí mismo y abalanzarme hacia la entrada más próxima.

Y, por fin, sé lo que debió de sentir Sarah el día que fue en persecución de su novio y su hermana pequeña. Comprendo el terror que se apoderó de ella, el instinto que la empujó a salirse de la carretera para evitar una colisión. Sé que ella no dio ese volantazo porque no le importara la seguridad de Alex. Fue el amor y el miedo lo que la impulsó a girar con brusquedad. El mismo amor y el mismo miedo que en este momento siento por ella. Haría lo que fuera por mantenerla a salvo. Bloquearía un aparcamiento de hospital. Me saltaría el límite de velocidad. Y, en la situación en que Sarah se vio ese día de 1997, yo también habría virado a la izquierda con tal de salvar a la persona a la que más quería.

48

Hamish tenía razón, por supuesto: no me dejan entrar. La señora con la que hablo por el interfono parece asombrada de que lo haya intentado siquiera.

—¿Hay algún sitio donde pueda sentarme a esperar? —le pregunto—. He dicho a la acompañante para el parto de Sarah que estoy aquí... Esto..., no sé si esto servirá de algo, pero de hecho soy el padre... O al menos, eso creo.

A partir de este momento la mujer deja de responderme. Me pregunto si estará avisando a seguridad.

Encuentro una pequeña sala de espera en la entrada del Centro de la Mujer y me siento debajo de una escalera mecánica, frente a unos ascensores que no me atrevo a utilizar porque seguramente acabaría detenido. Y aquí, en la realidad bañada en luz fluorescente de un pasillo de hospital —entre familias y parejas como Dios manda—, la absurdidad de esta intentona me resulta tan evidente que casi se me escapa la risa.

¿Qué esperaba? ¿Que Hannah pararía un momento para mirar sus mensajes o ponerse al día con su correo electrónico, tal vez? ¿Que leería el texto de Hamish, pensaría: «¡Oh, qué maravilla! ¡Eddie Wallace es el padre! Y ahora se presenta aquí... ¡Qué encanto!» y saldría corriendo para invitarme a entrar?

Hundo la cabeza entre las manos y me pregunto si Hamish estará haciendo lo mismo en Bisley.

Si existe una remota posibilidad de que recupere a Sarah, me hará falta mucho más que una carrera desenfrenada hasta el Gloucester Royal para conseguirlo. Lleva seis meses viviendo a poco más de un kilómetro de mí. Ha tenido seis meses para ponerse en contacto conmigo, para notificarme que voy a ser padre, pero no me ha dicho ni pío.

Sin embargo, aunque sé casi con toda seguridad que no servirá de nada, me quedo. No puedo irme. No puedo volver a darle la espalda.

Me sobresalto al oír la campanilla del ascensor, pero, por supuesto, de él no sale Sarah con el bebé en brazos, sino un hombre de aspecto cansado, con un pase de seguridad colgando del cuello y un paquete de cigarrillos asomándole del bolsillo.

«Tenemos la capacidad de decidir», le aseguré a Sarah el día que nos conocimos. No somos meras víctimas de nuestra vida. Podemos elegir la felicidad. Pero, a pesar de todo lo que le dije, yo no la elegí. Rechacé a Sarah Harrington y aquello tan especial y único que había surgido entre nosotros, y elegí el deber. Una existencia vivida solo a medias.

Transcurre una hora, luego dos, después tres. La gente entra y sale trayendo consigo ráfagas de un aire gélido que se vuelve rancio enseguida. Un fluorescente se estropea; parpadea de forma intermitente, pero un hombre llega y lo arregla antes de que se me pase por la cabeza avisar a alguien. Rezo en silencio por el Sistema Nacional de Salud. Por Sarah. Por mi madre, cuyos sentimientos respecto a esta situación no soy capaz de imaginar siquiera. A lo mejor Felix se ha pasado a verla. Felix, con su buen humor y su determinación de mantener una actitud positiva, por muchos obstáculos que la vida interponga en su camino.

Un rato después de que la oscuridad haya envuelto en su manto el Centro de la Mujer una familia formada por un padre, una madre y un niño se sienta en la pequeña sala de espera junto a mí. El chaval lleva el pelo rubio peinado al estilo afro y tiene una carita de travieso que despierta mi simpatía de inmediato. Inspecciona la sala, dictamina que es un sitio aburrido y pregunta a su madre qué piensa hacer al respecto. Ella está absorta en su móvil. Comenta algo al marido sobre las horas de visita.

De pronto el crío dice algo que hace que se me pare el corazón:

—¿Por qué no tiene padre el bebé de Sarah, mamá? ¿Por qué está ayudándola su hermana y no el papá del bebé?

Clavo la vista en mis rodillas y me arde el rostro.

—No debes mencionarle eso a Sarah, cielo —le replica la madre—. Si nos dejan pasar a verla, puedes preguntarle lo que quieras menos lo del padre. Rudi, ¿me has oído?

—Sí, pero…

—Si me prometes que no le hablarás de ese tema, mañana te llevaré a la fábrica de helados, esa que te he comentado que está cerca de Stroud.

El pulso se me desborda. Me arriesgo a mirar al crío, pero él no me presta la menor atención.

—¿Es el hombre que le partió el corazón? ¿El que la hizo llorar por no llamarla?

Me vienen ganas de arrancarme la piel.

La mujer —Jo, la amiga de Sarah— recibe una llamada al móvil. Se aleja hacia los ascensores para coger uno, mientras Rudi se queda jugando con su padre. Luego descubro que no puede tratarse del padre, porque, después de ganarle al piedra, papel y tijeras cinco veces seguidas, el mocoso lo llama Tommy.

¡Tommy! ¡El amigo de la infancia de Sarah! Pero enseguida caigo en la cuenta de que eso no encaja con lo que me contó al escribirme la historia de su vida. Me sé esos mensajes de memoria: en ningún momento mencionó que Tommy y Jo fueran pareja. ¿Habré leído mal? Desearía conocer más detalles sobre Sarah y su vida. Desearía saber qué desayunó el día que se puso de parto, cómo ha sido su embarazo, qué ha sentido al restablecer el vínculo con su hermana después de tantos años. Desearía tener la certeza de que está sana y salva.

Cuando Jo regresa se pone a recoger sus cosas. Por encima del afro de Rudi mira a Tommy a los ojos y sacude la cabeza.

—Mamá, ¿por qué te vas? ¡Mamá! ¡Quiero ver a Sarah!

—Vamos a quedarnos con los padres de Sarah —le informa ella—. Acaban de llamarme para invitarnos a dormir en su casa. Se hace tarde, es hora de que te vayas a la cama, y Sarah no puede recibir visitas hoy. Es posible que mañana tampoco podamos verla.

—Entonces ¿cuándo?

La expresión de Jo resulta indescifrable.

—No lo sé —reconoce.

A continuación se produce una escena desagradable: salta a la vista que Rudi quiere a Sarah y que no tiene ningunas ganas de marcharse. Pero al final —hecho una furia— accede a ponerse la chaqueta. Están a punto de irse cuando Tommy pasa por mi lado y me mira dos veces. Sigue caminando, pero se detiene de nuevo y sé que me observa. Al cabo de un momento alzo la vista hacia él, porque estoy desesperado. Si una conversación incómoda y bochornosa con el viejo amigo de Sarah puede ayudarme en algo, estoy dispuesto a entablarla.

—Perdona —dice cuando nuestras miradas se encuentran—. Lo siento, te he confundido con otra persona. —Reanuda la marcha de nuevo. Y de nuevo se para en seco—. No, tú… ¿eres Eddie?

Jo, que está al pie de la escalera mecánica, gira en redondo. Clava la vista en mí. Ambos lo hacen. Rudi dirige una mirada vaga en mi dirección, pero está demasiado ocupado con su cabreo para prestarme atención. Advierto que Jo forma con los labios varias palabras malsonantes —no sé si motivadas por la rabia o por la sorpresa— antes de guiar a su hijo a través de una puerta automática.

Me pongo de pie y tiendo la mano a Tommy. Aunque tarda un momento, acaba por estrechármela.

—¿Cómo te has enterado? —pregunta—. ¿Te ha contactado Sarah? —Se ha puesto de un rojo subido y lívido, aunque no sé muy bien por qué. Soy yo el que debería estar avergonzado.

—No sabía nada hasta esta misma tarde. Es una larga historia. Pero creo que Hannah sabe que estoy aquí. —Antes de que a él se le ocurra algo que decir farfullo—: ¿Cómo se encuentra? ¿Está bien? ¿Ha nacido ya el niño? ¿Se encuentra bien Sarah? Perdona…, sé que parezco un demente y sé que Sarah lo pasó fatal en verano por culpa mía, pero… no aguanto más. Solo quiero asegurarme de que esté bien.

Tommy se ruboriza aún más. Sus cejas han cobrado vida propia, como si estuviera elaborando un discurso o resolviendo un rompecabezas.

—La verdad es que no lo sé —responde al cabo—. Jo acaba de hablar por teléfono con la madre de Sarah. Supongo que no quería darme la noticia delante de Rudi.

—Mierda —espeto—. ¿Significa eso que es una mala noticia?

Tommy parece abrumado por una sensación de impotencia.

—No lo sé —repite—. Espero que no. A ver, sus padres han estado aquí antes y se han ido a casa, así que lo más seguro es que solo… Oye, tengo que irme. Yo… —Mientras recula hacia la salida se le apaga la voz—. Lo siento, tío —dice antes de marcharse.

Es medianoche. Camino de un lado a otro como un personaje de una película. Ahora entiendo por qué. Quedarme sentado sería como quedarme quieto mientras alguien me quema la piel con un hierro al rojo vivo.

Comparto la sala de espera con un anciano en pijama, pero no nos hemos dirigido la palabra. Parece tan nervioso como yo. Tal vez sea un abuelo. Al igual que yo, no puede hacer gran cosa aparte de bostezar, sacudir las rodillas y lanzar miradas esporádicas a la entrada de la sala de partos.

He llegado a la conclusión de que el purgatorio debe de ser algo similar a esto. Un aplazamiento eterno. Una espera penosa en la tonalidad de miedo menor. Nada se mueve, salvo las lentas agujas de un reloj.

Alan ha estado intentando tranquilizarme; no deja de enviarme artículos sobre alumbramientos. Gia quiere que te recuerde que los nacimientos no son necesariamente esos espectáculos espeluznantes que pasan por la tele —me ha escrito hace un rato—. En todo el mundo y en todo momento hay mujeres dando a luz. Dice Gia que te olvides de todos esos dramas exagerados y que visualices a Sarah respirando despacio y profundamente. Trayendo a un bebé al mundo a base de respiraciones lentas.

O algo por el estilo. Sé que debería tomármelo en serio, pero estoy demasiado agobiado.

Preso de la desesperación, me pongo a leer los mensajes que Sarah me envió el verano pasado. Los repaso todos, desde el día que se marchó de mi establo hasta el día que nos vimos en la playa de Santa Mónica. Los leo dos, tres veces, intentando descubrir en ellos algo que sé que no pueden revelarme.

De pronto se abre la puerta de la sala de partos y se me desboca el corazón. Pero no es más que una empleada que se pone un gorro, bostezando, y resguarda las manos en los bolsillos de su chaqueta. Pasa junto a nosotros sin siquiera mirarnos de soslayo, visiblemente fatigada.

No aguanto más.

Me desplazo pantalla arriba hasta el primer mensaje que Sarah me envió, veinte minutos después de que nos despidiéramos.

He llegado a casa —decía—. Lo he pasado genial contigo. Muchas gracias por todo. X

Yo también lo pasé genial —escribo ahora—. *De hecho, pasé la mejor semana de mi vida. Todavía me cuesta creer que ocurriera de verdad.*

Voy hacia Leicester y no dejo de pensar en ti, había escrito ella un par de horas después.

Yo también estaba pensando en ti —le contesto—. *Y aunque reconozco que, en aquellos momentos, mis pensamientos no eran tan bonitos ni claros como los tuyos, quiero que sepas que, en el fondo, estaba enamorado de ti sin remedio. Eso era lo más doloroso para mí: que estaba loca y perdidamente enamorado de ti. No podía creer que fueras real. Sigo sin creérmelo.*

Luego sus mensajes empezaban a destilar inquietud. *Oye, ¿va todo bien? ¿Has llegado a Gatwick a tiempo?*

Trago saliva. Resulta desgarrador contemplar que su pánico va en aumento, sabiendo que yo habría podido impedirlo.

Leo un poco más, pero lo dejo porque me siento demasiado culpable.

Eres la persona más buena y hermosa que he conocido —escribo en vez de ello—. *Y lo he sabido desde el primer día que pasamos juntos. Cuando te quedaste dormida pensé: «Quiero casarme con esta mujer».*

Te amo, Sarah —añado. Creo que estoy llorando—. *Me encantaría estar ahí contigo, dándote ánimos. Lo único que quiero es que el bebé y tú estéis bien. Siento mucho no haber estado a tu lado, apoyándote. Ojalá hubiera estado ahí. Ojalá pudiéramos estar haciendo esto juntos. Debería haber sido más valiente. Debería haber confiado en mi capacidad para llegar a una solución con mi madre. No debería haberme amilanado ante nada.*

Ahora no cabe duda de que estoy llorando. Una lágrima cae como un goterón en plena pantalla del móvil. Intento limpiarla con el puño sucio de la camisa, pero solo consigo que quede borrosa. Entonces me brota otra y me percato de que estoy al borde de prorrumpir en sollozos. Me pongo de pie y echo a andar de nuevo. Salgo del edificio, y el aire está tan frío como un mar ártico, pero mi llanto cesa de inmediato, así que me quedo allí. El aparcamiento está tranquilo ahora. Bajo una luz cobriza una brisa glacial mece los árboles despojados de hojas.

Te envío hasta el último gramo de fuerza y valor que poseo, aunque sé que no lo necesitarás. Eres una mujer extraordinaria, Sarah Harrington. La mejor que conozco.

Me tiemblan los dedos. El frío penetra como un cuchillo por la parte delantera de la chaqueta de lana gruesa, que llevo abierta, pero he dejado de preocuparme por mí mismo.

Por favor, cuando haya pasado todo esto, ¿podemos intentarlo otra vez? ¿Podemos dejarlo todo atrás, incluso aquello que creíamos que jamás superaríamos? ¿Podemos volver a empezar desde el principio? Nada me haría más feliz que estar contigo. Tú, yo, el bebé. Una pequeña familia.

Te quiero, Sarah Harrington.

Oigo el ulular de una ambulancia, y una racha paralizante de viento me golpea un lado de la cara.

Te quiero. Lo siento.

49

Sarah

Estoy girando despacio, suspendida sobre mi vida. Hay hexágonos y octágonos, tal vez placas del techo, o quizá un detalle minúsculo de aquello sobre lo que estaba acodada antes, esa silla...

He visto muchos detalles diminutos de los muebles durante este lapso paralelo, cosas que he observado con tanto detenimiento que han entrado en modo macro y adoptado pautas danzantes: un calidoscopio en el cielo.

Momentos felices. Imágenes positivas. Cosas que estimulan la producción de oxitocina. En eso se supone que debo pensar. Reproduzco momentos felices en la pantalla, delante de mi hueso orbital. Allí está el poni rechoncho que pertenecía a la mujer que vivía en aquella casa, detrás de la de Tommy...

«Dolor. —Una cascada rugiente de dolor. Pero, acto seguido—: Confío en mi cuerpo —repito, porque eso es lo que me han indicado—. Confío en mi cuerpo. Está trayéndome a mi bebé.»

Allí está Hugo, el gato de Tommy, ese tan gracioso que no paraba de beber agua en verano.

La comadrona está haciéndome otra vez algo en el vientre. Está apretándome unas correas. Desde que me han trasladado a esta habitación, han estado controlando los latidos del corazón del bebé con un aparato que parece un experimento de laboratorio. «Un sensor para tus contracciones, otro para el niño», me recuerda al fijarse en mi expresión. Muevo la cabeza afirmativamente e intento centrarme de nuevo en los recuerdos alegres.

Hay una niña llamada Hannah; tiene doce años de edad. Lleva el brazo en cabestrillo; tiene un ojo hinchado y verdoso, la piel salpicada de cortes y moretones. Su mejor amiga ha muerto y ella me odia.

No, eso no es alegre. Me adentro en las capas de dolor y agotamiento en busca de algo mejor. Inspiro durante cuatro segundos, espiro durante seis. ¿O tenían que ser ocho? «Confiad en vuestro cuerpo —nos enseñaron en las clases—. Confiad en vuestro cuerpo. Confiad en el proceso del parto.»

Pero me he internado en una especie de túnel tan profundo que no sé muy bien dónde estoy. Creo que es por los fármacos. En efecto: me han puesto una inyección en el muslo, y tengo algo cerca de la boca. Lo sujeto con fuerza y aspiro dulces historias mientras empiezo a escalar otra montaña. Está flotando; alguien intenta llevárselo, así que me aferro a él.

Hay una habitación repleta de instrumental médico, y está esa misma chica, Hannah, pero hay algo distinto en ella; vuelve a ser mi hermana, pese a que es una mujer con una familia y una carrera profesional. Es mi acompañante para el parto. Ha estado yendo a terapia porque no se gusta mucho a sí misma. Dice que se portó fatal conmigo.

Pero no es verdad. Nunca se ha portado fatal. Hannah forma parte del arsenal de buenos recuerdos que me ayudan a alcanzar la salida de este túnel. Aspiro la ilusión que me embargó la primera vez que la vi, cuando apareció en casa de mis padres la mañana del entierro del abuelo. La rigidez con que se plantó delante de mí antes de desmoronarse hacia delante, y la alegría de ensueño que me invadió cuando la abracé por primera vez desde hacía casi dos décadas.

Más formas y pautas; un álbum de recortes en movimiento. Solo soy consciente en parte de las otras personas que hay en la habitación, de las cosas que le hacen a mi cuerpo, de las órdenes que me dan con suavidad.

Me acuerdo de un café en Stroud. La primera vez que Hannah y yo salimos juntas como adultas. Momentos de silencio, risas nerviosas. Las disculpas de una y otra, las lágrimas de mi padre cuando le digo que Hannah me ha invitado a su casa a conocer a su familia.

Pero... mi bebé. ¿Dónde está mi bebé?

El mar se pliega sobre sí mismo, una y otra vez, y un cuco canta sus dos notas en un bosque penumbroso. Eddie se ríe. Están examinándome otra vez. Gente, un montón de gente, mirando una pantalla en la que van apareciendo líneas irregulares...

¿Dónde está mi bebé?

Mi bebé. El bebé que creé con Eddie.

Eddie. Lo quería tanto...

Eddie. Ese es el nombre que Hannah ha pronunciado. Está hablándome de Eddie. Me dice que está fuera. Parece estupefacta, asombrada, pero ahora tengo que escuchar a una doctora que me retira el tubo y se dirige a mí con voz pausada y clara:

—Me temo que no podemos esperar más... —dice—. Tenemos que sacar al bebé: aún no has dilatado del todo... La muestra de sangre del feto indica... oxígeno... ritmo cardíaco... Sarah, ¿entiendes lo que te digo?

—¿Eddie? —pregunto—. ¿Ahí fuera?

Pero oigo más palabras de los sanitarios, y la camilla empieza a moverse, está abandonando la habitación.

El túnel empieza a desvanecerse. Veo placas del techo.

—Has autorizado que te practiquen una cesárea —me dice la voz de Hannah al oído—. Al bebé está costándole salir. Pero no te preocupes, Sarah, es algo muy habitual. Irás directa al quirófano y el niño estará fuera en cuestión de minutos. Todo saldrá bien…

Le pregunto por Eddie, porque tal vez solo se trataba de una de las historias del túnel calidoscópico. Estoy tan cansada…

¿Será por la falta de oxígeno?

Pero se trata de un hecho real, no de una ficción del túnel: Eddie me espera. Está fuera. Ha estado mandándome mensajes al móvil; dice que me quiere.

—No para de repetir cuánto lo siente —me dice Hannah, atónita—. Eddie Wallace —murmura mientras alguien la toma del brazo y le indica que debe ponerse una bata quirúrgica—. El padre de tu hijo. Yo es que alucino.

Eddie dice que me quiere. Mi hijo está en aprietos.

De pronto todos los médicos se me vienen encima, hablando a la vez, y tengo que escucharlos.

50

Eddie

Me incorporo de golpe: la puerta de la sala de partos se abre. Me percato de que estaba dormido. Me siento fatal. Y muerto de frío; tiemblo como una hoja. ¿Por qué no me habré traído un gorro o unos guantes? ¿Por qué no he planeado esto con más cuidado? ¿Por qué no he parado de meter la pata desde el momento en que Sarah se marchó de mi establo en junio?

—¿Hay aquí alguien llamado Eddie Wallace? —pregunta la mujer que está en el vano. Lleva ropa quirúrgica.

—¡Sí! ¡Soy yo!

Tras vacilar unos instantes hace un gesto con la cabeza en dirección a los ascensores, donde podremos hablar sin que nos oiga mi compañero de la sala de espera. Aunque también se había quedado dormido, me observa con ojos llenos de envidia.

Flechas de miedo recorren mi cuerpo como en los vídeos sobre ciencia que nos ponían en el colegio, lo que me hace caminar con demasiada lentitud. La mujer con ropa quirúrgica me espera cruzada de brazos, y advierto que tiene la vista baja.

Me doy cuenta rápidamente de que eso no me gusta.

Me doy cuenta incluso más rápidamente de que si me comunica una mala noticia, mi vida no volverá a ser la misma.

Así pues, durante los primeros segundos no oigo lo que me dice porque el terror me ha ensordecido por completo.

—Es un niño —repite cuando se percata de que no me he enterado de nada. Esboza una sonrisa—. Sarah ha dado a luz un niño precioso hace cerca de una hora. Ahora mismo estamos haciendo pruebas a los dos, madre e hijo, pero Sarah me ha pedido que le diga que es un niño y que todo apunta a que está perfecto de salud.

Me quedo mirándola, paralizado por el asombro.

—¿Un niño? ¿Un niño? ¿Sarah está bien? ¿Ha tenido un niño?

La mujer me sonríe.

—Está muy cansada, pero bien. Se ha portado como una campeona.

—¿Y le ha pedido que me lo dijera? ¿Sabe que estoy aquí?

Hace un gesto afirmativo.

—Sabe que está aquí. Se ha enterado cuando la llevábamos al quirófano para la cesárea. Su hermana se lo ha dicho. Y su hijo es una ricura, Eddie. La cosita más bonita del mundo.

Echo el cuerpo hacia delante, y un sollozo de admiración, de alegría, de alivio, de asombro, de miles de emociones que no sabría describir brota de mi interior. Suena como una carcajada. Bien podría tratarse de una carcajada. Me tapo el rostro con las manos y lloro.

La mujer me posa la mano en la espalda.

—Enhorabuena —dice su voz desde más arriba. La oigo sonreír—. Enhorabuena, Eddie.

Después de un rato consigo enderezarme. Ella da media vuelta para marcharse. Me parece increíble que vaya a traer más vidas a este mundo. Que este sea un milagro común y corriente para ella.

¡Un niño! ¡Mi niño!

—Sarah está recuperándose en su habitación y deberá pasar unos días en la sala posparto. Me temo que no podrá usted pasar a verlos esta noche, pero las visitas a la sala empiezan a las dos del mediodía —me informa—. Aunque, por supuesto, eso dependerá de Sarah.

Asiento como un tonto, lleno de júbilo.

—Gracias —susurro mientras ella empieza a alejarse—. Muchísimas gracias. Por favor, dígale que la quiero. Que estoy muy orgulloso de ella. Yo…

No había llorado tanto desde el día que me dijeron que mi hermanita había muerto. Pero ese fue el peor momento de mi vida y este es el mejor.

Después de un rato largo salgo tambaleándome del hospital. El viento ha amainado, y una tenue claridad gris empieza a filtrarse a través del cielo nocturno. Todo está en silencio, salvo por el sonido que hago al llorar y sorberme la nariz. No se oye ni el rumor de un motor lejano; estoy solo con esta noticia imponente y vertiginosa.

—Soy padre —musito ante la nada que precede al alba—. Tengo un hijito.

Lo repito varias veces porque no me vienen otras palabras. Me reclino contra la fría pared del Centro de la Mujer e intento recalibrar mi visión del universo para que incluya este milagro, pero resulta imposible: soy incapaz de imaginar. Incapaz de calcular. Incapaz de creer. Incapaz de hacer nada.

Un coche solitario entra en el aparcamiento y se dirige despacio hacia una plaza para discapacitados situada enfrente de mí. La vida sigue. El mundo empieza a despertar. En ese mundo está mi hijo. Todo esto le pertenece: este aire, este amanecer, este hombre lloroso a quien tal vez algún día llame «papá».

Entonces algo me vibra en el bolsillo, y al ver el nombre de Sarah y la palabra «Mensaje» pierdo de nuevo el control y estallo en un llanto incontenible, antes incluso de leer una sola palabra.

Es precioso —ha escrito—. **Es lo más asombroso que he visto nunca.**

Sin aliento, observo como teclea otro mensaje.

Se parece a ti.

Por favor, ven mañana a conocer a nuestro hijo.

Y, por último:

Yo también te quiero.

51

Sarah

Hoy es 2 de junio. Otro 2 de junio en Broad Ride: el decimosegundo, me doy cuenta, mientras intento recogerme el cabello con una goma elástica. Hoy sopla un viento intenso que empuja las nubes con rapidez a través del cielo, las peina y las desmenuza en volutas densas. La brisa atrapa mechones de mi pelo y los hace ondear fuera de mi alcance.

Pienso en el año en que llovió con tanta fuerza que las ortigas se doblaron hasta el suelo, y en el año en que una ráfaga violenta se llevó mi sombrero. Pienso en el año pasado, cuando hacía tanto calor que el aire se comprimía alrededor de mí e incluso los pájaros permanecían callados en sus árboles, con las plumas mustias. Ese fue el año que conocí a Eddie, cuando todo esto comenzó.

Eddie. Mi Eddie. Aunque estoy tan hecha polvo por falta de sueño que apenas sé quién soy, sonrío. No puedo evitar sonreír y noto un cosquilleo en el estómago.

Esto sigue ocurriéndome un año entero después de toparme con él en el prado comunal. Según él, también le ocurre, y sé que dice la verdad porque lo veo con claridad en su rostro. A veces me pregunto si será un efecto secundario de la batalla que tuvimos que librar para encontrarnos y seguir juntos. Pero, en gran parte, creo que es porque esto es lo que debe sentirse.

Como si percibiera el martilleo del corazón de su madre Alex gimotea y se apretuja más contra mi pecho. Sigue profundamente dormido, a pesar de la cantidad de personas que lo han toqueteado y arrullado en la última hora. Sujetándolo entre mis brazos, bien arropado en el canguro de tela hecho en Stroud, lo beso en su cálida cabecita una y otra vez. Llevarlo encima —incluso cuando estoy tan cansada que podría dormir sin problemas con la cabeza apoyada en un comedero para perros— es como encender una luz. No tenía idea de que pudiera querer tanto a algo, o a alguien.

El día después de que Alex naciera cuando Eddie entró en mi habitación con una ardilla de peluche, con las manos temblorosas y la cara blanca de terror, supe que lo conseguiríamos. Le entregué a su hijo y se quedó mirándolo atónito, rompió a llorar como una Magdalena y lo llamó «muchachote». Más tarde, cuando una enfermera le quitó a Alex de entre los brazos, posó la vista en mí durante un momento y me dijo que me quería. Me aseguró que, con independencia de lo que hubiera pasado, sería mío si yo lo aceptaba.

Así que cuando me dieron el alta me acompañó a casa de mis padres. Unas semanas después nos instalamos en su establo. (Construyó una cuna. ¡Una cuna! Y colgó a Ratoncita de la cabecera.) Y aunque su madre se negaba a hablar de mí, aunque le dio por llamarlo varias veces al día, aunque yo me había quedado sin un penique y a Eddie le había salido una gotera en el tejado, y yo tenía mastitis y me sentía muy mal, era más feliz que nunca. Esa primera mañana no nos levantamos de la cama. Nos quedamos ahí tumbados, con nuestro hijo, dándole de comer, acurrucándonos, echando cabezadas, besándonos, cambiando pañales y sonriendo.

Al principio Eddie atendía dos, tal vez tres de las llamadas de su madre al día, pero esa cifra pronto se redujo a una sola. Era muy duro para él. «No te imaginas hasta qué punto —comentó una mañana al encontrarse tres llamadas perdidas—. Lo peor es cuando llama por la noche.» Le temblaban las manos cuando la telefoneó, sentado en la cama, mientras yo daba de comer a Alex en una silla. Regresó junto a nosotros después de un rato. Ella estaba «bien», anunció. «Solo ha pasado mala noche. Por otro lado, pasa una mala noche por lo menos una vez al mes desde hace dos décadas y ha sobrevivido. Tengo que preocuparme menos.»

Incluso después de torturarme durante años imaginando los sufrimientos de la familia Wallace, las responsabilidades de Eddie hacia su madre me han dejado bastante estupefacta. Pero cuando me pidió disculpas por el número de llamadas que recibía y de visitas que aún le hacía, le dije que no tenía por qué. De todas las mujeres del mundo, señalé, seguramente yo era la más indicada para comprenderlo.

También comprendo que a Eddie le ha sobrevenido algo más importante que la enfermedad de su madre: la paternidad. Junto con todos los instintos y las emociones indescriptibles que trae consigo. Alex irrumpió en la vida de Eddie, diminuto, calentito, con cara de estar resolviendo los misterios del mundo, y sin decir una sola palabra a su padre —sin mover siquiera un dedo— redefinió para siempre el mapa de las responsabilidades de Eddie.

Ahora cuando su madre lo llama él rechaza la llamada y le envía un mensaje más tarde, pues dedica casi toda su atención a Alex. Y a mí. «No me queda más que rezar para que mamá esté bien —confesó un día—. Para que lo que aún puedo ofrecerle sea suficiente. Y es que no puedo ofrecerle más, Sarah. No quiero. Este hombrecito me necesita. Es a él a quien tengo que mantener con vida ahora.»

Aun así, sé que le duele que su madre no se haya presentado hoy. Yo sabía que no vendría; él también lo sabía —la mujer se ha visto con Hannah seis veces en tres meses, insistiendo siempre en que solo Eddie estuviera presente—, pero el modo en que se ha encorvado cuando hemos empezado sin ella me ha roto el corazón.

Cuando Jenni y Javier anunciaron que pensaban venir desde California en junio, Eddie y yo decidimos organizar una fiesta de bienvenida para Alex. Con dos padres ateos, era poco probable que recibiera el bautizo algún día, así que planeamos una pequeña ceremonia. Se trataba de que un par de amigos pronunciaran unas palabras, y luego pasáramos a asuntos más serios como comer y beber.

Los últimos diez meses han sido muy duros para Jenni. Hemos hablado al menos dos veces por semana y ha habido momentos desgarradores, pero tengo la sensación de que está dejando atrás lo peor. Lo lleva bastante bien desde que llegaron ayer por la mañana. Hace un rato me ha asegurado que Javier y ella se sienten preparados para plantearse cómo será su vida sin hijos (tal vez viajarán un poco, dice) y que incluso contempla la posibilidad de cursar un posgrado en «algo que mole». El pobre Reuben quedará desconsolado si la pierde a ella también.

Fue idea de Eddie hacerlo aquí, en Broad Ride, el 2 de junio. Justo donde Alex y Hannah tenían su guarida. Me pareció perfecto.

Pero, como todos los aspectos de nuestra relación, no ha sido precisamente coser y cantar, claro está. Smelly, el perro de mi hermana, se ha zampado casi toda la comida durante la ceremonia —incluida una enorme tarta de chocolate—, así que Hamish ahora está con él en la clínica veterinaria de urgencias, y los hijos de Hannah no paran de llorar porque temen que finalmente se haya atiborrado hasta matarse. Alan, el mejor amigo de Eddie, estaba tan nervioso respecto a su discurso que se ha bebido un montón de cervezas y cuando le ha llegado el momento de ponerse de pie estaba durmiendo sobre la mesa. Su esposa no le dirige la palabra. Y luego han pillado a Rudi besando a la hija mayor de una de mis amigas de las clases de yoga para madres y bebés en una cueva secreta de perifollo, a pesar de que él tiene solo ocho años y las chicas deberían repelerlo durante por lo menos cuatro años más, y a pesar de que esa amiga del yoga me contaba justo la semana pasada cuánto se alegraba de que su hija no estuviera inapropiadamente sexualizada como la mayoría de los niños actuales.

Jo no paraba de reír, lo que tampoco contribuía a relajar la situación.

Aun así, todos están aquí, salvo Hamish y, por supuesto, la madre de Eddie: Jenni, Javier, mi hermana y su familia; Alan y Gia, que han sido muy amables y acogedores conmigo; y Tommy y Jo, que están embebidos en su propia historia de amor. Los veo más felices que nunca, a pesar de que las cosas con Shawn se han complicado desde que Jo le contó lo de Tommy. Pero ella ahora cuenta con algo que nunca había tenido: un compañero de verdad. Saldrá adelante.

Y, por supuesto, mis padres están aquí, observando encantados hasta la más pequeña interacción entre sus dos hijas. No acaban de creerse que yo haya vuelto, que Hannah y yo nos las hayamos arreglado para recuperar la amistad, que podamos estar juntos como una familia. Y, naturalmente, están obsesionados con Alex. Papá ha compuesto una pieza de violoncelo para él. Tengo el mal presentimiento de que piensa tocarla más tarde.

Cojo otra rebanada de quiche, mientras puedo —Alex se despertará en cualquier momento—, y busco a Eddie con la mirada.

Allí está. Viene hacia nosotros con las manos en los bolsillos, sonriendo. Creo que nunca me cansaré de verlo sonreír.

—Hola —dice. Me da un beso; luego otro. Baja la vista hacia nuestro minúsculo hijo—. Hola, muchachote —susurra.

En efecto, Alex está despertando. Entreabre un ojo, contrae la carita y me propina un cabezazo en el pecho, dormido como un tronco otra vez. Su padre lo besa en la coronilla, que despide el olor más perfecto del mundo y da un mordisco a mi quiche a traición.

Alex vuelve a despertarse y en esta ocasión parece que se quedará entre nosotros. Contempla con ojos soñolientos a su padre, cuyo rostro debe de parecerle una calabaza enorme, ridícula y risueña, y, tras unos instantes de reflexión, sonríe. Y Eddie se derrite como siempre.

Empieza a sacar a su hijo del canguro, y de pronto me viene a la mente la imagen de nosotros dos mirándonos por encima de una oveja descarriada el año pasado. Las oleadas de esperanza y expectativas, las ramificaciones imparables de un pasado del que ni siquiera éramos conscientes. Se han producido muchos cambios desde entonces; habrá otros más. Pero ya nada me frena. No hay rincones oscuros ni aludes inminentes. Ante mí solo está la vida.

¿Y quién habría imaginado que Eddie Wallace sería la solución? ¿Que Eddie, ni más ni menos, sería quien pondría fin a mi huida, quien me ayudaría a serenarme, a respirar, a apreciarme a mí misma? ¿Quién iba a pensar que sería Eddie Wallace, de quien me había escondido durante tantos años, quien provocaría en mí el deseo incontenible de volver a casa, quien me permitiría echar raíces y sentir por fin que pertenezco a un lugar?

Cuando alzo la mirada veo a Carole Wallace.

Está de pie, al margen de la concurrencia, y va del brazo de un hombre cuya otra manga pende vacía junto a su costado. Debe de tratarse de Felix. Mi cuerpo se paraliza mientras se me acelera el corazón. No sé si estoy preparada para esto. Desde un punto de vista egoísta, ni siquiera sé si quiero que ocurra. No soportaría una escena; es el día de Alex.

Pero ahí está ella, y ya viene hacia aquí, abriéndose camino entre la gente, directa hacia mí.

«Viene hacia Eddie —me digo—. A mí no querrá ni mirarme.» Él está aupando a Alex por encima de su cabeza, riéndose de las expresiones de asombro y desconcierto de su hijo. Veo que Carole y mi madre reparan la una en la otra al mismo tiempo. Mi madre la aborda, le posa la mano en el brazo por un momento, le dice algo, sonríe. Carole, conmocionada, se limita a mirar a mamá, parpadeando, muy quieta e incómoda, hasta que por fin consigue responderle. Tal vez incluso esboza una sonrisa, aunque muy breve. Mi madre añade algo más, señalando hacia el picnic, y Felix, con una sonrisa afectuosa, le da las gracias. Dirige los ojos hacia Carole, pero ella se ha vuelto hacia donde estamos Eddie y yo, y ha reanudado la marcha.

—Eddie —digo por lo bajo. Está hablándole a su hijo—. Eddie. Tu madre está aquí.

Gira sobre los talones y noto que su cuerpo se pone en máxima alerta. La inmovilidad se apodera de él durante un instante febril mientras intenta decidir qué hacer. Empieza a alejarse para interceptarla antes de que llegue hasta mí, pero de repente se detiene. Se planta, firme, y me toma de la mano. Con la otra sujeta a Alex contra su pecho, deslizando el pulgar sobre la suave tela de su diminuto mono de algodón.

Levanto los ojos hacia él. Le palpita la sien. Tiene el cuello tenso, y sé que está ansioso por arrancar a correr e interponerse en su camino. Pero se queda donde está. Me agarra la mano con más fuerza que nunca. «Somos una pareja —está diciéndole sin palabras, y lo adoro por ello—. Ya no estoy solo. Ahora somos dos.»

Carole solo mira a su hijo. Conforme se acerca, Felix se queda atrás. Me dedica una sonrisa afable, pero no basta para convencerme de que esto irá bien. Desde detrás de él, mis padres nos observan. Jo nos observa. Alan nos observa. De hecho, todos los presentes nos observan, aunque la mayoría lo hace con disimulo.

—Hola, Eddie, cariño —saluda Carole cuando llega frente

a nosotros. Solo en ese instante parece percatarse de que Felix no está a su lado. Mira hacia atrás, nerviosa, pero él no se mueve, y al parecer ella decide no retroceder—. He pensado en venir a ver a Alex en su día especial.

Eddie me aprieta la mano con aún más fuerza. Empieza a dolerme.

—Hola, mamá —responde él, animado y tranquilo como si todo fuera viento en popa.

Pienso: «Eres muy considerado. Llevas años actuando así. Haciéndola sentir segura, aunque la procesión te fuera por dentro. Eres un hombre extraordinario».

—Alex —musita—. ¡Alex, tu abuelita está aquí! —Alex empieza a estar hambriento. No deja de bajar la cabeza hacia el pecho de Eddie, aunque poca leche encontrará ahí—. ¿Quieres cogerlo? —pregunta Eddie a su madre—. Creo que pronto querrá comer, pero tal vez se esté tranquilo unos minutos.

Sin mirarme en ningún momento, Carole sonríe y abre los brazos. Con todo cuidado y delicadeza, Eddie le tiende a nuestro bebé. Ella espera a tenerlo bien sujeto antes de besar a su hijo en la coronilla.

Él da un paso atrás y me toma de la mano otra vez. Carole despliega una sonrisa que yo jamás habría imaginado ver en su rostro, ese rostro que ha permanecido en un rincón de mi mente durante tantos años.

—Hola, cariño —susurra. Se le saltan las lágrimas, y en ese momento caigo en la cuenta de que Eddie sacó de ella sus hermosos ojos del color del océano—. Hola, mi niño precioso. Oh, la abuelita te quiere, Alex. ¡Te quiere mucho!

Eddie alarga el brazo para achuchar uno de los pies regordetes de Alex. Luego me mira de reojo y me da un apretón en la mano.

—Mamá —dice en tono sereno—. Mamá, quiero presentarte a Sarah. La madre de mi hijo.

Se produce una larga pausa durante la que Carole Wallace

murmura palabras dulces a Alex, que empieza a retorcerse para alcanzarle el pecho. Eddie me suelta la mano y me rodea con el brazo. Carole no alza la vista.

—¿A que eres un niño bueno? —canturrea a Alex—. ¿A que eres un niñito muy, muy bueno?

—Mamá.

Entonces, poco a poco, con indecisión, Carole Wallace se vuelve hacia mí. Me mira, por encima de la cabeza de mi hijo, a través de dos décadas de dolor que solo empiezo a comprender de verdad ahora, que soy madre. Y, por un segundo —un segundo fugaz como un relámpago—, me sonríe.

—Gracias por darme un nieto —dice con voz temblorosa—. Gracias, Sarah, por este niño.

Tras darle un beso a Alex y devolvérselo a Eddie se aparta de nosotros hacia la reconfortante compañía de Felix, y la conversación se reanuda. El viento ya no sopla con tanta fuerza; el sol calienta más. La gente empieza a quitarse chaquetas y jerséis. El perifollo se agita con violencia mientras un niño escarba entre sus tallos, y una pequeña nube de mariposas revolotea sobre la hierba silvestre que nos rodea a todos, protegiéndonos del pasado, de las historias que nos hemos contado a nosotros mismos durante tantos años.

Abrazo a Eddie por la cintura y noto que sonríe.

Agradecimientos

Quiero dar las gracias en primer lugar y ante todo a George Pagliero y Emma Stonex por aquel día caluroso y extraño en que todos acordamos que debía ponerme a escribir este libro sin más dilación. Y por el apoyo y el entusiasmo ilimitados que mostraron después.

Mi más cariñoso agradecimiento a Pam Dorman, mi editora, por sus brillantes consejos sobre cuestiones editoriales, su visión clara y su comprensión profunda del libro. También a Brian Tart, Kate Stark, Lindsay Prevette, Kate Griggs, Roseanne Serra, Jeramie Orton y el resto del equipo de Pamela Dorman Books / Viking. Es un auténtico honor figurar en un catálogo tan excepcional.

Mi gratitud eterna a Allison Hunter, mi incansable agente en Estados Unidos, que estuvo a punto de acabar conmigo en una clase de gimnasia, pero luego le dio la vuelta y me consiguió el contrato literario de mis sueños. A mi agente en Reino Unido, Lizzy Kremer, que lo organizó todo con mano maestra, y sin cuya ayuda yo habría estado muy perdida. Quiero dar las gracias también a Harriet Moore y Olivia Barber.

Todo mi agradecimiento a Sam Humphreys, de Mantle, Reino Unido, por enamorarse de esta historia desde el principio, así como por las correcciones certeras y razonadas que tanto mejoraron el texto. Gracias también a las editoriales del resto del mundo que han adquirido los derechos. ¡Aún me cuesta creerlo! Estoy en deuda con Alice Howe, de David Higham Associates, y a su potente departamento de Derechos de Traducción: Emma Jamison, Emily Randle, Camilla Dubini y Margaux Vialleron.

Quiero expresar mi más sincera gratitud a Old Robsonians, un equipo de fútbol auténtico del que soy forofa. Donaron una cuantiosa suma de dinero a CLIC Sargent, una ONG que da apoyo a niños, a cambio de una mención en este libro.

Gracias a Gemma Kicks y la estupenda organización Hearts & Minds, por la generosa ayuda que me brindaron cuando estaba documentándome sobre los payasos de hospital. Fue asombroso e inspirador para mí comprobar cómo influyen todos los días del año en las vidas de los niños. Gracias a Lynne Barlow, del hospital pediátrico de Bristol.

Quiero manifestar mi gratitud a Emma Williams, enfermera psiquiátrica comunitaria; a James Gallagher, ebanista; y a Victoria Bodey, madre de niños pequeños. Gracias a los numerosos amigos que han respondido a un interminable torrente de preguntas (a menudo muy personales) en Facebook.

Mi agradecimiento a Emma Stonex, Sue Mongredien, Katy Regan, Kirsty Greenwood y Emma Holland por sus valiosos comentarios sobre el manuscrito en sus diversas etapas. Y, sobre todo, a mi querida compañera literaria, Deborah O'Donoghue, sin cuyo apoyo dudo que hubiera escrito este libro. Muchas ideas geniales para esta novela se te ocurrieron a ti, Deb: gracias. Estoy ansiosa por ver la tuya en las librerías.

Gracias a mis GANSOS —Grandes Autores y Novelistas del Sudoeste— por el apoyo, los maravillosos almuerzos y las risas. A las chicas de CAN, por lo mismo. Gracias a Lindsey Kelk por el viaje que hice a Los Ángeles para documentarme y por nuestras conversaciones tan poco relacionadas con la escritura. Gracias a Rosie Mason y su familia por los muchos y memorables días que pasamos jugando en ese hermoso valle, y a

Ellie Tinto por mantener vivo y muy impío el espíritu de Margery Kempe.

Gracias a Lyn, Brian y Caroline Walsh, que siempre me han animado en todo lo que hago, y que se han mostrado orgullosos de mí a medida que me he abierto camino como escritora con mi nombre auténtico. Y, por encima de todo, gracias a mi amado George y a nuestro hombrecito diminuto, gracioso y perfecto, que ha cambiado para siempre mi idea del amor.